COURS & EXAMEN

prépabrevet

W0398158

3e
SPÉCIAL BREVET

# Histoire Géo Enseignement moral et civique


- **Marielle Chevallier**
  Professeure agrégée d'histoire
  au lycée La Folie Saint-James (Neuilly)
- **Christophe Clavel**
  Professeur certifié d'histoire-géographie
  au collège Léonard de Vinci (Bois-Guillaume)
  et à l'IES Normandie (Rouen)
- **Guillaume D'Hoop**
  Professeur agrégé d'histoire-géographie
  au lycée Aristide-Bergès (Seyssinet-Pariset)


Hatier

## Le site de tes révisions

L'achat de ce Prépabrevet te permet de bénéficier d'un **ACCÈS GRATUIT*** aux **ressources** d'annabac.com en 3e (fiches, quiz, sujets de brevet corrigés…) et à ses parcours de révision personnalisés.

Rendez-vous sur **www.annabac.com** dans la rubrique « J'ai acheté un ouvrage Hatier ou Foucher ».

* Selon les conditions précisées sur le site.

PAPIER À BASE DE FIBRES CERTIFIÉES

Hatier s'engage pour l'environnement en réduisant l'empreinte carbone de ses livres. Celle de cet exemplaire est de : 850 g éq. $CO_2$
Rendez-vous sur www.hatier-durable.fr

Achevé d'imprimer en Italie par L.E.G.O. S.p.A. - Lavis (TN)
Dépôt légal n° 07830 - 7/01 - Juin 2021

**Maquette de principe :** Frédéric Jély
**Mise en pages :** STDI
**Cartes et schémas :** Légendes Cartographie
**Iconographie :** Hatier Illustration
**Édition :** Aude Marot


**ISBN** 978-2-401-07830-7

# AVANT-PROPOS

Prêt à réviser ?

**TU ES EN 3^e^** et tu sais que la réussite en histoire-géographie et EMC demande un travail tout au long de l'année ? Alors ce Prépabrevet est pour toi !

Cet ouvrage va te permettre en effet de mémoriser les connaissances essentielles sur chacun des thèmes du programme et d'acquérir progressivement des méthodes clés pour gagner en efficacité !

Cet objectif est rendu possible grâce à un ensemble de ressources très complet : des fiches de cours – synthétiques et visuelles –, des cartes mentales récapitulatives, des quiz et des exercices progressifs, enfin des sujets guidés, pour te préparer à l'épreuve finale du brevet.

Toutes ces ressources, assorties de nos conseils, te permettent d'aborder en confiance tous tes contrôles durant l'année et de te préparer efficacement à l'épreuve du brevet.

Nous te recommandons de les utiliser régulièrement, en fonction de tes besoins. Ainsi tu pourras aborder l'épreuve écrite d'histoire-géo et EMC en toute sérénité, et acquérir les compétences nécessaires à la poursuite de tes études.

Les auteurs

Marielle Chevallier

Christophe Clavel

Guillaume D'Hoop

SOMMAIRE

# Histoire

## 1 La Première Guerre mondiale et l'entre-deux-guerres

## 2 La Seconde Guerre mondiale, collaboration et résistance



## 3 Le monde après 1945 : indépendances, guerre froide et projet européen

# Géographie

SOMMAIRE

# 8 Les espaces productifs français et leurs évolutions

# 9 Les espaces de faible densité en France



# 10 Aménager pour répondre aux inégalités croissantes entre territoires français

## 11 Les territoires ultramarins français : une problématique spécifique



## 12 L'Union européenne, un nouveau territoire de référence et d'appartenance



## 13 La France et l'Europe dans le monde



# Enseignement moral et civique

## 14 Respecter autrui

SOMMAIRE

# 1 La Première Guerre mondiale et l'entre-deux-guerres

# 1 Civils et militaires dans la Première Guerre mondiale (1914-1918)

**EN BREF** ▸ *Conflit d'une durée inattendue, la Première Guerre mondiale mobilise les populations entières et les confronte à une violence inédite.*

## I L'expérience combattante

### 1 Une guerre à l'ampleur inédite

- La guerre, déclenchée en août 1914, est d'abord européenne. Elle oppose les empires centraux (Allemagne et Autriche-Hongrie) et la Triple Entente (France, Russie et Royaume-Uni).
- Le conflit se mondialise. D'août à novembre 1914, l'échec des offensives révèle l'équilibre des forces. La **guerre de mouvement** se transforme en **guerre de tranchées**. Les métropoles font appel aux colonies et, en avril 1917, les États-Unis s'engagent aux côtés de l'Entente.

**MOTS CLÉS**

La **guerre de mouvement** se caractérise par des offensives rapides et un front mobile. La **guerre de tranchées** (ou de position) se distingue par le maintien de positions fortifiées dans les tranchées et un front presque immobile.

### 2 Le tournant de 1917 et la fin de la guerre

- L'année 1917 marque un tournant. Les offensives meurtrières sapent le moral des troupes et des mutineries éclatent. En octobre, la défection russe → FICHE 2 affaiblit l'Entente. Au printemps 1918, la dernière offensive allemande est brisée. L'armistice est signé le 11 novembre 1918.
- La guerre a fragilisé les empires centraux et leurs alliés. En 1918, quatre empires disparaissent : l'Empire allemand, l'Empire austro-hongrois, l'Empire russe et l'Empire ottoman.

### 3 La violence de la guerre de masse

- Durant les quatre années de guerre, la puissance de feu est considérablement augmentée. La combinaison d'armes classiques (mitrailleuses) avec le moteur et l'avion élargit les champs de bataille. L'armement chimique (gaz à partir de 1915) a des effets physiques et psychologiques très lourds.
- L'enlisement du conflit entraîne une mobilisation sans précédent des populations : 70 millions d'Occidentaux entre 1914 et 1918.
- La vie dans les tranchées est difficile (froid, boue, vermine) et rythmée par les montées en première ligne. Les offensives (toujours vaines), par leur durée et les masses humaines qu'elles mobilisent, se transforment en boucheries → ZOOM.

# II Les civils dans la guerre totale

## 1 | L'effacement de la séparation entre combattants et civils

- Les civils connaissent des conditions de vie difficiles (pénuries, rationnements). Ils subissent également les violences de la guerre (bombardements) et représentent 40 % du total des victimes.

- Des populations entières sont prises pour cibles. En 1915-1916, le pouvoir ottoman déporte et massacre les Arméniens, accusés de pactiser avec l'ennemi russe. Ce génocide, le premier du XXe siècle, fait 1,5 million de victimes.

**MOT CLÉ**
Un **génocide** est l'extermination systématique et planifiée de nations ou de groupes ethniques.

## 2 | La mobilisation de l'arrière

- La guerre totale suppose la mobilisation de l'ensemble de la société (individus, économie, entreprises). La répartition des matières premières, les salaires et les prix sont fixés par l'État. L'arrière, zone éloignée du front et des combats, doit armer des millions de soldats. Dans les usines et aux champs, les femmes et les travailleurs coloniaux remplacent les hommes partis au front.

**MOT CLÉ**
La **guerre totale** désigne un conflit dont les conséquences touchent l'ensemble des sociétés des pays mobilisés.

- La propagande et la censure se généralisent. Le contrôle des nouvelles par les états-majors, le « bourrage de crâne » doivent empêcher le découragement des populations.

- La guerre fait au total neuf millions de morts et vingt millions de blessés.

**zoOm**

### Une expérience combattante inédite

- La bataille de Verdun (février-décembre 1916) fait 770 000 morts, blessés ou disparus, à part égale entre Français et Allemands. Le perfectionnement de la puissance de feu, l'usage d'armes chimiques causent des blessures terribles et expliquent la lourdeur du bilan.

- La fraternité des tranchées, la correspondance avec l'arrière, les permissions permettent aux soldats de tenir.

Soldats français durant la bataille de Verdun, mars 1916.

# 2 De la révolution bolchevique au régime stalinien (1917-1939)

**EN BREF** ▸ *Avec la lassitude de la guerre et du régime du tsar, la Russie connaît deux révolutions, puis l'instauration par Staline d'un régime totalitaire.*

## I Les révolutions de 1917

### 1 La fin du tsarisme

- En Russie, alors que les mutineries se multiplient sur le front et que l'arrière est épuisé par les pénuries, une **révolution spontanée en février 1917** entraîne le renversement du régime et l'abdication du tsar Nicolas II.
- Mais le gouvernement provisoire issu de cette révolution décide de maintenir le pays dans la guerre, ce qui le discrédite auprès du peuple.

### 2 La prise du pouvoir par Lénine

- En **octobre 1917**, l'insurrection des **bolcheviks**, préparée par Trotski, entraîne un coup d'État et l'arrivée au pouvoir de Lénine. Les bolcheviks veulent instaurer le **communisme**.

**MOT CLÉ**
Le **communisme** est la doctrine politique qui s'appuie sur les principes marxistes-léninistes et vise l'instauration d'une société sans classe sociale.

- Après l'armistice de décembre, les bolcheviks signent à **Brest-Litovsk** une paix séparée avec les Empires centraux en mars 1918.

### 3 La guerre civile

- Après trois ans d'une guerre civile meurtrière qui oppose Rouges (communistes) et Blancs (anticommunistes), **le régime bolchevique finit par s'imposer** (1921).
- L'Union des républiques socialistes soviétiques (URSS) est proclamée en 1922.

## II La prise du pouvoir par Staline

### 1 Un pouvoir personnel

- Secrétaire général du parti bolchevique depuis 1922, Joseph Staline concentre peu à peu tous les pouvoirs. Après la mort de Lénine en 1924, il s'impose progressivement en éliminant ses principaux adversaires politiques.
- La **propagande** construit un **culte de la personnalité** autour de Staline → ZOOM.

### 2 La terreur comme instrument de pouvoir

- Le régime impose la terreur. La police politique (**NKVD**) traque les opposants, envoyés au **Goulag**.

**MOT CLÉ**
Le **Goulag** désigne l'ensemble des camps de travail forcé en URSS.

- Entre 1936 et 1938, la « **Grande Terreur** » frappe 680 000 personnes et les procès de Moscou permettent d'éliminer plusieurs personnalités du Parti.

# III La construction de l'État soviétique

## 1 La reconnaissance officielle de l'URSS

■ L'adoption de la Constitution de l'URSS (1924) renforce la **centralisation**.

■ Dans les années 1930, grâce à son engagement antifasciste, l'URSS s'insère dans le jeu diplomatique mondial. La signature du **pacte germano-soviétique** en août 1939 est une immense surprise.

## 2 1929, « le grand tournant »

■ Staline veut transformer l'URSS en **puissance industrielle**. La **planification** de l'économie (1928) lance l'étatisation des moyens de production. Dans les campagnes, la **collectivisation** impose la création de fermes collectives (sovkhozes et kolkhozes) et met fin à la propriété privée.

**MOT CLÉ**

La **planification** est la définition par l'État d'objectifs de production que les entreprises sont chargées de mettre en œuvre.

■ Les effets sont **désastreux** : la production agricole s'effondre, la famine de 1932-1933 ainsi que la « liquidation » des koulaks (paysans riches) font plus de cinq millions de victimes.

## 3 Un régime totalitaire

■ L'État poursuit l'objectif totalitaire de forger un **Homme nouveau**, *Homo Sovieticus*, héros du travail et de la révolution socialiste.

■ L'**embrigadement de la population** s'opère par le biais d'organisations de jeunesse et de la propagande.

## zoOm

### Culte de la personnalité et propagande en URSS

■ À partir de 1930, un culte de la personnalité s'organise autour de **Staline**. Les artistes sont appelés à honorer « **le petit père des peuples** », héritier de Lénine et guide suprême du pays, comme le montre ce photomontage de Gustav Kluzis réalisé en 1933.

■ La propagande, omniprésente, a un double objectif : **dénoncer l'ennemi intérieur** (le koulak, le bourgeois) et **célébrer les valeurs du régime** (la force du travailleur, la puissance de la technologie, la construction du socialisme).

« La bannière de Lénine », affiche, 1933.

# 3 L'installation du régime nazi (1933-1945)

**EN BREF ▸** *Arrivé légalement au pouvoir, Hitler instaure en Allemagne une dictature totalitaire et raciste.*

## I Une arrivée légale au pouvoir

### 1 Une république allemande fragile

- En 1918, l'Allemagne fait l'expérience de la défaite. Le sentiment qu'un *Diktat* a été imposé par les vainqueurs, avec le traité de Versailles, alimente la contestation contre la République de Weimar instaurée en 1918.
- Adolf Hitler, à la tête du parti nazi (NSDAP), contribue à la violence politique par le biais de sa milice, les Sections d'assaut (SA). Les multiples confrontations avec les communistes sont brutales.

### 2 Hitler chancelier

- Dans le contexte de la Grande Dépression qui touche de plein fouet l'Allemagne – le chômage atteint 30,8 % de la population active en 1932 –, le NSDAP réussit une percée électorale sur un programme nationaliste, belliciste (tourné vers la guerre) et raciste. Il devient le premier parti au Reichstag (l'Assemblée).
- Le 30 janvier 1933, le président Hindenburg nomme Hitler chancelier.

## II La dictature hitlérienne

### 1 La suppression de la démocratie

- La dictature hitlérienne interdit les partis et les syndicats. La loi du 29 mars 1933 supprime les libertés individuelles. Le « Führer et chancelier du Reich » dirige à la fois le parti unique et l'État.

> **MOT CLÉ**
> Une **dictature** est un régime politique qui rassemble tous les pouvoirs aux mains d'un seul homme ou parti qui s'impose par la force.

- Hitler jouit d'une autorité sans partage et d'une immense popularité, soutenue par une propagande intense → ZOOM.

### 2 Terreur et répression

- Les opposants sont poursuivis par la police politique (Gestapo). Dès 1933, 50 000 Allemands sont internés dans le camp de concentration de Dachau. Ils sont près d'un million en 1939, répartis dans une trentaine de camps sous contrôle des SS (*Schutzstaffel*, « escadrons de protection »).

# III Le projet nazi

## 1 Une société totalitaire

■ L'État veut forger un « homme nouveau ». Le régime **totalitaire** nazi repose sur un embrigadement de la population. Au sein des Jeunesses hitlériennes, les adolescents sont soumis à une discipline militaire.

**MOT CLÉ**
Un régime **totalitaire** cherche à contrôler toute la société et tous les aspects de la vie publique et privée des individus.

■ Les « asociaux » (handicapés, vagabonds, prostituées, homosexuels) sont retranchés de la communauté : 50 000 d'entre eux sont internés entre 1937 et 1939.

## 2 Le mythe de la « race pure »

■ Les nazis ont une vision raciste du monde : la « race » supposée supérieure, les Aryens, est appelée à dominer les « races inférieures » (Slaves, Juifs, Tziganes).

■ L'antisémitisme d'État est établi par les lois de Nuremberg (1935) qui excluent les Juifs allemands de la communauté nationale. Les pogroms, comme la Nuit de cristal (9-10 novembre 1938), se multiplient.

## 3 Un régime expansionniste

■ Dans *Mein Kampf* (1924), Hitler affirme la nécessité de conquérir un « espace vital » (*Lebensraum*). Il revendique l'expansion de la « race aryenne » vers l'Est.

■ Cette conquête est présentée comme une revanche sur le *Diktat* de Versailles. Hitler ordonne la remilitarisation dès 1935.

■ Le régime noue des alliances avec l'Italie (axe Rome-Berlin, 1936) puis le Japon (pacte anti-Komintern, 1936).

**zoOm**

### Nuremberg, capitale idéologique du III^e^ Reich

■ De 1933 à 1938, la ville de Nuremberg accueille le congrès annuel du parti nazi (ici en 1935). Ces congrès sont l'occasion de mises en scène spectaculaires du ministre de la Propagande, Joseph Goebbels. Le Führer s'y adresse à la foule dans des discours enflammés, retransmis dans tout le Reich.

■ Les lois antisémites de 1935 sont adoptées par le Reichstag, lors d'une session du parlement tenue à Nuremberg à l'occasion du VII^e^ Congrès du NSDAP.

# 4 L'expérience du Front populaire et la montée des périls (années 1930)

**EN BREF ▸** *À l'origine d'importantes conquêtes sociales en France, le Front populaire ne peut se maintenir longtemps dans un contexte de crise économique et de menaces extérieures.*

## I La IIIe République affaiblie

### 1 La crise économique et sociale

Depuis 1931, la France est plongée dans la dépression économique mondiale. Les faillites se multiplient et le chômage augmente fortement (10 % des salariés en 1936).

### 2 La violence politique

- La multiplication des scandales politico-financiers alimente un fort **antiparlementarisme**. Des ligues (associations) d'**extrême droite** maintiennent un climat d'agitation mêlé de xénophobie (rejet de l'étranger).
- Le 6 février 1934, à Paris, une manifestation à l'appel des ligues dégénère en émeute quand la foule approche du palais Bourbon. La gauche y voit une tentative de coup de force **fasciste**.

**MOTS CLÉS**
L'**antiparlementarisme** est le rejet du système parlementaire rendu responsable d'un affaiblissement du pouvoir. Le courant politique d'**extrême droite** revendique un pouvoir fort, des valeurs nationalistes et une vision traditionnelle de la société.

**MOT CLÉ**
Au sens large, le **fascisme** désigne les courants et groupements politiques qui se revendiquent de la dictature de Mussolini en Italie.

### 3 L'union de la gauche dans un front antifasciste

- Communistes, socialistes (SFIO) et radicaux forment une alliance électorale, le Front populaire, qui leur apporte la victoire aux élections législatives d'avril 1936.
- Léon Blum forme le gouvernement dans lequel entrent pour la première fois trois femmes. Le PCF le soutient sans y participer.

## II Le Front populaire : espoirs et déceptions

### 1 « Tout est possible » ?

- Les lois sociales de l'été imposent une augmentation des salaires de 7 à 15 % (accords de Matignon). Les salariés obtiennent deux semaines de congés payés et la semaine de travail de 40 heures.
- Jean Zay, ministre de l'Éducation nationale, initie une réforme scolaire (l'âge de la fin de la scolarité obligatoire passe de 13 à 14 ans). Le gouvernement démocratise la culture en encourageant le cinéma et le théâtre populaires.

- La Banque de France, la SNCF et plusieurs industries de guerre passent sous le contrôle de l'État.

### 2 | Difficultés et oppositions

- Mais le chômage et les prix augmentent. Les **difficultés financières** obligent à ralentir les réformes. L'**extrême droite** multiplie les attaques haineuses et antisémites contre plusieurs membres du gouvernement.
- Le Front populaire est **divisé**. Le PCF critique le refus d'intervenir dans la guerre civile espagnole (qui éclate en juillet 1936) pour aider le gouvernement républicain contre Franco, soutenu par Mussolini et Hitler. En juin 1937, Blum démissionne.

## III La France à la veille de la guerre

### 1 | La montée des périls

- Les gouvernements successifs restent passifs face aux **violations des clauses du traité de Versailles** par Hitler : occupation de la Rhénanie (mars 1936), rattachement avec l'Autriche (*Anschluss* : mars 1938).
- En septembre 1938 à Munich, la France et le Royaume-Uni cèdent devant les exigences d'Hitler sur les Sudètes (Tchécoslovaquie).

### 2 | Une société en crise

En 1939, la **crise économique** qui n'est pas surmontée et le **vieillissement de la population** font douter les Français de la puissance du pays. Le pacifisme domine.

**zoOm**

### L'esprit du Front populaire

- Le gouvernement de Léon Blum entend élargir la **démocratie sociale**. L'augmentation des salaires, l'avènement des congés payés, la réduction du temps de travail, répondent aux espoirs exprimés lors des grèves de la joie qui ont éclaté dans tout le pays en mai 1936.
- Pour des millions de Français, la loi instituant **deux semaines de congés payés** est l'occasion de partir en vacances pour la première fois.

Les premiers congés payés des Français vus par le magazine *Regards* du 29 juillet 1937.

## MÉMO VISUEL

# LA PREMIÈRE GUERRE MONDIALE ET L'ENTRE-DEUX-GUERRES

### 1914-1918 La Première Guerre mondiale

- Une guerre **européenne** puis **mondiale**
- Une guerre **totale** (militaires et civils)
- Une guerre **meurtrière** (9 millions de morts, 20 millions de blessés)

**1914** – **1920** – **1925**

PREMIÈRE GUERRE MONDIALE | ENTRE DEUX GUERRES

- **1915** Génocide des Arméniens
- **1916** Batailles de Verdun et de la Somme
- **1917** Mutineries ; Entrée en guerre des États-Unis ; Révolution bolchevique et défection russe
- **1924** Mort de Lénine

### L'Europe après la Première Guerre mondiale

## Les régimes totalitaires

| Allemagne nazie | Régimes totalitaires | URSS stalinienne |
|---|---|---|
| Adolf Hitler | **Primauté du chef** | Joseph Staline |
| NSDAP | **Parti unique** | PCUS |
| Gestapo | **Police politique** | NKVD |
| Camps de concentration | **Répression des « ennemis » du régime** | Goulag |

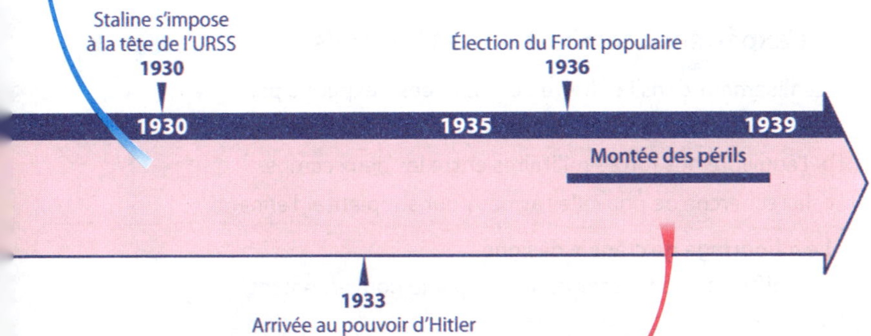


## Des démocraties fragilisées

**L'expérience du Front populaire en France (1936-1938)**
- Une III^e République affaiblie
- Élection du Front populaire (mai 1936)
- Accords de Matignon et lois sociales
- Divisions et démission de Léon Blum

**La montée des périls**
- Occupation de la **Rhénanie** par Hitler
- ***Anschluss*** (mars 1938)
- **Accords de Munich** (septembre 1938)

# SE TESTER QUIZ

**Vérifie que tu as compris les points clés**

## 1 La Première Guerre mondiale

→ FICHE 1

**1) Combien de morts la Première Guerre mondiale a-t-elle causées ?**

☐ **a.** 2 millions ☐ **b.** 9 millions ☐ **c.** 20 millions

**2) Que peut-on dire de la guerre 1914-1918 ?**

☐ **a.** C'est d'abord une guerre européenne.

☐ **b.** C'est une guerre totale.

☐ **c.** C'est une guerre mondiale.

…/2

## 2 L'expérience combattante et les civils

→ FICHE 1

**1) L'enlisement dans la guerre de tranchées s'explique par…**

☐ **a.** le refus des offensives dans les différents états-majors.

☐ **b.** l'équilibre des forces militaires entre les deux camps.

☐ **c.** la recherche de nouvelles armes pour supplanter l'ennemi.

**2) Le « bourrage de crâne » désigne…**

☐ **a.** la diffusion de fausses nouvelles par le gouvernement.

☐ **b.** la censure.

☐ **c.** la presse des tranchées.

…/2

## 3 Le régime stalinien

→ FICHE 2

**1) La collectivisation des terres en URSS entraîne…**

☐ **a.** la redistribution des terres aux paysans.

☐ **b.** la réunion forcée des terres et des paysans dans des fermes collectives.

☐ **c.** la récupération des terres par leurs anciens propriétaires.

**2) Qu'appelle-t-on la « Grande Terreur » en URSS ?**

☐ **a.** La collectivisation

☐ **b.** L'arrivée au pouvoir de Staline

☐ **c.** Les procès et les déportations décidés par Staline pour se débarrasser de ses ennemis politiques

…/2

## 4 Le régime nazi

→ FICHE 3

**1) La théorie nazie de « l'espace vital » vise à...**

☐ **a.** rassembler tous les Allemands dans le Reich.

☐ **b.** s'allier avec l'URSS en prévision d'une guerre européenne.

☐ **c.** conquérir des territoires à l'est de l'Europe pour la race aryenne.

**2) Qu'instaurent les lois de Nuremberg (1935) ?**

☐ **a.** La dictature

☐ **b.** L'antisémitisme légal

☐ **c.** La fin de la République

.../2

## 5 Le Front populaire

→ FICHE 4

**1) Le Front populaire est une alliance politique entre des partis...**

☐ **a.** de gauche.

☐ **b.** de droite.

☐ **c.** de droite et du centre.

**2) Le gouvernement du Front populaire instaure...**

☐ **a.** le suffrage universel.

☐ **b.** la journée de 8 heures.

☐ **c.** les premiers congés payés.

**3) Que désigne la « montée des périls » dans la deuxième moitié des années 1930 ?**

☐ **a.** Les tensions politiques entre partis de droite et de gauche durant le Front populaire

☐ **b.** Les tensions diplomatiques européennes à la suite des violations du traité de Versailles par le régime hitlérien

☐ **c.** Les conséquences de la crise économique des années 1930

.../3

**ON FAIT LE BILAN !**

score total .../11


- Des erreurs ? Entraîne-toi ! → **LES EXOS** P. 22
- Zéro faute ? Bravo ! → **OBJECTIF BREVET** P. 23

# LES EXOS

Entraîne-toi !

## 6 Répondre à des questions de cours

→ FICHES 1 à 4

1. Quelles sont les étapes de la mondialisation du conflit entre 1914 et 1918 ?
2. Qu'est-ce qu'un régime totalitaire ?
3. Quel est le motif des grèves qui éclatent en France au printemps 1936 ?

## 7 Situer des événements dans le temps

→ FICHES 1 à 4

Place sur une frise chronologique les éléments suivants.

- Prise du pouvoir par Staline
- Pacte de non-agression entre l'Allemagne et l'URSS
- Révolution bolchevique
- Première Guerre mondiale
- Front populaire
- Arrivée d'Hitler au pouvoir

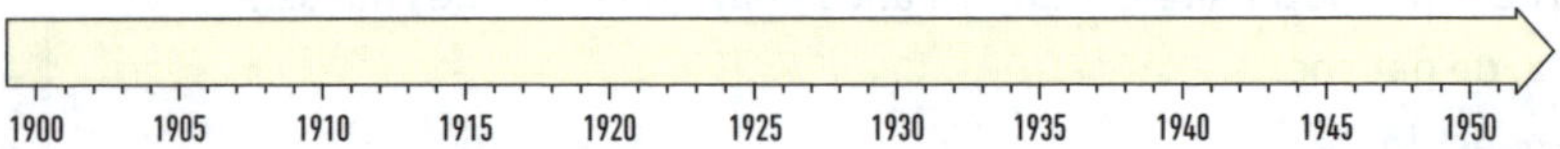


## 8 Identifier un document et son point de vue

→ FICHE 2

**Document** **Staline, « petit père des peuples »**

Affiche réalisée par G. Kloutsis à l'occasion du premier plan quinquennal. « À la fin du plan, la collectivisation doit être achevée dans ses bases », 1932.

1. Quelle est la nature du document et sa date ?
2. Qui est le personnage représenté et comment est-il mis en scène ? Dans quel but ?

# OBJECTIF BREVET

## 9 Rédiger un développement construit

35 min

→ FICHE 1

Sous la forme d'un développement construit d'une vingtaine de lignes, explique en quoi l'expérience de la guerre vécue par les soldats durant la Première Guerre mondiale fut inédite.

**DÉMARRONS ENSEMBLE**

→ Commence par analyser les termes de la question : le sujet porte-t-il sur l'arrière ? le front ? Que signifie « inédite » ?

→ Réfléchis au quotidien du soldat (« expérience de la guerre ») : quel est-il ?

## 10 Analyser et comprendre un document

45 min

→ FICHE 3

**Document** **Les lois de Nuremberg (1935)**

Certain que la pureté du sang allemand est la condition nécessaire pour assurer la vie du peuple allemand et animé par la volonté inflexible d'assurer l'avenir de la nation allemande, le Reichstag a décidé unanimement la loi promulguée ici :

1. Les mariages entre Juifs et citoyens allemands ou assimilé sont interdits. Les mariages consentis malgré cette interdiction n'ont pas de valeur, même s'ils ont été conclus à l'étranger pour ne pas tomber sous le coup de la présente loi.

2. Les relations extra-conjugales entre Juifs et citoyens allemands ou assimilé sont interdites. […]

3. Les Juifs ne peuvent pas utiliser au service de leur ménage des femmes de sang allemand ou assimilé âgées de moins de quarante-cinq ans.

4. Il est interdit aux Juifs de pavoiser[1] aux couleurs allemandes nationales. Par contre, ils peuvent pavoiser aux couleurs juives : l'exercice de ce droit est protégé par l'État.

1. Pavoiser : orner un bâtiment de drapeaux.

1) Quelle est la nature du document ?

2) Comment le préambule présente-t-il l'objectif des lois de Nuremberg ?

3) De quelles caractéristiques du régime hitlérien ce document témoigne-t-il ?

4) Montre que ces mesures excluent les Juifs de la communauté allemande.

# CORRIGÉS

## SE TESTER QUIZ

### 1 La Première Guerre mondiale

**1** **Réponse b.** La Première Guerre mondiale a fait **9 millions de morts** parmi les 70 millions de militaires mobilisés.

**2** **Réponses a, b et c.** Le conflit, qui oppose d'abord les puissances **européennes**, implique la mobilisation des empires coloniaux et déborde les frontières de l'Europe. L'entrée en guerre des États-Unis en avril 1917 confirme le caractère **mondial** du conflit. La guerre est aussi **totale** du fait de la mobilisation de l'ensemble des sociétés et des économies des pays en guerre.

### 2 L'expérience combattante et les civils

**1** **Réponse b.** Dès l'automne 1914, l'incapacité des états-majors à percer le front ennemi révèle l'équilibre des forces et contraint les armées à s'enterrer.

**2** **Réponse a.** L'expression « bourrage de crâne » est inventée pendant la guerre pour contester la diffusion de fausses nouvelles par le gouvernement français.

### 3 Le régime stalinien

**1** **Réponse b.** La collectivisation se traduit par le regroupement forcé des terres et des paysans dans des fermes collectives. Elle fait des millions de morts parmi les koulaks.

**2** **Réponse c.** Les procès politiques permettent à Staline de mener des **purges** au sein du PCUS.

> **MOT CLÉ**
> Une **purge** désigne l'élimination des éléments jugés indésirables au sein d'un groupe.

### 4 Le régime nazi

**1** **Réponse c.** Peuplés de populations slaves et juives, les territoires de l'Est de l'Europe sont considérés par les nazis comme « l'espace vital » devant accueillir de futures colonies de peuplement du III$^{e}$ Reich.

**2** **Réponse b.** Les lois de Nuremberg excluent les Juifs de la nationalité allemande et interdisent les mariages mixtes.

## 5 Le Front populaire

**1 Réponse a.** Le Front populaire résulte de l'alliance entre la SFIO, le parti radical et le PCF.

**2 Réponses b et c.** Les accords de Matignon entre les syndicats patronaux et ouvriers s'accordent sur la réduction de la journée de travail à 8 heures et deux semaines de congés payés.

**3 Réponse b.** La « montée des périls » résulte de la politique agressive des régimes fascistes (remilitarisation, interventions durant la guerre d'Espagne, etc.).

# LES EXOS

## 6 Répondre à des questions de cours

**1** La guerre qui commence en 1914 est **d'abord européenne**, mais elle implique des puissances impériales. Dès le début du conflit, des combats ont lieu dans les **colonies** qui seront ensuite largement mobilisées pour soutenir l'effort de guerre de leur métropole. La guerre s'éternisant, de nouveaux États s'impliquent en rejoignant l'un ou l'autre camp. La guerre sous-marine à outrance menée par les Allemands menace les intérêts américains. Aussi, en avril 1917, les **États-Unis** entrent en guerre aux côtés de l'Entente. Le conflit est **devenu mondial**.

**2** Un régime totalitaire est, sur le plan politique, une **dictature**. Il vise en plus à **contrôler la totalité de la vie des individus**, à chaque étape de leur existence, tant à l'école que dans le monde du travail et dans la sphère privée. Son objectif est de construire un homme neuf, conforme au projet idéologique du régime. Ces caractéristiques s'appliquent aussi bien au régime hitlérien qu'au régime stalinien.

**3** Les grèves ouvrières qui éclatent en France au printemps 1936 sont non seulement l'expression de l'**enthousiasme** né de la victoire électorale du Front populaire, mais aussi de l'**impatience des masses ouvrières** à obtenir par la loi et les réformes une amélioration de leurs conditions de travail et de vie.

## 7 Situer des événements dans le temps

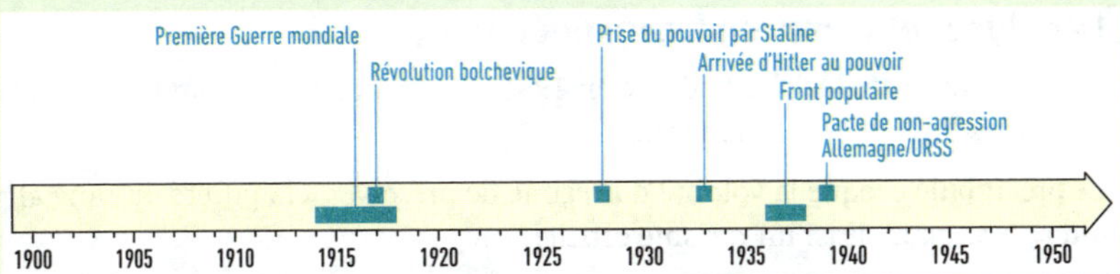

### 8 Identifier un document et son point de vue

1) Le document est une **affiche de propagande** soviétique réalisée par l'artiste G. Kloutsis en 1932.

2) Kloutsis a réalisé un **photomontage** à l'aide de plusieurs images. Une photographie de Staline, chef incontesté de l'URSS depuis la fin des années 1920, est placée au centre de la composition. Il domine au premier plan un tracteur tirant cinq semoirs, arborant un drapeau rouge, et, à l'arrière-plan, une masse de paysans aux visages souriants. Le slogan rappelle l'objectif fixé par Staline, en 1930, de **collectivisation** totale des terres. L'accent est mis sur la **modernisation** permise par le regroupement des terres. En réalité, la collectivisation a été très brutale et s'est soldée par des millions de morts.

## OBJECTIF BREVET

### 9 Rédiger un développement construit

L'expérience de la guerre vécue par les soldats durant la Première Guerre mondiale est **inédite** par les conditions de vie imposées aux combattants, par l'ampleur de la mortalité ainsi que par le degré et la nature de la violence déployée.

**MOT CLÉ**
**Inédit** est synonyme de « nouveau ».

- L'échec des grandes offensives d'août à novembre 1914 ruine l'espoir d'une guerre courte. Malgré des pertes humaines considérables, aucun camp n'est parvenu à l'emporter. Les armées s'enterrent dans des **tranchées** pour se protéger. Les soldats y connaissent des **conditions de vie difficiles** : ils vivent dans la boue, côtoyant poux et rats.
- De **nouveaux armements** sont développés. Obus et mitrailleuses causent un très grand nombre de morts, infligent des blessures affreuses et des traumatismes psychologiques.
- Les multiples offensives destinées à percer le front se soldent par des **bilans effroyables** : 700 000 morts, blessés ou disparus à **Verdun**, entre février et décembre 1916. La mortalité quotidienne est élevée tout au long du conflit.

**CONSEIL**
Étaye ton argument par un exemple vu en cours.

### 10 Analyser et comprendre un document

1) Il s'agit d'un **texte législatif** adopté en 1935. Il instaure un antisémitisme officiel et légal dans l'Allemagne hitlérienne.

2) Le préambule évoque la volonté du régime de préserver « la pureté du sang allemand », assumant ainsi un racisme officiel.

3) Ce document illustre l'une des principales caractéristiques du régime nazi : l'**antisémitisme officiel**, inscrit dans la loi.

4) Les Juifs ne peuvent plus porter les couleurs nationales (art. 4) ; ils ne sont plus considérés comme des citoyens allemands.

# 2 La Seconde Guerre mondiale, collaboration et résistance

# 5 La Seconde Guerre mondiale : une guerre planétaire (1939-1945)

**EN BREF ▸** *Par la longueur du conflit, l'extension des théâtres d'opération, l'ampleur de la mobilisation des hommes et des économies, la guerre de 1939-1945 a entraîné un engagement total des sociétés.*

## I Les victoires de l'Axe (1939-1942)

### 1 Les succès de la guerre-éclair d'Hitler (1939-1941)

■ De septembre 1939 à 1941, l'Axe, alliance militaire entre l'Allemagne nazie, l'Italie fasciste et le Japon, connaît des succès militaires rapides.

■ La stratégie de la guerre-éclair (*Blitzkrieg*) menée par la Wehrmacht (l'armée du III^e Reich) combine l'utilisation des blindés et de l'aviation. La Pologne est envahie dès septembre 1939 puis, au printemps 1940, c'est le tour du Danemark, de la Norvège, des Pays-Bas et de la France qui signe l'armistice le 22 juin.

■ Le Royaume-Uni, qui résiste aux **bombardements stratégiques**, se retrouve seule dans la guerre.

■ La Yougoslavie et la Grèce sont occupées au printemps 1941.

**MOT CLÉ**
Les « **bombardements stratégiques** » sont une stratégie fondée sur des bombardements massifs visant à détruire les bases économiques de l'ennemi et à saper le moral des civils pris pour cibles.

### 2 La rupture du pacte germano-soviétique (1941)

■ Hitler peut dès lors envahir l'URSS, conformément au projet nazi de conquête d'un « espace vital » à l'Est. Le 21 juin 1941, il lance l'opération *Barbarossa*.

■ La progression de la Wehrmacht est rapide : en septembre, elle est aux portes de Leningrad et menace Moscou. Staline appelle alors les Soviétiques à se mobiliser pour la « grande guerre patriotique ».

### 3 L'expansion japonaise en Asie

■ En Asie, après la conquête de la Mandchourie par le Japon en 1931, la guerre reprend contre la Chine dès juillet 1937. Au printemps 1942, le Japon contrôle toute l'Asie du Sud-Est.

■ Le bombardement de la flotte américaine à Pearl Harbor (Hawaï), le 7 décembre 1941, déclenche l'entrée en guerre des États-Unis.

# II La victoire de la Grande Alliance (1942-1945)

## 1 Les années 1942-1943 : le tournant de la guerre

- En juin 1942 dans le **Pacifique**, les Japonais perdent une partie de leur flotte (Midway). En octobre en **Afrique du Nord**, les Britanniques arrêtent les Allemands à **El Alamein**. Un mois plus tard, les Alliés débarquent en Algérie et au Maroc.
- Sur le front Est, la **victoire soviétique à Stalingrad** en janvier 1943 marque le début d'une lente reconquête.

## 2 Une guerre totale sans précédent

- La guerre suppose la **mobilisation des industries** et des scientifiques. La machine industrielle américaine devient l'« arsenal des démocraties ».
- Le conflit est aussi **idéologique**. Les Alliés, réunis autour des principes de liberté et de démocratie, s'opposent à la vision raciale de l'Axe.

## 3 À partir de 1944, la progression alliée s'accélère

- Les débarquements en Sicile (juillet 1943) entraînent la **capitulation de l'Italie**. Après l'**opération *Overlord*** en Normandie (6 juin 1944), la France est peu à peu libérée ; l'Armée rouge progresse en Europe orientale et centrale.
- Les Alliés prennent en tenaille l'**Allemagne** qui **capitule le 8 mai** → ZOOM. Après le largage de deux bombes atomiques sur Hiroshima et Nagasaki (6 et 9 août), **le Japon capitule le 2 septembre 1945**.
- La Seconde Guerre mondiale est le **conflit le plus meurtrier de l'histoire**, faisant entre 60 et 80 millions de morts, dont 65 % de civils.

**zoOm**

### La capitulation de l'Allemagne

- La vaste offensive soviétique lancée en janvier 1945 permet une progression fulgurante au dépend du Grand Reich, tandis que sur le front ouest le Rhin est atteint en mars.
- Le 30 avril 1945, les derniers défenseurs du Reichstag, à Berlin, se rendent à l'Armée rouge (photo). Le même jour, Hitler se suicide dans son bunker. C'est la fin du régime nazi. Cette ultime victoire soviétique marque la fin des combats en Europe.

# 6 Le génocide des Juifs et des Tziganes

**EN BREF ▸** *Le régime nazi théorise et met en œuvre la destruction des Juifs et des Tziganes d'Europe.*

## I Le projet nazi : « purifier » l'Europe

### 1 L'antisémitisme « légal » dans l'Europe occupée

**MOT CLÉ**
L'**aryanisation** désigne la confiscation des biens juifs pour les confier ou les vendre à des « Aryens ».

- L'occupation de l'Europe par les nazis s'accompagne de lois visant à exclure les Juifs de la communauté : interdiction de pratiquer certaines professions, d'accéder aux lieux publics, **aryanisation** de leurs biens.
- Puis vient le temps du recensement. Dans les pays occupés, les Juifs ont l'obligation de se faire inscrire sur des registres et de faire apposer la mention « juif » sur leur carte d'identité. Le port de l'étoile est obligatoire en Pologne dès 1939, en Belgique, aux Pays-Bas et en France à partir de 1942.

### 2 Le rejet des Tziganes, « race hybride »

- Considérés comme « asociaux » du fait de leur mode de vie nomade, les Tziganes d'Allemagne sont soumis, à partir de 1937, à un examen « biologique ».
- Le régime nazi préconise leur rassemblement dans des camps de travail forcé et leur stérilisation en masse.

## II Les étapes de l'extermination

### 1 Le regroupement dans des ghettos

- Les ghettos (quartiers réservés aux Juifs) sont une étape préalable à la déportation. Des centaines sont ouverts de la Pologne à la Grèce. Des dizaines de milliers de Juifs y sont entassés dans des conditions très difficiles (sous-nutrition, épidémies…).
- La population y est louée aux entreprises qui travaillent pour l'armée allemande.

### 2 La « Shoah par balles » à l'Est

L'invasion de l'URSS en juin 1941 marque le début de la Shoah, génocide des Juifs européens. Quatre *Einsatzgruppen* (« groupes mobiles d'intervention ») fusillent toutes les familles juives vivant dans les territoires conquis.

### 3 Les camps d'extermination : l'industrialisation de la mort

- Le 20 janvier 1942, à la conférence de Wannsee, est décidée la « Solution finale » de la question juive, c'est-à-dire l'extermination des Juifs. Six camps d'extermination sont installés en Pologne : Chelmno, Belzec, Sobibor, Treblinka, Auschwitz-Birkenau et Majdanek.

- Auschwitz est à la fois un **camp de concentration** et un **camp d'extermination** → ZOOM.
- En décembre 1942, les familles tziganes du Reich sont déportées à Auschwitz-Birkenau, avant leur « liquidation » décidée en mai 1944. De nombreux Tziganes sont soumis à des **expérimentations médicales** atroces.

**MOTS CLÉS**

Dans les **camps de concentration**, opposants, « asociaux », résistants et Juifs subissent la mort par le travail. Les **camps d'extermination** visent à la destruction immédiate de populations entières.

## III Le bilan

- Les camps de la mort sont organisés dans une logique de secret : les fours crématoires doivent faire disparaître les corps. À la Libération, les nazis tentent de cacher les preuves du génocide en détruisant les chambres à gaz.
- Au total, on considère que le génocide a fait **5,1 millions de victimes juives** et entre **200 000 et 500 000 victimes tziganes**.

### zoOm

### Auschwitz, le plus grand complexe concentrationnaire nazi

Arrivée de déportés au camp d'Auschwitz-Birkenau, juin 1944.

- À l'arrivée au camp, les déportés sont divisés en deux groupes. À gauche, femmes, enfants, vieillards, malades sont soumis à un « traitement » immédiat : gazage et incinération des corps dans des fours crématoires. À droite, les déportés les plus solides sont envoyés dans le camp de concentration où ils subissent l'extermination par le travail.
- Près d'un million de Juifs et 21 000 Tziganes sont exterminés à Auschwitz-Birkenau.

# 7 Les résistances dans l'Europe nazie

**EN BREF ▸** *D'abord minoritaire et éclatée, la résistance s'organise et joue un rôle non négligeable dans la libération de l'Europe.*

## I Les débuts de la résistance

### 1 La diversité de la résistance intérieure

- En 1940, la résistance est le fait d'une minorité. Dans les pays occupés, des **civils, résistants du quotidien**, cherchent à mobiliser la population pour la défense des libertés, la protection des proscrits.
- Peu à peu, une **résistance armée** spécialisée dans la **guérilla** (attentats, sabotages) et le **renseignement** s'organise. En URSS, dès l'été 1941, les **partisans** (combattants clandestins face à l'occupant) se multiplient.

### 2 La clandestinité des résistants

- **Traqués par la Gestapo** (police politique allemande), **les SS et les États collaborateurs** comme le régime de Vichy, les résistants luttent dans la clandestinité. Beaucoup meurent sous la torture, fusillés ou en déportation. Le décret ***Nacht und Nebel*** (décembre 1941) permet de les **déporter**.
- Pour empêcher les populations de soutenir la résistance, les nazis utilisent des otages et pratiquent des représailles aveugles.

### 3 Les deux centres de la résistance extérieure

- La résistance extérieure est dès 1940 constituée des gouvernements en exil à **Londres** – gouvernements polonais, néerlandais, luxembourgeois, tchèque – ou d'individus isolés. Ainsi, **Charles de Gaulle** est reconnu par **Winston Churchill** comme le représentant légitime de la France.
- À l'Ouest, les Britanniques mettent sur pied le **SOE** (*Special Operations Executive*) en charge du soutien logistique à la résistance intérieure. Les contacts se font par la radio (BBC) et les filières d'évasion.
- À l'Est, après juin 1941, **Moscou** devient la deuxième capitale de la résistance et abrite les leaders des partis communistes en exil.

## II Le tournant de 1942-1943

### 1 La résistance s'organise

- La radicalisation de la politique nazie gonfle les rangs de la résistance. À partir de 1943, les **réfractaires au STO** (Service du travail obligatoire) prennent le **maquis**.

**MOT CLÉ**

On appelle **maquis** les lieux peu accessibles dans lesquels se réfugient les résistants pour mener la guérilla.

- Les mouvements s'unifient. Ainsi, la résistance française se centralise autour du général de Gaulle grâce à **Jean Moulin** qui crée en mai 1943 le **Conseil national de la Résistance** (CNR).
- En Yougoslavie et en Grèce, les mouvements ne parviennent pas à s'unir et la Libération débouche sur des guerres civiles.

## 2 La résistance participe à la libération

- Après les débarquements, les Alliés s'appuient sur les « combattants de l'ombre ». C'est le cas des **Forces françaises de l'intérieur** (FFI) qui rejoignent les Forces françaises libres (FFL) → ZOOM.
- Certains pays tentent de se libérer seuls. Si l'insurrection de Varsovie en août 1944 est écrasée, l'**Armée de libération nationale** du communiste **Tito** reprend le contrôle de l'ouest de la Yougoslavie durant l'automne 1944.
- Dans de nombreux pays, des résistants siègent dans les gouvernements d'après-guerre. En France, le **Gouvernement provisoire de la République** (GPRF), dirigé par de Gaulle, s'installe dans Paris libéré en août 1944. Il confirme l'élargissement du **droit de vote aux femmes** et met peu à peu en œuvre le **programme du CNR** (Sécurité sociale, allocations familiales).

### zoOm

### Les résistants, relais indispensable des Alliés

- Cette affiche française, datée de 1945 et émanant du Mouvement de libération nationale, célèbre les combattants de l'intérieur (FFI) dont l'action armée a soutenu la libération du territoire.
- L'affiche rappelle aussi le rôle du général de Gaulle, reconnu par les Alliés (Churchill, Roosevelt et Staline) comme représentant de la France combattante.

# 8 La France défaite et occupée : collaboration et résistance

**EN BREF ▸** *La France vaincue par l'Allemagne en 1940 voit s'installer un gouvernement qui rejette la République et collabore avec le régime hitlérien.*

## I La défaite de la France

### 1 La débâcle et l'exode

- Après plusieurs mois d'une « **drôle de guerre** », l'armée française cède devant l'offensive lancée par la Wehrmacht le 10 mai 1940.
- Les combats se soldent par 95 000 morts et 1,8 million de prisonniers, tandis que 8 millions de Français, fuyant l'avancée allemande, prennent le chemin de l'exode.

### 2 Le choix du printemps 1940

- Le **maréchal Pétain**, nommé président du Conseil, demande l'armistice. Héros de Verdun, il apparaît comme un sauveur aux yeux des Français.
- L'**armistice** signé le 22 juin 1940 impose l'occupation de la moitié du territoire → ZOOM, le désarmement des troupes et le paiement de 400 millions de francs par jour au Reich.

## II Le régime de Vichy

### 1 La démocratie reniée par la « Révolution nationale »

- Le 10 juillet 1940, les parlementaires votent les **pleins pouvoirs à Pétain**. Les élections sont suspendues, les syndicats interdits, la presse et la radio censurées.
- La « Révolution nationale » vise à réorganiser la France autour de **valeurs anti-républicaines**, synthétisées dans la devise « Travail, Famille, Patrie » que relaie la **propagande**. L'adoption d'un statut des Juifs (octobre 1940) traduit la nature antisémite du régime, qui prend le nom d'« **État français** ».
- Les Français sont peu sensibles à la Révolution nationale, mais le maréchal Pétain, objet d'un culte officiel, jouit d'une grande popularité.

### 2 La collaboration avec l'Allemagne nazie

- Inaugurée à Montoire par la rencontre entre Pétain et Hitler (24 octobre 1940), la **collaboration** est présentée comme un moyen de préserver la souveraineté française. Après l'occupation de la zone libre (novembre 1942), elle devient soumission.

> **MOT CLÉ**
> Durant la Seconde Guerre mondiale, on appelle **collaboration** le soutien (individuel ou étatique) à l'Allemagne hitlérienne.

- La **police** et l'**administration** épaulent l'occupant. La **milice** soutient la Gestapo dans la traque des résistants. Les 16 et 17 juillet 1942, 16 000 Juifs sont raflés à Paris, enfermés au Vélodrome d'Hiver avant d'être déportés et exterminés.

# III La France du refus

## 1 Les « Français libres »

■ Le 18 juin 1940, à la BBC, le général de Gaulle appelle à continuer le combat. Il prétend assumer un pouvoir politique légitimé par le refus de la défaite.

■ La France libre s'affirme. En 1941, de Gaulle est reconnu par les Alliés comme le représentant légitime de la France. Des Forces françaises libres (FFL) se battent aux côtés des Anglo-Américains dès 1942 en Afrique du Nord.

**MOT CLÉ**
Les individus qui ont fui à Londres, ainsi que les troupes et les colonies qui se sont placées sous l'autorité du général de Gaulle, forment la **France libre**.

## 2 Vers la libération

■ À l'automne 1943, Alger devient la capitale de la France combattante. Le Comité français de libération nationale prépare la libération et le rétablissement de la légalité républicaine.

■ Après le débarquement (6 juin 1944), la Résistance française soutient la progression alliée, ce qui permet à la France de figurer parmi les vainqueurs du conflit.

**zoOm**

### La France divisée et occupée

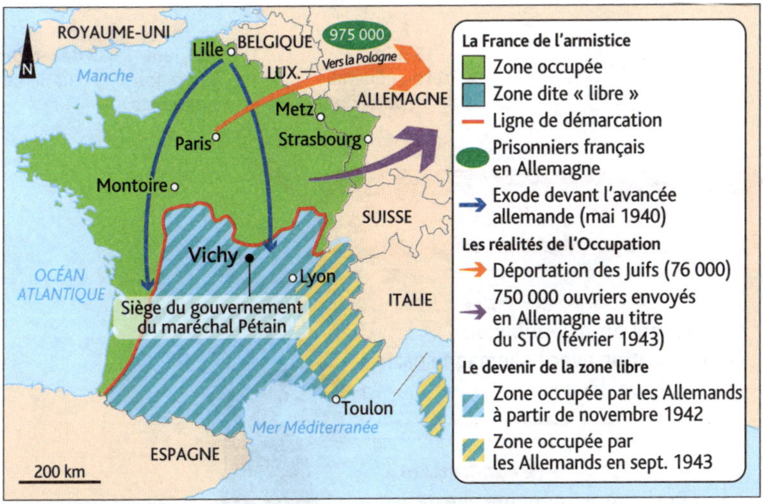


La ligne de démarcation, qui divise le territoire français entre une zone occupée et une zone sous administration de Vichy, ne peut être franchie qu'avec un laissez-passer. Après l'invasion de la zone libre en novembre 1942, la tutelle nazie sur le gouvernement se renforce et la collaboration s'amplifie.

# LA SECONDE GUERRE MONDIALE, COLLABORATION ET RÉSISTANCE

## 1939-1942
## Les victoires de l'Axe

- Guerre-éclair en **Europe**
- Expansion japonaise en **Asie**

Armistice demandé par la France **17 juin**

Conférence de Wannsee **20 janvier**

1939 | 1940 | 1941 | 1942

**VICTOIRES DE L'AXE**

**RÉGIME DE VICHY**

**18 juin** Appel du général de Gaulle depuis Londres

**21 juin** Opération *Barbarossa*

**7 décembre** Pearl Harbor

## 1940-1944
## La France défaite et occupée

**Le régime de Vichy**
- Reniement de la République
- **Collaboration** avec l'Allemagne nazie
- Déportation des Juifs

**La France combattante**
- **Résistance** intérieure et extérieure
- CNR (Jean Moulin)
- Contribution à la libération du territoire et à la refondation républicaine

## 1942-1945
## Les victoires de la Grande Alliance

- **Mobilisations** soviétique et américaine
- Mouvements de **résistance**
- **Débarquement** en Normandie
- Victoire américaine sur le Japon

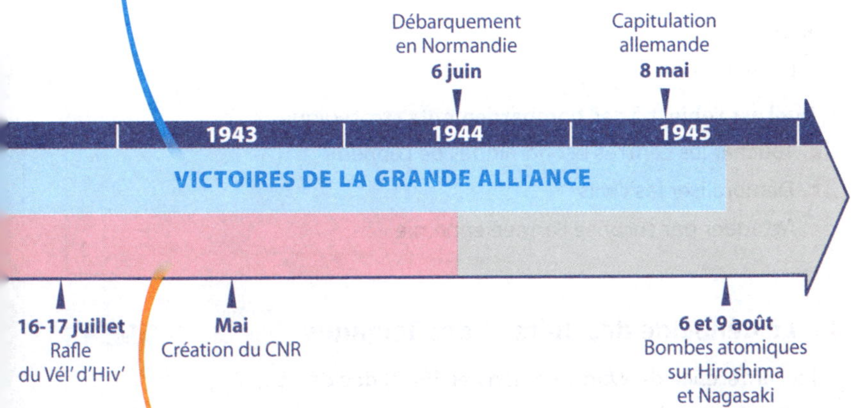


## Le génocide des Juifs et des Tziganes

- Recensement et exclusion juridique
- Regroupement dans des **ghettos**
- **Tueries par balles** à l'Est
- **Camps d'extermination**

# SE TESTER QUIZ

Vérifie que tu as compris les points clés

## 1 Une guerre planétaire

→ FICHE 5

**1) Qu'appelle-t-on la « guerre éclair » ?**

☐ **a.** La victoire de la Grande Alliance

☐ **b.** Les succès rapides du Reich en Europe

☐ **c.** La reconquête du territoire soviétique

**2) Quand débute l'opération *Barbarossa* ?**

☐ **a.** En juin 1941

☐ **b.** En juin 1942

☐ **c.** En juin 1943

**3) Quel est l'objectif des bombardements stratégiques ?**

☐ **a.** Toucher les centres économiques de l'ennemi

☐ **b.** Démoraliser les civils

☐ **c.** Attaquer par surprise l'armée ennemie

…/3

## 2 Le génocide des Juifs et des Tziganes

→ FICHE 6

**1) La conférence de Wannsee (janvier 1942) décide de…**

☐ **a.** l'attaque de la Pologne.

☐ **b.** l'invasion de l'URSS.

☐ **c.** la destruction systématique des Juifs européens.

**2) Les camps d'extermination sont créés…**

☐ **a.** en Pologne.

☐ **b.** en Allemagne.

☐ **c.** dans toute l'Europe.

**3) Le génocide juif a fait…**

☐ **a.** plus de 1 million de morts.

☐ **b.** plus de 3 millions de morts.

☐ **c.** plus de 5 millions de morts.

…/3

## 3 Les résistances dans l'Europe nazie

→ FICHES 7 et 8

**1 Les deux capitales de la résistance européenne sont :**

☐ **a.** Londres et Paris

☐ **b.** Londres et Moscou

☐ **c.** Moscou et Paris

**2 En 1945, la France est comptée parmi les pays…**

☐ **a.** vainqueurs. ☐ **b.** vaincus. ☐ **c.** neutres.

…/2

## 4 La France occupée

→ FICHE 8

**1 Coche la réponse qui convient.**

| | Vrai | Faux |
|---|---|---|
| **a.** Le maréchal Pétain obtient les pleins pouvoirs légalement. | ☐ | ☐ |
| **b.** La politique de « collaboration » est exigée par l'Allemagne. | ☐ | ☐ |
| **c.** Le régime de Vichy a protégé les Juifs et les résistants. | ☐ | ☐ |

**2 Que propose le maréchal Pétain en juin 1940 ?**

☐ **a.** L'armistice ☐ **b.** La capitulation ☐ **c.** La paix

…/2

## 5 La résistance française

→ FICHE 8

**Quelle est la mission de Jean Moulin en France ?**

☐ **a.** Organiser la résistance extérieure

☐ **b.** Créer de nouveaux maquis

☐ **c.** Unir la résistance intérieure

…/1

**ON FAIT LE BILAN !**

score total …/11


- Des erreurs ? Entraîne-toi ! → **LES EXOS** P. 40
- Zéro faute ? Bravo ! → **OBJECTIF BREVET** P. 41

# LES EXOS

Entraîne-toi !

## 6 Répondre à des questions de cours

→ FICHES 5 à 8

1. Pourquoi la Seconde Guerre mondiale est-elle une guerre totale ?
2. Quel a été le rôle des résistances dans la libération de l'Europe ?
3. Qu'a-t-on appelé la « Révolution nationale » en France ?

## 7 Situer des événements dans le temps

→ FICHE 5

Sur la frise ci-dessous, délimite et nomme les deux grandes phases de la Seconde Guerre mondiale.

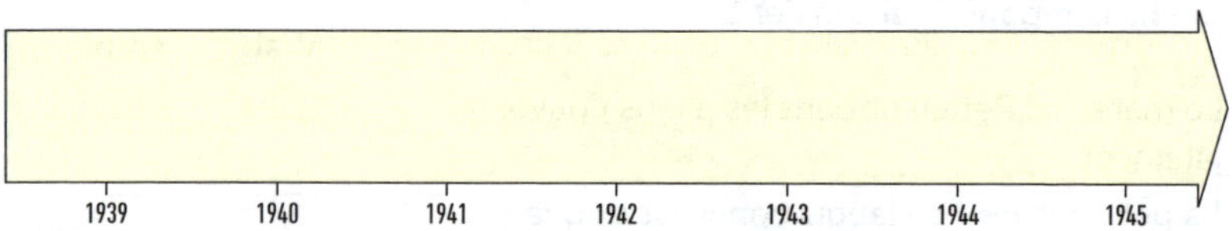


## 8 Comprendre l'information essentielle d'un document

→ FICHE 8

**Document**

Photographie prise à Montoire, le 24 octobre 1940.

Donne un titre au document et explique pourquoi la rencontre photographiée marque un tournant dans la politique de la France à l'égard de l'Allemagne hitlérienne.

# OBJECTIF BREVET

Lance-toi dans des sujets !

## 9 Rédiger un développement construit

35 min

→ FICHE 7

Sous la forme d'un développement construit d'une vingtaine de lignes, explique pourquoi et comment les civils ont résisté dans l'Europe hitlérienne.

**DÉMARRONS ENSEMBLE**

→ Ce sujet porte sur « l'Europe hitlérienne » : tu dois prendre en compte l'ensemble des territoires dominés par le Reich, sur toute la durée de la guerre.

→ Interroge-toi d'abord sur les motivations des résistants : quelles sont-elles ? Les résistants sont-ils majoritaires ?

→ Évoque également les actions menées par la résistance, en montrant qu'elles sont diverses : renseignement, lutte armée, etc.

## 10 Analyser et comprendre un document

45 min

→ FICHE 8

**Document** **Loi du 3 octobre 1940 portant statut des Juifs**

Art. 1er – Est regardé comme juif [...] toute personne issue de trois grands-parents de race juive ou de deux grands-parents de la même race, si son conjoint lui-même est juif.

Art. 2. – L'accès et l'exercice des fonctions publiques et mandats énumérés ci-après sont interdits aux Juifs :

1° [...] Cours d'appel, Tribunaux de première instance, Justices de Paix [...] ;

4° Membres des corps enseignants ;

5° Officiers des Armées de terre, de mer et de l'air ; [...]

Art. 5. – Les Juifs ne pourront, sans condition ni réserve, exercer l'une quelconque des professions suivantes :

Directeurs, gérants, rédacteurs de journaux, revues, agences ou périodiques [...]. Directeurs, administrateurs, gérants d'entreprises ayant pour objet la fabrication, l'impression, la distribution, la présentation de films cinématographiques ; metteurs en scène [...], compositeurs de scénarios, directeurs, administrateurs, gérants de salles de théâtre ou de cinématographie, entrepreneurs de spectacles, directeurs, administrateurs, gérants de toutes entreprises se rapportant à la radiodiffusion. [...]

Fait à Vichy, le 3 octobre 1940.

1) Quelle est la nature de ce document ?

2) Comment le texte définit-il les Juifs ?

3) Quelles professions leur sont interdites ? Pourquoi ?

4) Que révèle ce texte sur la nature du régime de Vichy ?

5) Observe la date précise de ce texte, et compare-la à celle du document de l'exercice 8. Que peux-tu en conclure ?

**DÉMARRONS ENSEMBLE**

1) Commence par te demander quel est le régime politique en place en France au moment où est rédigé ce texte. Quel en est l'objectif ?

4) Quelle est l'idéologie défendue par le régime ? Montre que ce texte en est une parfaite illustration.

5) D'après son contexte précis, ce document a-t-il été rédigé sous la pression de l'occupant ?

## 11 Analyser et comprendre un document

45 min

→ FICHE 6

**Document** **Plan du camp d'Auschwitz-Birkenau**

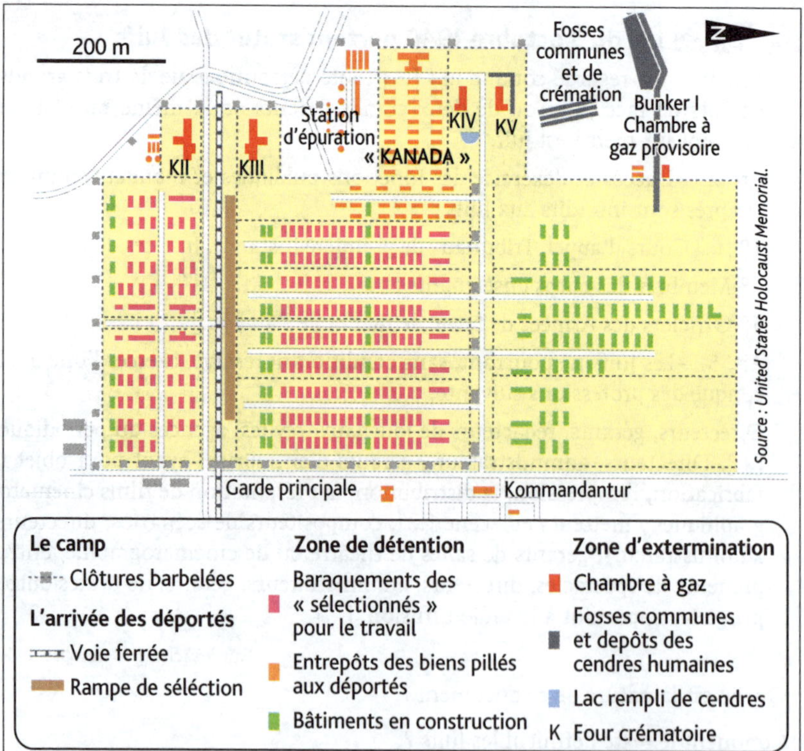

1 Identifie le document.

2 Où se situe le camp d'Auschwitz-Birkenau ? Qui les nazis y envoient-ils ?

3 Étudie le plan : comment le camp est-il organisé ? Que peux-tu en déduire sur sa finalité ?

4 Que nous apprend ce document sur le génocide juif et tzigane ? Quel en est le bilan ?

**DÉMARRONS ENSEMBLE**

2 À quel objectif hitlérien répond la construction du camp d'Auschwitz ?

3 Distingue les différentes zones du camp suivant leur fonction. Comment les déportés sont-ils conduits jusqu'au camp ? Quel sort leur est alors réservé ?

4 Relève des éléments du plan pour justifier tes réponses.

# CORRIGÉS

## SE TESTER QUIZ

### 1 Une guerre planétaire

1 **Réponse b.** La *Blitzkrieg* (« guerre éclair ») désigne la tactique militaire nazie d'offensives rapides par l'usage conjoint de forces motorisées, terrestres et aériennes.

2 **Réponse a.** L'opération *Barbarossa* débute en juin 1941. L'Allemagne envahit l'URSS, conformément au projet nazi de conquête d'un « espace vital » à l'Est.

3 **Réponse b.** Les bombardements stratégiques visent des cibles civiles dans le but de saper le moral de l'arrière et de le faire céder.

### 2 Le génocide des Juifs et des Tziganes

1 **Réponse c.** La conférence de Wannsee met au point, dans le secret, l'organisation de l'extermination des Juifs européens, initiée par des tueries massives à l'est de l'Europe.

2 **Réponse a.** Les camps d'extermination sont installés en Pologne où 90 % de la communauté juive périt.

3 **Réponse c.** Le génocide juif a fait plus 5 millions de victimes et disparaître tout un pan de la culture européenne.

## 3 Les résistances dans l'Europe nazie

1 **Réponse b.** Londres devient la capitale de la résistance européenne dès juin 1940. Après l'invasion de l'URSS par les nazis en juin 1941, Moscou organise la résistance communiste en Europe.

2 **Réponse a.** La France est classée parmi les vainqueurs grâce à sa participation à la reconquête de l'Europe.

## 4 La France occupée

1 **a. Vrai.** Le maréchal Pétain reçoit les pleins pouvoirs des parlementaires réunis à Vichy. 80 d'entre eux s'y opposent.
**b. Faux.** L'offre de collaboration est une initiative du régime de Vichy qui croit en la victoire militaire de l'Allemagne.
**c. Faux.** Le régime de Vichy a traqué et livré des Juifs et des résistants, notamment grâce à sa police auxiliaire, la Milice.

2 **Réponse a.** Le maréchal Pétain veut la signature de l'armistice, en violation de l'alliance passée avec le Royaume-Uni.

## 5 La résistance française

**Réponse c.** Jean Moulin unit les différents mouvements de résistance sous l'autorité du général de Gaulle.

**MINI BIO**

**Jean Moulin** (1899-1943), rallié à de Gaulle dès juin 1940, est chargé par ce dernier d'unifier la résistance française au sein d'un Conseil national de la Résistance. Arrêté par Gestapo, il meurt sous la torture.

# LES EXOS

## 6 Répondre à des questions de cours

1 La Seconde Guerre mondiale est dite « totale » car, plus encore que la guerre de 1914-1918, elle entraîne la **mobilisation entière des sociétés** (soldats, civils, gouvernements, acteurs économiques) et son extension est planétaire. Guerre idéologique, elle oppose des systèmes de valeurs.

2 Les résistances intérieures sont tout d'abord très minoritaires. Soutenus par la résistance extérieure, les mouvements s'étoffent peu à peu, d'abord grâce à l'adhésion des communistes, puis de tous ceux qui veulent fuir le travail forcé imposé par les nazis. Ils **participent activement à la libération** de leur territoire, mais avec plus ou moins de succès.

3 La « Révolution nationale » est le **programme politique réactionnaire** que le maréchal Pétain entend imposer à la France. Il s'appuie sur une nouvelle devise, « Travail, Famille, Patrie », et repose sur l'exclusion des étrangers et des Juifs.

## 7 Situer des événements dans le temps

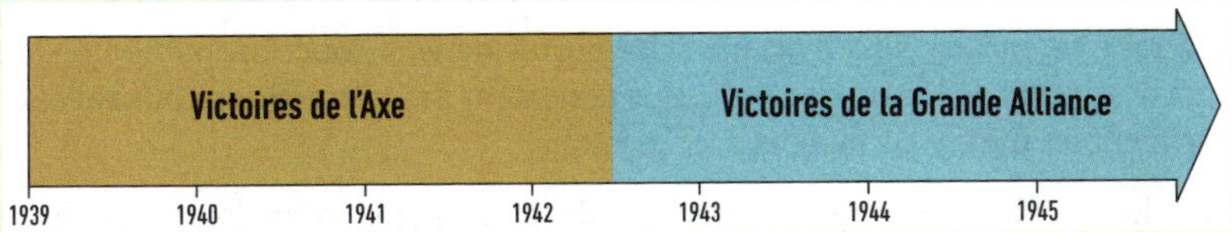


## 8 Comprendre l'information essentielle d'un document

Le document pourrait s'intituler : « La rencontre de Pétain et Hitler à Montoire, le 24 octobre 1940 ».
Cette rencontre marque un **tournant** dans la politique de la France à l'égard de l'Allemagne hitlérienne puisqu'elle débouche sur une déclaration de Pétain annonçant aux Français la mise en place d'une politique de **collaboration** avec les nazis.

# OBJECTIF BREVET

## 9 Rédiger un développement construit

Au cours de la Seconde Guerre mondiale, dans tous les territoires dominés par le Reich, on observe l'apparition de mouvements de résistance.

- Les **résistants européens** viennent d'horizons divers, mais ont en commun de lutter contre l'oppression nazie, soit par patriotisme (défendre la patrie occupée), soit par idéologie, soit par humanité (venir en aide aux personnes traquées). Les **premiers réseaux** et **mouvements** qui se constituent sont éclatés et minoritaires, et leurs moyens d'action sommaires (renseignement, diffusion de tracts, journaux clandestins). Les risques sont énormes : dénonciation, arrestation, torture.
- Une **résistance extérieure** s'organise peu à peu à Londres, puis à Moscou à partir de juin 1941. Elle vise à soutenir militairement la résistance intérieure et à obtenir des renseignements pour les débarquements futurs.
- Les combattants de l'intérieur **s'unissent et organisent la lutte armée** : en France, autour de la figure du général de Gaulle ; en Yougoslavie et en Grèce, en deux mouvements hostiles, royalistes et communistes. Au moment de la Libération, les résistants soutiennent l'avancée des Alliés.

**CONSEIL**
Tu peux aussi rappeler pourquoi les résistants doivent agir dans la clandestinité.

## 10 Analyser et comprendre un document

1) Ce document est un texte de loi promulgué par le régime de Vichy le 3 octobre 1940. Il définit un statut particulier pour les populations juives.

2) Le statut de Juif est défini par des critères raciaux, présumés transmis par hérédité.

3) La loi interdit aux Juifs d'occuper des postes dans la fonction publique, donc d'être des agents de l'État. Elle les bannit également des professions culturelles qui pourraient les mettre en rapport avec le public.

4) En les excluant d'un grand nombre de professions, cette loi retranche les citoyens français de confession juive de la communauté nationale au nom de critères raciaux. Elle révèle donc le caractère profondément antisémite du régime de Vichy.

5) Adoptée le 3 octobre 1940, cette loi précède de quelques semaines la rencontre entre Pétain et Hitler à Montoire, le 24 octobre. Le statut des Juifs français a donc été décrété en dehors de toute pression allemande, sur initiative française.

## 11 Analyser et comprendre un document

1) Ce document est un plan du camp d'extermination d'Auschwitz-Birkenau. Il s'agit donc d'un document réalisé à l'aide de données scientifiques et de relevés sur le terrain (malgré les destructions opérées par les nazis à la fin de la guerre).

2) Le camp est construit en Pologne. Ce sont essentiellement des Juifs et des Tziganes qui sont envoyés à Auschwitz. En effet, la fonction première du camp est l'extermination de ces populations, définies comme « inférieures » par le régime hitlérien. Néanmoins, Auschwitz comporte également un camp de travail. Les nazis y envoient donc également des résistants.

3) Le plan montre les installations de mise à mort : chambres à gaz et crématoires, ainsi que les bâtiments réservés au stockage et au tri des biens des déportés (« Kanada »). Les corps des victimes sont voués à la destruction et à la disparition : aucune preuve du crime ne doit être visible. Les déportés qui ne sont pas « sélectionnés » pour une mort immédiate sont désignés pour le travail.

4) Le document illustre le caractère industriel du génocide juif et tzigane. La machine de mort est organisée pour exterminer à grande échelle. Le génocide juif a fait plus de 5 millions de victimes. Pour les Tziganes, le chiffre se situe entre 200 000 et 500 000 morts.

# 3 Le monde après 1945 : indépendances, guerre froide et projet européen

# 9 Effondrement des empires coloniaux et indépendances

**EN BREF** ▸ *La Seconde Guerre mondiale renforce le nationalisme dans les colonies et marque le point de départ d'un processus d'émancipation en Asie, puis en Afrique.*

## I La décolonisation débute en Asie...

### 1 | Les conséquences de la Seconde Guerre mondiale

- La défaite des métropoles européennes en 1940 favorise l'essor des mouvements indépendantistes dans les colonies.
- En 1945, les États-Unis et l'URSS sont favorables à l'**émancipation** des colonies.
- L'Organisation des Nations unies (ONU), créée en 1945, réaffirme le droit des peuples à choisir leur forme de gouvernement.

**MOT CLÉ**
L'**émancipation** désigne le processus par lequel un peuple dominé se libère de la tutelle coloniale.

### 2 | L'étincelle asiatique

- En 1945, la capitulation japonaise crée un vide politique en Asie. Face à Soekarno qui proclame l'indépendance de l'Indonésie, les Pays-Bas alternent entre négociations et répression mais, sous la pression internationale, quittent le pays en 1949.
- En Indochine, la France refuse de reconnaître la République démocratique du Vietnam proclamée par Hô Chi Minh (1890-1969) et le Vietminh en 1945. Après huit années de guerre, en juillet 1954, les accords de Genève reconnaissent le Vietnam indépendant.

### 3 | L'indépendance des Indes britanniques

- En Inde, les négociations entre le Royaume-Uni et les indépendantistes aboutissent à l'indépendance le 15 août 1947, mais au prix d'une partition : l'Union indienne majoritairement hindouiste et le Pakistan musulman → FICHE 10.
- Ceylan (Sri Lanka) et la Birmanie s'émancipent en 1948, la Malaisie et Singapour en 1957 et 1959.

## II ... et s'étend à l'Afrique

### 1 | L'effet accélérateur de Bandung

En avril 1955, les leaders de 29 pays nouvellement indépendants d'Asie, d'Afrique et du Moyen-Orient organisent une conférence internationale à Bandung (Indonésie). Elle condamne le racisme et le colonialisme et pose les bases d'une solidarité entre pays dominés → FICHE 12.

## 2 | L'émancipation des territoires français d'Afrique du Nord

■ Les **protectorats tunisien et marocain** évoluent vers l'indépendance par la négociation (1956).

■ En **Algérie**, le **Front de libération nationale (FLN)** entame la lutte armée en novembre 1954 par une série d'attentats. Au bout de huit ans, l'indépendance est reconnue en juillet 1962 par les accords d'Évian → FICHE 10.

## 3 | L'accès à l'indépendance de l'Afrique subsaharienne

■ Dès 1957, le Ghana ouvre la voie à la **décolonisation des territoires de l'Empire britannique**, qui s'achève dans les années 1960.

■ Dans les colonies britanniques comptant une forte minorité blanche, des violences ont lieu, comme en Rhodésie.

■ En 1960, alors que la Belgique quitte le **Congo**, les **territoires français** d'Afrique subsaharienne s'émancipent.

■ Les **colonies portugaises** (Angola, Mozambique, Guinée-Bissau) accèdent à l'indépendance après 12 ans de guerre, à la chute de la dictature portugaise en 1975.

zoOm

### Les étapes de la décolonisation en Afrique et en Asie

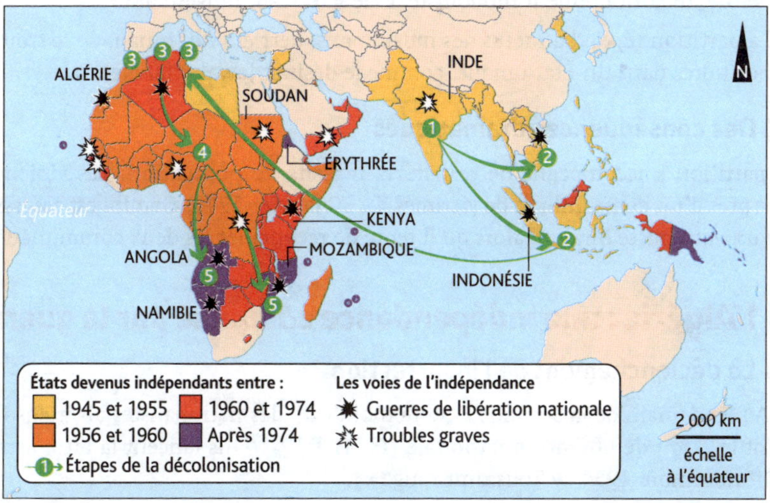


La décolonisation prend des formes variées, qui peuvent aller des négociations pacifiques aux guerres de libération nationale.

# 10 L'Inde et l'Algérie : deux modalités d'accès à l'indépendance

**EN BREF ▸** *Les modalités d'accès à l'indépendance diffèrent selon les empires et selon la situation particulière de chaque colonie.*

## I L'Inde : une émancipation acquise pacifiquement ?

### 1 Un nationalisme précoce

- En Inde, dès la fin du XIXe siècle, le parti du Congrès réclame la participation des Indiens à la gestion de la colonie.
- Gandhi, qui a multiplié les campagnes non violentes dans les années 1920 contre la présence britannique, est reconnu en 1931 par la métropole.

**MINI BIO**

Figure dominante du nationalisme indien, **Mohandas Karamchand Gandhi (1869-1948)** préconise la non-violence pour lutter contre la présence britannique. Lors de l'indépendance, il ne peut s'opposer à la partition du pays.

### 2 L'indépendance et la partition

- Le 15 août 1947, l'indépendance est proclamée par le représentant britannique, Lord Mounbatten, au prix d'une partition en deux États : l'Union indienne, majoritairement hindouiste, et le Pakistan, musulman.
- La partition répond au refus des musulmans, derrière Ali Jinnah, de se trouver minoritaires dans un État unique, comme le désirait Jawaharlal Nehru.

### 3 Des conséquences dramatiques

La partition s'accompagne de transferts massifs de population. Les violences font près d'un demi-million de victimes. Le 30 janvier 1948, Gandhi est assassiné par un extrémiste hindou, alors qu'il tente de réconcilier les deux communautés.

## II L'Algérie : une indépendance conquise par la guerre

### 1 Le déclenchement de l'insurrection

- Au lendemain de la Seconde Guerre mondiale, des nationalistes algériens forment le Front de libération nationale (FLN) → ZOOM. Ils lancent la lutte armée le 1er novembre 1954 (« Toussaint rouge »).
- L'Algérie est alors divisée en trois départements et peuplée de près d'un million de pieds-noirs (Français d'Algérie) hostiles à l'indépendance. Le gouvernement répond à l'insurrection par la répression et l'envoi d'un nombre croissant d'appelés.

## 2 L'engrenage (1954-1959)

- En 1956, des « pouvoirs spéciaux » sont accordés à l'armée. En 1957, une vague d'attentats à Alger conduit l'armée à pratiquer massivement la torture lors de la « bataille d'Alger ».
- Le 13 mai 1958, les pieds-noirs, craignant que la métropole accorde l'indépendance, s'emparent du Gouvernement général et réclament le retour du général de Gaulle.

## 3 Vers l'indépendance (1960-1962)

- En 1959, de Gaulle, revenu au pouvoir, propose le droit à l'autodétermination du peuple algérien. Les partisans de « l'Algérie française » s'y opposent. Après l'échec du putsch de quatre généraux (1961), l'Organisation armée secrète (OAS) se lance dans le terrorisme. La violence gagne la métropole. Près de 200 Algériens sont tués par la police lors d'une manifestation à Paris, le 17 octobre 1961.

**MOT CLÉ**
L'**autodétermination** est le terme employé par le général de Gaulle pour montrer la liberté de choix des Algériens entre la francisation, l'association ou la sécession.

- Mais les négociations finissent par aboutir aux accords d'Évian en mars 1962 : un cessez-le-feu est décrété et l'indépendance reconnue trois mois plus tard. Les pieds-noirs sont rapatriés.

**zoOm**

### Le FLN, acteur majeur de la guerre d'indépendance algérienne

Arrestation des leaders du FLN à Alger par les autorités françaises, le 22 octobre 1956.

En Algérie, le Front de libération nationale (FLN) mène 8 ans de guerre contre la métropole avec son bras armé, l'Armée de libération nationale (ANL). Avec sa branche politique, le Gouvernement provisoire de la République algérienne, il obtient la signature des accords d'Évian en mars 1962.

# 11 Un monde bipolaire au temps de la guerre froide (1947-1962)

**EN BREF ▸** *Après la Seconde Guerre mondiale, l'antagonisme idéologique entre les États-Unis et l'URSS entraîne une bipolarisation du monde lourde de dangers.*

## I Un monde bipolarisé

### 1 Un conflit de puissances

■ Dès 1945, les relations entre les États-Unis et l'URSS, alliés dans la lutte contre le nazisme, se tendent. Les États-Unis s'inquiètent de l'expansion communiste en Europe de l'Est. En 1947, le *containment* (ou endiguement), énoncé par le président Truman, vise à contenir l'expansion communiste, notamment par une aide économique *via* le **plan Marshall**.

> **MOT CLÉ**
> Le **plan Marshall** est l'aide financière, en nature et en dollars, versée par les États-Unis aux pays européens à partir de 1948, pour favoriser leur reconstruction.

■ En réponse, l'URSS appelle à la lutte contre les États occidentaux qualifiés d'« impérialistes ». Le Kominform (1947) coordonne l'action des partis communistes d'Europe.

### 2 La constitution des blocs

■ Le monde se divise dès lors en deux blocs structurés autour des États-Unis et de l'URSS (bloc de l'Ouest et bloc de l'Est) qui organisent des réseaux d'alliances militaires pour étendre leur zone d'influence.

■ À l'Alliance atlantique (OTAN) organisée en 1949 autour des États-Unis, l'URSS répond par le pacte de Varsovie en 1955.

### 3 La concurrence entre deux modèles idéologiques

■ Les deux Grands s'opposent dans tous les domaines : politique, diplomatique, militaire, économique... Mais c'est surtout l'antagonisme idéologique qui rend toute paix impossible. Le libéralisme politique et économique des Américains est incompatible avec le communisme soviétique.

■ Le conflit idéologique prend la forme d'une guerre de propagande qui utilise tous les moyens de communication modernes → ZOOM.

# II Un conflit par pays interposés, d'intensité variable

## 1 La course aux armements

La guerre froide voit alterner périodes de crises et d'apaisement. Mais l'**affrontement militaire direct est évité** par l'**équilibre de la terreur**.

**MOT CLÉ**

On appelle « **équilibre de la terreur** » la parité des moyens de destruction massive (bombe atomique) visant à dissuader l'adversaire de faire usage de la force.

## 2 Les crises répétées

- De 1947 à la mort de Staline (1953), l'**Allemagne** occupée est au centre des tensions. L'échec du **blocus de Berlin** (juin 1948-mai 1949) entraîne la **partition du pays** entre la **République fédérale d'Allemagne (RFA)** et la **République démocratique allemande (RDA)** en 1949.
- La guerre froide se déplace en Asie où le communiste Mao s'affirme à la tête de la **République populaire de Chine**. La tentative de la **Corée du Nord communiste** d'envahir le Sud est néanmoins mise en échec (guerre de Corée, 1950-1953).
- La fuite des Allemands de l'Est vers la RFA convainc l'URSS et la RDA de la nécessité de fermer le « **rideau de fer** ». Dans la nuit du 12 au 13 août 1961, l'érection d'un **mur à travers Berlin** bloque tout passage.
- Lors de la **crise de Cuba** (1962), le risque de déflagration nucléaire pousse Khrouchtchev et Kennedy à entrer dans une période de détente.

## zoOm

### Est et Ouest, deux modèles antagonistes

- Dans ce dessin réalisé en Allemagne en 1945, la division du monde en deux camps opposés semble déjà en place. Elle annonce l'affrontement entre les anciens alliés américain et soviétique.
- Les deux puissances affirment des modèles idéologiques opposés et cherchent à constituer autour d'elles un « bloc » de pays alliés.

# 12 De l'émergence du tiers-monde à la fin du monde bipolaire (1962-1991)

**EN BREF ▸** *Alors que les deux Grands tentent de maintenir la cohésion de leur bloc, la bipolarisation est mise à mal par l'apparition de nouveaux acteurs sur la scène internationale à partir des années 1960.*

## I La détente à partir des années 1960

### 1 Un accord pour limiter le risque nucléaire

- Après la crise de Cuba, des rencontres régulières entre les deux Grands ont lieu. Le « téléphone rouge » facilite les communications.
- Le traité de non-prolifération des armes nucléaires (1968) limite la possession de l'arme nucléaire aux cinq pays qui la maîtrisent (États-Unis, URSS, Chine, France, Royaume-Uni).

### 2 La remise en cause de la logique bipolaire

- Lors des conférences de Bandung (1955) → ZOOM et de Belgrade (1961), les nouveaux États indépendants refusent la bipolarisation : le tiers-monde affirme ainsi sa volonté de non-alignement.
- Dans le bloc communiste, rompant avec l'URSS (1959), la Chine offre au tiers-monde un modèle concurrent et condamne l'impérialisme des deux Grands. En Europe, la contestation monte dans le bloc de l'Est. En 1968, le « Printemps de Prague » est réprimé dans le sang.

**MOT CLÉ**

Le **tiers-monde** désigne les pays anciennement colonisés et peu développés économiquement, affirmant leur solidarité sur la scène internationale.

- Parallèlement, les partenaires européens des États-Unis s'autonomisent avec la construction de la Communauté économique européenne (CEE) → FICHE 13.

### 3 Le repli américain

- Les États-Unis sont pris dans un engrenage au Vietnam où, pour contenir la poussée communiste du Nord, ils s'engagent à partir du milieu des années 1960 dans une guerre meurtrière de plus en plus impopulaire. Ils sont contraints de partir en 1972, laissant la péninsule indochinoise aux communistes.
- En 1979, l'invasion de l'Afghanistan par l'URSS et l'installation d'une République islamique en Iran, ancien allié des États-Unis, sont autant de signes de l'affaiblissement américain sur la scène internationale.

# II La fin de la guerre froide

## 1 « *America is back* »

- En 1980, l'élection de Ronald Reagan rompt avec la détente. Il entreprend une croisade idéologique contre « l'empire du Mal » et oblige l'URSS à une nouvelle course aux armements ruineuse.
- Les États-Unis soutiennent les combattants afghans, contribuant à l'enlisement de l'Armée rouge, et arment la guérilla anticommuniste au Nicaragua.

## 2 L'arrivée au pouvoir de Gorbatchev et la chute du mur de Berlin

- En 1985, Mikhaïl Gorbatchev lance de profondes réformes en URSS pour sauver le système communiste, à bout de souffle. Sa politique de restructuration économique (*perestroïka*) ébranle la cohésion du bloc de l'Est tandis que la politique de transparence (*glasnost*) libère la parole.
- La chute du mur de Berlin (novembre 1989) achève de déstabiliser l'URSS. En deux mois, les régimes communistes d'Europe de l'Est s'effondrent.

## 3 La disparition de l'URSS (1991)

Les revendications nationalistes dans les républiques soviétiques, en particulier baltes, et un putsch conservateur raté en août 1991 provoquent l'éclatement soviétique : le 25 décembre 1991, la démission de Gorbatchev met fin à l'URSS et consacre la victoire des États-Unis dans la guerre froide.

### zoOm

### La conférence de Bandung (avril 1955)

- La conférence afro-asiatique de Bandung est l'occasion pour les nouveaux États nés de la décolonisation d'affirmer leur solidarité internationale et leur volonté de non-alignement. Le tiers-monde naît à Bandung.
- La Chine communiste, représentée par le Premier ministre Zhou Enlai, ici à la tribune, y voit l'occasion de promouvoir son modèle de développement.

# 13 La construction européenne jusqu'en 1992

**EN BREF** ▸ *En 1945 resurgit l'idée de fonder une Europe politique unie. C'est pourtant sur des bases économiques que naît et s'approfondit la CEE.*

## I Les débuts de la construction européenne

### 1 La CECA

En 1951, sous l'impulsion des Français Jean Monnet et Robert Schuman, une Communauté européenne du charbon et de l'acier (CECA) réunit six États européens : France, RFA, Italie, Belgique, Pays-Bas et Luxembourg. Ces pays s'accordent sur la libre circulation des produits sidérurgiques et du charbon.

### 2 L'échec de la CED

Dans le contexte de la guerre froide, les Américains incitent leurs alliés européens à créer une défense commune. Mais la Communauté européenne de défense (CED) échoue face au refus français (1954).

### 3 La Communauté économique européenne

- L'échec de la CED ouvre la voie à la relance de la construction européenne à partir de l'**intégration économique**.
- Le 26 mars 1957, les six membres de la CECA signent les traités de Rome qui fondent une Communauté économique européenne (CEE) → ZOOM.

**MOT CLÉ**
L'**intégration économique** est l'unification des politiques économiques de différents États pour l'établissement d'une zone de libre-échange.

- L'union douanière et la Politique agricole commune (PAC) visent à rendre l'Europe autosuffisante sur le plan alimentaire : modernisation des exploitations, soutien du niveau de vie des agriculteurs et sécurisation des approvisionnements.

## II Quelle Europe ?

### 1 Le couple franco-allemand, moteur de la construction européenne

Avec le traité de l'Élysée (1963) signé entre le général de Gaulle et le chancelier Adenauer pour favoriser la collaboration franco-allemande, le couple devient le moteur de la construction européenne.

### 2 Les élargissements successifs

- En 1973, le Danemark, le Royaume-Uni et l'Irlande adhèrent à la CEE.
- Les élargissements se font ensuite en direction de l'Europe du Sud : Grèce (1981), Espagne et Portugal (1986) → FICHE 14.

### 3 | De lents approfondissements

En 1979, le Parlement européen est élu au suffrage universel direct. L'Acte unique européen adopté en 1986 renforce les institutions européennes.

## III Maastricht, une nouvelle ambition ?

### 1 | La fin de la logique bipolaire en Europe

Entre 1989 et 1991, l'émancipation des pays de l'ancien bloc de l'Est laisse présager un élargissement de la CEE. Il apparaît alors nécessaire de redéfinir les traités européens.

### 2 | La naissance de l'Union européenne

- Le traité de Maastricht (1992) institue l'Union européenne (UE), reposant sur « trois piliers » : la Communauté européenne, cadre de la libre circulation des marchandises, des services, des capitaux et des personnes ; la Politique étrangère et de sécurité commune (PESC) ; la coopération policière et judiciaire en matière pénale.
- Une citoyenneté européenne est créée, ainsi que la possibilité pour les ressortissants de l'UE de voter ou de se présenter aux élections locales et européennes dans leur État membre.
- Enfin, le traité institue l'Union économique et monétaire (UEM), préparant ainsi l'adoption d'une future monnaie unique.

**zoOm**

#### Les traités des Rome instituent la CEE (1957)

- La Communauté économique européenne prévoit l'établissement d'un marché commun fondé sur la libre circulation des personnes, des services et des capitaux.
- L'Euratom (Communauté européenne de l'énergie atomique) amorce une coopération dans le domaine nucléaire.

« L'Europe unie pour le progrès et pour la paix », affiche italienne célébrant la signature des traités de Rome, le 25 mars 1957.

# 14 Le projet européen depuis le traité de Maastricht

**EN BREF ▸** *Les élargissements successifs de l'Union européenne s'accompagnent d'un approfondissement de la logique communautaire, mais au prix de la mise en place d'une Europe à plusieurs vitesses.*

## I Les enjeux d'une Europe élargie

### 1 De nouveaux candidats

En 1995, l'UE s'élargit à trois nouveaux États : l'Autriche, la Finlande et la Suède → ZOOM. Pour les pays candidats d'Europe de l'Est, des critères politiques (institutions démocratiques) et économiques (économie de marché) sont fixés.

### 2 L'euro

- La **Banque centrale européenne (BCE)** est créée en 1998. Elle est chargée d'émettre la monnaie unique européenne, l'euro, mise en circulation dans 11 pays en janvier 2002.

**MOT CLÉ**

Institution monétaire de l'Union européenne, la **Banque centrale européenne** est en charge de l'émission de l'euro. Elle siège à Francfort (Allemagne).

- La zone euro concerne aujourd'hui 19 pays de l'UE. Devenu la deuxième devise internationale derrière le dollar américain, l'euro facilite les échanges et renforce l'influence économique de l'UE dans le monde.

### 3 Schengen, un espace de libre circulation des personnes

En 1995, 7 pays signataires de la convention de Schengen (1985) mettent en place un espace de libre circulation des personnes. Celui-ci prévoit la suppression des contrôles aux frontières intérieures et un renforcement des contrôles aux limites extérieures de l'UE.

## II Une Europe à dimensions variables

### 1 L'Europe-continent

- En 2004, huit pays d'Europe de l'Est et deux d'Europe du Sud intègrent l'UE. En 2007, c'est au tour de la Bulgarie et de la Roumanie, suivies en 2013 par la Croatie. L'Union compte alors 28 pays et 514 millions d'habitants.
- Les élargissements ont pour but d'étendre la zone de stabilité et de paix à une large partie du continent, de stimuler la croissance économique et les échanges, et de renforcer la place de l'UE dans les affaires mondiales.

### 2 Une Europe à plusieurs vitesses

Les élargissements soulèvent des difficultés et de nouveaux défis, les retards en matière de développement économique et social des nouveaux entrants étant importants.

# III Des solutions longtemps différées

## 1 La réorganisation des institutions communautaires

- Le **traité de Lisbonne** (2009) augmente les pouvoirs du Parlement européen, dorénavant en charge de l'élection du président de la Commission européenne.
- Un poste de **président du Conseil européen**, élu par le Conseil des chefs d'État et de gouvernement, est créé, ainsi que celui de **Haut représentant de l'Union** pour les Affaires étrangères et la politique de sécurité.

## 2 L'UE en crise

- Depuis la fin des années 2000, la **crise grecque**, la **crise migratoire** et la montée de l'**euroscepticisme** suscitent des tensions. Celles-ci culminent en juin 2016, lorsque les Britanniques votent pour une sortie de l'UE (**Brexit**), effective en janvier 2021.
- La montée en puissance de **gouvernements illibéraux**, qui remettent en cause les libertés individuelles (Pologne, Hongrie), suscite des sanctions financières de l'UE.

### zoOm

**La construction européenne**

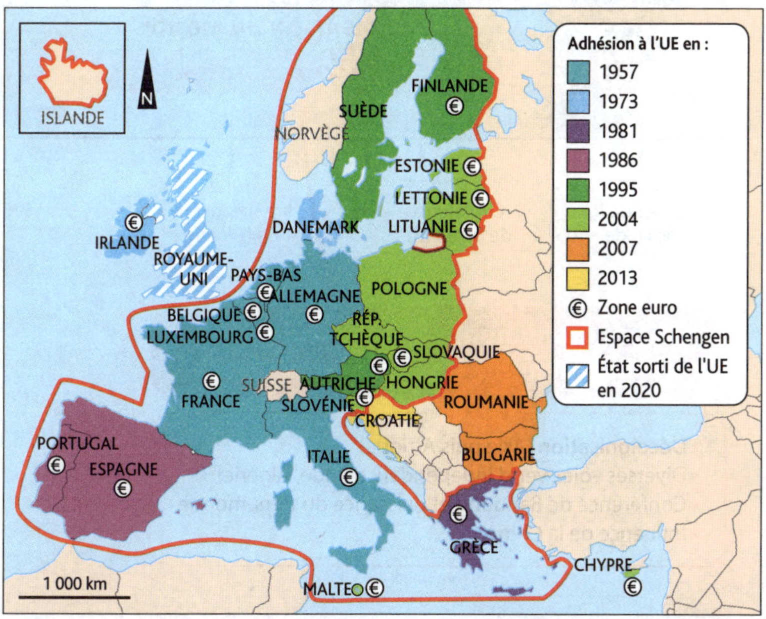

# LE MONDE APRÈS 1945 : INDÉPENDANCES, GUERRE FROIDE ET PROJET EUROPÉEN

## Un monde bipolaire au temps de la guerre froide

**Deux blocs antagonistes**

| | Bloc occidental | Bloc soviétique |
|---|---|---|
| **Puissance** | États-Unis | URSS |
| **Idéologie** | Libéralisme | Communisme |
| **Alliances et relais** | OTAN | Kominform |

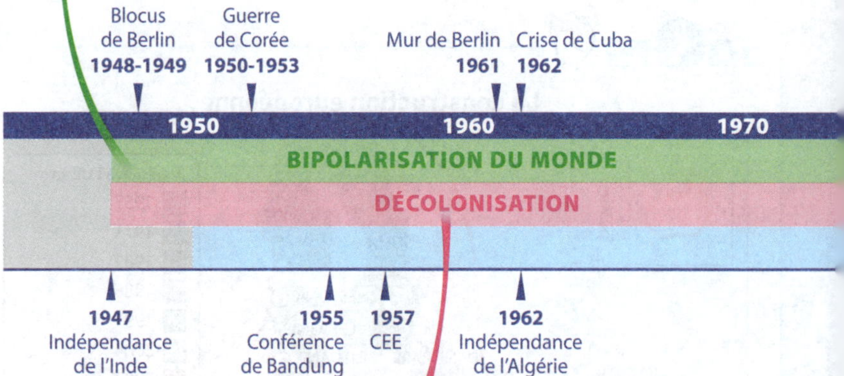


## L'effondrement des empires coloniaux et l'indépendance des nouveaux États

- **Décolonisation** (Asie puis Afrique)
- Diverses voies vers l'indépendance (Inde, Algérie)
- Conférence de Bandung et naissance du **tiers-monde**
- Influence de la **Chine**

**Des crises répétées mais indirectes**
- Berlin (1948-1949, 1961)
- Corée (1950-1953)
- Cuba (1962)

Chute du mur de Berlin
**1989**

**1980** **1990** **2020**

**CONSTRUCTION EUROPÉENNE**

**1992** UE

**2020** Brexit

## La construction européenne

- **CECA** (1951)
- **CEE** : Europe des 12, Euratom
- **UE** : Europe des 28, PESC,
coopération policière et judiciaire, citoyenneté européenne, Union économique et monétaire (UEM)

# SE TESTER QUIZ

Vérifie que tu as compris les points clés

## 1 L'effondrement des empires coloniaux

→ FICHES 9 et 10

**Coche la réponse qui convient.**

| | Vrai | Faux |
|---|---|---|
| **a.** En 1945, Hô Chi Minh déclare l'indépendance de l'Indonésie. | ☐ | ☐ |
| **b.** L'indépendance de l'Inde est proclamée en 1947. | ☐ | ☐ |
| **c.** Les accords d'Évian mettent fin à la guerre d'Algérie. | ☐ | ☐ |

.../1

## 2 La guerre froide

→ FICHE 11

**1) La guerre froide est une période...**

☐ **a.** d'affrontements directs entre les deux Grands.

☐ **b.** de confrontation entre les deux Grands par pays interposés.

☐ **c.** d'antagonisme idéologique entre les deux Grands.

**2) Qu'est-ce que le plan Marshall ?**

☐ **a.** Un plan de soutien militaire américain à l'Europe

☐ **b.** Un plan d'attaque contre l'URSS

☐ **c.** Une aide financière des États-Unis à l'Europe après la Seconde Guerre mondiale

.../2

## 3 La fin du monde bipolaire

→ FICHE 12

**1) Élu en 1980, Ronald Reagan décide...**

☐ **a.** un repli américain de la scène internationale.

☐ **b.** une relance de la course aux armements.

☐ **c.** une reprise de la guerre idéologique contre l'URSS.

**2) L'effondrement de l'URSS s'explique par...**

☐ **a.** la relance de la course aux armements avec les États-Unis.

☐ **b.** les réformes de Mikhaïl Gorbatchev.

☐ **c.** un putsch raté.

.../2

## 4 L'émergence du tiers-monde

→ FICHE 12

**1) Qu'appelle-t-on le tiers-monde ?**

☐ **a.** Les pays en guerre contre leur métropole

☐ **b.** Les pays anciennement colonisés qui condamnent le colonialisme et affirment leur solidarité

☐ **c.** Les pays pauvres

**2) Les pays non alignés sont des pays qui…**

☐ **a.** refusent d'entrer dans la logique bipolaire.

☐ **b.** contestent l'ordre économique mondial.

☐ **c.** critiquent la domination américaine.

**3) Quelle puissance cherche à se placer à la tête du tiers-monde ?**

☐ **a.** Les États-Unis ☐ **b.** L'URSS ☐ **c.** La Chine

…/3

## 5 La construction européenne

→ FICHES 13 et 14

**1) Les traités de Rome instaurent en Europe…**

☐ **a.** un marché commun.

☐ **b.** une fédération politique.

☐ **c.** une monnaie commune.

**2) En 1992, que met en place le traité de Maastricht ?**

☐ **a.** La politique agricole commune (PAC)

☐ **b.** L'espace Schengen

☐ **c.** La citoyenneté européenne

**3) Qu'est-ce que l'espace Schengen ?**

☐ **a.** Un espace de libre circulation des marchandises au sein de l'UE

☐ **b.** Un espace de libre circulation des personnes au sein de l'UE

☐ **c.** Un espace de libre circulation des capitaux au sein de l'UE

…/3

**ON FAIT LE BILAN !**

score total …/11


- Des erreurs ? Entraîne-toi ! → **LES EXOS** P. 64
- Zéro faute ? Bravo ! → **OBJECTIF BREVET** P. 66

# LES EXOS

Entraîne-toi !

## 6 Répondre à des questions de cours

→ FICHES 9 à 14

1) La décolonisation de l'Inde a-t-elle été pacifique ?

2) Qu'appelle-t-on la bipolarisation du monde durant la guerre froide ?

3) Qu'est-ce que la CEE ?

## 7 Compléter une carte

→ FICHE 14

Complète la carte ci-dessous en coloriant et en nommant les pays entrés dans l'Union européenne depuis 2004.

**Document** **L'élargissement de l'Union européenne à l'Est**

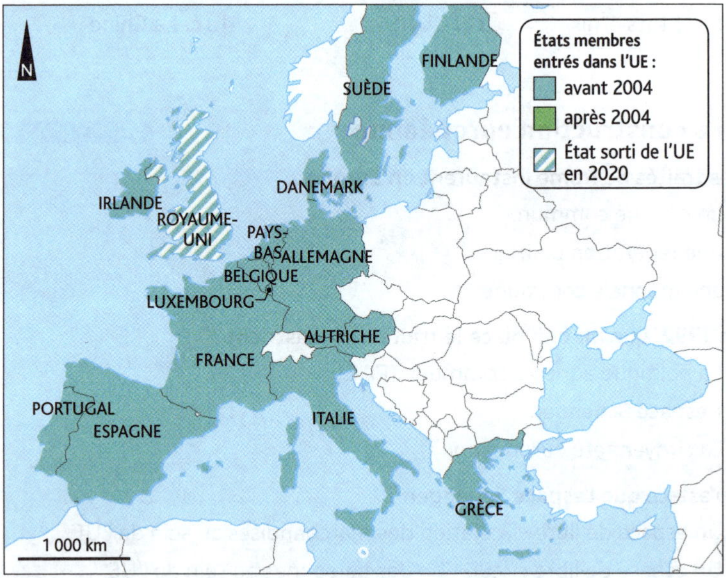


## 8 Comprendre un texte officiel

→ FICHE 12

**Document** **Déclaration sur les problèmes des peuples dépendants**

La conférence afro-asiatique a discuté les problèmes des peuples dépendants et du colonialisme et des maux résultant de la soumission des peuples à l'assujettissement de l'étranger, à leur domination et à leur exploitation par ce dernier. La conférence est d'accord :

**1.** pour déclarer que le colonialisme, dans toutes ses manifestations, est un mal auquel il doit être mis fin rapidement ;

**2.** pour déclarer que la question des peuples soumis à l'assujettissement à l'étranger, à sa domination et à son exploitation constitue une négation des droits fondamentaux de l'Homme, est contraire à la Charte des Nations unies et empêche de favoriser la paix et la coopération mondiales ;

**3.** pour déclarer qu'elle appuie la cause de la liberté et de l'indépendance de ces peuples ;

**4.** et pour faire appel aux puissances intéressées pour qu'elles accordent la liberté et l'indépendance à ces peuples.

Communiqué final de la conférence de Bandung (extrait), 24 avril 1955.

**1** Présente le document.

**2** Pourquoi la conférence de Bandung a-t-elle été un accélérateur du processus de décolonisation ? Justifie ta réponse en citant des passages du texte.

## 9 Comprendre un document

→ FICHE 13

**Document** **La Communauté européenne du charbon et de l'acier (CECA)**

Affiche réalisée lors du lancement d'un emprunt public européen en France, 1964.

**1** D'après l'affiche, quels sont les États membres de la CECA ?

**2** Par quel moyen graphique l'auteur de l'affiche a-t-il souligné le caractère intégrateur de la CECA ?

**3** Quels sont les objectifs de cette communauté ?

# OBJECTIF BREVET

Lance-toi dans des sujets !

## 10 Rédiger un développement construit

35 min

→ FICHE 10

Sous la forme d'un développement construit d'une vingtaine de lignes, présente les acteurs et les modalités d'accès à l'indépendance de l'Algérie.

### DÉMARRONS ENSEMBLE

→ Présente d'abord les forces impliquées dans le processus d'indépendance de l'Algérie : États, organisations, individus en opposition.

→ Le terme « modalités » implique de s'intéresser à la manière dont l'Algérie a accédé à l'indépendance : par la négociation ou par la guerre ?

→ Rappelle brièvement dans quel contexte international cela s'est déroulé.

## 11 Analyser et comprendre un document

45 min

→ FICHE 11

**Document** **Le bras de fer entre les deux Grands**

« D'accord monsieur le Président, discutons. »
Caricature de Leslie Gilbert Illingworth, *Daily Mail*, 29 octobre 1962.

1) Présente le document et précise son contexte.

2) Décris le document et indique qui sont les acteurs de la crise de Cuba.

3) Comment comprends-tu la légende : « D'accord monsieur le Président, discutons » ?

4) Pourquoi la crise de Cuba est-elle considérée comme l'une des plus graves de la guerre froide ? Quelles ont été ses conséquences sur les relations américano-soviétiques ?

**DÉMARRONS ENSEMBLE**

1) Commence par te demander de quel événement il est question. Regarde bien la date : que se passe-t-il dans le monde en octobre 1962 ?
2) Interroge-toi sur ce que cherche à montrer le caricaturiste. Quel est son point de vue ? Comment exprime-t-il la gravité de la crise ?

# CORRIGÉS

## SE TESTER QUIZ

### 1 L'effondrement des empires coloniaux

**a. Faux.** Hô Chi Minh proclame l'indépendance du Vietnam en 1945, ce qui marque le début de la guerre d'Indochine.
**b. Vrai.** En 1947, les Indes britanniques accèdent à l'indépendance par la création de deux États, l'Union indienne et le Pakistan.
**c. Vrai.** Les accords d'Évian mettent fin à la guerre d'Algérie ; l'indépendance est proclamée le 5 juillet 1962.

### 2 La guerre froide

1) **Réponses b et c.** La guerre froide, conflit indirect entre les États-Unis et l'URSS, oppose deux systèmes idéologiques, et la propagande y tient une large place.

2) **Réponse c.** L'aide financière du **plan Marshall** prend place dans le cadre de la politique américaine d'endiguement du communisme.

**INFO**
Le plan, qui s'élève à plus de 15 milliards de dollars (dons et subventions en nature et en dollars), vise à accélérer la reconstruction des États européens qui s'engagent en retour à importer des produits américains.

## 3 La fin du monde bipolaire

**1)** **Réponses b et c.** Reagan relance la guerre froide en dénonçant « l'empire du Mal » soviétique et en relançant la course aux armements.

**2)** **Réponses a et b.** Les causes de l'effondrement de l'URSS sont à la fois extérieures – la reprise de la compétition avec les États-Unis – et intérieures – les réformes de Gorbatchev.

## 4 L'émergence du tiers-monde

**1)** **Réponse b.** Le tiers-monde est constitué des pays anciennement colonisés qui condamnent le colonialisme et affirment leur solidarité. Il naît sur la scène internationale lors de la conférence de Bandung en 1955.

**2)** **Réponse a.** Le non-alignement est affirmé lors de la conférence de Belgrade (1961) par les pays nouvellement indépendants.

**3)** **Réponse c.** La Chine s'érige en modèle de développement pour les pays du tiers-monde.

## 5 La construction européenne

**1)** **Réponse a.** Les traités de Rome mettent en place un marché commun entre les 6 membres fondateurs de la CECA.

**2)** **Réponse c.** Le traité de Maastricht autorise les citoyens de l'UE à voter ou à se présenter aux élections locales et européennes dans leur État membre.

**3)** **Réponse b.** L'espace Schengen désigne l'espace de libre circulation des personnes au sein de l'UE.

# LES EXOS

## 6 Répondre à des questions de cours

**1)** La décolonisation de l'Inde s'est opérée de **manière négociée** avec la métropole britannique qui, au lendemain de la Seconde Guerre mondiale, a accepté l'idée de l'émancipation des Indiens. Cependant, les conditions de la **partition entre l'Union indienne et le Pakistan** ont entraîné d'immenses déplacements de population et des **violences**.

**2)** La bipolarisation du monde durant la guerre froide est la division du monde en **deux blocs antagonistes**, chacun organisé autour d'un des deux Grands : les **États-Unis** et l'**URSS**.

**3)** La CEE est la **Communauté économique européenne**, créée en 1957 à la suite de la signature du **traité de Rome**. Elle vise la mise en place d'un **marché commun** entre ses États membres, dont les **six fondateurs** sont la France, la RFA, l'Italie, la Belgique, le Luxembourg et les Pays-Bas.

## 7 Compléter une carte

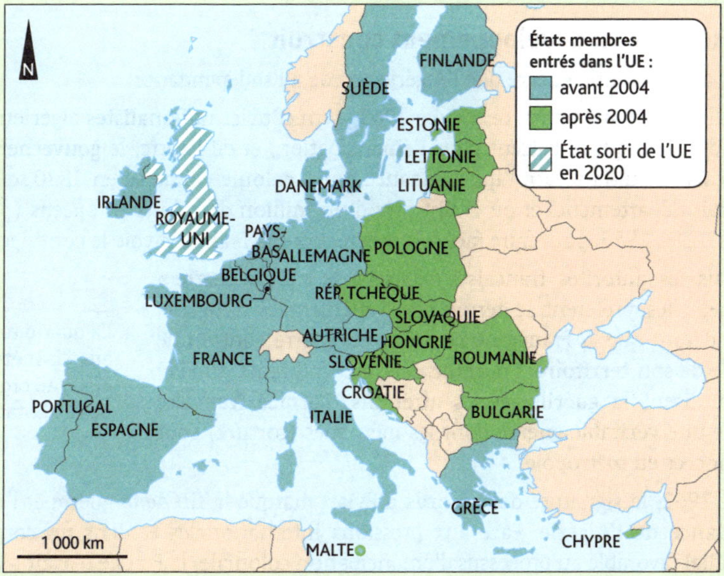


## 8 Comprendre un texte officiel

**1** Ce texte est extrait du **communiqué final** de la **conférence afro-asiatique** qui s'est tenue en **avril 1955** à **Bandung**, en Indonésie. Cette conférence réunissait non seulement les territoires ayant tout juste obtenu leur indépendance, mais aussi des délégations venues de pays encore en lutte pour leur émancipation.

**2** Le communiqué final **condamne le colonialisme** (« un mal auquel il doit être mis fin rapidement ») au nom des **Droits de l'homme** affirmés dans la Charte des Nations unies. Il appelle les métropoles à mettre fin aux situations de domination coloniale (« appel aux puissances intéressées pour qu'elles accordent la liberté et l'indépendance à ces peuples »).

## 9 Comprendre un document

**1** Comme le montre l'affiche, les États membres de la CECA sont la France, la RFA, l'Italie, la Belgique, le Luxembourg et les Pays-Bas.

**2** Sur l'affiche, chaque État est représenté par son emblème national, mais les frontières entre les membres ne sont pas apparentes. Cela montre que la CECA constitue la première étape dans la mise en place d'un marché commun du charbon et de l'acier.

**3** Créée en 1951, la CECA **met en commun** la production de charbon et d'acier de ses six États membres, sous la direction d'une haute autorité supranationale.

# OBJECTIF BREVET

## 10 Rédiger un développement construit

C'est au prix d'une **guerre** que l'Algérie accède à l'indépendance.

■ Celle-ci met aux prises, de 1954 à 1962, d'un côté les **nationalistes algériens**, au sein du **FLN**, qui se battent pour l'émancipation, et de l'autre, le **gouvernement français**. Celui-ci refuse l'indépendance de sa colonie conquise en 1830, divisée en trois départements et où vivent près d'un million de colons européens (pieds-noirs). Dès 1955, pour faire face à l'insurrection, la France envoie le contingent.

■ Mais les autorités françaises récusent le mot « guerre » auquel elles préfèrent le terme d'« événements » d'Algérie, considérant que la France ne peut être en guerre contre une partie de son territoire. Pourtant, face aux militants du FLN qui utilisent la **guérilla** et les **attentats**, l'armée française mène une **véritable guerre** dont les méthodes (torture) sont dénoncées en métropole.

> **REMARQUE**
> La guerre touche aussi la **métropole**, où l'OAS organise des attentats.

■ En 1962, la signature des **accords d'Évian** marque la fin de la guerre et l'**indépendance de l'Algérie**. Face aux pressions internationales et dans un contexte mondial favorable au processus d'émancipation coloniale, la France n'avait d'autre choix que d'accepter l'indépendance.

## 11 Analyser et comprendre un document

1) Ce document est une **caricature** réalisée par le dessinateur britannique Leslie Gilbert Illingworth et parue dans le quotidien *Daily Mail*, le 29 octobre 1962. À cette date, le monde est « **au bord du gouffre** », depuis que le président américain Kennedy a menacé l'URSS de représailles atomiques après la découverte de rampes de lancement de missiles soviétiques en construction sur l'île de Cuba.

2) La caricature met en scène le leader soviétique, **Khrouchtchev** (à gauche) et le président américain, **Kennedy** (à droite), assis chacun sur un énorme missile, s'opposant dans un bras de fer. Chacun des deux hommes pointe le doigt sur un bouton qui pourrait déclencher la bombe sur laquelle l'autre est assis.

3) La légende est ironique, puisqu'elle souligne que la discussion entre les deux Grands se résume à une **épreuve de force**.

4) La course aux armements entre les deux Grands a installé un **équilibre de la terreur**. La crise de Cuba est considérée comme l'une des plus graves de la guerre froide, car elle a mis le monde **au bord de la déflagration nucléaire**. Conscients de ce danger, les deux Grands n'ont de cesse, ensuite, de mettre en place le cadre d'un dialogue plus pacifique.

> **REMARQUE**
> La **dissuasion nucléaire** est centrale dans la stratégie des deux Grands.

# 4 Enjeux et conflits dans le monde après 1989

Troupes françaises de l'ONU au Liban, en septembre 2006

# 15 Un nouvel ordre mondial après 1989

**EN BREF ▸** *La fin de la guerre froide a donné naissance à un nouvel ordre mondial où l'hégémonie américaine est progressivement remise en cause.*

## I La superpuissance états-unienne

### 1 Un nouvel ordre mondial

■ Avec la disparition de l'URSS en 1991, un ordre mondial **unipolaire**, dominé par les **États-Unis**, se met en place.

■ La victoire rapide des États-Unis lors de la guerre du Golfe (1991) conforte le pays dans son statut de leader. Il s'impose comme la **seule puissance détentrice d'une force de projection planétaire**.

■ Le président **Clinton** (1993-2001) défend la **démocratie** et l'**économie de marché** à travers le monde. Il privilégie l'**action diplomatique** dans le règlement des conflits, malgré certains engagements militaires, comme en Bosnie en 1995.

### 2 La rupture du 11-Septembre

■ Le 11 septembre 2001, les États-Unis sont frappés par des **attentats terroristes** revendiqués par **Al-Qaïda**. Le président **Bush** (2001-2009) défend dès lors un **changement de la diplomatie américaine** et justifie la **guerre préventive** contre le **terrorisme**, avec l'intervention militaire en Afghanistan (octobre 2001) contre le régime taliban dénoncé comme base arrière d'Al-Qaïda.

> **MOT CLÉ**
> Action violente à but politique dirigée contre une institution, un État ou des civils, le **terrorisme** a pour but de créer un climat de peur.

■ En 2003, l'intervention en **Irak** vise à renverser le régime de Saddam Hussein.

## II Les nouveaux conflits

### 1 Des enjeux complexes et de multiples acteurs

■ Depuis les années 1990, les conflits combinent des **enjeux politiques, religieux et stratégiques** qui rendent les relations internationales plus complexes. Si le nombre de guerres entre États a diminué, les **conflits intraétatiques** (guerres civiles) ont augmenté (conflit en Syrie → FICHE 17).

■ Les conflits mêlent de nombreux acteurs : **armées rebelles**, **minorités**, **groupes terroristes**. Les **civils** en sont les premières victimes. Ils fuient la guerre, grossissant les **flux de déplacés et de réfugiés**.

### 2 De nouvelles menaces

■ Certains États cherchent à se doter de l'**arme nucléaire** (Corée du Nord, Iran), en violation du traité de non-prolifération (1968).

L'**islamisme** nourrit un terrorisme de masse. Al-Qaïda et son frère ennemi l'organisation État islamique, apparue en 2012, défendent le ***djihad*** et essaiment en Afrique, au Moyen-Orient et en Asie.

**MOT CLÉ**

L'**islamisme** est un mouvement politique qui veut imposer la loi musulmane dans l'organisation politique et sociale, au besoin par la violence, qui prend alors le nom de ***djihad***.

## III Vers un monde dépolarisé

### 1 L'échec américain et l'impuissance internationale

- À partir de 2011, échouant à rétablir la stabilité politique en Afghanistan et en Irak, l'administration Obama décide d'évacuer progressivement les troupes.
- La déstabilisation de plusieurs régions du Moyen-Orient et d'Afrique révèle la faiblesse des États face à des contestations multiformes.
- Les mécanismes traditionnels de sécurité collective, relevant en principe de l'ONU, semblent en panne.

### 2 Les nouveaux acteurs géopolitiques

- Dans un monde dépolarisé où aucune puissance ne peut plus prétendre seule à l'hégémonie, la Chine et la Russie s'affirment sur la scène internationale.
- L'UE peine à parler d'une seule voix et laisse ses États membres agir seuls. Ainsi, la France intervient militairement au Mali en 2013 contre la menace islamiste.

**zoOm**

### Une gouvernance mondiale du climat ?

- Depuis la fin des années 1980, une gouvernance politique mondiale sur le climat est mise en place sous la tutelle de l'ONU. Des conférences annuelles sont organisées dans le but de réduire l'émission des gaz à effet de serre (GES).
- L'accord de Paris, signé en 2015 dans le cadre de la COP21 (photo), prévoit des efforts plus ambitieux. Cependant les positions climatosceptiques de certains États pollueurs (États-Unis sous Donald Trump, Brésil) en limitent les effets.

# 16 De nouveaux types de conflits (1) : les Balkans

**EN BREF** ▸ *La fin de la guerre froide entraîne l'implosion de l'ex-Yougoslavie communiste. Des antagonismes anciens se réveillent et débouchent sur plusieurs guerres.*

## I Les guerres de Yougoslavie

### 1 L'éclatement de la Fédération yougoslave

- Fondée en 1918, la Yougoslavie regroupe des populations de langues et religions différentes : principalement les Serbes, orthodoxes, les Croates, catholiques, et les Bosniaques, musulmans. En 1945, elle devient une république fédérale communiste, dirigée par Tito jusqu'en 1980.
- L'unité est ébranlée par l'effondrement du bloc de l'Est. À la fin des années 1980, dans chaque république fédérée, des élections portent au pouvoir des nationalistes partisans de la dissolution de la Yougoslavie.

### 2 Les guerres de Croatie et de Bosnie (1991-1995)

- Début 1991, la Slovénie et la Croatie se déclarent indépendantes. La minorité serbe de Croatie se soulève, soutenue par la Serbie qui souhaite maintenir l'unité yougoslave. Une première guerre éclate, puis s'élargit en 1992 à la Bosnie-Herzégovine.
- La Bosnie-Herzégovine acquiert l'indépendance le 5 avril 1992. La minorité serbe s'y oppose. Le 6 avril, la milice serbe investit Sarajevo, capitale bosniaque : c'est le début de la guerre entre Serbes (de Serbie et de Bosnie) et Bosniaques.

## II La communauté internationale à l'épreuve de la guerre

### 1 L'impuissance des forces internationales (1991-1995)

- Face aux atrocités et aux dévastations, la communauté internationale est prise de court. L'envoi en 1992 de Casques bleus de l'ONU échoue à rétablir la paix.
- L'Union européenne ne parvient pas à définir une politique commune afin de faire lever le siège de Sarajevo.

### 2 Le massacre de Srebenica, un tournant (1995)

- En juillet 1995, entre 6 000 et 8 000 musulmans bosniaques sont massacrés à Srebrenica (Bosnie) par les miliciens serbes qui suivent une politique d'**épuration ethnique**.

**MOT CLÉ**
Par la déportation et l'exécution de populations, l'**épuration ethnique** vise à rendre un territoire « ethniquement » homogène : peuplé d'individus de même langue et culture. Elle est considérée comme un crime contre l'humanité.

■ Cette annonce, ainsi que la prise en otage de Casques bleus par les Serbes en mai 1995, entraînent la **mobilisation de l'OTAN et des États-Unis**. Au terme d'une campagne aérienne de bombardements de 12 jours (été 1995), des pourparlers s'ouvrent aux États-Unis.

## 3 | Les accords de Dayton (1995)

■ Signés officiellement à Paris le 21 novembre 1995, les accords **mettant fin aux guerres de l'ex-Yougoslavie** sont préparés aux États-Unis, à Dayton, entre les représentants croates, serbes et bosniaques et les négociateurs américains. La Bosnie est **divisée en** Fédération croato-bosniaque et République serbe de Bosnie → ZOOM.

■ Les conflits ont fait près de 300 000 morts et 4 millions de déplacés.

## 4 | La question du Kosovo

En mars 1998, le Kosovo (province de la Serbie) réclame l'**indépendance**, déclenchant un nouveau conflit. Après une nouvelle intervention de l'OTAN contre la Serbie (mars-avril 1999), l'ONU envoie une force de maintien de la paix au Kosovo. Ce dernier proclame son indépendance en 2008.

## zoOm

### Les nouveaux États de l'ex-Yougoslavie

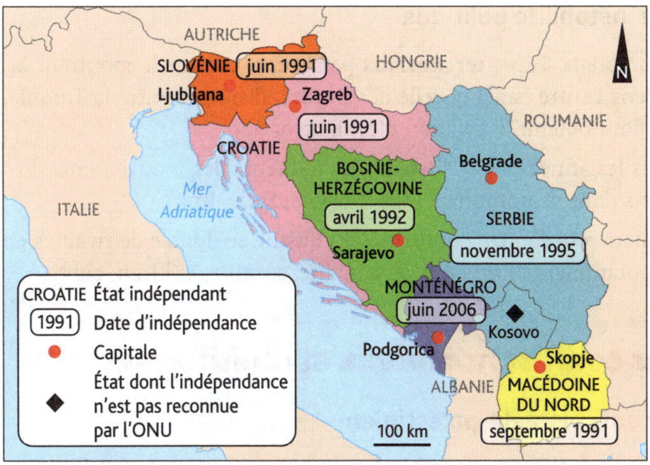


■ Après les guerres de Croatie, de Bosnie et du Kosovo, puis la séparation entre le Monténégro et la Serbie, **6 nouveaux États** sont officiellement apparus sur les ruines de la Yougoslavie.

■ En 2008, la déclaration d'indépendance du **Kosovo**, à majorité albanaise, est contestée par la Serbie et n'est reconnue ni par l'ONU ni par l'UE.

# 17 De nouveaux types de conflits (2) : le Moyen-Orient

**EN BREF** ▸ *Au centre d'enjeux à la fois politiques, religieux et économiques, le Moyen-Orient est l'une des principales zones de conflit dans le monde contemporain.*

## I Une région en proie à de multiples tensions

### 1 Une mosaïque culturelle et religieuse

Le Moyen-Orient brasse des populations diverses : Arabes, Turcs, Kurdes, Iraniens. De multiples communautés religieuses y cohabitent : juifs, chrétiens, musulmans divisés en une majorité **sunnite** et une minorité **chiite**.

**MOTS CLÉS**
**Sunnisme** et **chiisme** sont les deux branches principales de l'islam. Leur antagonisme religieux donne lieu à des affrontements violents depuis plus d'un millénaire.

### 2 Des tensions liées aux ressources naturelles

- Le Moyen-Orient recèle 90 % des réserves connues d'hydrocarbures, ce qui représente un enjeu stratégique pour les grandes puissances.
- L'inégale répartition des ressources en eau y est aussi un facteur de tensions.

### 3 Une instabilité politique

- De nombreux litiges territoriaux persistent, comme le montrent la lutte des Palestiniens contre Israël et celle des Kurdes, dispersés entre la Turquie, l'Irak et la Syrie, pour obtenir la création d'un État-nation.
- Depuis les années 1980, l'islamisme alimente des mouvements de contestation divers dans de nombreux États (Égypte, Syrie, Irak).
- La concurrence entre sunnisme et chiisme se double de rivalités entre puissances, notamment entre l'Arabie saoudite, sunnite, et l'Iran, chiite.

## II Des conflits nombreux et multiformes

### 1 Le conflit israélo-palestinien

- Les accords d'Oslo (13 septembre 1993) entre Israël et Palestiniens, signés sous la tutelle des États-Unis, ouvrent la voie à la création d'un État palestinien.
- À partir de 2000, les Palestiniens se soulèvent à nouveau. Israël y répond par la construction d'un mur de 700 km isolant les territoires sous tutelle palestinienne. Les attentats-suicides palestiniens et les représailles militaires israéliennes (bombardements) maintiennent une situation de guerre larvée.

## 2 De la guerre du Golfe à la guerre d'Irak

- En août 1990, **Saddam Hussein**, chef de l'État irakien, envahit le **Koweït**. En janvier-février 1991, l'ONU autorise l'intervention d'une **coalition de 34 États sous commandement américain** pour faire cesser cette occupation. La victoire militaire assure aux Américains une présence permanente au Moyen-Orient.
- En 2003, les États-Unis lancent une nouvelle opération militaire pour renverser le régime irakien, accusé à tort de fabriquer des armes de destruction massive. La **chute de Saddam Hussein** n'entraîne pas de retour à la stabilité. Le désengagement des États-Unis (2011) laisse une situation de guerre civile entre sunnites et chiites.

## 3 De la guerre civile syrienne à la coalition internationale

- En 2011, la Syrie sombre dans la guerre civile. Le régime syrien, soutenu par l'Iran et la Russie, se bat contre l'Armée syrienne libre (ASL) et contre l'opposition djihadiste, de plus en plus puissante et organisée.
- Entre 2014 et 2019, une **coalition de 22 pays** reconquiert peu à peu les territoires contrôlés par les djihadistes de l'État islamique, à cheval sur la Syrie et l'Irak.

zoOm

### Le Moyen-Orient, un territoire de conflits (depuis 2003)

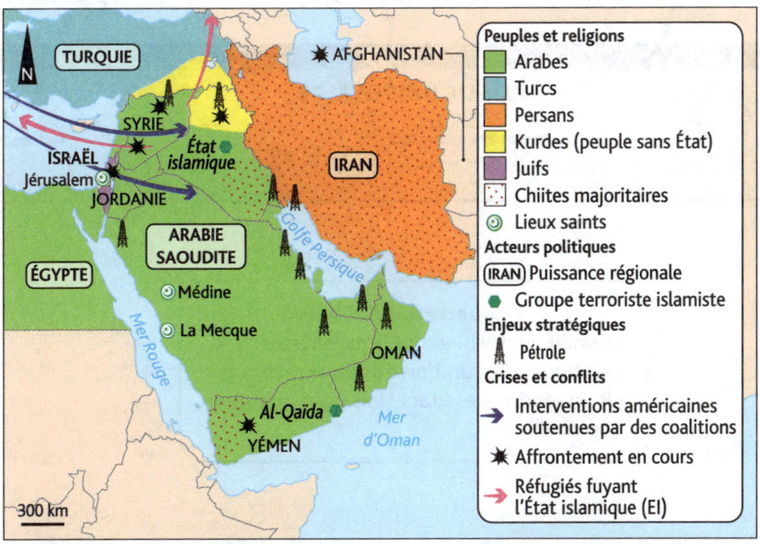

# ENJEUX ET CONFLITS DANS LE MONDE APRÈS 1989

## Un nouvel ordre mondial après 1989

- **Hégémonie américaine** progressivement **remise en cause**
- Nouvelles puissances (**Chine, Russie**)
- **Guerres** aux enjeux complexes et aux acteurs multiples
- Nouvelles **menaces** (terrorisme, prolifération nucléaire)

Guerre du Golfe **janvier-février 1991**

Accords de Dayton **21 novembre 1995**

Attentats d'Al-Qaïda contre les États-Unis **11 septembre 2001**

**1989** — **1995** — **2000**

**MONDE UNIPOLAIRE**

Guerre des Balkans

### La guerre des Balkans

- Conflit né d'aspirations **nationalistes**
- Pratiques d'**épuration ethnique**
- Intervention des **États-Unis** pour mettre fin au conflit

## De nouveaux types de conflits

- Guerres civiles **plus nombreuses** : guerre des Balkans
- Acteurs **plus nombreux** : États, organisations internationales, groupes terroristes
- **Concentration** des conflits dans certaines régions : Moyen-Orient

**Le Moyen-Orient**

- Région la plus **conflictuelle** au monde
- **Mosaïque** ethnique et religieuse
- Enjeux **stratégiques** (pétrole, eau)
- **Imbrication** de conflits régionaux et internationaux

# SE TESTER QUIZ

Vérifie que tu as compris les points clés

## 1 Un nouvel ordre mondial après 1989

→ FICHE 15

**1) Après la disparition de l'URSS, quel pays domine le nouvel ordre mondial ?**

☐ **a.** Aucun

☐ **b.** L'ensemble des pays du monde

☐ **c.** Les États-Unis

**2) Quel type de conflit domine depuis la fin du XXe siècle ?**

☐ **a.** Les conflits intraétatiques

☐ **b.** Les conflits de civilisations

☐ **c.** Les conflits interétatiques

.../2

## 2 Vers un monde dépolarisé

→ FICHE 15

**1) Les attentats du 11 septembre 2001 sont revendiqués par...**

☐ **a.** l'Arabie saoudite. ☐ **b.** l'Iran. ☐ **c.** Al-Qaïda.

**2) Les attentats du 11 septembre 2001 entraînent...**

☐ **a.** une réponse collective de la communauté internationale.

☐ **b.** un tournant isolationniste dans la politique extérieure américaine.

☐ **c.** l'éradication d'Al-Qaïda.

.../2

## 3 Les conflits des Balkans

→ FICHE 16

**Coche la réponse qui convient.**

| | Vrai | Faux |
|---|---|---|
| **a.** La chute du communisme a provoqué l'éclatement de la Yougoslavie. | ☐ | ☐ |
| **b.** L'UE est intervenue militairement pour mettre fin à la guerre en Bosnie. | ☐ | ☐ |
| **c.** Les guerres des Balkans sont marquées par des pratiques d'épuration ethnique. | ☐ | ☐ |
| **d.** La paix est obtenue grâce à l'intervention diplomatique des États-Unis. | ☐ | ☐ |

.../1

## 4 De multiples tensions au Moyen-Orient

→ FICHE 17

**1 Quels enjeux font du Moyen-Orient une région stratégique à l'échelle internationale ?**

- ☐ **a.** Il abrite des populations de religions et d'origines diverses.
- ☐ **b.** Il est le théâtre de concurrences entre puissances régionales.
- ☐ **c.** Il recèle les principales réserves mondiales d'hydrocarbures.

**2 La principale puissance chiite au Moyen-Orient est…**

☐ **a.** l'Iran. ☐ **b.** la Turquie. ☐ **c.** l'Égypte.

**3 Les accords d'Oslo prévoient…**

- ☐ **a.** la reconnaissance d'une autorité palestinienne.
- ☐ **b.** la souveraineté d'Israël sur les territoires occupés.
- ☐ **c.** la fin de l'Intifada.

…/3

## 5 Des conflits nombreux et multiformes au Moyen-Orient

→ FICHE 17

**1 Quels types de guerres a connus le Moyen-Orient depuis la fin des années 1980 ?**

- ☐ **a.** Des guerres régionales
- ☐ **b.** Des guerres civiles
- ☐ **c.** Des guerres aux enjeux internationaux

**2 Qu'est-ce qui distingue sur le plan du droit international la guerre du Golfe de 1991 de l'intervention américaine en Irak en 2003 ?**

- ☐ **a.** Seule la guerre du Golfe a été autorisée par l'ONU.
- ☐ **b.** Rien, les deux interventions se sont faites sans l'accord de l'ONU.
- ☐ **c.** Rien, les deux interventions se sont faites avec l'accord de l'ONU.

**3 La guerre en Syrie permet le retour sur la scène internationale…**

☐ **a.** des États-Unis. ☐ **b.** de la Chine. ☐ **c.** de la Russie.

…/3

**ON FAIT LE BILAN !**

score total …/11

- Des erreurs ? Entraîne-toi ! → **LES EXOS** P. 82
- Zéro faute ? Bravo ! → **OBJECTIF BREVET** P. 82

# LES EXOS

Entraîne-toi !

## 6 Répondre à des questions de cours

→ FICHES 15 à 17

1) Quelles sont les conséquences des attentats du 11 septembre 2001 sur la politique étrangère américaine ?

2) Qu'est-ce que l'islamisme ?

3) Pourquoi peut-on parler d'un monde contemporain dépolarisé ?

## 7 Réaliser une tâche graphique

→ FICHE 15

Complète le schéma suivant sur les enjeux des conflits dans le monde actuel.

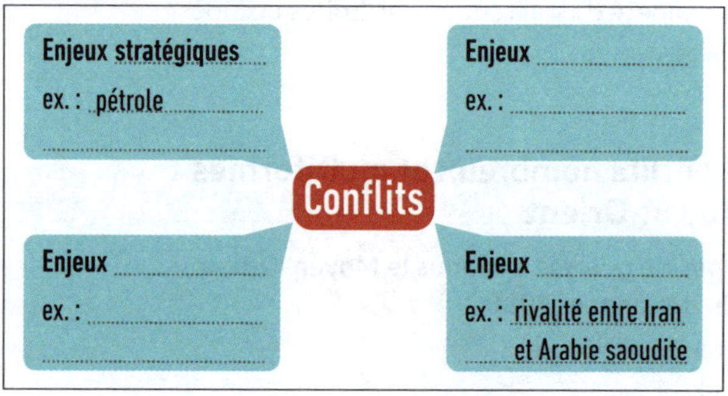


# OBJECTIF BREVET

Lance-toi dans des sujets !

## 8 Rédiger un développement construit

35 min

→ FICHES 15 à 17

Sous la forme d'un développement construit d'une vingtaine de lignes, explique comment s'organise le nouvel ordre mondial qui apparaît après 1989. Tu t'appuieras sur un exemple de conflit étudié en classe pour présenter l'une des nouvelles menaces qui pèsent sur le monde contemporain.

**DÉMARRONS ENSEMBLE**

→ Commence par repérer le cadre chronologique du sujet : « après 1989 », c'est-à-dire l'après-guerre froide.

→ Cherche ensuite la définition de « nouvel ordre mondial » et dresse la liste des principaux conflits et acteurs des relations internationales.

## 9 Analyser et comprendre un document

45 min

→ FICHE 17

### Document Les troupes américaines évacuent l'Irak

Barack Obama avait promis un retrait total des troupes américaines. Celui-ci est effectif depuis hier. Neuf ans de guerre s'achèvent sur un bilan très contrasté. […]

L'opération « Iraqi Freedom » – la guerre la plus controversée depuis celle du Vietnam – s'achève donc dans l'amertume. Certes, le tyran Saddam Hussein a été renversé ; certes l'Irak a connu ses premières élections démocratiques depuis 50 ans. Mais à quel prix ? Plus de 100 000 morts parmi les civils sont à déplorer […]. Des conflits ethnico-religieux entre sunnites, chiites et kurdes menacent la stabilité d'un gouvernement très fragile. […] L'économie du pays est exsangue : les services de base comme la distribution de l'électricité et de l'eau potable sont défectueux et la reprise des exportations du pétrole – 2,2 millions de barils par jour soit 7 milliards de dollars par mois – sont bien faibles.

Cette troisième guerre du Golfe, guerre « préventive » théorisée par George W. Bush après les attentats du 11 septembre 2001 et qui a été émaillée de nombreux scandales […] aura aussi coûté cher aux États-Unis. Financièrement (770 milliards de dollars par an), humainement (4 484 soldats morts) et moralement.

Philippe Rioux, « Irak, la fin d'une sale guerre », *La Dépêche*, 19 décembre 2011.

**1** Présente le document en rappelant quand a commencé la guerre en Irak.

**2** Quel président américain a lancé l'intervention en Irak et sous quel prétexte ? L'ONU a-t-elle donné son accord ?

**3** Pourquoi l'auteur du texte évoque-t-il une « guerre controversée » ?

**4** Quel est le bilan de l'intervention ?

**5** Explique la phrase soulignée et montre qu'elle annonce la déstabilisation générale de l'Irak à partir de 2012.

### DÉMARRONS ENSEMBLE

**2** À l'aide du texte et de tes connaissances, rappelle le contexte dans lequel l'intervention militaire a été décidée.

**3** À quelles critiques les Américains ont-ils dû répondre au sujet de cette intervention ?

**4** Quel a été le prix de la guerre pour les États-Unis ? Pour l'Irak ? Envisage l'aspect économique et financier, mais aussi humain (le nombre de victimes).

# CORRIGÉS

## SE TESTER QUIZ

### 1 Un nouvel ordre mondial après 1989

**1) Réponse c.** Les États-Unis dominent le nouvel ordre mondial : ils cumulent seuls tous les aspects de la puissance et s'imposent comme « gendarmes du monde ».

**2) Réponse a.** Les conflits intraétatiques sont majoritaires depuis la fin du xx^e^ siècle. Le nombre de guerres civiles augmente dans la décennie 1990.

### 2 Vers un monde dépolarisé

**1) Réponse c.** L'organisation dirigée par Oussama ben Laden a revendiqué les attentats au nom du *djihad*.

**2) Réponse b.** Après les attentats du 11 septembre, la politique extérieure américaine prend un tournant isolationniste. Les États-Unis entendent assurer leur sécurité sans l'aval de l'ONU.

### 3 Les conflits des Balkans

**a. Vrai.** La chute du communisme a provoqué l'éclatement de la Yougoslavie et la montée du nationalisme.
**b. Faux.** Face à l'impuissance de l'UE, ce sont les États-Unis qui autorisent l'usage de la force contre la Serbie.
**c. Vrai.** Les tueries, déplacements de populations et viols systématiques, visent à rendre les territoires « ethniquement » homogènes.
**d. Vrai.** Les accords de Dayton (États-Unis) de 1995 sont signés en présence du président Bill Clinton.

### 4 De multiples tensions au Moyen-Orient

**1) Réponse c.** Le Moyen-Orient recèle les principales réserves mondiales d'**hydrocarbures**.

> **REMARQUE**
> Le **pétrole** est essentiel au fonctionnement de l'économie mondiale et, à ce titre, une ressource hautement stratégique.

**2) Réponse a.** L'Iran, république islamique chiite, apporte son soutien aux populations chiites de la région.

**3) Réponse a.** Les accords d'Oslo prévoient la création d'un État palestinien, non encore advenue.

## 5 Des conflits nombreux et multiformes au Moyen-Orient

**1** **Réponses a, b et c.** Le Moyen-Orient est la région la plus conflictuelle au monde et de nombreux enjeux s'y entremêlent (culturels et religieux, énergétiques, territoriaux et politiques).

**2** **Réponse a.** En 1991, l'ONU a autorisé l'intervention militaire américaine en Irak, alors qu'en 2003 les États-Unis sont intervenus sans son accord.

**3** **Réponse c.** La guerre en Syrie permet à la Russie, membre de la coalition internationale, d'affirmer son influence au Moyen-Orient et plus largement sur la scène internationale.

# LES EXOS

## 6 Répondre à des questions de cours

**1** Les attentats du 11 septembre 2001 ont infléchi la politique extérieure américaine. Pour faire face à la menace inédite que représente le djihadisme international, les États-Unis de G. W. Bush déploient une **stratégie de guerre préventive contre le terrorisme** qui justifie les interventions militaires en Afghanistan (2001) et en Irak (2003).

**2** L'islamisme est un courant de pensée visant une **réforme politique et sociale au nom de l'islam**, au besoin par la **violence**. Il a véritablement émergé sur la scène internationale à l'occasion des attentats du 11 septembre 2001 aux États-Unis. Aujourd'hui, deux organisations principales se revendiquent d'un **islam radical** pour justifier leurs actions : Al-Qaïda et l'organisation État islamique (EI).

**3** Par rapport à l'**ordre bipolaire** qui a dominé durant la guerre froide et à l'**ordre unipolaire** organisé autour des États-Unis qui a suivi, le début du XXIe siècle apparaît plus incertain. Aucune puissance n'est aujourd'hui en mesure de dominer seule l'ordre mondial.

## 7 Réaliser une tâche graphique

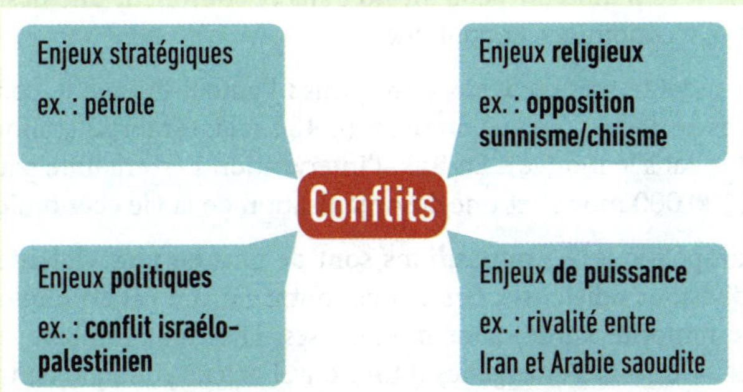

## OBJECTIF BREVET

### 8 Rédiger un développement construit

En 1989, la fin de la guerre froide et de la bipolarisation laisse place à un **nouvel ordre géopolitique** dominé par les **États-Unis**, unique superpuissance. Seul État capable d'intervenir militairement n'importe où, le pays joue un temps le rôle de « **gendarme du monde** », intervenant au gré de ses intérêts.

■ L'effondrement du communisme en Europe est un facteur de déstabilisation, comme en témoigne la guerre qui éclate dans les Balkans (1991-1995). Néanmoins, cette guerre confirme l'**hégémonie américaine**. L'Union européenne, incapable de mettre fin au siège de Sarajevo, laisse les États-Unis intervenir par le biais de l'**OTAN**. Et c'est sous tutelle américaine que les accords de Dayton sont signés en novembre 1995.

■ Les attentats du 11 septembre 2001 révèlent cependant l'existence d'un **terrorisme international** capable d'ébranler la première puissance mondiale et d'infléchir la stratégie américaine.

### 9 Analyser et comprendre un document

1 Ce document est extrait d'un article de Philippe Rioux, intitulé « Irak, la fin d'une sale guerre » et paru dans *La Dépêche*, le 19 décembre 2011. Il évoque le **retrait des troupes américaines d'Irak** qui prend fin en **décembre 2011**.

2 L'intervention américaine en Irak a été décidée en **2003** par l'**administration Bush**. Dans le contexte de l'après 11-Septembre, G. W. Bush voit dans le régime de S. Hussein, qu'il accuse de détenir des armes de destruction massive, une menace contre la paix mondiale. C'est donc une **guerre « préventive »** que les États-Unis veulent mener en Irak, contre l'avis de la communauté internationale : l'ONU n'a pas donné son accord. L'objectif politique est de renverser le régime de S. Hussein, l'objectif économique est de se maintenir dans un pays riche en pétrole.

3 L'auteur évoque les controverses suscitées par l'intervention. Les États-Unis sont accusés de mener une guerre **dans leur seul intérêt**. Le résultat immédiat – la chute de S. Hussein – n'a pas permis d'installer une démocratie durable. Les troupes américaines doivent se maintenir pendant huit ans et constatent une **déstabilisation totale du pays** (économique et politique).

4 La guerre a coûté **très cher** aux États-Unis : l'auteur évoque le coût financier (770 milliards de dollars par an), humain (4 484 soldats morts) et moral (l'image des États-Unis dans le monde). En Irak, l'intervention s'est traduite par des **pertes immenses** (100 000 morts) et une **désorganisation de la vie économique**.

5 Sur le plan politique, les **oppositions sont de plus en plus violentes**, dans un pays où les **divisions religieuses** (sunnisme contre chiisme) et **ethniques** (majorité arabe contre minorité kurde) sont nombreuses. Elles font sombrer le pays dans l'**anarchie** et favorisent l'émergence d'un nouvel acteur politique dans la région : l'**État islamique**.

# 5 La France après la guerre : une république repensée

Le droit de vote des femmes est l'un des principaux acquis démocratiques de l'après-guerre (référendum du 21 octobre 1945).

Prêt à réviser ce thème du programme ?

# 18 La refondation de la République après la Libération (1944-1946)

**EN BREF ▸** *Au sortir de la guerre, la reconstruction politique de la France passe par l'instauration d'une nouvelle république et la mise en place d'une démocratie sociale.*

## I Reconstruire

### 1 Le rétablissement de la paix civile

- Le Gouvernement provisoire de la République (GPRF), dirigé par Charles de Gaulle, s'installe dans Paris libéré en août 1944. Il intègre les diverses forces politiques issues de la Résistance.
- Pour mettre fin aux règlements de compte de la Libération (exécutions, lynchages des collaborateurs), le GPRF organise l'**épuration**. Celle-ci s'opère dans un cadre juridique légal avec la création de tribunaux spéciaux et d'une Haute Cour de Justice. Les procès de Pétain et Laval (août et octobre 1945) permettent de ressouder les Français dans la réprobation du régime de Vichy.

**MOT CLÉ**
Dans la France de la Libération, l'**épuration** désigne la traque des anciens collaborateurs du régime de Vichy et de l'occupant, qui aboutit d'abord à des exécutions sommaires avant la mise en place d'une épuration légale (procès).

### 2 La modernisation des structures de l'État et de l'économie

- La réorganisation de la fonction publique et la création d'une École nationale d'administration (ENA) visent à former les nouvelles élites dirigeantes.
- La reconstruction de l'économie passe par la nationalisation des secteurs stratégiques, comme l'énergie, le transport, le crédit et la banque.

## II Refonder la République

### 1 La naissance difficile de la IVe République

- Le 21 octobre 1945, les Français se prononcent contre le maintien de la IIIe République et élisent une assemblée constituante. Mais la forme à donner à la nouvelle Constitution divise la classe politique.
- De Gaulle, hostile au nouveau projet (retour à un régime d'assemblée), démissionne le 20 janvier 1946. En fondant, en 1947, le RPF (Rassemblement du peuple français), il se range dans l'opposition.
- La Constitution de la IVe République est approuvée par référendum à une faible majorité des Français (53 % des suffrages) en octobre 1946.

### 2 | Un régime parlementaire

- Le **pouvoir exécutif** est détenu par le président de la République et par le président du Conseil (désigné par le président de la République) qui choisit ses ministres.
- Le **pouvoir législatif** revient à deux Chambres : l'Assemblée nationale et le Conseil de la République. Celles-ci élisent le président de la République et contrôlent le gouvernement, qu'elles peuvent renverser (motion de censure).

## III Redéfinir la démocratie

- Le GPRF considère que la libération de la patrie doit s'accompagner d'une **émancipation politique des femmes**. En avril 1945, les Françaises votent pour la première fois.
- L'instauration de nouveaux droits sociaux s'inspire du **programme du Conseil national de la Résistance (CNR)** →ZOOM. La **création de la Sécurité sociale** en 1945 installe la France dans l'**État-providence**. La mise en place des allocations familiales (1946) encourage la reprise de la natalité.

**MOT CLÉ**

L'expression d'**« État-providence »** désigne l'intervention de l'État dans l'économie afin d'assurer une meilleure redistribution des richesses et de prendre en charge différents risques sociaux (maladies, accidents du travail, vieillesse).

- Le nouveau régime entend ainsi installer une **République démocratique et sociale**.

**zoOm**

### Le programme du CNR

- En mars 1944, le Conseil national de la Résistance adopte un programme de gouvernement intitulé *Les Jours heureux*. Ce texte comprend un plan d'action immédiate et des mesures à appliquer après la libération du territoire.
- Le programme guide les ambitieuses réformes mises en place dans la France de l'après-guerre : nationalisations, création de la Sécurité sociale et des comités d'entreprise, etc.

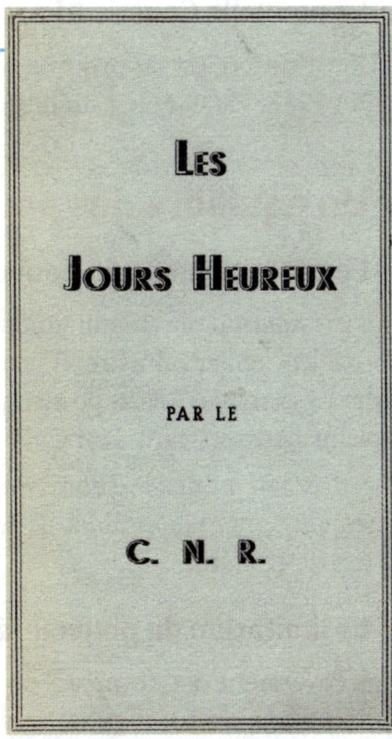
LES JOURS HEUREUX

PAR LE

C. N. R.

Programme du CNR édité clandestinement dans la France sous occupation allemande.

# 19 De Gaulle et la naissance de la Ve République

**EN BREF ▸** *De Gaulle est au centre de la vie politique de la Ve République dont il a façonné les institutions. La nouvelle Constitution donne une place centrale à la fonction présidentielle (1958-1969).*

## I D'une république à l'autre

### 1 La chute de la IVe République

Face à la guerre qui dure en Algérie depuis 1954, la IVe République, affaiblie par l'instabilité gouvernementale, apparaît impuissante aux yeux de beaucoup. De Gaulle, qui s'était retiré à Colombey-les-Deux-Églises, se pose alors en recours.

### 2 La crise du 13 mai 1958

- Lors d'une manifestation à Alger, les Français d'Algérie soutenus par des officiers, craignant que la France accorde l'indépendance, prennent d'assaut le siège du Gouvernement général. **Ils réclament un changement de régime et le retour du général de Gaulle.**
- De Gaulle se déclare prêt à assumer le pouvoir et à préparer un nouveau projet constitutionnel. Il est nommé chef du gouvernement le 1er juin 1958.

### 3 La nouvelle Constitution

La Constitution est approuvée par référendum à plus de 80 %, le 28 septembre 1958. De Gaulle est élu président de la République en décembre 1958.

## II Un équilibre des pouvoirs repensé

### 1 Le renforcement du pouvoir exécutif

- Le président de la République, élu par un collège de 80 000 grands électeurs, nomme le Premier ministre. Il peut consulter les citoyens par référendum et dissoudre l'Assemblée. En cas de menace sur les institutions ou le pays, il peut prendre les pleins pouvoirs (art. 16). Chef des armées, il dirige la politique étrangère.
- Le Premier ministre coordonne l'action du gouvernement. Lui et son gouvernement sont responsables devant l'Assemblée qui peut les renverser par une motion de censure.

### 2 La limitation du pouvoir législatif

- Le Parlement est composé de deux chambres : l'Assemblée nationale, élue pour cinq ans au suffrage universel direct, et le Sénat, élu au suffrage indirect tous les neuf ans (renouvelable par tiers).

■ Le Parlement n'a pas la maîtrise de son ordre du jour, fixé par le **gouvernement**. Celui-ci peut faire passer certaines lois sans débat ni vote (art. 49.3).

■ Le **scrutin majoritaire** aux élections législatives assure des majorités parlementaires larges et stables, dont la vocation est de soutenir le gouvernement.

■ Le **Conseil constitutionnel** veille à la constitutionnalité des lois : il vérifie que celles-ci sont bien conformes à la Constitution.

> **MOT CLÉ**
> Le **scrutin majoritaire** est uninominal (choix d'un seul nom) et à deux tours. Pour être élu au premier tour, le candidat doit obtenir la majorité absolue des voix. Au second tour, la majorité relative suffit.

## III La pratique gaullienne du pouvoir

### 1 La révision constitutionnelle de 1962

■ Dans le contexte de la crise algérienne → FICHE 10, de Gaulle veut réviser la Constitution afin de renforcer la légitimité présidentielle.

■ Le référendum d'octobre 1962, proposant **l'élection du président de la République au suffrage universel direct**, est largement approuvé alors que les partis de gauche dénoncent une dérive monarchique du régime.

### 2 Les années de Gaulle

■ De Gaulle établit un **lien direct** avec les Français (référendums...). Il s'appuie sur un **parti gaulliste** (UNR puis UDR) qui réunit une grande partie de la droite.

■ En 1965, de Gaulle est élu pour un second mandat, mais il démissionne le 28 avril 1969, à la suite de l'échec du référendum sur la réforme du Sénat.

**zoOm**

### 1958, une nouvelle république

■ Lors du référendum du 28 septembre 1958, plus de 80 % des Français approuvent le projet constitutionnel proposé par de Gaulle alors que les principales forces politiques de gauche ont appelé à voter « non ».

■ Les référendums organisés durant les deux mandats de de Gaulle lui sont tous favorables, sauf le dernier qui entraîne sa démission en 1969.

Affiche appelant à voter en faveur de la nouvelle Constitution, réalisée pour le référendum du 28 septembre 1958

# 20 Les évolutions de la Vᵉ République

**EN BREF ▸** *Les évolutions de la vie politique, les alternances et les cohabitations montrent la souplesse des institutions de la Vᵉ République (de 1969 au milieu des années 1980).*

## I Héritage et transition (1969-1981)

### 1 Georges Pompidou : l'héritier de De Gaulle à l'Élysée

- Pompidou est élu le 15 juin 1969. Il reprend à son compte la pratique des institutions établie par de Gaulle dont il a été le Premier ministre de 1962 à 1968.
- Le septennat est interrompu par sa mort le 2 avril 1974.

### 2 Valéry Giscard d'Estaing : continuité et rajeunissement

- Ministre des Finances de Pompidou, Giscard appartient à la droite modérée et s'affiche comme le candidat du renouveau. Il est élu le 19 mai 1974, à 48 ans.
- Il prend acte des évolutions de la société. Pour répondre aux revendications exprimées par la jeunesse en mai 1968, l'âge de la majorité est abaissé à 18 ans. En 1975, la loi Veil autorise l'IVG.

### 3 La rénovation de la vie politique

- Face à la domination des partis de droite, la gauche se rassemble autour d'un grand parti, pour pouvoir gagner les élections. Le PS est créé en 1971 pour réunir tous les socialistes. Il se rapproche du PCF et des radicaux.
- À droite, la concurrence est forte entre le parti gaulliste (RPR) et les modérés, réunis dans le parti fondé par Giscard en 1978, l'UDF.

## II Alternances et cohabitations (1981-1995)

### 1 François Mitterrand, premier président socialiste de la Vᵉ République

- L'élection de Mitterrand le 10 mai 1981 marque la première **alternance**. Le premier gouvernement de Pierre Mauroy accueille quatre ministres communistes.
- Le gouvernement veut élargir la démocratie sociale : retraite à 60 ans, semaine de 39 heures, 5ᵉ semaine de congés payés, augmentation des prestations sociales.
- Il engage également des réformes majeures dans différents domaines : abolition de la peine de mort, fin du délit d'homosexualité, remboursement de l'IVG par la Sécurité sociale.

> **MOT CLÉ**
> L'**alternance** est la succession de majorités parlementaires et de présidents de la République appartenant à des familles politiques différentes.

- Parallèlement, le gouvernement lance une ambitieuse politique de décentralisation, élargie depuis → FICHE 52.

## 2 Des institutions qui s'adaptent

- À deux reprises, sous les deux septennats de Mitterrand, une majorité de droite est élue à l'Assemblée. Le président choisit son Premier ministre dans la nouvelle majorité : Jacques Chirac (1986-1988) et Édouard Balladur (1993-1995).

- La **cohabitation** introduit une division au sein de l'exécutif : le président de la République se replie sur la politique étrangère ; le gouvernement définit et mène la politique intérieure. Le rôle de l'Assemblée est renforcé, puisque le gouvernement ne peut s'appuyer que sur sa majorité parlementaire → FICHE 51.

**MOT CLÉ**
On parle de **cohabitation** quand le président de la République et le pouvoir législatif, tous deux issus du suffrage universel, représentent des tendances politiques opposées.

- L'élection de Jacques Chirac à la fonction présidentielle en 1995 marque une nouvelle alternance, cette fois en faveur de la droite gaulliste.

**zoOm**

### François Mitterrand, premier président socialiste de la V^e République

François Mitterrand devant la pyramide du Louvre, 28 juin 1989

- En 1981, l'élection du socialiste François Mitterrand marque la première alternance à la tête de la V^e République et la première victoire de la gauche.
- La durée de sa présidence ainsi que sa pratique du pouvoir renforcent l'image d'un « monarque républicain ». Président bâtisseur, il est à l'origine du Grand Louvre, de l'opéra Bastille, de la Bibliothèque nationale de France, etc.

# LA FRANCE APRÈS LA GUERRE : UNE RÉPUBLIQUE REPENSÉE

## La refondation de la République après la Libération

- Épuration
- Refondation républicaine
- Élargissement de la démocratie (droit de **vote des femmes**)

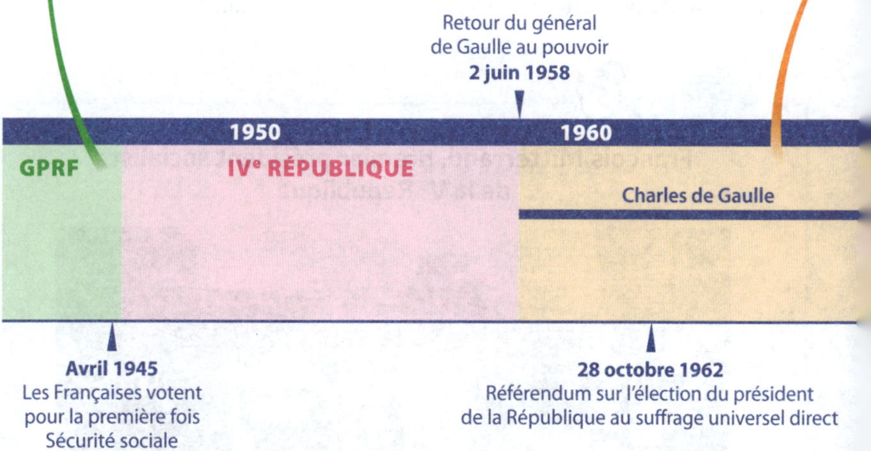

## De Gaulle et la naissance de la Ve République

- Nouvelle **Constitution**
- Renforcement du **pouvoir exécutif**
- Limitation des pouvoirs du Parlement

Jacques Chirac élu président de la République **Mai 1995**

Première alternance **Mai 1981**

**1970** **1980** **1990**

**Ve RÉPUBLIQUE**

Georges Pompidou

Valéry Giscard d'Estaing

François Mitterrand

## Les évolutions de la Ve République

- Stabilité du régime
- **Alternance** politique
  → 1981 : élection de François Mitterrand
- **Cohabitations**
  → 1986-1988 : Mitterrand/Chirac
  → 1993-1995 : Mitterrand/Balladur

# SE TESTER QUIZ

Vérifie que tu as compris les points clés

## 1 La refondation de la République

→ FICHE 18

**1) Qu'est-ce que l'épuration ?**

☐ **a.** La traque des anciens collaborateurs du régime de Vichy et de l'occupant

☐ **b.** La traque des Juifs et des résistants

☐ **c.** La traque des soldats allemands

**2) Le GPRF est constitué…**

☐ **a.** uniquement de résistants gaullistes.

☐ **b.** de toutes les forces politiques issues de la Résistance.

☐ **c.** de résistants communistes et gaullistes.

**3) De Gaulle quitte le GPRF en janvier 1946 car…**

☐ **a.** il échoue à rétablir les institutions de la IIIe République.

☐ **b.** il est en désaccord avec le projet de nouvelle constitution.

☐ **c.** il veut quitter la vie politique.

…/3

## 2 Refonder la démocratie

→ FICHE 18

**1) Le programme du CNR vise à…**

☐ **a.** restaurer la démocratie.

☐ **b.** jeter les bases de l'État-providence.

☐ **c.** installer les résistants au pouvoir.

**2) Quel est l'objectif de l'État-providence ?**

☐ **a.** Élargir les droits politiques

☐ **b.** Établir une démocratie sociale

☐ **c.** Assurer la redistribution des richesses

…/2

## 3 De Gaulle et la Ve République

→ FICHE 19

**1) Quelles sont les causes de l'effondrement de la IVe République ?**

☐ **a.** La crise économique

☐ **b.** La guerre d'Algérie

☐ **c.** L'instabilité ministérielle

**2) La Constitution de la Ve République donne la primauté…**

☐ **a.** au pouvoir exécutif.

☐ **b.** au pouvoir législatif.

☐ **c.** à aucun, mais maintient un équilibre entre les deux.

**3) La réforme constitutionnelle de 1962 prévoit…**

☐ **a.** le passage du septennat au quinquennat.

☐ **b.** l'élection du président au suffrage universel indirect.

☐ **c.** l'élection du président au suffrage universel direct.

…/3

## 4 Les présidents de la Ve République

→ FICHES 19 et 20

**Relie chaque président à ce qui le caractérise.**

| | |
|---|---|
| **a.** De Gaulle • | • premier président socialiste |
| **b.** Pompidou • | • premier président non gaulliste |
| **c.** Giscard d'Estaing • | • fondateur de la Ve République |
| **d.** Mitterrand • | • héritier du général de Gaulle |

…/1

## 5 Les évolutions de la Ve République

→ FICHE 20

**Coche la réponse qui convient.**

| | Vrai | Faux |
|---|---|---|
| **a.** L'alternance désigne le passage d'un régime politique à l'autre. | ☐ | ☐ |
| **b.** L'élection de François Mitterrand en 1981 est la première alternance de la Ve République. | ☐ | ☐ |
| **c.** On parle de cohabitation quand le Premier ministre et le président de la République n'appartiennent pas à la même majorité. | ☐ | ☐ |
| **d.** Le président Mitterrand connaît une cohabitation. | ☐ | ☐ |

…/1

**ON FAIT LE BILAN !**

score total …/10

- Des erreurs ? Entraîne-toi ! → **LES EXOS** P. 98
- Zéro faute ? Bravo ! → **OBJECTIF BREVET** P. 99

# LES EXOS

Entraîne-toi !

## 6 Répondre à des questions de cours

→ FICHES 18 à 20

1) Qu'a-t-on appelé l'épuration à la Libération ?

2) La V^e République est-elle un régime parlementaire ?

3) Comment la cohabitation rééquilibre-t-elle les pouvoirs ?

## 7 Situer des événements dans le temps

→ FICHE 20

Complète la frise chronologique suivante dans laquelle tu feras figurer :
- les mandats des présidents de la V^e République de 1958 à 1995 (tu marqueras les alternances politiques en changeant de couleur) ;
- les périodes de cohabitation.

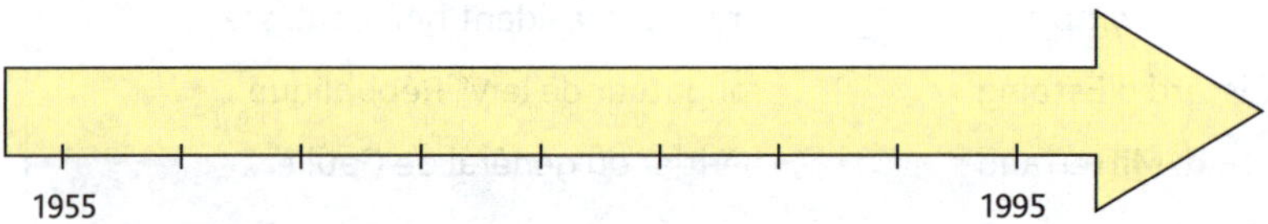


## 8 Comprendre le sens général d'un document

→ FICHE 18

**Document**

Cette photographie a été prise lors du référendum du 21 octobre 1945 portant sur le maintien ou non des institutions de la III^e République. Donne-lui un titre et explique pourquoi elle illustre une réforme majeure de la Libération.

## 9 Comprendre un document

→ FICHE 18

**Document** **Ordonnance du 4 octobre 1945**

Art. 1er – Il est institué une organisation de la Sécurité sociale destinée à garantir les travailleurs et leurs familles contre les risques de toute nature susceptibles de réduire ou de supprimer leur capacité de gain, à couvrir les charges de maternité et les charges de famille qu'ils supportent.

Art. 3 – Les caisses primaires de Sécurité sociale assurent :

a) la gestion des risques maladie, maternité et décès ;

b) la gestion des risques d'accident du travail et de maladie professionnelle en ce qui concerne les incapacités temporaires ; [...]

1. Qu'institue l'ordonnance du 4 octobre 1945 ?
2. Quel est le pouvoir en France à cette date ?
3. Pour qui cette ordonnance est-elle prise et dans quel but ?

# OBJECTIF BREVET

Lance-toi dans des sujets !

## 10 Rédiger un développement construit

35 min

→ FICHE 18

Sous la forme d'un développement construit d'une vingtaine de lignes, explique comment et sur quelles bases s'est opérée la refondation républicaine à la Libération.

### DÉMARRONS ENSEMBLE

→ Commence par te rappeler pourquoi il faut refonder la République à la Libération. Quel régime s'est effondré en 1944 ? Quel pouvoir le remplace ? Qui est à sa tête ?

→ L'idée de refondation implique que les principes républicains sont restaurés : de quels principes s'agit-il ?

→ Quels nouveaux droits les citoyens obtiennent-ils ?

## 11 Analyser et comprendre un document

45 min

→ FICHE 19

### Document Les pouvoirs du président de la République

Art. 8 – Le président de la République nomme le Premier ministre. Il met fin à ses fonctions sur la présentation par celui-ci de la démission du gouvernement. […]

Art. 11 – Le président de la République […] peut soumettre au référendum tout projet de loi portant sur l'organisation des pouvoirs publics […]

Art. 12 – Le président de la République peut, après consultation du Premier ministre et des présidents des Assemblées, prononcer la dissolution de l'Assemblée nationale. […]

Art. 16 – Lorsque les institutions de la République, l'indépendance de la nation, l'intégrité de son territoire ou l'exécution de ses engagements internationaux sont menacés d'une manière grave et immédiate et que le fonctionnement régulier des pouvoirs publics constitutionnels est interrompu, le président de la République prend les mesures exigées par ces circonstances, après consultation officielle du Premier ministre, des présidents des Assemblées ainsi que du Conseil constitutionnel. Il en informe la nation par un message.

Constitution du 4 octobre 1958, titre II : le président de la République.

1 Présente le document.

2 Quels pouvoirs la Constitution de la Ve République octroie-t-elle au président de la République ?

3 Qui est le premier président de la Ve République ? Comment est-il désigné ?

4 Quelle révision constitutionnelle majeure est votée en 1962 ? En quoi renforce-t-elle la fonction présidentielle ?

**DÉMARRONS ENSEMBLE**

2 L'exécutif est constitué de deux têtes : le président et le Premier ministre. Mais ce dernier dépend du président, qui le nomme et peut le démettre.

4 Pense au contexte politique qui amène de Gaulle à proposer cette réforme.

## 12 Analyser et comprendre un document

45 min

→ FICHE 19

Dessin de Roland Moisan paru dans *Le Canard enchaîné* en décembre 1965.

1| Présente le document en insistant sur sa nature.

2| Sous quels traits de Gaulle est-il figuré ? Pourquoi ?

3| Qui sont les personnages au premier plan ? Comment sont-ils représentés ?

4| Explique la portée satirique de ce dessin.

# CORRIGÉS

## SE TESTER QUIZ

### 1 La refondation de la République

1| **Réponse a.** L'épuration désigne la traque des anciens collaborateurs du régime de Vichy et de l'occupant. On distingue l'épuration sauvage et l'épuration légale.

2| **Réponse b.** Le GPRF est constitué de toutes les forces politiques issues de la Résistance. Il émane du Comité français de libération nationale, organe politique issu de la Résistance intérieure.

3| **Réponse b.** De Gaulle est hostile au projet de constitution que prépare l'Assemblée.

### 2 Refonder la démocratie

1| **Réponses b et c.** Le programme du CNR vise à restaurer la démocratie et à jeter les bases de l'État-providence.

**2)** **Réponses b. et c.** L'**État-providence** a pour objectif d'établir une démocratie sociale et d'assurer la redistribution des richesses.

> **INFO**
> Comme la France, le Royaume-Uni met en place un État-providence au lendemain de la Seconde Guerre mondiale.

## 3 De Gaulle et la V$^e$ République

**1)** **Réponses b et c.** La IV$^e$ République s'effondre à cause de problèmes intérieurs (instabilité ministérielle) et extérieurs (guerre d'Algérie).

**2)** **Réponse a.** Le régime parlementaire de la V$^e$ République octroie de larges pouvoirs à l'exécutif.

**3)** **Réponse c.** La réforme constitutionnelle de 1962 prévoit l'élection du président au suffrage universel direct afin de donner une légitimité démocratique à la fonction présidentielle.

## 4 Les présidents de la V$^e$ République

**a.** De Gaulle : fondateur de la V$^e$ République.
**b.** Pompidou : héritier du général de Gaulle.
**c.** Giscard d'Estaing : premier président non gaulliste.
**d.** Mitterrand : premier président socialiste.

## 5 Les évolutions de la V$^e$ République

**a. Faux.** L'alternance désigne la succession de majorités appartenant à des tendances politiques différentes.
**b. Vrai.** C'est la première fois qu'un socialiste est élu à la présidence de la République.
**c. Vrai.** Quand l'Assemblée nationale élue est d'une tendance politique opposée à celle du président, celui-ci doit nommer un Premier ministre issu de la majorité parlementaire.
**d. Faux.** Mitterrand a connu deux cohabitations.

# LES EXOS

## 6 Répondre à des questions de cours

**1)** La libération du territoire a donné lieu à de nombreux règlements de comptes entre Français. On a parlé d'**épuration sauvage** pour désigner cette **justice expéditive** (lynchage, femmes tondues, exécutions). Le GPRF y a mis fin au fur et à mesure du rétablissement de la légalité républicaine. Des tribunaux spéciaux et une Haute Cour de Justice ont été chargés de juger les anciens collaborateurs et les dignitaires du régime de Vichy, afin de mettre en œuvre une **épuration légale**.

**2)** La V$^e$ République est un régime parlementaire dans la mesure où **le gouvernement est responsable devant l'Assemblée qui peut le renverser**. Cependant, la

Constitution octroie de larges pouvoirs à l'exécutif : au président de la République qui nomme le Premier ministre, peut dissoudre l'Assemblée, organiser des référendums ; au gouvernement qui peut imposer l'adoption sans vote de ses projets de loi.

3 La cohabitation implique un rééquilibrage des pouvoirs à deux niveaux. Au sein de l'exécutif, puisque le président de la République ne peut plus influer sur la politique du gouvernement. Entre l'exécutif et l'Assemblée, puisque le Premier ministre s'appuie sur sa majorité parlementaire pour gouverner.

## 7 Situer des événements dans le temps

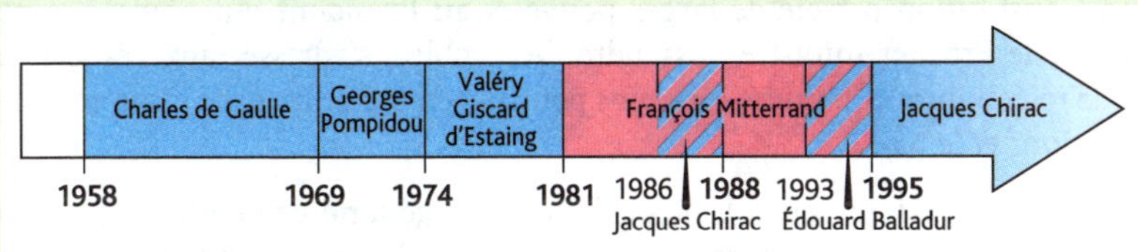


## 8 Comprendre le sens général d'un document

Titre : Les Françaises votent !
À la Libération, le GPRF élargit le droit de suffrage aux femmes qui obtiennent ainsi l'égalité politique avec les hommes.

## 9 Comprendre un document

1 L'ordonnance du 4 octobre 1945 institue la Sécurité sociale universelle.

2 À cette date, c'est le GPRF qui est au pouvoir.

3 L'ordonnance couvre les risques maladie, maternité, invalidité, vieillesse et décès. Elle vise à élargir les droits sociaux pour tous dans un souci de démocratisation sociale.

# OBJECTIF BREVET

## 10 Rédiger un développement construit

Alors que le territoire français est progressivement libéré par les Alliés, le régime de Vichy s'effondre. De retour à Paris en août 1944, le général de Gaulle y installe le gouvernement provisoire (GPRF), reconnu par les Alliés.

■ Dès lors, il s'agit de restaurer la légalité républicaine en déclarant nulles et non avenues toutes les mesures du régime précédent. La devise et les valeurs républicaines sont rétablies. Il s'agit également de restaurer l'ordre en mettant fin au déchaînement de violences contre les « collabos », par la mise en place d'une épuration légale (Pétain et Laval sont jugés).

■ Le GPRF octroie de **nouveaux droits sociaux** aux citoyens (Sécurité sociale, allocations familiales) conformément au programme de gouvernement établi par le CNR en mars 1944. Sur le plan politique, **les Françaises obtiennent le droit de vote**. Elles participent ainsi au référendum qui décide l'instauration d'une nouvelle République : la Constitution de la **IVe République** est adoptée en octobre 1946.

## 11 Analyser et comprendre un document

**1** Ce document est un extrait de la **Constitution de 1958**, établissant la **Ve République** et portant sur les **pouvoirs du président de la République**.

**2** La Constitution octroie de **larges pouvoirs au Président** qui nomme et peut démettre le Premier ministre, dissoudre l'Assemblée, s'adresser aux Français par voie de référendum et prendre les pleins pouvoirs en cas de menace grave contre les institutions et le pays.

**3** Le premier président de la Ve République est le **général de Gaulle**. Il est élu en décembre 1958 au suffrage indirect, comme le prévoit alors la Constitution.

**4** En octobre 1962, une révision de la Constitution, prévoyant l'**élection du Président au suffrage universel direct**, est adoptée par référendum. Elle est mise en œuvre pour la première fois lors de l'élection présidentielle de 1965 qui voit la victoire de Charles de Gaulle. La révision **renforce** la fonction présidentielle. Élu au suffrage universel direct, le président de la République peut dorénavant se prévaloir de la même légitimité démocratique que l'Assemblée.

## 12 Analyser et comprendre un document

**1** Ce document est une **caricature** de Roland Moisan parue dans l'hebdomadaire satirique *Le Canard enchaîné* en décembre 1965, date à laquelle **de Gaulle est élu pour un second mandat**, mais cette fois au suffrage universel direct.

> **CONSEIL**
> Fais appel à tes connaissances pour situer le document dans son contexte.

**2** De Gaulle est figuré sous les traits de Louis XIV en costume du sacre. Il détient les **symboles du pouvoir** (couronne, sceptre, etc.), porte le manteau décoré de fleurs de lys et doublé d'hermine. En représentant de Gaulle en monarque absolu, le caricaturiste fustige le **caractère monarchique de la Ve République** qui donne des pouvoirs étendus au Président.

**3** Au premier plan, les **ministres** apparaissent comme des personnages minuscules pour souligner le fait que, face au Président, ils ne disposent que de **très peu de pouvoir**.

**4** Depuis la réforme constitutionnelle de 1962, le Président est élu au suffrage universel direct, se trouvant ainsi investi de la **même légitimité démocratique que l'Assemblée**. Voulue par de Gaulle, cette réforme renforce la **prééminence de la fonction présidentielle** et alimente la critique d'une partie de la gauche qui y voit une tentative d'établir un pouvoir personnel.

# 6 Femmes et hommes dans la société française des années 1950 aux années 1980

Militantes du Mouvement de libération des femmes (MLF), le 26 août 1970

Prêt à réviser ce thème du programme ?

**FICHES DE COURS**



**EXERCICES & SUJETS**



**CORRIGÉS**

# 21 Économie et société : des Trente Glorieuses à la crise économique

**EN BREF ▸** *À partir de 1945, la France entre dans une période de prospérité qui s'accompagne d'une transformation des structures économiques et de mutations sociales.*

## I Les bouleversements de l'économie française

### 1 Les Trente Glorieuses

- De 1945 à 1975, l'économie française connaît une période de forte prospérité, les **Trente Glorieuses**, marquée par des **taux de croissance du PIB élevés** (autour de 5 %) et le **plein emploi**.
- **L'État soutient la croissance** en favorisant la recherche et en lançant de grands travaux d'équipement.

**MOT CLÉ**
L'expression **« Trente Glorieuses »** désigne la période de forte croissance économique que connaît la France, comme l'ensemble des pays industrialisés entre 1945 et 1975.

### 2 La récession

- Cette période faste prend fin dans les années 1970 : l'économie française subit de plein fouet la récession qui se traduit par une **forte hausse des prix** (inflation) et l'apparition d'un **chômage de masse**.
- Le chômage frappe davantage les femmes et les jeunes non diplômés ainsi que les secteurs industriels traditionnels (mines, sidérurgie et textile).

### 3 L'évolution de la population active

- Le **développement du salariat** (84 % de la population active en 1982) s'explique en grande partie par l'**essor des services** et la diminution du nombre des travailleurs indépendants (commerçants, artisans, etc.).
- Les salariés bénéficient d'une **législation favorable** (allongement des congés payés, salaire minimum). Parallèlement, la paysannerie et le monde ouvrier déclinent.

## II La société française en mouvement

### 1 Du *baby-boom* au vieillissement

- Dans les années 1950 et 1960, la France connaît une **forte croissance démographique** encouragée par une **politique nataliste** (Sécurité sociale, allocations familiales) : c'est le *baby-boom*.
- À partir des années 1970, la **natalité baisse** du fait de la généralisation du travail féminin ; le nombre moyen d'enfant par femme diminue (il est de 1,86 en 1985).

- La crise économique amplifie le phénomène. Parallèlement, l'allongement de l'espérance de vie entraîne un **vieillissement de la population**.

## 2 L'urbanisation du territoire

- Les campagnes se dépeuplent et l'urbanisation s'accélère. De grands ensembles sont construits à la **périphérie des grandes villes** et les **banlieues** s'étalent.
- Quand la crise économique éclate, les périphéries urbaines concentrent de nombreux **problèmes sociaux**.

## 3 Le triomphe de la société de consommation

- Les années 1950 et 1960 marquent l'entrée dans la consommation de masse, symbolisée notamment par la création des premiers supermarchés.
- La **crise des années 1970-1980** fait pourtant apparaître les limites de la société d'abondance. Toute une frange de la société sombre dans l'exclusion. Un **Revenu minimum d'insertion (RMI)** est créé par l'État en 1988.

## 4 Un nouveau groupe social : la jeunesse

- Avec le *baby-boom*, le **poids des jeunes dans la société** s'accroît. En 1959, l'âge de fin de scolarité obligatoire passe à 16 ans.
- En **mai 1968**, la jeunesse réclame davantage d'autonomie et conteste les autorités traditionnelles (famille, école, État). En réponse, Valéry Giscard d'Estaing propose l'abaissement de l'âge de la majorité à 18 ans en 1974.

## zoOm

### La consommation de masse

- L'augmentation du niveau de vie permet aux Français d'accéder à la propriété et de s'équiper en biens durables. Les vacances et les loisirs se généralisent. De nouveaux produits, fabriqués en série, et de nouveaux services apparaissent.
- La voiture, symbole de la société industrielle, se démocratise. Dans les années 1950, la 4 CV de Renault est produite à un million d'exemplaires.

Une publicité pour la 4 CV de Renault, 1959

# 22 L'évolution de la condition des femmes

**EN BREF ▸** *Après 1945, les femmes gagnent une nouvelle visibilité dans la société française et obtiennent de nouveaux droits.*

## I L'évolution du statut de la femme

### 1 La femme sous tutelle, une condition remise en cause

- Le Code civil établi par Napoléon en 1804 pose le **cadre juridique** qui régit les rapports au sein de la famille en France jusqu'au milieu du XX^e siècle.
- La femme mariée ne peut alors ni étudier, ni travailler, ni disposer de ses biens et de son salaire sans l'**autorisation de son mari**. L'homme est l'unique chef de famille.
- En 1949, la philosophe **Simone de Beauvoir** (1908-1986) dénonce la domination subie par les femmes dans un ouvrage, ***Le Deuxième Sexe***. Elle a une influence déterminante sur le **féminisme** français.

**MOT CLÉ**
Le **féminisme** est un mouvement qui combat pour l'égalité des droits entre les femmes et les hommes.

### 2 La féminisation de l'enseignement supérieur

- Durant les Trente Glorieuses, l'élévation du niveau de vie s'accompagne d'une **massification scolaire** qui profite aux filles.
- La **loi Haby (1975)** généralise la mixité scolaire.
- Les filles accèdent aux études supérieures : en 1946, à 20 ans, 3 % des filles étaient scolarisées (contre 6,5 % des garçons) ; le taux passe 11 % en 1962 (11 % des garçons) et à 62 % en 1996 (54 % des garçons).

### 3 La féminisation du marché du travail

- Avec l'essor de l'emploi tertiaire, le travail féminin ne cesse d'augmenter depuis les années 1960. En 1965, la **réforme des régimes matrimoniaux** permet aux femmes d'exercer librement une activité professionnelle.
- La distinction des emplois en fonction du sexe reste discriminante. Les femmes occupent le plus souvent des emplois peu qualifiés. Les **inégalités de salaire** hommes-femmes perdurent aujourd'hui.

## II L'intégration récente des femmes à la vie politique

### 1 Un droit de vote tardif

Il faut attendre **1944** pour que le GPRF accorde le droit de vote aux femmes leur donnant ainsi l'**égalité politique** → FICHE 18.

### 2 Une faible représentation politique

■ Malgré la création en 1974 d'un secrétariat d'État à la Condition féminine, transformé en 1981 en ministère des Droits de la femme, la vie politique s'ouvre très lentement aux femmes.

■ Il faut attendre 1991 pour voir la première femme nommée au poste de Premier ministre, Édith Cresson.

## III Le droit à disposer de son corps

### 1 L'émergence de nouvelles revendications

L'égalité politique acquise, le processus d'**émancipation** des femmes se déplace sur le terrain de la procréation. Le droit à la contraception est légalisé en 1967 (loi Neuwirth).

**MOT CLÉ**

L'**émancipation** des femmes désigne le processus par lequel ces dernières s'affranchissent de la domination qui pèse sur elles.

### 2 Les luttes féministes dans les années 1960-1970

■ De nouveaux mouvements féministes, nés de mai 68 comme le Mouvement de libération des femmes (MLF), militent pour sortir la femme du rôle d'épouse et de mère auquel la société la réduit.

■ La légalisation de l'avortement en 1975 par la loi Veil est une victoire.

**zoOm**

#### Un mouvement féministe, le planning familial

■ Créé en 1960, le planning familial promeut le contrôle des naissances, l'éducation sexuelle et le droit à la contraception. Sur cette affiche de 1980, l'association rappelle les moments clés de l'émancipation des femmes en matière de procréation : droit à la contraception (loi Neuwirth) puis à l'avortement (loi Veil).

■ Le vote de ces lois témoigne des luttes féministes et d'une politisation croissante de la question des droits des femmes.

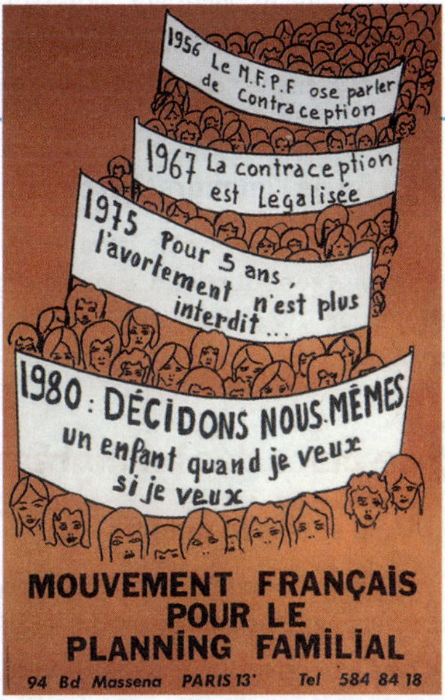

# 23 Les politiques d'immigration et la place des immigrés

**EN BREF ▸** *Après 1945, la France fait appel à la main-d'œuvre étrangère pour accompagner la croissance, mais la récession des années 1970 met un terme à l'immigration.*

## I La France, un vieux pays d'immigration

### 1 Une immigration initiée très tôt

- La France a été le premier pays européen à connaître au XIXe siècle une forte baisse de sa natalité, nécessitant de recourir à l'immigration de travail.
- Jusqu'à la Seconde Guerre mondiale, les **immigrés** viennent des pays européens : Belgique et Italie d'abord, Pologne ensuite.

**MOT CLÉ**
Un **immigré** est un étranger né à l'étranger et résidant en France.

### 2 De nouveaux immigrants durant les Trente Glorieuses

- En France, afin d'accompagner la croissance, l'État et les entreprises encouragent l'immigration de travailleurs étrangers, stoppée depuis la crise économique des années 1930. L'Office national d'immigration est créé dès 1945 afin d'encadrer ces flux.
- Les travailleurs viennent alors surtout du Portugal, des pays du Maghreb récemment décolonisés, puis d'Afrique subsaharienne.
- Si la provenance des immigrés se modifie, leur part dans la population reste identique à celle du début du siècle (7 %).

### 3 La fin de l'immigration de travail

En 1974, l'immigration de travailleurs est stoppée et les conditions d'entrée sur le territoire sont durcies. Ce virage s'explique par la crise qui fait suite au choc pétrolier de 1973. Pour favoriser l'intégration des immigrés déjà installés, le regroupement familial est néanmoins autorisé.

## II La place des immigrés dans la société française

### 1 Un travail peu qualifié

- Arrivés seuls, les immigrés sont souvent des hommes qui font vivre leur famille restée au pays en s'employant dans l'industrie et dans les services → ZOOM.
- Dans les entreprises, ils sont souvent moins payés que les ouvriers français et ne peuvent guère espérer une ascension dans la hiérarchie.

## 2 Des conditions de vie difficiles

Dans les années 1950 et 1960, les immigrés s'entassent dans les bidonvilles. Dans les années 1970, la construction de grands ensembles à la périphérie des villes constitue une amélioration matérielle.

## 3 Quelle intégration ?

- Si le nombre d'immigrés est stable, l'**intégration** des derniers arrivants semble en panne. La **ségrégation spatiale** et les inégalités de réussite scolaire semblent en être les principaux facteurs.

**MOT CLÉ**
L'**intégration** est le processus par lequel des individus acquièrent le sentiment d'appartenir à la communauté dans laquelle ils vivent.

- Pour autant, la hausse des mariages mixtes, celle des naturalisations et l'ascension sociale des fils et filles d'immigrés sont autant de signes encourageants.
- La question de l'immigration devient un **enjeu central du débat politique**. Dans les années 1980, l'essor du Front national qui en a fait son principal argument de campagne électorale, en témoigne.

**zoOm**

### La France des Trente Glorieuses et l'immigration

- Comme cet ouvrier photographié en 1963 sur une chaîne de montage d'une usine Renault, les travailleurs immigrés occupent le plus souvent des emplois peu qualifiés dans l'industrie. Ils sont embauchés dans les secteurs économiques qui connaissaient des pénuries de main-d'œuvre.
- Les Algériens constituent dans les années 1970 le quart des manœuvres et des ouvriers non qualifiés ; les Portugais et les Espagnols forment plus de 50 % du personnel de service.

# FEMMES ET HOMMES DANS LA SOCIÉTÉ FRANÇAISE DES ANNÉES 1950 AUX ANNÉES 1980

## Des Trente Glorieuses à la crise économique

**Mutations économiques**
- Croissance puis récession
- Développement du **salariat**

Office national de l'immigration
**1945**

| 1945 | 1950 | 1955 | 1960 | 1965 |
|---|---|---|---|---|

**TRENTE GLORIEUSES ET PLEIN EMPLOI**
**Baby-boom**

## L'évolution de la condition des femmes

- Féminisation de l'enseignement et du marché du travail
- **Émancipation** juridique
- Droit à disposer de son **corps**

**Mutations sociales**
- **Urbanisation**
- Développement de la **société de consommation**
- Nouvelle place des **jeunes**

Loi Neuwirth légalisant la contraception
**1967**

Majorité à 18 ans
**Juillet 1974**

**1970** **1975** **1980** **1985**

**CRISE ET CHÔMAGE DE MASSE**
**Vieillissement de la population**

**1975**
Loi Veil légalisant l'IVG

**Les politiques d'immigration et la place des immigrés**

- Immigration encouragée par l'État (1945) puis stoppée (1974)
- Diversification de l'origine des immigrés
- Travailleurs peu qualifiés aux **conditions de vie difficiles**

# SE TESTER QUIZ

Vérifie que tu as compris les points clés

## 1 Les bouleversements de l'économie française → FICHE 21

**1) Qu'appelle-t-on les Trente Glorieuses ?**

☐ **a.** Une période d'essor de la natalité

☐ **b.** Une période d'augmentation de l'emploi

☐ **c.** Une période de forte croissance économique

**2) Quel secteur d'activité a connu le plus fort développement depuis 1945 ?**

☐ **a.** L'agriculture ☐ **b.** L'industrie ☐ **c.** Les services

**3) La récession est marquée par…**

☐ **a.** une augmentation du chômage.

☐ **b.** une forte inflation.

☐ **c.** l'addition des deux phénomènes.

…/3

## 2 La société française en mouvement → FICHE 21

**1) Durant les Trente Glorieuses, la population française…**

☐ **a.** s'urbanise.

☐ **b.** émigre à l'étranger.

☐ **c.** retourne à la campagne.

**2) En 1959, l'âge de fin de scolarité obligatoire est fixé à…**

☐ **a.** 15 ans. ☐ **b.** 16 ans. ☐ **c.** 17 ans.

…/2

## 3 L'évolution de la condition des femmes → FICHE 22

**1) Quel est le titre de l'ouvrage que Simone de Beauvoir consacre à la condition féminine en 1948 ?**

☐ **a.** *Le Sexe faible*

☐ **b.** *Le Deuxième Sexe*

☐ **c.** *La domination des femmes*

**2) L'évolution de la condition féminine à partir des années 1950 s'explique par...**

☐ **a.** l'entrée des femmes sur le marché du travail.

☐ **b.** la réforme des régimes matrimoniaux.

☐ **c.** le droit de vote.

**3) L'avortement est légalisé en France en...**

☐ **a.** 1956. ☐ **b.** 1967. ☐ **c.** 1975.

.../3

## 4 Les politiques d'immigration en France

→ FICHE 23

**1) Qu'est-ce qu'un immigré ?**

☐ **a.** Un Français né à l'étranger et résidant en France

☐ **b.** Un étranger né à l'étranger et résidant en France

☐ **c.** Un étranger né et résidant en France

**2) Relie les différentes phases de la politique migratoire française à la période correspondante.**

| | |
|---|---|
| **a.** Immigration légale favorisée par l'État • | • 1945 |
| **b.** Fin de l'immigration de travail légale • | • 1945-1974 |
| **c.** Création de l'Office national de l'immigration • | • depuis 1974 |

.../2

## 5 La place des immigrés dans la société française

→ FICHE 23

**Coche la réponse qui convient.**

| | Vrai | Faux |
|---|---|---|
| **a.** Après la Seconde Guerre mondiale, l'origine des immigrés se diversifie. | ☐ | ☐ |
| **b.** La part des immigrés dans la population a augmenté depuis le début du XX^e^ siècle. | ☐ | ☐ |
| **c.** Les immigrés occupent des postes le plus souvent peu qualifiés. | ☐ | ☐ |

.../1

**ON FAIT LE BILAN !**

score total .../11


- Des erreurs ? Entraîne-toi ! → **LES EXOS** P. 116
- Zéro faute ? Bravo ! → **OBJECTIF BREVET** P. 117

# LES EXOS

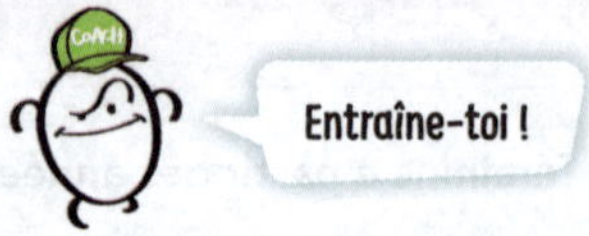


## 6 Répondre à des questions de cours

→ FICHES 21 à 23

1) Comment la natalité française a-t-elle évolué depuis 1945 ?

2) À quelle demande sociale répond la réforme de 1974 abaissant l'âge de la majorité à 18 ans ?

3) Quelles ont été les politiques d'immigration en France depuis 1945 ?

## 7 Situer des événements dans le temps

→ FICHES 21 à 23

Place sur la frise chronologique :

- Les Trente Glorieuses
- La récession économique
- La fermeture des frontières à l'immigration de travail
- L'obtention du droit de vote des femmes
- La loi Veil sur l'avortement

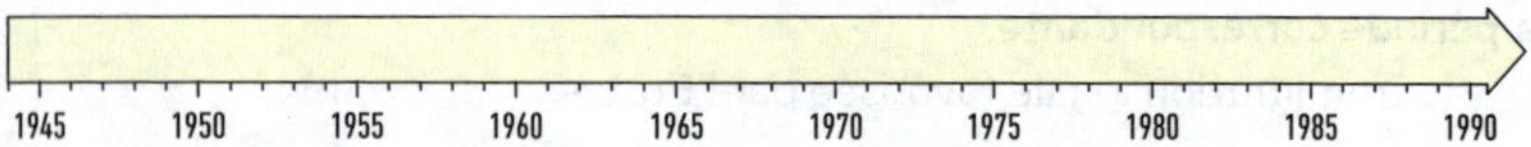


## 8 Lire et comprendre un graphique

→ FICHE 21

**Document** **Le taux de chômage en France de 1947 à 1987**

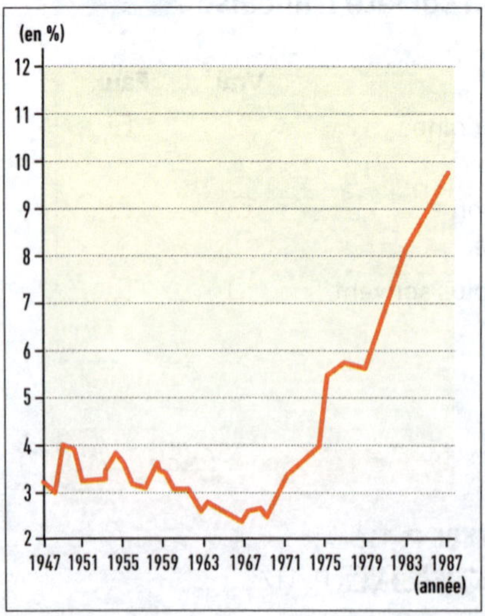


1) Présente le document.

2) Quelle évolution a connue le taux de chômage en France ? Distingue des périodes.

3) Comment peux-tu expliquer cette évolution ?

# OBJECTIF BREVET

Lance-toi dans des sujets !

## 9 Rédiger un développement construit

35 min

→ FICHE 22

Sous la forme d'un développement construit d'une vingtaine de lignes, explique quelles ont été les étapes de l'émancipation des femmes en France depuis 1945.

**DÉMARRONS ENSEMBLE**

→ Commence par définir le mot « émancipation » et précise de quoi les femmes veulent s'émanciper (condition de la femme en 1945).

→ Le mot « étapes » implique de dégager des moments clés : structure ton développement de façon chronologique, avec un paragraphe pour chaque étape.

## 10 Analyser et comprendre un document

45 min

→ FICHE 23

**Document** **« Immigration, la France manque de bras »**

Il n'y a plus de frontières ; elles ont craqué sous la pression d'une invasion pacifique : 2,5 millions d'étrangers vivent dorénavant en France. 34 000 entrées en 1962, mais 115 000 en 1963 et 140 000 prévues pour 1964. Désormais, à Paris, on parle italien, espagnol, arabe, portugais, etc. [...] Or tout cela n'a provoqué aucun à-coup ; [...] les jeunes gens n'ont que l'embarras du choix en matière d'embauche et le patronat déclarait il y a quelques jours : « Une politique active d'immigration de travailleurs étrangers est nécessaire. » Cette masse de main-d'œuvre nouvelle est tout juste venue, en effet, boucher les trous. L'expansion accélérée que connaît la France depuis dix ans exige un nombre chaque jour plus grand de travailleurs.

*L'Express*, n° 680, 25 juin 1964.

1) Présente le document.

2) De quoi fait-il état ?

3) À l'aide de tes connaissances, situe le document dans son contexte : quelle période connaît une reprise importante de l'immigration ? Pour quelles raisons ?

4) En t'appuyant sur tes connaissances, explique quelle a été l'évolution de la politique migratoire en France dans les années 1970.

# CORRIGÉS

## SE TESTER QUIZ

### 1 Les bouleversements de l'économie française (1945-1975)

**1** **Réponse c.** L'expression désigne la période de forte croissance économique que connaissent l'ensemble des pays industrialisés entre 1945 et 1975.

**2** **Réponse c.** Les services connaissent un essor sans précédent à partir de 1945. Les Trente Glorieuses favorisent la naissance des sociétés post-industrielles.

**3** **Réponse c.** La récession se manifeste par une forte augmentation du chômage et des prix : c'est la stagflation.

### 2 La société française en mouvement (1945-1975)

**1** **Réponse a.** La population française s'urbanise durant les Trente Glorieuses, notamment du fait d'un fort exode rural.

**2** **Réponse b.** La loi Berthoin de **1959** fixe l'âge de fin de scolarité obligatoire à 16 ans et marque le début de la massification scolaire.

**INFO**
Jusqu'à cette date, l'âge de la scolarité obligatoire était fixé à 14 ans.

### 3 L'évolution de la condition des femmes

**1** **Réponse b.** Simone de Beauvoir publie *Le Deuxième Sexe* en 1948. L'ouvrage influence fortement le féminisme français.

**2** **Réponses a. et b.** L'évolution de la condition des femmes passe par leur émancipation économique et juridique.

**3** **Réponse c.** L'avortement est légalisé en France par la loi Veil, adoptée en 1975.

### 4 Les politiques d'immigration

**1** **Réponse b.** Un immigré est un étranger né à l'étranger et résidant en France. Il peut devenir français par naturalisation.

**2** **a.** Immigration légale favorisée par l'État : 1945-1974. **b.** Fin de l'immigration de travail légale : depuis 1974. **c.** Création de l'Office national de l'immigration : 1945.

### 5 La place des immigrés dans la société française

**a. Vrai.** Après la Seconde Guerre mondiale, l'origine des immigrés se diversifie par un apport plus important de travailleurs venus d'Afrique et d'Asie. **b. Faux.** La part des immigrés dans la population est restée stable depuis le début du XX^e siècle, autour de 7 %. **c. Vrai.** Les immigrés occupent des postes le plus souvent peu qualifiés, dans l'industrie ou les services.

# LES EXOS

## 6 Répondre à des questions de cours

**1** À partir de 1945, la France connaît une forte augmentation de la **natalité**, favorisée par une politique nataliste (Sécurité sociale, allocations familiales). C'est le ***baby-boom*** qui dure jusqu'au début des années 1970. La récession économique entraîne alors une baisse de la fécondité. Couplée à un allongement de l'espérance de vie, cette nouvelle situation démographique entraîne un **vieillissement de la population**.

> **MOTS CLÉS**
> Le taux de **natalité** désigne le nombre de naissances par an pour 1 000 habitants. La **fécondité** mesure le nombre d'enfants par femme en âge de procréer.

**2** La loi de 1974 abaissant la majorité à 18 ans prend acte des **mutations de la société française**. Durant les Trente Glorieuses, l'élévation du niveau de vie et la massification de l'enseignement ont fait émerger un nouveau groupe dans la société française : les **jeunes**, qui se distinguent par une **culture propre** et ne se reconnaissent pas dans la France gaullienne. En 1968, la jeunesse étudiante se révolte et demande le droit à la parole.

**3** Au lendemain de la guerre, les **besoins liés à la reconstruction** incitent l'État à faire appel à une **main-d'œuvre immigrée**. Cette nouvelle immigration se distingue de la précédente par l'origine géographique : Europe du Sud, Afrique du Nord, puis Afrique subsaharienne. Mais, **à partir de 1974**, dans le contexte de la récession économique, l'immigration de travail **prend fin**. Seul le regroupement familial est autorisé.

## 7 Situer des événements dans le temps

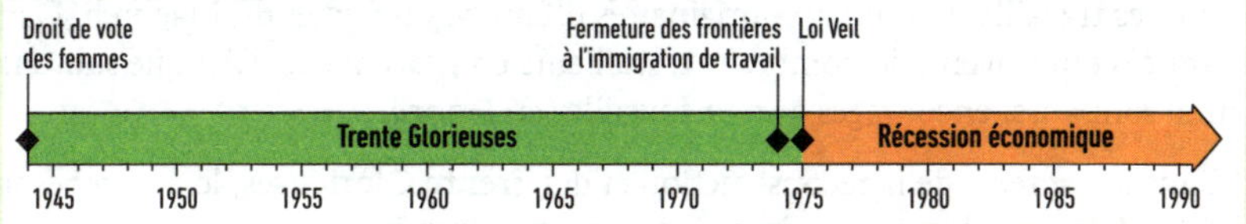


## 8 Lire et comprendre un graphique

**1** Ce document est une courbe montrant l'évolution du **taux de chômage** en France entre 1947 et 1987.

**2** Le profil de la courbe montre une **évolution en deux temps**. Entre 1947 et le début des années 1970, le taux de chômage reste faible (inférieur à 4 %). À partir de 1971, il augmente fortement : 6 % en 1980 et plus de 9 % en 1987.

> **MOT CLÉ**
> Le **taux de chômage** est le pourcentage de la population active n'ayant pas d'emploi.

**3** Après la Seconde Guerre mondiale, la France entre dans une période de **forte croissance économique** qui dure jusqu'au milieu des années 1970 : ce sont les Trente Glorieuses marquées par le **plein emploi**. Au début des années 1970, le **ralentissement de la croissance** et le **premier choc pétrolier** (1973) entraînent un retournement de la conjoncture : la France entre dans le **chômage de masse**.

## OBJECTIF BREVET

### 9 Rédiger un développement construit

L'émancipation désigne le processus par lequel un individu, un groupe se libèrent d'une domination.

■ Après la Seconde Guerre mondiale, le contexte politique, économique et social est favorable à une reconnaissance des revendications des femmes : fin de la domination du mari dans le couple et du père sur la famille, quête d'une autonomie et d'une égalité économiques, contrôle de la natalité. Les acteurs de ce processus sont multiples : l'État, les militantes et associations féministes, les intellectuel(le)s. En 1945, les Françaises votent pour la première fois. Elles obtiennent l'égalité politique.

■ Dès lors, dans les années 1950 et 1960, les luttes se déplacent sur le terrain économique (le travail) et social (le contrôle de la natalité). La création du planning familial (1960), la légalisation de la contraception (1967), le vote de la loi Veil sont des jalons importants de cette émancipation.

### 10 Analyser et comprendre un document

1) Ce document est un article, paru dans l'hebdomadaire *L'Express* en juin 1964. Il décrit la politique française en matière migratoire.

2) L'article fait état d'une reprise importante de l'immigration. Depuis la fin de la Seconde Guerre mondiale, la France a rouvert ses frontières aux travailleurs étrangers. L'article décrit Paris dans les années 1960 comme une ville cosmopolite où vivent des travailleurs immigrés originaires d'Europe du Sud et du Maghreb. Dans les années qui suivent, de nombreux travailleurs en provenance d'Afrique subsaharienne sont aussi encouragés à venir travailler en France.

3) Dans le contexte de la reconstruction et des Trente Glorieuses, le pays a besoin de bras. L'État et les entreprises encouragent l'immigration par une politique incitative. Les immigrés sont embauchés dans l'industrie où ils occupent souvent des postes peu qualifiés, et dans les services (personnel de maison, par exemple).

4) Au début des années 1970, le ralentissement économique entraîne une hausse du chômage. L'État décide en conséquence de fermer les frontières à l'immigration de travailleurs étrangers. Seul le regroupement familial est autorisé.

GÉOGRAPHIE

# 7 Les aires urbaines : une nouvelle géographie d'une France mondialisée

Le quartier d'affaires de la Défense, dans la métropole du Grand Paris

# 24 Les nouvelles formes de l'urbanisation de la France

**EN BREF ▸** *Aujourd'hui, 85 % de la population française résident dans une aire urbaine, et jusqu'à 95 % vivent dans un territoire sous influence urbaine. La France est un pays de citadins.*

## I Une croissance urbaine par étalement

### 1 | Le triomphe de la périurbanisation

**MOT CLÉ**

L'**exode rural** désigne le départ définitif de ruraux vers la ville.

- L'**exode rural** s'achève vers 1975 : les campagnes cessent globalement de perdre des habitants.
- Depuis, l'urbanisation se poursuit sous une forme différente : les banlieues des agglomérations, surtout constituées de grands ensembles dans les années 1950 et 1960, deviennent majoritairement des **banlieues pavillonnaires d'habitat individuel**.
- **Les villes s'étalent donc et leur densité diminue**. La **périurbanisation** gagne sur les campagnes proches : les lotissements de pavillons individuels grignotent l'espace rural environnant, à la faveur du développement de l'automobile et de prix fonciers plus attractifs. L'ensemble forme une **aire urbaine**.

### 2 | L'urbanisation colonise l'espace rural

- Depuis une dizaine d'années, les **communes rurales proches des aires urbaines** se développent à leur tour, à condition d'être bien reliées au pôle urbain proche, notamment par des voies rapides. L'urbain colonise la campagne. On peut parler de **rurbanisation**.
- L'espace rural tend donc aujourd'hui à regagner des habitants. Seul le **rural profond**, à l'écart des grandes aires urbaines, mal desservi, poursuit son déclin, surtout dans la moitié nord de la France.

## II L'explosion des mobilités

### 1 | La dissociation des lieux de vie

- La dissociation entre lieu de vie, lieu de travail, lieu de loisirs ou de consommation, a été permise par la généralisation de l'automobile à partir des années 1960. Elle a donc entraîné l'**explosion des mobilités**, c'est-à-dire des changements de lieux quotidiens ou hebdomadaires.
- Les mobilités sont liées aux **déplacements quotidiens** pour se rendre à son travail, conduire les enfants à l'école, rentrer chez soi. Le week-end, les mobilités de loisirs et de consommation prennent le relais : courses ou loisirs dans les centres commerciaux périphériques ou dans le centre-ville.

## 2 | Des conséquences surtout négatives

■ Les axes de communication, vides en dehors des heures de pointe, sont périodiquement saturés par les **migrations pendulaires**. Pour faire face à un trafic sans cesse croissant, les équipements de communication se multiplient, générant pertes de temps et pollution.

**MOT CLÉ**

Les **migrations pendulaires** sont des déplacements quotidiens qui se produisent à certaines heures de la journée, par exemple de 7 à 9 heures, lorsque les populations se rendent sur leur lieu de travail.

■ Mais la construction de nouveaux équipements routiers permet à son tour le développement de nouveaux lotissements, consommant toujours plus d'espace et aggravant la congestion des voies de communications.

■ Les mobilités sont donc un enjeu majeur de développement durable. Une tendance récente au retour vers les centres semble se dessiner, en liaison avec les efforts des villes-centres pour entraver l'usage de l'automobile et favoriser les transports en commun.

**zoOm**

### Schéma d'une aire urbaine

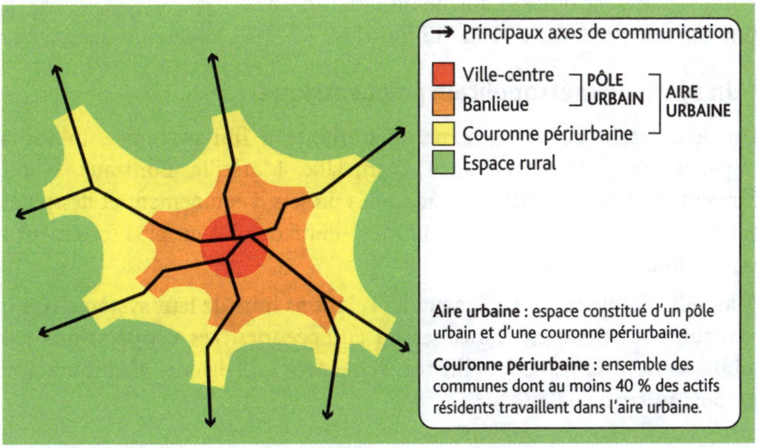


■ Le pôle urbain comprend la ville-centre, un espace bâti en continu, très dense, et les banlieues qui peuvent être des banlieues résidentielles en habitat pavillonnaire, ou des banlieues de grands ensembles, d'habitat collectif.

■ Au-delà du pôle urbain commence la couronne périurbaine : l'habitat s'agglomère autour de petits villages-centres qui grossissent par développement d'habitats pavillonnaires ; mais au moins 40 % des actifs y résidant travaillent dans le pôle urbain ou dans une autre commune de l'aire urbaine.

# 25 Les dynamiques de métropolisation en France

**EN BREF ▸** *La mondialisation privilégiant les lieux de commandement connectés, la métropolisation impacte fortement le territoire français. Cette métropolisation favorise Paris et les grandes métropoles.*

## I Paris et les métropoles, gagnantes de la métropolisation

### 1 Paris, ville mondiale

■ L'aire urbaine de Paris compte 12,5 millions d'habitants, et compte pour 20 % de la croissance démographique totale de la France. Paris est une **ville mondiale**, hyperconnectée aux autres villes mondiales. Elle est l'interface primaire du pays avec le reste du monde, notamment *via* ses aéroports internationaux, Roissy-Charles-de-Gaulle et Orly.

■ La **métropolisation** renouvelle une **très ancienne tradition :** héritière de mille ans de centralisation royale, impériale et républicaine, Paris concentre les **fonctions supérieures de l'État** et les **fonctions de commandement du capitalisme mondialisé**. La région-capitale produit 31 % du PIB français.

> **MOT CLÉ**
> La **métropolisation** est la concentration croissante des hommes, des activités et des fonctions de commandement dans les grandes villes les mieux connectées aux grands réseaux.

### 2 Un système métropolitain polycentrique

■ Un demi-siècle d'aménagement du territoire a fini par créer un véritable **archipel métropolitain** en France. Lyon, Lille, Marseille, Bordeaux, Nantes... s'efforcent d'attirer les activités grâce à des projets d'équipement et des plans de communication. Les métropoles dominent donc de plus en plus fortement leur espace régional.

■ Mais elles développent également des **relations hors de leur système régional**, avec d'autres métropoles, françaises ou européennes. Les **coopérations transfrontalières** sont largement sollicitées (Lille avec la Belgique, Mulhouse avec la métropole suisse de Bâle).

## II Les villes petites et moyennes sous dépendance

### 1 Des villes petites et moyennes héritées de l'Histoire

■ Les villes moyennes sont définies comme des aires urbaines centrées autour de villes de **20 000 à 100 000 habitants**. Au-dessus sont les grandes villes et métropoles. En dessous sont les petites villes.

■ Depuis la Révolution et jusque vers 1945, le **maillage territorial administratif** a favorisé le développement de ce tissu de chefs-lieux de cantons et de départements, bénéficiaires de l'exode rural au XIXe siècle.

## 2 | Des villes en crise et dépendantes

■ Dans ces villes, deux types d'activités économiques sont surreprésentés : l'**économie résidentielle** et les **activités industrielles**. Or, la mondialisation a fortement impacté ces industries, souvent anciennes. Représentant le principal employeur de la ville, leur disparition affecte très durement le territoire. Les deux tiers des villes petites et moyennes perdent aujourd'hui des habitants.

> **MOT CLÉ**
> L'**économie résidentielle** produit des biens et services destinés à la population résidant sur le territoire : ils dépendent donc de la démographie.

■ Ces villes sont **dépendantes de leur proximité avec une métropole** (la croissance métropolitaine rejaillit sur elles). Elles **dépendent aussi du dynamisme régional** : les villes petites et moyennes du Sud et de l'Ouest continuent de gagner des habitants.

## zoOm

### Le système urbain français

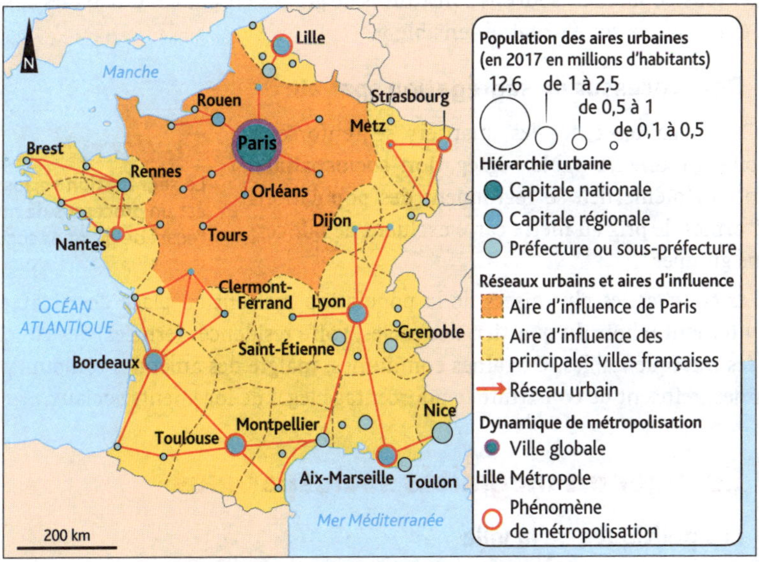


■ Hors Paris, le territoire français est structuré par un **réseau de métropoles régionales**, qui dominent et organisent le système urbain.

■ Vingt-deux d'entre elles sont devenues des **métropoles aux compétences élargies** depuis la loi MAPTAM (loi de modernisation de l'action publique territoriale et d'affirmation des métropoles du 27 janvier 2014).

# 26 Les inégalités sociospatiales à l'échelle urbaine

**EN BREF ▸** *Les villes ont toujours compté de beaux quartiers et d'autres plus populaires. Mais les phénomènes de métropolisation impulsés par la mondialisation ont renforcé les inégalités sociospatiales.*

## I Mondialisation et inégalités sociospatiales

### 1 Le développement des inégalités sociospatiales

- Les centres-villes et les beaux quartiers historiques connaissent un puissant processus de **gentrification**. Les couches populaires et les jeunes ménages, chassés par les prix immobiliers, s'installent dans les banlieues et la couronne périurbaine. Ils échangent un logement individuel plus grand contre des trajets quotidiens.

> **MOT CLÉ**
> La **gentrification** signifie l'embourgeoisement, le remplacement des catégories populaires par des catégories aux revenus plus élevés.

- Les banlieues d'habitat individuel et au cadre agréable se distinguent de banlieues plus populaires, souvent constituées de grands ensembles d'habitats collectifs et classées « zone urbaine sensible ».

### 2 Des processus de ségrégation spatiale

- Ces inégalités entre les quartiers se renforcent, établissant une véritable **ségrégation sociospatiale**. Dans un même lieu se regroupent des populations uniformes, le prix au mètre carré excluant de fait certains groupes.

> **MOT CLÉ**
> La **ségrégation sociospatiale** est un processus de mise à l'écart de groupes sociaux.

- Les couches les plus aisées de la population mettent en place des stratégies d'évitement (choix du quartier, des écoles, voire résidences fermées) des couches jugées infréquentables. Certaines communes, malgré des amendes toujours plus lourdes, refusent de construire le pourcentage légal de logements sociaux.

## II Corriger les inégalités sociospatiales

### 1 Les politiques de la ville

- Les politiques de la ville naissent en France après 1975, quand les premiers problèmes apparaissent dans les cités populaires, que les classes moyennes ont fui pour les couronnes périurbaines, et qui accueillent de plus en plus de couches défavorisées, souvent d'origine immigrée.
- Un premier axe privilégie les opérations de réhabilitation de l'habitat. Un deuxième axe est de favoriser la mixité sociale.

■ La **loi SRU**, votée en 2000 et durcie en 2013, impose aux communes importantes de disposer d'au moins 25 % de logements sociaux.

> **REMARQUE**
> La **loi SRU** (loi relative à la solidarité et au renouvellement urbain) prévoit des amendes pour les communes récalcitrantes.

## 2 Des résultats très mitigés

■ Les résultats très mitigés des politiques de la ville ont conduit à l'adoption en 2007 de la loi DALO (droit au logement opposable), qui permet aux mal-logés de saisir la justice pour faire respecter leur droit. Mais son bilan est relativement décevant : en 2018, 63 000 ménages restent privés d'un logement décent.

■ L'offre de logements reste de fait insuffisante. Les inégalités sociospatiales perdurent donc et elles continuent de s'accroître à Paris. Les lois de mixité ne parviennent pas à freiner les effets de l'ultra-métropolisation parisienne, liée aux processus de mondialisation.

### zoOm

### Les inégalités sanitaires à Paris et dans la petite couronne

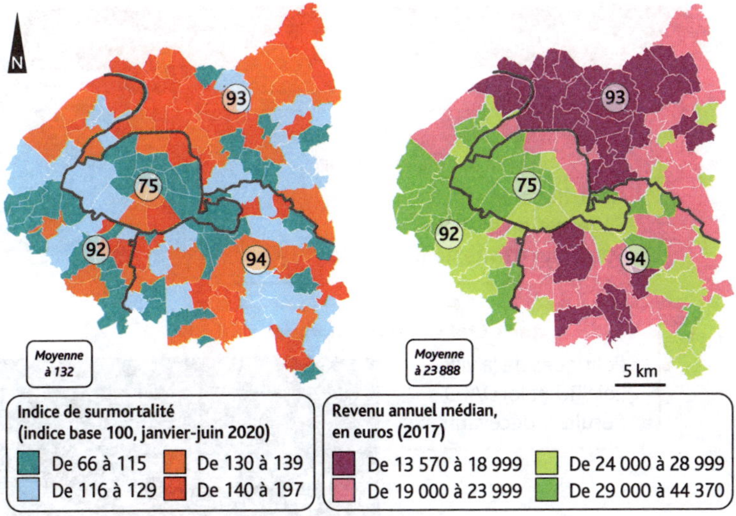


■ À Paris et dans la petite couronne (départements 92-93-94), l'épidémie de COVID-19 a causé une surmortalité moyenne de 32 % par rapport à la mortalité en année normale. Or, cette surmortalité touche inégalement les populations de Paris et sa petite couronne (carte de gauche).

■ Ces inégalités sanitaires rejoignent les inégalités de revenus (carte de droite). Les communes ouest et sud, plus riches, semblent moins frappées que celles du nord (93) et de l'est, aux revenus moindres.

## LES AIRES URBAINES dans une FRANCE MONDIALISÉE, une nouvelle géographie marquée par…

### 3 … et des inégalités sociospatiales très marquées

**Des inégalités spatiales causées par la mondialisation…**

- **Gentrification**
- **Ségrégation** spatiale
- Stratégies d'évitement

**… que l'État tente de corriger**

- Politiques de la ville
- Loi SRU et loi DALO
- Résultats décevants

## 1 … de nouvelles formes d'urbanisation

### Une croissance urbaine par étalement…

- **Périurbanisation**
- Habitat individuel, lotissements
- Colonisation de l'espace rural

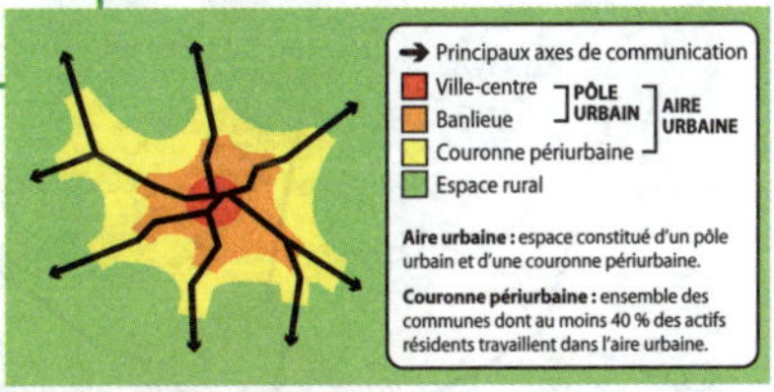


### … qui entraîne l'explosion des mobilités

- Dissociation des lieux de vie
- **Migrations pendulaires**
- Enjeu de **développement durable**

## 2 … de puissantes dynamiques de métropolisation

### Paris et les métropoles sont les gagnantes

- Paris, **ville mondiale**
- Système métropolitain polycentrique
- **Métropoles** (loi MAPTAM)

### Les villes petites et moyennes sont perdantes

- Héritage historique
- Perte de compétitivité
- Nuances régionales

# SE TESTER QUIZ

Vérifie que tu as compris les points clés

## 1 Qu'est-ce qu'une aire urbaine ?

→ FICHE 24

**1 Complète ce schéma à l'aide des expressions suivantes :**

espace rural | banlieue | ville-centre | aire urbaine | pôle urbain | couronne périurbaine | axes de communication

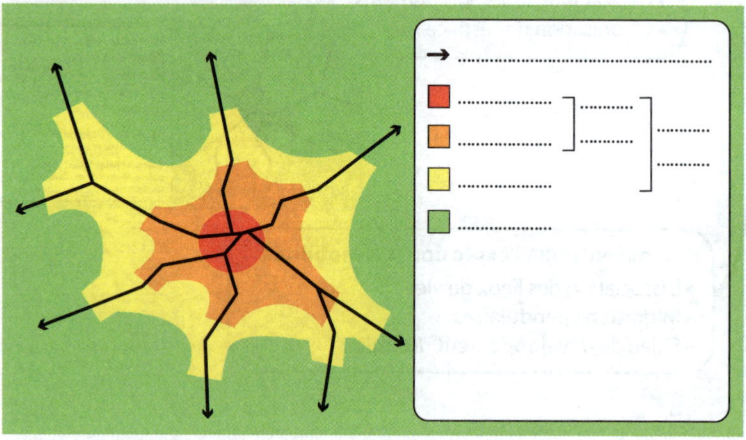

**2 Quels sont les espaces qui bénéficient de l'étalement urbain ?**

☐ **a.** La couronne périurbaine
☐ **b.** Le rural proche des aires urbaines
☐ **c.** Le rural profond

.../2

## 2 L'explosion des mobilités

→ FICHE 24

**1 Quels sont les problèmes posés par les migrations pendulaires ?**

☐ **a.** La saturation des axes et moyens de transport
☐ **b.** La pollution
☐ **c.** Les pertes de temps

**2 Quelles sont les dynamiques actuelles de l'urbanisation en France ?**

☐ **a.** L'exode rural
☐ **b.** L'étalement urbain
☐ **c.** La disparition des banlieues

.../2

## 3 Paris et les métropoles

→ FICHE 25

**1) Qu'est-ce qui fait de Paris une ville mondiale ?**

☐ **a.** Sa concentration des fonctions de l'État

☐ **b.** Ses fonctions de commandement du capitalisme mondialisé

☐ **c.** Son hyperconnexion aux autres villes mondiales

**2) Quel pourcentage du PIB français est créé par la région capitale ?**

☐ **a.** 20 % ☐ **b.** 26 % ☐ **c.** 31 %

…/2

## 4 Les villes petites et moyennes

→ FICHE 25

**1) Quelles sont les villes perdantes dans les processus de métropolisation ?**

☐ **a.** Paris ☐ **b.** Les grandes villes ☐ **c.** Les villes petites et moyennes

**2) Quelles caractéristiques montrent le déclin relatif des villes petites et moyennes ?**

☐ **a.** Leur faible compétitivité industrielle

☐ **b.** La diminution de leur population

☐ **c.** L'importance de leur économie résidentielle

…/2

## 5 Les inégalités sociospatiales à l'échelle urbaine

→ FICHE 26

**1) Qu'est-ce que la gentrification ?**

☐ **a.** L'installation de populations modestes dans les banlieues

☐ **b.** Le remplacement des catégories populaires par des couches aisées

☐ **c.** Une politique urbaine de réimplantation de populations modestes

**2) Comment appelle-t-on la mise à l'écart de certains groupes sociaux ?**

☐ **a.** La ségrégation ethnique ☐ **c.** L'apartheid

☐ **b.** La ségrégation sociospatiale

…/2

**ON FAIT LE BILAN !**

score total …/10


- Des erreurs ? Entraîne-toi ! → **LES EXOS** P. 132
- Zéro faute ? Bravo ! → **OBJECTIF BREVET** P. 133

## LES EXOS

Entraîne-toi !

### 6 Répondre à des questions de cours

→ FICHES 24 à 26

1) Quelle loi vise à favoriser la mixité sociale dans les villes françaises ?

2) Mentionne trois éléments qui font de Paris une ville mondiale.

### 7 Réaliser une tâche cartographique

→ FICHE 25

**Document** Les métropoles françaises

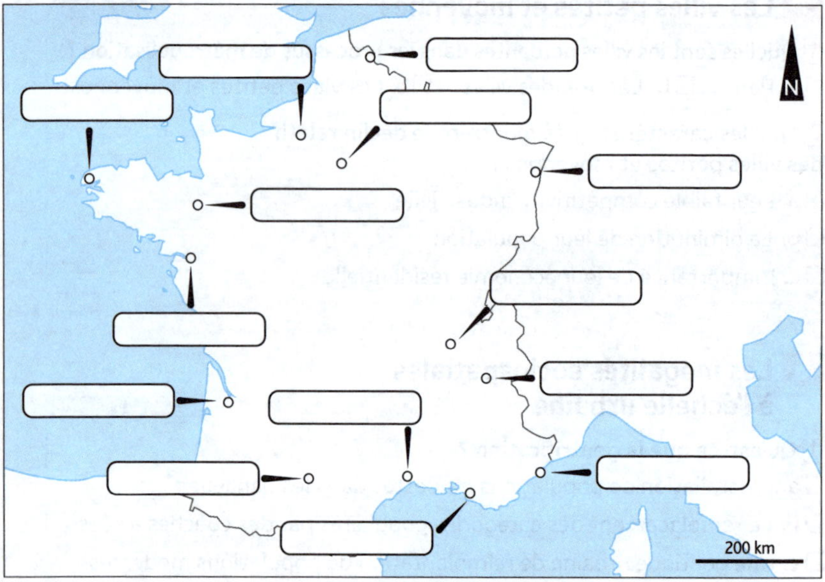


1) Sur la carte ci-dessus, place au moins huit des villes suivantes :

- Brest
- Aix-Marseille
- Paris
- Lyon
- Montpellier
- Nantes
- Lille
- Rouen
- Strasbourg
- Bordeaux
- Grenoble
- Toulouse
- Nice
- Rennes

2) Souligne le nom de cinq métropoles mises en place par la loi MAPTAM.

## 8 Analyser un document

20 min

→ FICHE 24

**Document** **Les espaces urbains : l'exemple de Rouen**

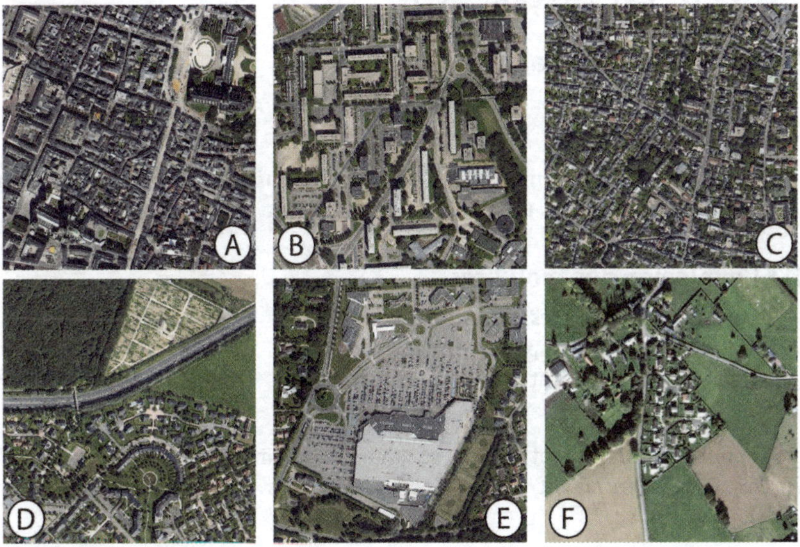




1) Pour chaque type d'espace urbain, quelle est la photo correspondante ?

Couronne périurbaine | Banlieue pavillonnaire | Banlieue grands ensembles | Zone commerciale | Centre-ville | Espace rural en voie de périurbanisation

2) Explique ton choix pour chaque vignette.

# OBJECTIF BREVET

Lance-toi dans des sujets !

## 9 Rédiger un développement construit

35 min

→ FICHE 25

Sous la forme d'un développement construit d'une vingtaine de lignes, explique comment la mondialisation influence le système urbain français.

**DÉMARRONS ENSEMBLE**

Analyse les conséquences de la mondialisation à chaque niveau du système urbain : Paris, grandes métropoles, villes petites et moyennes.

# CORRIGÉS

## SE TESTER QUIZ

### 1 Qu'est-ce qu'une aire urbaine ?

1) Voir la fiche 24 p. 123. Attention : l'aire urbaine englobe le pôle urbain et la couronne périurbaine.

2) **Réponses a et b.** La couronne périurbaine et le rural proche des aires urbaines bénéficient de l'étalement urbain. Le rural profond en est trop éloigné.

### 2 L'explosion des mobilités

1) **Réponses a, b et c.** Les migrations pendulaires concentrent dans le temps les déplacements des populations, occasionnant pollution et **pertes de temps**.

> **INFO**
> Les **pertes de temps** liées aux encombrements en région parisienne équivalent au PIB de la ville de Lyon !

2) **Réponse b.** L'étalement urbain se poursuit, même s'il semble arriver à ses limites. L'exode rural est achevé depuis 1975. Les banlieues poursuivent leur développement.

### 3 Paris et les métropoles

1) **Réponses a, b et c.** Le cumul des fonctions de très haut niveau (commandement politique et économique mondialisé) fait de Paris une ville mondiale.

2) **Réponse c.** La région-capitale crée 31 % du PIB français. Ce chiffre montre la concentration des activités à haute valeur ajoutée dans la région parisienne.

### 4 Les villes petites et moyennes

1) **Réponse c.** Les villes petites et moyennes n'atteignent pas la masse critique nécessaire dans la compétition internationale.

2) **Réponses a et b.** Les industries dans les villes petites et moyennes sont souvent peu compétitives, donc menacées, ce qui ne contribue pas à attirer les populations.

> **REMARQUE**
> L'importance de l'économie résidentielle n'est pas en soi une caractéristique de déclin.

### 5 Les inégalités sociospatiales à l'échelle urbaine

1) **Réponse b.** Les populations aisées s'installent dans les centres-villes, ce qui fait monter les prix. Les catégories sociales les plus modestes ne peuvent pas s'aligner et quittent donc ces quartiers.

**2** **Réponse b.** On parle de ségrégation sociospatiale pour désigner la mise à l'écart de certains groupes sociaux. Cette notion ne doit pas être confondue avec la ségrégation ethnique, dont l'apartheid est une forme extrême.

# LES EXOS

## 6 Répondre à des qestions de cours

**1** La **mixité sociale** est le fait de mélanger dans un même quartier ou une même commune des populations socialement très différentes. Pour **favoriser la mixité sociale**, la **loi SRU** (loi relative à la solidarité et au renouvellement urbain) a été votée en 2000. La loi impose aux communes importantes de disposer d'au moins 20 % de logements sociaux (25 % depuis 2013).

**CONSEIL**
Il est bienvenu de définir d'abord le terme central du sujet, ce qui montrera au correcteur que tu as bien compris de quoi il fallait parler.

**2** Paris est une ville mondiale par les **fonctions politiques** (pouvoir exécutif et législatif, services diplomatiques) et **économiques** (quartier d'affaires de La Défense) qu'elle exerce. Sa **connexion aux autres villes mondiales**, notamment par ses aéroports internationaux, en fait l'interface primaire du pays avec le reste du monde.

## 7 Réaliser une tâche cartographique

**1**

**2** Tu pouvais souligner n'importe quel nom : toutes les villes présentées sur la carte sont des métropoles.

## 8 Analyser un document

1 et 2 Centre-ville = A. Banlieue pavillonnaire = C. Banlieue grands ensembles = B. Couronne périurbaine = D. Zone commerciale = E. Espace rural en voie de périurbanisation = F.

| | |
|---|---|
| **Centre-ville** | **A :** Bâti dense et composé d'immeubles. Présence de bâtiments de prestige (mairie et abbaye sur la droite). |
| **Banlieue pavillonnaire** | **C :** Bâti dense, mais composé de pavillons individuels avec jardin. Petite église (en haut à droite) qui montre que la banlieue a englobé un ancien village. |
| **Banlieue grands ensembles** | **B :** Bâti de grands ensembles collectifs, composés de barres et de tours, avec des parkings à leurs pieds. |
| **Couronne périurbaine** | **D :** Habitat résidentiel de type pavillonnaire en contact avec une forêt périurbaine. Densité plus faible que C. Grands jardins et espaces verts. Au nord de la voie rapide, forêt de loisirs et serres. |
| **Zone commerciale** | **E :** En périphérie d'agglomération (espaces verts). Grande zone bâtie non résidentielle avec des parkings très étendus. |
| **Espace rural en voie de périurbanisation** | **F :** Lotissement pavillonnaire au milieu des champs. Prédominance des couleurs verte et brun, typiques des prairies et des champs cultivés. Bâtiment d'exploitation agricole sur la gauche. |

# OBJECTIF BREVET

## 9 Rédiger un développement construit

La mondialisation influence le système urbain français, parce qu'elle privilégie les lieux de commandement connectés. Elle favorise donc la **métropolisation** et au premier chef la capitale.

**CONSEIL**
Fais un paragraphe à chaque fois que tu développes une idée différente (ici, après le paragraphe introductif, on a : Paris – métropoles – villes petites et moyennes = 3 paragraphes).

- **Paris**, ville mondiale, concentre les fonctions supérieures de l'État et les fonctions de commandement du capitalisme mondialisé. Elle est l'interface primaire du pays avec le reste du monde.
- Hors Paris, le territoire français est structuré par un réseau de **métropoles régionales**. Celles-ci dominent leur espace régional et développent des relations avec d'autres métropoles, françaises ou européennes.
- Dans les **villes petites et moyennes**, en revanche, sont surreprésentés les activités industrielles malmenées par la mondialisation et les services aux populations. Les deux tiers des villes petites et moyennes perdent des habitants.

# 8 Les espaces productifs français et leurs évolutions

Un territoire de l'innovation : le plateau Saclay (Île-de-France)

# 27 Les espaces productifs français au cœur des logiques mondialisées

**EN BREF ▸** *Avec un PIB de 2 426 milliards d'euros en 2019, la France se situe au 7e rang mondial, et au 2e dans l'Union européenne. Elle fait partie des pays les plus développés, mais semble aujourd'hui en déclin relatif.*

## I Une grande économie en perte de vitesse

### 1 Atouts et handicaps français

■ Les avantages du territoire français sont encore conséquents : une économie diversifiée, de fortes capacités technologiques, de grandes firmes transnationales ; un État de droit stable ; une population à haut niveau de vie et d'éducation ; des réseaux de communication performants.

■ Le rang économique de la France a toutefois reculé. La croissance économique est au plus bas depuis la crise de 2008, et plus encore avec les confinements imposés à l'économie par la pandémie de COVID-19.

### 2 Un territoire en perte d'attractivité ?

■ Le territoire français est fortement inséré dans la mondialisation. Paris et sa région créent près de 31 % du PIB français ; le tiers des 500 plus grandes entreprises mondiales y ont un siège. Les investissements directs étrangers (IDE) se maintiennent : la France est le 1er pays de l'UE récepteur d'IDE industriels en 2019 (+11 %).

■ Pourtant, la France perd de son attractivité. Le *made in France* perd des parts de marché, passant entre 1993 et 2019 du 4e au 5e rang des exportateurs mondiaux de biens et services → ZOOM. Depuis 1975, l'essentiel des emplois créés en France sont des **emplois présentiels** et les **emplois productifs** diminuent (48 % de l'emploi total en 1975, 34 % aujourd'hui).

**MOTS CLÉS**

Les **emplois présentiels** produisent des biens et services destinés à la population locale : ils dépendent donc de la démographie. Les **emplois productifs** répondent à une demande extérieure : ils dépendent de la compétitivité du territoire.

## II Des mutations différenciées

### 1 Espaces gagnants, espaces perdants

■ Les espaces gagnants sont les régions métropolitaines, certaines régions littorales et frontalières. Industries et services modernes s'y développent. De même, certains espaces à forte tradition industrielle, aujourd'hui pôles de compétitivité, ont su conserver une activité soutenue, liée à la haute technologie et à l'innovation.

■ À l'inverse, les régions anciennement industrialisées ont perdu une grande partie de leur tissu productif et poursuivent leur reconversion. Les espaces productifs agricoles tendent à se spécialiser afin de gagner en compétitivité, mais les structures peu innovantes, quel que soit le secteur économique, stagnent ou déclinent.

## 2 Une nouvelle géographie productive

- La mondialisation modèle ainsi puissamment les espaces productifs français. Certes, les activités présentielles sont peu affectées, mais les emplois productifs sont exposés à la concurrence internationale.

- Ces dynamiques territoriales liées à la mondialisation altèrent donc progressivement la géographie des activités sur le territoire. Une France productive en « peau de léopard » se dessine.

**MOT CLÉ**

Une « **peau de léopard** » caractérise un espace avec des zones d'activités (taches) séparées les unes des autres par des espaces en déclin.

**zoOm**

### L'évolution du solde de la balance commerciale de la France (1950-2019)

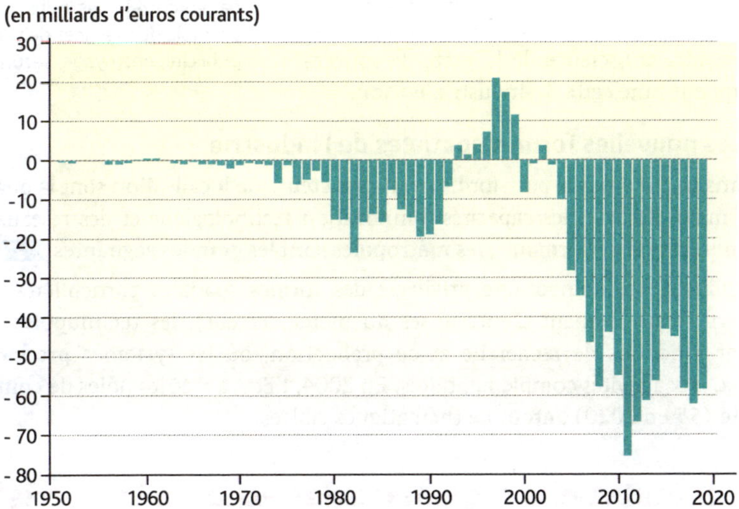


Source : Insee, comptes nationaux.

- La balance commerciale est la différence entre les exportations et les importations de biens. Si elle est négative, cela signifie que les exportations sont inférieures aux importations, ce qui est synonyme de déficit commercial et donc de dégradation de la position française dans la mondialisation.
- La crise liée à la pandémie de COVID-19 touche particulièrement le commerce français, dont le premier secteur à l'export est l'aéronautique.

# 28 Les espaces productifs industriels

**EN BREF** ▸ *L'industrie ne crée plus que 13,5 % de la valeur ajoutée nationale en 2019, contre 19 % en 2000 et 25 % en 1974. Elle ne représente plus que 13,3 % de l'emploi salarié en 2018.*

## I Les nouveaux facteurs de localisation industrielle

### 1 Désindustrialisation et mondialisation

- L'industrie française n'est pas assez compétitive dans la mondialisation en raison de l'insuffisance de la recherche-développement et de coûts trop élevés pour des produits de gamme trop moyenne. Cette inadaptation relative entraîne une diminution de la part de l'industrie dans la création de valeur : c'est la désindustrialisation.

- Celle-ci doit être cependant nuancée : de nombreux emplois industriels ont été déplacés vers les services : ce sont des **emplois périproductifs**, au service d'entreprises industrielles toujours plus robotisées. La crise du COVID-19 a également fait prendre conscience de la perte de souveraineté qu'entraîne cette désindustrialisation.

**MOT CLÉ**

Les **emplois périproductifs** assurent des services consommés par les entreprises industrielles, par exemple des services de transport, publicité, nettoyage, sécurité.

### 2 Les nouvelles formes spatiales de l'industrie

- Dans une économie post-fordiste où les facteurs de localisation sont la qualité de la main-d'œuvre, les capacités d'innovation technologique et des réseaux de communication performants, les métropoles sont les grandes gagnantes → ZOOM.

- L'industrie contemporaine privilégie des formes spatiales particulières : les clusters (regroupement d'entreprises du même secteur), les technopôles, qui mêlent fonctions de recherche et de production, ou les systèmes productifs locaux, aux activités complémentaires. En 2004, l'État a créé les pôles de compétitivité (55 en 2020) autour de thématiques ciblées.

## II Les mutations régionales des espaces industriels

### 1 Des espaces industriels qui résistent

- Les politiques de déconcentration industrielle des années 1960-1980 ont gommé la ligne Le Havre-Marseille : la France de l'Ouest, autrefois agricole et rurale, a bénéficié de nombreuses implantations industrielles (Basse-Seine, Centre, Bretagne), surtout dans les métropoles.

- Les espaces littoraux ont bénéficié de la maritimisation de l'économie (ports de Marseille, Le Havre et Dunkerque) : les activités ont fleuri dans les zones industrialo-portuaires (ZIP), mieux placées que les localisations plus continentales. La sidérurgie lorraine a ainsi glissé vers Dunkerque.

## 2 | Le déclin des anciennes régions industrialisées

- La mondialisation a entraîné le déclin des anciennes régions industrielles du Nord et de l'Est, fondées sur l'exploitation de matières premières aujourd'hui abandonnées.

> **INFO**
> Ces régions, développées au XIXe siècle sur les gisements de fer et de charbon, sont typiques de la **première révolution industrielle**.

- Toutefois, délocalisations et fermetures ont été partiellement compensées par de nouvelles activités liées aux IDE (investissements directs à l'étranger), attirées par la proximité de la mégalopole européenne (Toyota à Valenciennes).

**zoOm**

### France des hautes technologies, France des basses technologies

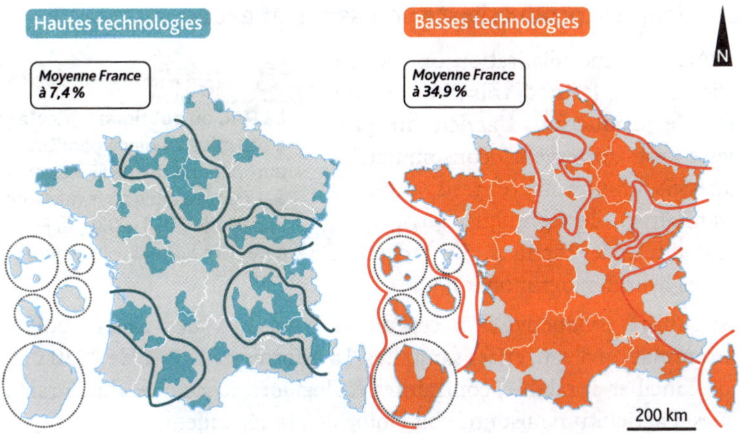


- Ces cartes montrent la surreprésentation des emplois manufacturiers selon le niveau de technologie par rapport à la moyenne nationale, en 2015.
- La France industrielle des hautes technologies fait la part belle aux grandes régions métropolitaines (régions parisienne, lyonnaise, toulousaine, bordelaise) et aux pôles de compétitivité.
- Cette métropolisation de la *high-tech* en « peau de léopard » s'oppose aux vastes espaces des industries de basses technologies (*low-tech*), qui couvrent une grande partie du territoire : régions anciennement industrialisées du Nord et de l'Est, semis des petites et moyennes villes industrielles.

# 29 Les espaces productifs agricoles

**EN BREF ▸** *Premier producteur européen, la France est aussi le 6e exportateur mondial. C'est le pays du monde où la valeur ajoutée par agriculteur est la plus forte. L'agriculture ne représente pourtant que 2,3 % du PIB.*

## I La France, une grande puissance agricole moderne

### 1 Une agriculture puissante et intégrée

■ Ses effectifs sont pourtant peu importants : 2,5 % de la population active, qui se partagent 28 millions d'hectares, soit 51 % du territoire, malgré le grignotage périurbain. Le nombre d'exploitations a été divisé par deux en 20 ans, mais leur superficie moyenne a augmenté : 63 ha en 2019.

■ Les produits bruts de l'agriculture sont transformés par de puissantes industries agroalimentaires, qui génèrent 17 % de la valeur de la production industrielle et constituent un secteur fortement exportateur, notamment au travers de grands groupes transnationaux, comme Danone.

### 2 L'agriculture productiviste : réussites et excès

■ La PAC et la mondialisation ont poussé les agriculteurs à la modernisation de leur système de production. L'agriculture productiviste est fortement consommatrice de matériels, d'intrants (engrais, produits phytosanitaires), de techniques (irrigation, suivi satellite), de capitaux, de recherche (semences hybrides, agronomie).

**MOT CLÉ**
La **PAC** ou **politique agricole commune** a été mise en place par l'Union européenne dès 1957 pour soutenir les agricultures des pays membres. Pour la période 2014-2020, la France a reçu à ce titre 58 milliards d'euros.

■ L'agriculture productiviste a cependant conduit à des excès : pollutions, surconsommation d'eau, crises sanitaires. La réforme de la PAC de 2020 s'efforce ainsi de concilier durabilité, contraintes écologiques et sécurité alimentaire. Des pratiques d'agriculture raisonnée ou biologique se répandent.

## II Des espaces diversement insérés dans la mondialisation

### 1 Des espaces intégrés

■ L'insertion différenciée dans la mondialisation se traduit dans l'espace. Les régions les plus intégrées, compétitives et exportatrices (grande céréaliculture, élevage industriel, vignobles de renom), comptent des exploitations de grandes dimensions, aux revenus souvent élevés.

■ Ces exploitations restent malgré tout exposées à la **concurrence étrangère**, celle du poulet brésilien par exemple, ou au **contexte international**, tel le relèvement des taxes américaines décidé par le président Trump en 2019.

## 2 Des espaces en marge

■ Les **espaces peu insérés** dans les réseaux de la mondialisation se marginalisent progressivement. Les exploitations sont de plus petites dimensions, les revenus plus faibles, les cultures moins spécialisées (polyculture). Les friches progressent.

■ Certains de ces espaces connaissent cependant parfois **une revitalisation sensible**. Les agriculteurs créent des labels, des produits de terroir artisanaux, vendus en filières courtes. Souvent situés en moyenne montagne, ils développent une seconde activité liée au **tourisme vert**.

**MOT CLÉ**

Le **tourisme vert** est un tourisme diffus, pratiqué en milieu rural et qui se consacre à la découverte de la nature, du terroir et de ses traditions.

**zoOm**

### Les espaces productifs agricoles français

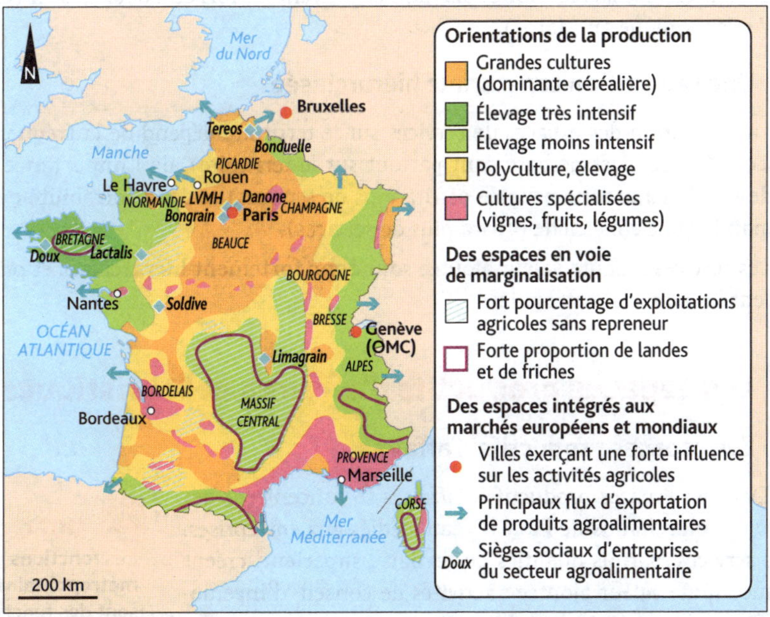


La recherche de la compétitivité a poussé à une **spécialisation des espaces productifs**, chaque terroir valorisant ses avantages comparatifs : grande culture à dominante céréalière dans le Bassin parisien, élevage intensif en Bretagne, viticulture en Bourgogne, dans le Bordelais, en Champagne.

# 30 Les espaces productifs de services

**EN BREF** ▸ *Le secteur tertiaire produit des services, non des biens. 76 % des actifs y sont employés actuellement en France. Le secteur tertiaire est aujourd'hui le seul à créer des emplois en nombre.*

## I Les services, un secteur très divers

### 1 Services protégés, services exposés

■ La **fonction publique** (20 % des actifs) produit des **services non marchands**, c'est-à-dire rémunérés par l'impôt (éducation, police). Ils se distinguent des services **marchands** du secteur privé, rémunérés à l'acte (nettoyage, gardiennage).

> **REMARQUE**
> On distingue la **fonction publique** d'État (armée, enseignement…), territoriale (dépendant des collectivités) et hospitalière.

■ Une partie des services sont **à l'abri de la compétition mondiale**, car ils dépendent de la demande locale : c'est l'**économie résidentielle**. D'autres activités sont **exposées à la mondialisation** et peuvent parfois être délocalisées (ex. : SAV téléphonique au Maroc).

### 2 Une répartition territoriale hiérarchisée

■ La répartition des espaces de services sur le territoire dépend de la **fréquence d'accès** (les services de base sont partout sur le territoire), de l'**importance de la demande** (une zone peuplée offrira plus de services) et de la **solvabilité de la demande** (une zone riche offrira plus de services).

■ Les services à haute valeur ajoutée sont donc **fortement hiérarchisés** et privilégient les grandes métropoles.

## II Les espaces productifs d'affaires et touristiques

### 1 Les espaces productifs d'affaires

■ Dans les espaces productifs d'affaires se concentrent des **services marchands de haut niveau**, dédiés aux entreprises. Ces services, parfois qualifiés de **tertiaire supérieur**, créent beaucoup de valeur ajoutée : activités de conseil, d'ingénierie financière ou juridique, d'encadrement et de commandement des grandes entreprises (sièges sociaux). Les grandes villes, et en particulier Paris, concentrent ces **fonctions métropolitaines**.

> **MOT CLÉ**
> Les **fonctions métropolitaines** sont des fonctions de commandement, public ou privé.

■ Ces **lieux de commandement** bénéficient de connexions à hautes performances qui garantissent une **accessibilité optimale**. Les quartiers d'affaires produisent des espaces spécifiques, marqués par la verticalité. Ainsi de **La Défense**, premier quartier d'affaires européen, qui concentre 1 500 sièges sociaux.

## 2 Les espaces productifs touristiques

■ Le tourisme est une activité majeure : la France est le **premier pays touristique mondial** (2 millions d'emplois, 6,5 % du PIB). La France accueille ainsi près de **90 millions de touristes étrangers**, européens, mais de plus en plus américains, chinois et russes, qui ont généré 64 Mds € de recettes en 2019. La saison 2020 a vu cependant la baisse des recettes en raison de la pandémie.

■ L'activité touristique peut être diffuse (tourisme vert), mais **elle marque souvent fortement l'espace**, par les aménagements qu'elle entraîne. Le tourisme balnéaire, par exemple, suppose des voies d'accès (autoroutes), des hébergements (hôtels, campings, marinas), des infrastructures de loisirs (ports de plaisance, parcs d'attractions) et de commerce.

zoOm

### Les espaces productifs touristiques

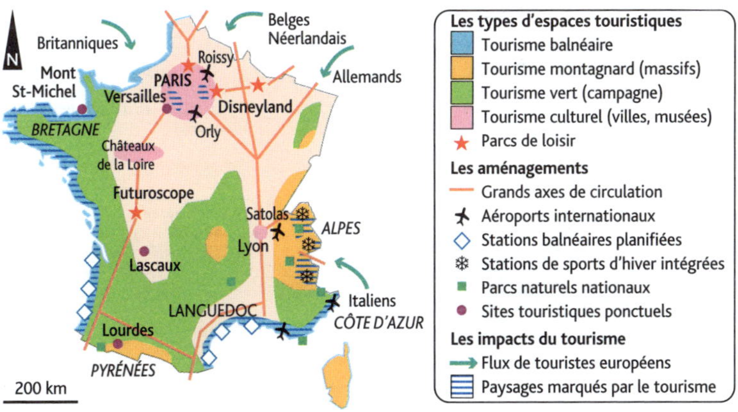


■ La vocation touristique française s'explique par **la grande variété du territoire et l'extrême richesse du patrimoine français**. Son excellente connexion à l'espace européen et mondial et sa proximité avec des zones à haut niveau de vie favorisent cette vocation.

■ **Tous les types de tourisme** y sont représentés : culturel, d'affaires, historique, religieux, gastronomique, balnéaire, montagnard, vert…

## LES ESPACES FRANÇAIS

### … sous l'effet des logiques mondialisées …

**Une économie en perte de compétitivité…**

- **Paris**, ville mondiale
- Attractivité des **IDE**
- Mais croissance anémique
- Parts de marché en baisse

**… avec des espaces aux réussites diverses**

- Les **gagnants** : métropoles, littoraux, frontières
- Les **perdants** : espaces de vieille industrie et de faible innovation

→ Une nouvelle géographie productive (France en « peau de léopard »)

Hautes technologies

*Moyenne France à 7,4 %*

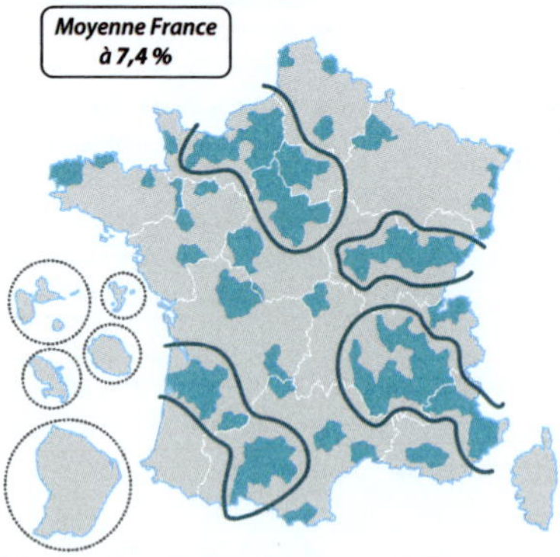

Basses technologies

*Moyenne France à 34,9 %*

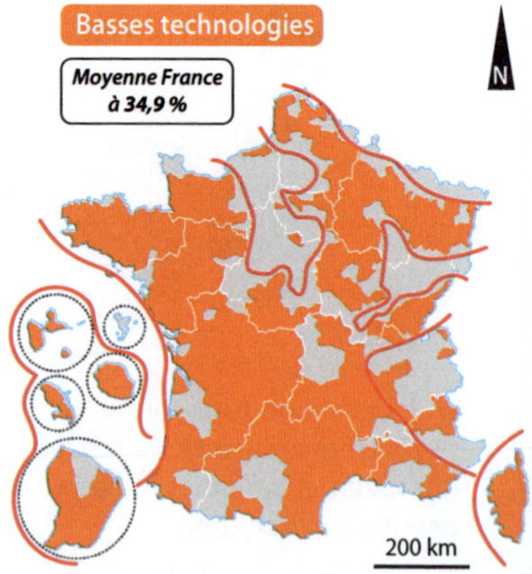

**PRODUCTIFS évoluent...**

## ... qui affectent tous les espaces productifs

### Les espaces industriels

- Désindustrialisation mais emplois périproductifs
- Industries et métropoles
- Clusters, technopôles, pôles de compétitivité

→ **Gagnants** : littoraux et métropoles

→ **Perdants** : anciennes industries, villes petites et moyennes

### Les espaces agricoles

- **Régions compétitives** (spécialisées)

→ Agriculture intégrée et exportatrice

→ PAC et agriculture productiviste

- **Régions en marge** peu insérées

→ Évolution vers le bio et revitalisation

### Les espaces de services

- Espaces d'**affaires** : Paris et grandes métropoles (tertiaire supérieur, lieux de commandement)
- Espaces **touristiques** : France, 1re destination mondiale (90 M de touristes), forte empreinte spatiale

# SE TESTER QUIZ

Vérifie que tu as compris les points clés

## 1 L'économie française dans le monde

→ FICHE 27

**1) Quel est le rang mondial de l'économie française ?**

☐ **a.** 4e ☐ **b.** 6e ☐ **c.** 7e

**2) Entre 1993 et 2019, la part des exportations françaises dans le monde…**

☐ **a.** a reculé. ☐ **b.** est restée stable. ☐ **c.** a progressé.

…/2

## 2 L'insertion de la France dans la mondialisation

→ FICHE 27

**1) L'insertion de l'économie française dans la mondialisation se manifeste par…**

☐ **a.** sa faible croissance économique.

☐ **b.** l'importance des IDE reçus par la France.

☐ **c.** la présence des sièges sociaux de firmes transnationales à Paris.

**2) Quelles sont les régions françaises gagnantes dans la mondialisation ?**

☐ **a.** Les régions métropolitaines

☐ **b.** Les régions frontalières

☐ **c.** Les régions littorales

…/2

## 3 Les espaces productifs industriels

→ FICHE 28

**1) En 2019, quelle est la part de la richesse nationale créée par l'industrie ?**

☐ **a.** 13,5 % ☐ **b.** 19 % ☐ **c.** 25 %

**2) Quelle est la première région industrielle française ?**

☐ **a.** Le Nord et la Lorraine

☐ **b.** La Basse-Seine

☐ **c.** La région parisienne

**3) Qu'est-ce qu'un emploi périproductif ?**

☐ **a.** Un emploi de services au service de l'industrie

☐ **b.** Un emploi situé dans la périphérie du territoire français

☐ **c.** Un emploi productif non pourvu

**4) Quelles sont les nouvelles formes spatiales de l'industrie ?**

☐ **a.** Les technopôles

☐ **b.** Les pôles de compétitivité

☐ **c.** Les usines géantes près des gisements de matières premières

…/4

## 4 Les espaces productifs agricoles

→ FICHE 29

**1 Comment se traduit la modernisation de l'agriculture française ?**

☐ **a.** Par le développement de la polyculture

☐ **b.** Par la spécialisation des espaces productifs

☐ **c.** L'agriculture française ne se modernise pas

**2 Quel type d'espace productif est fortement inséré dans la mondialisation ?**

☐ **a.** Les grands vignobles

☐ **b.** L'élevage industriel

☐ **c.** La grande céréaliculture

**3 Qu'est-ce que la PAC ?**

☐ **a.** La Petite Agriculture Collective

☐ **b.** La Politique Agricole Commune

☐ **c.** La Politique Agro-industrielle Commune

.../3

## 5 Les espaces productifs de services

→ FICHE 30

**1 Le secteur tertiaire en France emploie...**

☐ **a.** 70 % des actifs. ☐ **b.** 76 % des actifs. ☐ **c.** 82 % des actifs.

**2 Quelles sont les activités du tertiaire supérieur ?**

☐ **a.** Le conseil aux entreprises

☐ **b.** L'ingénierie financière

☐ **c.** La maintenance

**3 Quels sont les types de tourisme présents en France ?**

☐ **a.** Le tourisme balnéaire

☐ **b.** Le tourisme montagnard

☐ **c.** Le tourisme culturel

.../3

**ON FAIT LE BILAN !**

score total .../14

- Des erreurs ? Entraîne-toi ! → **LES EXOS** P. 150
- Zéro faute ? Bravo ! → **OBJECTIF BREVET** P. 151

# LES EXOS

Entraîne-toi !

## 6 Répondre à des questions de cours

→ FICHES 27 à 30

1) Comment se traduit l'insertion des espaces productifs agricoles français dans la mondialisation ?

2) Quelles sont les principales caractéristiques des espaces productifs d'affaires ?

## 7 Réaliser une tâche cartographique

→ FICHE 28

**Document** **Les espaces industriels français**

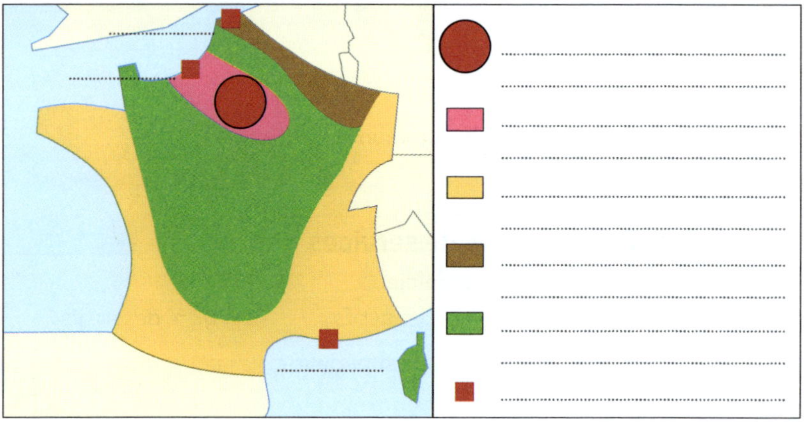

1) Complète la légende de la carte en utilisant les items ci-dessous :

- Espaces industriels en reconversion
- Espaces industriels *high-tech* dynamiques
- Cœur industriel *high-tech* du pays
- Espaces d'industrialisation ponctuelle
- Axe industriel lourd
- Zones industrialo-portuaires

2) Sur la carte, indique le nom des trois lieux situés par des carrés.

# OBJECTIF BREVET

Lance-toi dans des sujets !

## 8 Rédiger un développement construit

35 min

→ FICHES 27 et 28

Sous la forme d'un développement construit d'une vingtaine de lignes, explique comment les espaces productifs industriels s'adaptent aux défis de la mondialisation.

**DÉMARRONS ENSEMBLE**

- → Commence par poser la question centrale du recul industriel français.
- → Analyse ensuite les mutations des espaces industriels français sous l'effet de la compétition internationale.
- → Décris les formes métropolitaines de l'industrie actuelle.

## 9 Analyser et comprendre un document

45 min

→ FICHE 30

**Document** **Cap d'Agde, un espace touristique languedocien**

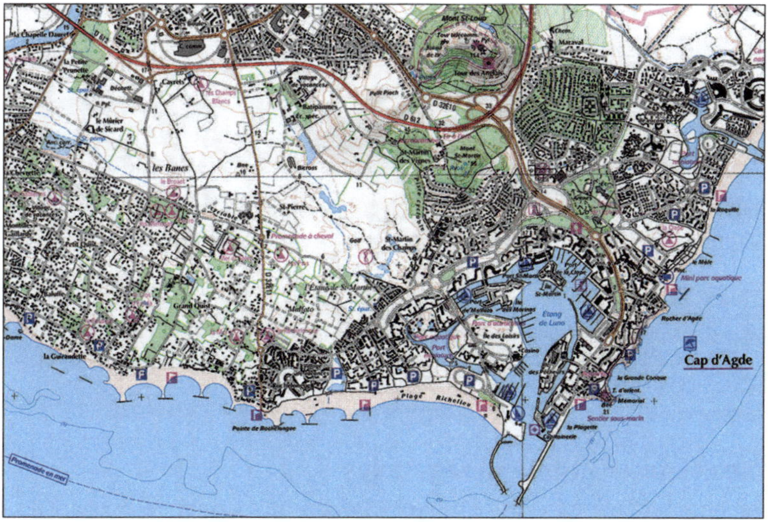


1) Quel est le type de tourisme représenté sur la carte ? Où se situe-t-il ?

2) Qu'est-ce qui montre sur la carte l'usage massif de l'automobile ?

3) Quels sont les types d'hébergement visibles sur la carte ?

4) Montre que les équipements touristiques sont très présents dans l'espace.

# CORRIGÉS

## SE TESTER QUIZ

### 1 L'économie française dans le monde

**1) Réponse c.** La France est toujours une grande puissance économique dans le monde, mais a été récemment dépassée par l'Inde et le Royaume-Uni.

**2) Réponse a.** Les exportations françaises sont passées du $4^e$ au $5^e$ rang mondial. La France perd des parts de marché.

### 2 L'insertion de la France dans la mondialisation

**1) Réponses b et c.** La France est le premier pays récepteur d'IDE industriels de l'UE en 2019. Le tiers des grandes firmes transnationales ont un siège à Paris.

**2) Réponses a, b et c.** Les trois types de régions sont gagnants, surtout les régions métropolitaines, au premier rang desquelles Paris, ville mondiale.

### 3 Les espaces productifs industriels

**1) Réponse a.** La part de la richesse nationale créée par l'industrie a reculé de moitié entre 1974 et aujourd'hui.

**2) Réponse c.** La région parisienne demeure la première région industrielle, avec une forte spécialisation dans les industries de haute technologie.

**3) Réponse a.** Un emploi périproductif assiste la production. Par exemple, un employé d'une société de nettoyage qui fait son travail dans l'usine d'un client.

**4) Réponses a et b.** Technopôles et pôles de compétitivité, d'initiative privée ou publique, sont spécialisées dans le high-tech.

> **REMARQUE**
> Les usines géantes localisées près des gisements de matières premières (comme la sidérurgie lorraine) sont des formes industrielles de la première révolution industrielle, au XIX$^e$ siècle.

### 4 Les espaces productifs agricoles

**1) Réponse b.** C'est en effet cette spécialisation qui permet de déployer les ressources de l'agriculture productiviste (mécanisation, chimisation).

**2) Réponses a, b et c.** Tous ces types d'espaces agricoles sont en effet fortement exportateurs, mais aussi concurrencés par les agricultures étrangères.

**3) Réponse b.** La PAC est la politique agricole commune. Mise en place en 1962, elle se tourne davantage aujourd'hui vers un développement agricole durable.

## 5 Les espaces productifs de services

1 **Réponse b.** Avec 76 % des actifs, le secteur des services (dit aussi tertiaire) est le seul à créer massivement des emplois.

2 **Réponses a et b.** Le tertiaire supérieur rassemble les activités de services à forte valeur ajoutée.

3 **Réponses a, b et c.** Tous les types de tourisme sont présents en France, ce qui explique le premier rang mondial de la France dans les arrivées de touristes.

# LES EXOS

## 6 Répondre à des questions de cours

1 L'insertion dans la mondialisation des espaces productifs agricoles se traduit **de façon différenciée**. Les **régions les plus intégrées**, compétitives et exportatrices (grande céréaliculture, élevage industriel, vignobles), comptent de grandes exploitations, aux revenus élevés, mais exposées à la concurrence étrangère. Les **espaces moins intégrés** se marginalisent (exploitations plus petites, moins spécialisées, revenus plus faibles).

2 Dans les espaces productifs d'affaires se concentrent des **services marchands de haut niveau**, à forte valeur ajoutée : le tertiaire supérieur (activités de conseil, d'ingénierie et de commandement). Fortement connectés, les quartiers d'affaires des métropoles, au premier rang desquelles Paris, ville mondiale, produisent des **espaces spécifiques**. Ainsi La Défense, 1er quartier d'affaires européen, concentre 1 500 sièges sociaux.

## 7 Réaliser une tâche cartographique

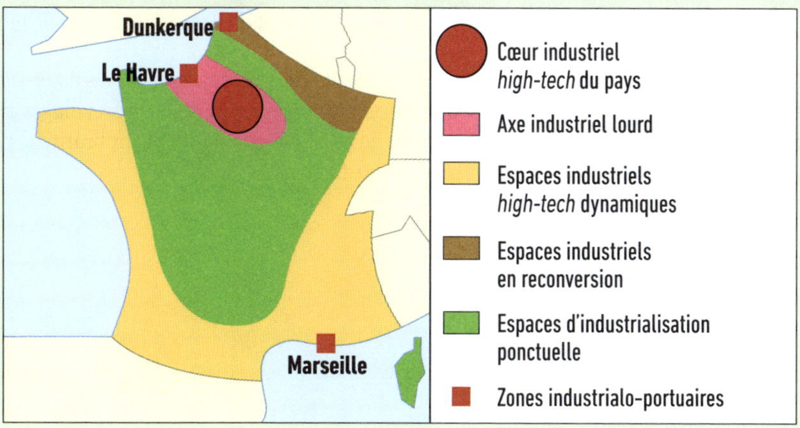

## OBJECTIF BREVET

### 8 Rédiger un développement construit

- Face à la mondialisation, **la France est-elle en voie de désindustrialisation ?** En effet, l'industrie ne crée plus que **13,5 %** de la valeur ajoutée nationale et **2 millions** d'emplois industriels ont été détruits depuis 1980 ! L'industrie française **manque de compétitivité.**

> **CONSEIL**
> Il faut apprendre quelques **chiffres** pour démontrer une idée.

- Néanmoins, les espaces industriels ont évolué pour s'adapter à la concurrence internationale. La mondialisation a entraîné le **déclin des activités industrielles traditionnelles** dans les régions du Nord et de l'Est. Mais de nouvelles activités, liées aux investissements directs étrangers, s'y sont développées. Les **espaces littoraux** ont bénéficié de la maritimisation de l'économie (ports de Marseille, Le Havre et Dunkerque) : les activités industrielles ont fleuri dans les zones industrialo-portuaires.

- En outre, la France conserve des atouts grâce à ses **métropoles**, en développant les activités en ***clusters* et pôles de compétitivité**. La région parisienne est la première région industrielle française, devant Lyon.

### 9 Analyser et comprendre un document

1) La carte présente un tourisme de type balnéaire. En effet, Cap d'Agde est une **station touristique balnéaire intégrée**, sur la côte languedocienne, en Méditerranée.

2) L'usage massif de l'automobile se constate par l'omniprésence des **voies rapides avec échangeurs**, qui arrivent directement sur le littoral, ainsi que par l'abondance des **parkings côtiers**.

3) On distingue des hébergements de type **camping** (à l'ouest), mais aussi des **hôtels et résidences** autour de la *marina* de l'**étang de Luno**.

> **CONSEIL**
> Essaie d'intégrer dans ta réponse des noms de lieux tirés de la carte.

4) Les équipements touristiques sont très présents dans l'espace : port de plaisance et *marina*, parcs aquatiques et d'attractions, hébergements collectifs (villages de vacances), activités diverses (golf, promenade à cheval ou en mer, accrobranche, tir à l'arc...). C'est un **espace productif dédié au tourisme**.

# 9 Les espaces de faible densité en France

Paysage du parc naturel régional du Morvan

# 31 Qu'est-ce que les espaces de la faible densité ?

**EN BREF** ▸ *Avec une densité moyenne de 119 hab./km², la France est en situation intermédiaire entre une Europe du Nord-Ouest très dense et une Europe du Nord ou du Sud qui le sont beaucoup moins. Cette moyenne française cache cependant des disparités importantes sur le territoire.*

## I Les espaces de la faible densité

### 1 Des espaces où les hommes sont rares

■ Les espaces de faible densité (moins de 30 hab./km²) comptent près de 4 millions d'habitants et les espaces désertifiés (moins de 10 hab./km²) un demi-million. 42 % des communes de France appartiennent aux espaces de faible densité, 10 % aux espaces désertifiés → ZOOM.

■ Ces espaces de la faible densité définissent donc des lieux où les hommes sont rares, plus rares qu'ailleurs. Leur présence y est plus ponctuelle, plus dispersée, plus diffuse. Les ressources liées aux hommes sont par conséquent également rares, et les moyens d'action des collectivités territoriales limités.

### 2 Des espaces en difficulté ?

■ Ces espaces sont souvent perçus comme des espaces en difficulté, en déprise (abandonnés), en déclin démographique et économique. En outre, ils font l'objet de dispositifs d'aide publique : c'est le cas des **zones de revitalisation rurale (ZRR)**.

**MOT CLÉ**

Les **ZRR**, créées par la loi d'orientation pour l'aménagement et le développement du territoire de 1995, sont notamment définies par une densité inférieure à 33 hab./km².

■ Pourtant, la faible densité correspond parfois à un système d'occupation très ancien, selon un équilibre validé par l'Histoire entre un groupe humain et un milieu fragile ou contraignant, comme les zones de montagne. La déprise humaine elle-même doit être relativisée.

## II Un retournement démographique des campagnes ?

### 1 Le renouveau des communes peu denses

■ En effet, l'exode rural s'est achevé en France dans les années 1970. Depuis une quinzaine d'années, on observe une reprise démographique dans les territoires ruraux : entre 2007 et 2017, la population des communes peu denses a augmenté de 0,65 % par an, nettement plus que les autres types de communes.

■ La « diagonale du vide » se fracture : si sa partie nord poursuit sa désertification, sa partie sud connaît une poussée démographique sensible. Celle-ci ne tient pas au solde naturel (différence entre naissances et décès), généralement quasi nul, mais au solde migratoire (différence entre arrivées et départs d'habitants).

## 2 La fracture entre communes peu denses et très peu denses

■ Les espaces ruraux de faible densité sont redevenus attractifs pour des populations qui rejettent le mode de vie périurbain. La rurbanisation est d'autant plus manifeste que la croissance migratoire y est actuellement indépendante de la distance aux aires urbaines : on s'y installe quel que soit l'éloignement de la ville la plus proche.

> **MOT CLÉ**
> La **rurbanisation** est le développement des espaces ruraux par l'arrivée de citadins dans un espace qui demeure rural. La rurbanisation se situe au-delà de la périurbanisation.

■ Les communes de très faible densité (ou désertifiées), en revanche, poursuivent leur déclin relatif : +0,15 % par an seulement entre 2007 et 2017.

### zoOm

### Où se situent les espaces de faible densité en France ?

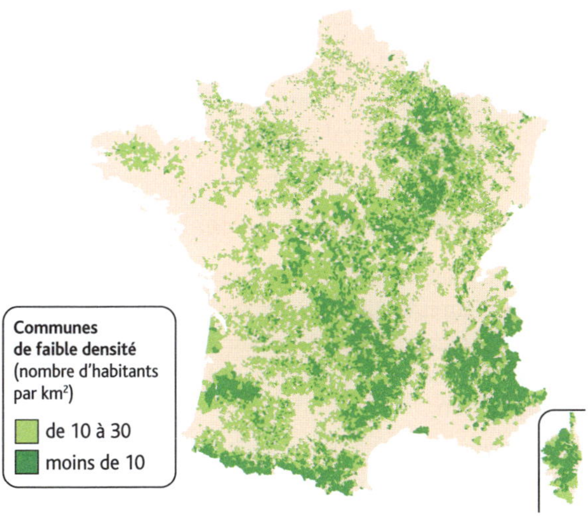


■ Les espaces de faible densité sont presque exclusivement des espaces ruraux.

■ À l'échelle nationale, on les trouve dans la « diagonale du vide », dans les plateaux de Champagne, les zones de montagne (Pyrénées, Alpes du Sud), les arrière-pays (Bretagne, Normandie) ou les grands massifs forestiers (Morvan, Landes, Ardennes).

# 32 Des sociétés en mutation

**EN BREF ▸** *Les sociétés vivant dans les espaces de faible densité présentent, malgré leur extrême diversité, des points communs. Mais la reprise démographique des espaces de faible densité produit également des sociétés très complexes, marquées fondamentalement par une très grande diversité.*

## I Des sociétés aux caractéristiques ambivalentes

### 1 Des sociétés plus âgées et plus agricoles

■ La faible densité est généralement associée à des **populations plus âgées que la moyenne** nationale. Ce **vieillissement** est particulièrement accentué dans le sud de la « diagonale du vide », notamment en raison des migrations **héliotropiques** liées au passage à l'âge de la retraite.

■ Les espaces de faible densité étant presque exclusivement ruraux, ils sont davantage marqués que les autres par l'**activité agricole**. Les **espaces artificialisés** y sont moins présents que sur le reste du territoire. L'**emploi agricole**, si faible dans la population active générale (2,5 %), est surreprésenté. Dans certains secteurs (sud du Massif central ou Préalpes), il peut atteindre 30 % !

**MOT CLÉ**
L'**héliotropisme** est la tendance à préférer les régions au climat plus chaud et ensoleillé, du moins en été.

**MOT CLÉ**
Les **espaces artificialisés** sont ceux construits par l'Homme, tels les espaces résidentiels, les voies de communication, les zones industrielles.

### 2 Des sociétés en voie de renouvellement ?

■ Des **couches de population très différentes** les unes des autres y cohabitent : anciens habitants demeurés sur place, ceux revenus vivre au pays, nouveaux résidents permanents ou secondaires. Les **résidences secondaires** sont ainsi particulièrement présentes dans les massifs montagneux, les arrière-pays breton, normand ou bourguignon.

■ La coexistence de groupes sociaux aux aspirations parfois très différentes peut se traduire plus qu'ailleurs par des **conflits d'usage de l'espace**, par exemple entre un paysan aux bruyantes machines agricoles et un retraité revenu au pays chercher la tranquillité loin de la ville.

# II Des sociétés dépendantes ?

## 1 Le coût de l'âge et de l'espace

■ La faible densité représente un **coût pour le fonctionnement des sociétés**. La présence d'équipements publics, hôpitaux ou écoles n'est pas toujours rentable et leur maintien relève de la solidarité nationale.

■ Les sociétés de faible densité, plus âgées, sont également plus souvent qu'ailleurs dépendantes du **versement des retraites ou pensions** et des **équipements de santé**. Pourtant, malgré la distance et la discontinuité fréquente de l'habitat, les équipements de santé sont souvent presque aussi bien implantés que dans les pôles urbains.

## 2 Un coût en voie d'atténuation ?

■ La relative pauvreté des régions de faible densité pourrait laisser croire à leur dépendance envers les prestations sociales. Mais c'est loin d'être le cas. D'autant qu'on y sous-estime souvent les **échanges non monétaires** entre personnes, l'**autoconsommation** ou les **solidarités** familiales ou villageoises.

■ Avec les conséquences à long terme de la crise sanitaire de 2020, nombreux sont les Français à rêver d'une installation à la campagne (**développement du télétravail**, difficultés du confinement en zone urbaine dense).

zoOm

### Le niveau des revenus dans les espaces de faible densité

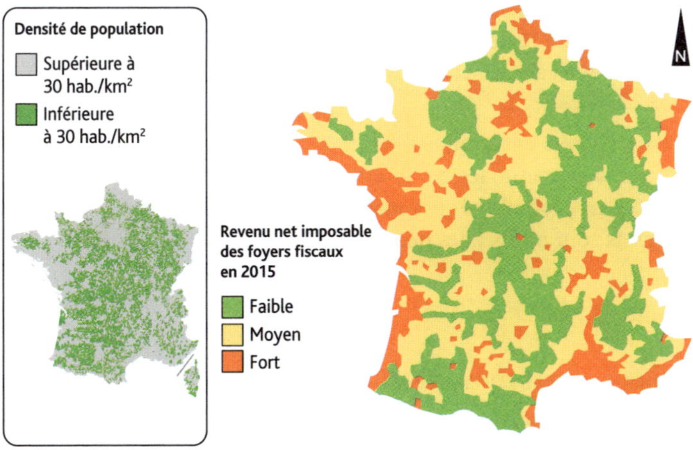


Si certains espaces de faible densité sont plutôt aisés, notamment dans les régions marquées par l'héliotropisme, **les niveaux de revenus sont globalement plus faibles** que sur le reste du territoire national, en raison de l'absence de grandes métropoles productrices de richesses.

# 33 Des bases économiques fragiles mais renouvelées

**EN BREF** ▸ *Les activités économiques pratiquées dans les espaces de faible densité sont très consommatrices d'espace. À l'économie résidentielle, peu ou pas exposée à la concurrence mondiale, et aux activités traditionnelles, liées à l'agriculture, s'ajoutent aujourd'hui de nouvelles activités qui recomposent les bases économiques de ces espaces.*

## I L'activité qui structure l'espace : l'agriculture

### 1 Le déclin de l'agriculture traditionnelle

■ L'activité productive la plus ancienne est l'agriculture. Les activités agricoles sont héritières d'une longue histoire, d'époques où le peuplement en France était plus diffus, davantage marqué par l'autoconsommation. L'agriculture était donc l'activité essentielle, qui permettait la survie.

■ Les pratiques agricoles anciennes sont cependant en voie de disparition. Ainsi, l'élevage extensif, la polyculture faiblement mécanisée ou encore la viticulture en dehors des grands vignobles de qualité ont reculé depuis la connexion par chemin de fer au XIX^e^ siècle, puis la mondialisation au XX^e^ siècle.

### 2 De nouvelles pratiques agricoles

■ Dans certaines régions, comme l'est du Bassin parisien, des systèmes intégrés se sont développés, tournés vers l'exportation dans une logique mondialisée. Ces exploitations ont été fortement modernisées depuis un demi-siècle, notamment grâce à la Politique agricole commune (PAC) → FICHE 13.

■ Plus récemment sont apparues de nouvelles pratiques, tournées vers des productions de qualité, au terroir identifié, aux méthodes de production contrôlées, qui vendent leurs produits sur des marchés de proximité. Les exploitants sont parfois des **néo-ruraux**.

> **MOT CLÉ**
> On appelle **néo-ruraux** les citadins qui viennent s'installer à la campagne.

## II De nouvelles activités économiques

### 1 Développement rural, développement durable

■ Avec l'émergence du développement durable, le développement rural a pris une importance particulière. La surface forestière augmente depuis 1850 et atteint aujourd'hui 17 millions d'hectares, soit plus de 30 % du territoire. De nouveaux usages du bois (construction ou biocombustibles) se développent.

■ Avec le développement des énergies renouvelables, les espaces de faible densité retrouvent des activités de production d'énergie. Outre l'hydroélectricité, les réserves d'espace ont permis le développement des installations éoliennes et solaires photovoltaïques, gourmandes en surface au sol.

## 2 Les aménités de la faible densité

■ La préservation des ressources environnementales prend aujourd'hui un caractère stratégique. On attribue même aux agriculteurs des missions d'entretien des paysages et de leurs **aménités**. L'installation de néo-ruraux, parfois impliqués dans la démocratie locale, contribue à renforcer la préservation du cadre de vie.

**MOT CLÉ**
Les **aménités** sont les éléments qui contribuent à l'agrément d'un lieu pour ceux qui y vivent (environnement, climat, paysage).

■ Les espaces de faible densité apparaissent aussi comme des lieux récréatifs, valorisant des ressources patrimoniales culturelles et naturelles. Ils sont le théâtre privilégié du tourisme vert, fondé sur la découverte de la nature et des cultures locales, des séjours à la ferme ou dans les parcs naturels → ZOOM.

### zoOm

### Les parcs naturels en France

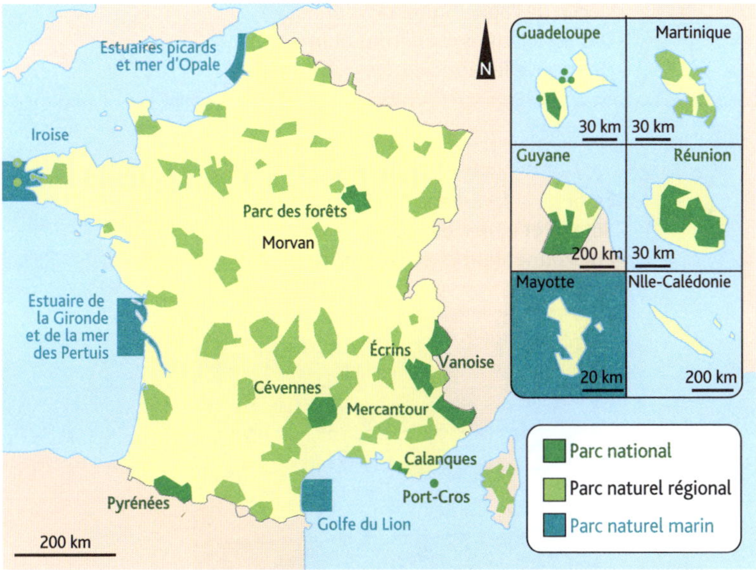


La localisation des parcs naturels – régionaux, nationaux ou marins – en métropole comme outre-mer est fortement corrélée aux espaces de faible densité. Ces parcs prennent aujourd'hui une importance particulière, car ils constituent des espaces protégés pour la biodiversité : plus de 81 % des écosystèmes européens sont présents sur le seul territoire métropolitain !

# DES ESPACES DE FAIBLE DENSITÉ caractérisés par…

## 3 … et des activités variées

**D'abord de l'agriculture…**

- Déclin de l'agriculture traditionnelle
- Des agricultures **modernes** et **intégrées**
- Des nouvelles agricultures **qualitatives**

**… mais aussi de nouvelles activités**

- Essor de la **foresterie**
- **Solaire** et **éolien** en plein boom
- **Environnement** et activités récréatives

## 1 … une population peu nombreuse

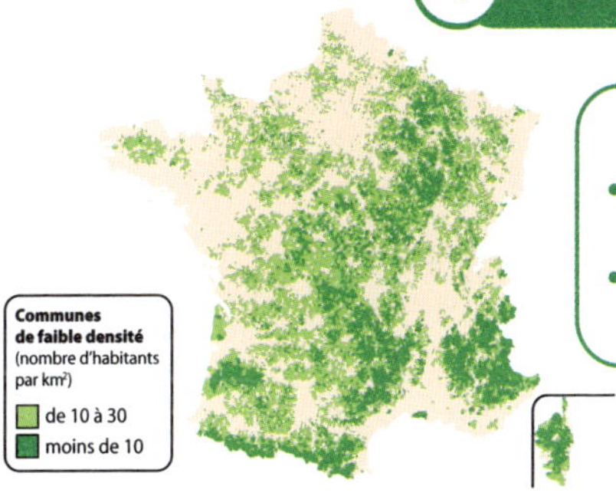


### Des espaces peu peuplés…

- Moins de 30 hab./km$^2$ (faible densité)
- Moins de 10 hab./km$^2$ (très faible densité)

### … qui connaissent un renouveau démographique

- Un **Sud attractif** (solde migratoire positif)
- Mais déclin des espaces de très faible densité

## 2 … des sociétés en mutation

### Des populations âgées et dépendantes

- Vieillissement
- Davantage d'agriculteurs
- Équipements coûteux, retraites et pensions

### … mais qui se renouvellent

- Arrivée de **néo-ruraux**
- Développement du **télétravail**

# SE TESTER QUIZ

Vérifie que tu as compris les points clés

## 1 Les espaces de la faible densité

→ FICHE 31

**Relie les propositions aux données correspondantes.**

| | |
|---|---|
| **a.** seuil retenu pour définir un espace de faible densité • | • 10 hab./km$^2$ |
| **b.** seuil retenu pour définir un espace de très faible densité • | • 4 millions |
| **c.** nombre d'habitants vivant dans les espaces de faible densité • | • 30 hab./km$^2$ |

.../1

## 2 Le retournement démographique des campagnes

→ FICHE 31

**1) Entre 2007 et 2017, les espaces de faible densité ont vu leur population...**

☐ **a.** augmenter. ☐ **b.** rester stable. ☐ **c.** diminuer.

**2) Qu'est-ce qui provoque le renouveau démographique des espaces de faible densité ?**

☐ **a.** Le solde naturel ☐ **b.** Le solde migratoire ☐ **c.** Les deux

**3) Comment appelle-t-on le développement des espaces ruraux par l'arrivée de citadins ?**

☐ **a.** L'urbanisation ☐ **b.** La périurbanisation ☐ **c.** La rurbanisation

.../3

## 3 Des sociétés en mutation

→ FICHE 32

**Coche la réponse qui convient.**

| | Vrai | Faux |
|---|---|---|
| **a.** Les populations des espaces de faible densité sont du même âge que la moyenne nationale. | ☐ | ☐ |
| **b.** Les populations des espaces de faible densité sont plus pauvres que la moyenne nationale. | ☐ | ☐ |
| **c.** Le développement de nouveaux sites industriels atténue la pauvreté relative des régions de faible densité. | ☐ | ☐ |

.../1

## 4 L'activité traditionnelle : l'agriculture

→ FICHE 33

**1 Quels avantages économiques offrent les espaces de faible densité ?**

☐ **a.** L'abondance de l'espace

☐ **b.** Une population nombreuse

☐ **c.** Des réseaux de communication performants

**2 Quelles sont les activités agricoles nouvelles dans les espaces de faible densité ?**

☐ **a.** Des productions artisanales de qualité

☐ **b.** Une agriculture intégrée et exportatrice

☐ **c.** L'élevage extensif de bovins

.../2

## 5 De nouvelles activités économiques

→ FICHE 33

**1 Quelles sont les activités économiques qui se développent dans les espaces de faible densité ?**

☐ **a.** L'agriculture traditionnelle

☐ **b.** La production d'énergie

☐ **c.** Le tourisme vert

**2 Quelles sont les aménités des espaces de faible densité ?**

☐ **a.** Le patrimoine culturel

☐ **b.** Le patrimoine naturel

☐ **c.** Les parcs d'attractions

**3 La superficie de la forêt en France...**

☐ **a.** augmente.

☐ **b.** diminue.

☐ **c.** reste stable.

.../3

**ON FAIT LE BILAN !**

score total .../10

- Des erreurs ? Entraîne-toi ! → **LES EXOS** P. 166
- Zéro faute ? Bravo ! → **OBJECTIF BREVET** P. 167

## ▶ LES EXOS

### 6 Répondre à des questions de cours

→ FICHES 31 à 33

1 Quelle est l'évolution démographique des espaces de faible densité ?

2 Les sociétés vivant dans les espaces de faible densité sont-elles dépendantes de la solidarité nationale ?

### 7 Réaliser une tâche cartographique

→ FICHE 31

**Document** **Les espaces de faible densité**

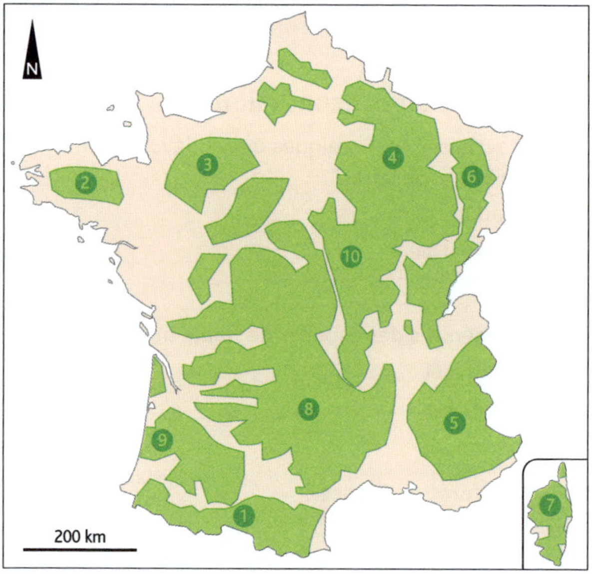


Observe la carte et trouve le bon numéro pour chaque espace de faible densité mentionné ci-dessous.

- Intérieur breton =
- Landes =
- Intérieur normand =
- Vosges =
- Montagne corse =
- Diagonale du vide (nord) =
- Diagonale du vide (sud) =
- Morvan =
- Pyrénées =
- Alpes du Sud =

# OBJECTIF BREVET

Lance-toi dans des sujets !

## 8 Rédiger un développement construit

35 min

→ FICHE 33

Sous la forme d'un développement construit d'une vingtaine de lignes, explique sur quelles bases économiques peut s'appuyer le développement des espaces de faible densité.

### DÉMARRONS ENSEMBLE

→ Réfléchis aux caractéristiques des espaces de faible densité : ce sont des espaces presque exclusivement ruraux, donc agricoles.

→ Quelles sont les nouvelles activités liées au développement durable ?

→ Développe les aspects liés aux aménités : as-tu déjà fait du « tourisme vert » ?

## 9 Analyser et comprendre un document

45 min

→ FICHE 33

**Document** Le parc naturel régional du Morvan

1) Que représente le document ? Où cet espace se situe-t-il ?

2) Qu'est-ce qu'un parc naturel régional (PNR) ? Quelle est la différence avec un parc national ?

3) Quelle activité économique typique des espaces de faible densité se lit sur la carte ? Justifie ta réponse.

4) Dans quel grand ensemble géographique se situe le PNR du Morvan ? Quelles autres caractéristiques des espaces de faible densité s'y retrouvent ?

### DÉMARRONS ENSEMBLE

1) Regarde la carte de France dans l'encart pour localiser le PNR du Morvan.

3) Certains noms te sont peut-être connus : Vézelay, Bibracte... Qu'en déduis-tu ?

# CORRIGÉS

## SE TESTER QUIZ

### 1 Les espaces de la faible densité

1) **a.** Seuil retenu pour définir un espace de faible densité : 30 hab./km$^2$.
**b.** Seuil retenu pour définir un espace de très faible densité : 10 hab./km$^2$.
**c.** Nombre d'habitants vivant dans les espaces de faible densité : 4 millions.

### 2 Le retournement démographique des campagnes

1) **Réponse a.** La population des espaces de faible densité est en croissance ! C'est un phénomène récent.

2) **Réponse b.** Le **solde migratoire** souligne l'attractivité de ces espaces de faible densité, à la qualité de vie réputée.

> **INFO**
> Toutefois, en raison de populations plus vieilles que dans les métropoles, le **solde naturel** est quasi nul et parfois même négatif.

3) **Réponse c.** La rurbanisation est un terme qui conjugue espace rural et urbanisation. Urbanisation et périurbanisation concernent les aires urbaines.

### 3 Des sociétés en mutation

**a. Faux.** Les populations des espaces de faible densité sont plus vieilles, malgré le renouveau démographique récent. L'arrivée de retraités ne fait que renforcer le phénomène.
**b. Vrai.** Les populations sont plus pauvres en raison de l'absence de grandes métropoles aux activités tertiaires de haut niveau bien payées.
**c. Faux.** Les régions de faible densité ne voient pas de création de nouveaux sites industriels. Mais la crise sanitaire de la COVID-19 a mis en valeur les aspects positifs du télétravail, possible depuis ces régions… à condition de trouver une bonne connexion Internet.

### 4 L'activité traditionnelle : l'agriculture

1) **Réponse a.** Le grand atout, c'est l'espace, abondant, qui permet l'installation d'activités qui en ont fortement besoin.

2) **Réponses b et c.** Le développement d'une agriculture de qualité revitalise les petits bourgs ruraux. Les espaces du Bassin parisien ont permis l'essor d'une agriculture fortement mécanisée et très productive.

### 5 De nouvelles activités économiques

1) **Réponses b et c.** La production d'énergie renouvelable tire parti de l'abondance de l'espace disponible. Le tourisme vert exploite les vertus de l'environnement rural.

**2** **Réponses a et b.** Le patrimoine naturel et culturel est très présent dans ces espaces très anciennement peuplés.

**3** **Réponse a.** La forêt française, après un minimum au XIXe siècle, est en croissance constante et couvre aujourd'hui 17 millions d'hectares, soit plus de 30 % du territoire.

> **REMARQUE**
> Les **parcs d'attractions** exigent une clientèle nombreuse, qu'on ne trouve que dans les métropoles.

## LES EXOS

### 6 Répondre à des questions de cours

**1** Depuis une quinzaine d'années, on observe une **reprise démographique** dans les espaces de faible densité. Entre 2007 et 2017, la population des communes peu denses a augmenté de 0,65 % par an, nettement plus que dans les autres types de communes. **La « diagonale du vide » se fracture** : sa partie nord poursuit sa désertification, tandis que sa partie sud connaît une réelle poussée démographique. Celle-ci est due au **solde migratoire** : les espaces ruraux de faible densité attirent des populations qui rejettent le mode de vie périurbain.

**2** La faible densité représente un **coût pour le fonctionnement des sociétés**. La présence d'équipements publics, par exemple, n'est pas toujours rentable. Les populations des espaces de faible densité, plus âgées, sont également plus souvent qu'ailleurs **dépendantes du versement des retraites ou pensions** et des équipements de santé. Elles vivent donc dans une **relative dépendance de la solidarité nationale**.

### 7 Réaliser une tâche cartographique

- Intérieur breton = 2
- Landes = 9
- Intérieur normand = 3
- Vosges = 6
- Montagne corse = 7
- Diagonale du vide (nord) = 4
- Diagonale du vide (sud) = 8
- Morvan = 10
- Pyrénées = 1
- Alpes du Sud = 5

## OBJECTIF BREVET

### 8 Rédiger un développement construit

■ Le développement des espaces de faible densité, espaces ruraux par excellence, s'appuie tout d'abord sur l'**agriculture**. Dans l'**est du Bassin parisien**, des systèmes intégrés se sont développés, tournés vers l'**exportation**, avec des exploitations fortement modernisées grâce à la Politique agricole commnune (PAC). Plus récemment sont apparues de nouvelles pratiques, tournées vers des productions de qualité, dont les produits sont vendus sur des **marchés de proximité**.

> **CONSEIL**
> Efforce-toi de citer quelques **exemples localisés**, afin de préciser ton propos.

■ Les espaces de faible densité profitent aussi de l'émergence des problématiques de développement durable. L'étendue de l'espace permet l'**exploitation de la forêt** ou le **développement des énergies renouvelables** (éolien et solaire photovoltaïque), **gourmandes en surface au sol**. L'espace rural est revalorisé à travers ces nouvelles fonctions.

**CONSEIL**
N'oublie pas de montrer en quoi ces activités de production d'énergie tirent profit de la faible densité, donc de l'abondance de l'espace.

■ Enfin, les espaces de faible densité apparaissent aussi comme des **lieux récréatifs**, fondés sur la valorisation de leurs ressources patrimoniales culturelles et naturelles, le **tourisme vert**. L'**économie résidentielle** profite du regain démographique qui touche certains espaces de la faible densité.

## 9 Analyser et comprendre un document

1) Le document est une carte du **parc naturel régional du Morvan**. Ce parc naturel se situe en **Bourgogne**, dans le **massif montagneux du Morvan**, entre les grandes régions urbaines de Paris et de Lyon.

2) Un parc national est considéré comme un espace **sanctuaire pour la protection des espèces** animales et végétales. Un parc régional, en revanche, est un **territoire habité, qui conserve ses activités économiques**. Il a, outre ses missions de préservation, un rôle de promoteur du développement.

**REMARQUE**
Tu trouveras les **localisations** des PNN et PNR sur la carte de la **fiche 33**.

3) Le **tourisme vert** est typique des espaces de faible densité. Les parcs offrent un espace de détente, de loisirs, dans un cadre préservé, à destination des populations locales, mais aussi parisiennes ou lyonnaises. Cette **fonction récréative** est confirmée sur la carte par les réseaux autoroutiers (A6) et TGV (Montbard), qui confortent l'**accessibilité** du PNR. On relève également la présence de lacs, de châteaux, de l'oppidum de Bibracte, du mont Beuvray et de la basilique de **Vézelay**, site classé au patrimoine mondial.

4) Le PNR du Morvan se situe dans la partie nord de la « diagonale du vide ». La faible densité se voit par l'**absence de pôle urbain important** : les grandes villes (Paris, Lyon, Dijon) sont extérieures à cet espace. La faible densité apparaît aussi à travers l'**abondance de l'espace**, confirmée par la présence du PNR, qui offre un cadre pour valoriser les **ressources patrimoniales** (Vézelay, Bibracte, mont Beuvray, châteaux) **et environnementales** (lacs, forêts) **locales**.

# 10 Aménager pour répondre aux inégalités croissantes entre territoires français

L'échangeur de la Cavalerie (autoroute A75), sur le causse du Larzac

# 34 Des inégalités territoriales croissantes à toutes les échelles

**EN BREF** ▸ *Les inégalités territoriales augmentent en France depuis une trentaine d'années. Les processus de mondialisation affectent en effet diversement les territoires, renforçant les uns, affaiblissant les autres.*

## I Les inégalités sociales des territoires

### 1 Les inégalités aux échelles régionale et départementale

■ Mesurées par le taux de pauvreté (France : 14,8 %), de premières inégalités apparaissent à l'échelle régionale : les régions méridionales (Corse : 18,7 %, Occitanie : 16,8 %) et septentrionales (Hauts-de-France : 17,9 %) apparaissent comme les plus défavorisées. L'outre-mer l'est plus encore (Réunion : 38,3 %).

■ À l'échelle départementale, le Sud (Aude : 20,8 %) et le Nord (Pas-de-Calais : 19,3 %) sont plus pauvres que l'Ouest (Finistère : 10,6 %) et l'Est (Haute-Savoie : 9,1 %). Mais l'Île-de-France regroupe les départements avec le taux de pauvreté le plus faible (Yvelines : 9,4 %) et le plus fort (Seine-Saint-Denis : 27,9 %) du pays.

### 2 Les inégalités aux échelles communale et infracommunale

■ C'est à ces échelles que les inégalités sociales sont les plus grandes. Les communes qui comptent le plus de pauvres sont les villes-centres des grandes aires urbaines. La seule aire urbaine de Paris concentre 20 % des pauvres de France.

> **REMARQUE**
> À l'**échelle communale**, on compare les communes entre elles.
> À l'**échelle infracommunale**, on s'intéresse à ce qui se passe à l'intérieur d'une même commune.

■ Le taux de pauvreté est plus élevé dans les pôles urbains (16 %) que dans les couronnes périurbaines (10 %). Le taux de pauvreté national semble avoir sensiblement progressé avec la crise sanitaire de la COVID-19.

## II Les inégalités spatiales des territoires

### 1 Les inégalités dans l'activité économique

■ Pour l'essentiel, les régions qui connaissent la plus forte croissance des emplois de cadres sont les régions dynamiques : atlantiques, méridionales, alpines et l'Île-de-France. À l'inverse, les régions les moins dynamiques sont la Lorraine et les régions de la « diagonale du vide ».

> **MOT CLÉ**
> Les **cadres** et les professions intellectuelles supérieures sont des professions exerçant des fonctions de contrôle, de création, de décision.

■ À une autre échelle, la croissance du nombre de cadres profite aux capitales régionales beaucoup plus qu'aux villes petites et moyennes. Cette concentration est d'autant plus importante que la région est dynamique. Certaines villes moyennes tirent ainsi parti de leur localisation littorale ou frontalière.

## 2 Les inégalités dans l'accès aux services

■ Les inégalités peuvent enfin se mesurer dans l'accès des populations aux services, et notamment à ceux de la vie courante (supermarché, école, soins). Là encore, les inégalités sont croissantes et mesurables à toutes les échelles. Globalement, les temps d'accès aux services sont fonction de la densité de la commune → ZOOM.

■ Les différences sont importantes entre les grands espaces urbanisés, notamment les métropoles, et le reste du territoire, un phénomène qu'aggravent les contraintes de relief (Pyrénées, Alpes du Sud). Les disparités s'accroissent si l'on monte en gamme dans les services.

### zoOm

### Les inégalités d'accès aux services selon les territoires

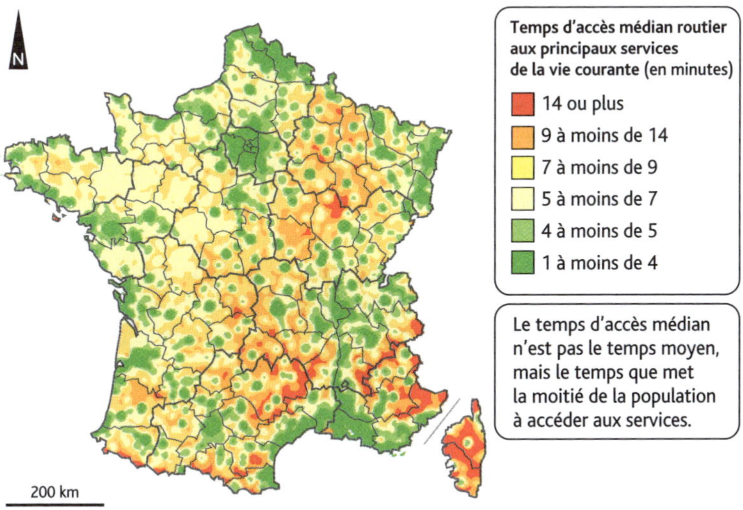


La carte présente une allure en « peau de léopard » : dans les régions très urbanisées (Île-de-France, PACA), la quasi-totalité des habitants accède aux services en moins de sept minutes ; mais c'est le cas pour moins de la moitié de la population en Corse.

# 35 Acteurs et enjeux de l'aménagement du territoire

**EN BREF** ▸ *Face aux inégalités croissantes entre les territoires, de multiples acteurs tentent aujourd'hui d'apporter des solutions d'aménagement pour répondre à des enjeux multiples et parfois contradictoires.*

## I La multiplication des acteurs de l'aménagement du territoire

### 1 Les acteurs de l'aménagement : de l'État à l'Union européenne

■ Le premier acteur a naturellement été l'État. Les années 1960, avec la création de la **DATAR**, voient le lancement de grandes politiques : métropoles d'équilibre, création de stations touristiques intégrées, développement des autoroutes, puis des lignes à grande vitesse…

**MOT CLÉ**
La **DATAR** est la Délégation à l'aménagement du territoire et à l'action régionale. En 2020, elle devient l'Agence nationale de la cohésion des territoires.

■ Mais depuis les années 1980, l'État n'est plus le seul à intervenir : il est rejoint par l'Union européenne. L'action de l'UE se manifeste *via* les fonds structurels et d'investissements européens. La France a ainsi reçu 27,3 milliards d'euros pour la période 2014-2020.

### 2 La multiplication des acteurs infranationaux

■ Les collectivités territoriales (régions, départements, communes), depuis les lois de décentralisation de 1982, 2003 et 2014-2015, ont aussi bénéficié d'importants transferts de compétences dans le développement économique, les transports, l'enseignement, l'action sociale.

■ La Nouvelle organisation territoriale de la République (lois MAPTAM et NOTRe de 2014 et 2015) a créé 14 métropoles (21 aujourd'hui), de plus de 400 000 habitants, chargées du développement économique, de l'innovation, de la transition énergétique et de l'urbanisme. Elle a ramené le nombre de régions à 13 → ZOOM.

## II Les nouveaux enjeux de l'aménagement du territoire

### 1 Réduire la complexité territoriale administrative ?

■ Malgré la dénonciation régulière du « mille-feuilles administratif », de nouveaux acteurs se sont développés depuis 1999, sans toutefois remplacer les structures existantes. Ainsi, les **EPCI** mettent en œuvre des opérations d'aménagement à l'échelle des communautés de communes.

**MOT CLÉ**
Les **EPCI** sont des Établissements publics de coopération intercommunale.

■ La **multiplicité des acteurs** complexifie toutefois l'aménagement. Les doublons inutiles et coûteux se multiplient, tels à Marseille le Musée des Civilisations de l'Europe et de la Méditerranée, créé sous l'égide de l'État, et la Villa Méditerranée, bâtie par le Conseil départemental, à 30 mètres du premier…

## 2 Les nouvelles échelles de l'aménagement territorial

■ L'aménagement du territoire ne peut plus être pensé dans un cadre uniquement national. L'**intégration européenne** est un impératif catégorique pour les territoires qui affirment ainsi leur compétitivité, en concurrence, mais aussi en complémentarité, avec les autres métropoles ou régions de l'UE.

■ La compétitivité des territoires se joue également au **niveau mondial**. La **mondialisation** doit-elle conduire à privilégier les territoires les plus compétitifs ou l'égalité territoriale ? Le **développement durable** oblige également les collectivités territoriales à « verdir » leur développement économique.

**zoOm**

### La réforme territoriale

**de 22 régions** **à 13 régions**

La réforme territoriale a mis en place, au 1er janvier 2016, **13 régions métropolitaines agrandies**, aux compétences stratégiques renforcées (soutien au développement économique, transports et intermodalités, innovation), en lieu et place des 22 précédentes (sans compter l'outre-mer). Cela doit leur permettre de mieux développer leur compétitivité face aux autres régions européennes.

# 36 L'organisation du territoire français

**EN BREF ▸** *L'insertion de la France dans la mondialisation produit d'importants effets sur le territoire, définissant des régions capables d'affronter la concurrence internationale et d'autres qui cumulent les handicaps.*

## I Les régions gagnantes

### 1 La région parisienne

- Parmi les régions qui sortent renforcées des processus de mondialisation, la région parisienne est de loin la première. Avec 19 % de la population et 31 % du PIB, c'est la première région industrielle et la première région touristique française.
- Paris, 3e ville mondiale, cumule les pouvoirs : politiques et diplomatiques, mais aussi économiques (La Défense), technologiques et culturels. La région parisienne est la première réceptrice d'investissements directs étrangers (IDE).
- Si, longtemps, l'État a tenté de freiner la croissance parisienne, la politique actuelle est de tenter de valoriser les atouts parisiens dans la compétition mondiale avec la création du **Grand Paris** (2016).

**MOT CLÉ**
Le **Grand Paris** est un projet de développement visant la création de pôles économiques autour de Paris, structurés par des transports ultramodernes, incluant un métro automatique.

### 2 Les régions métropolitaines, littorales, frontalières

- Les autres métropoles connaissent un développement plus rapide que le reste du territoire, surtout lorsqu'elles se situent dans des régions elles-mêmes dynamiques, offrant un cadre de vie réputé agréable.
- Les régions littorales atlantiques et méditerranéennes profitent des activités touristiques et de haute technologie (Toulouse, Bordeaux, Montpellier, Nice). Les ports de Marseille, Le Havre, Dunkerque souffrent de la concurrence mondiale.
- L'intégration européenne a renversé les perspectives des régions frontalières, jadis angles morts, aujourd'hui espaces dynamiques de la construction européenne et proches de la **mégalopole européenne**.

**MOT CLÉ**
La **mégalopole européenne**, de Londres à Milan, centrée sur l'Europe rhénane, concentre hommes et activités. C'est une grande zone de commandement de l'économie mondiale.

## II Les régions perdantes

### 1 Les vieilles régions

- En dehors des outre-mer → FICHES 37 à 39, les régions anciennement industrialisées (le Nord, la Lorraine), se reconvertissent avec plus ou moins de succès.

■ Les **régions de faible densité**, notamment situées dans la « **diagonale du vide** », possèdent certes une certaine qualité de vie. Mais les activités économiques y sont de plus en plus strictement résidentielles. Le déclin démographique y menace parfois le maintien des équipements de base.

## 2 Les villes et banlieues défavorisées

■ Les **villes petites et moyennes**, souvent en situation de mono-activité industrielle, sont trop peu compétitives en face de métropoles mieux connectées et plus riches en matière grise.

■ À l'**échelle infra-urbaine**, les métropoles françaises doivent gérer des **banlieues défavorisées** qui cumulent les difficultés socio-économiques, malgré 30 ans de politiques urbaines sans grand résultat.

> **REMARQUE**
> La France comptait 751 « **zones urbaines sensibles** ». Ces ZUS ont été remplacées en 2015 par 1 514 « **quartiers prioritaires de la politique de la ville** » situés dans 859 communes.

**zoOm**

### L'organisation du territoire français dans la dynamique de la mondialisation

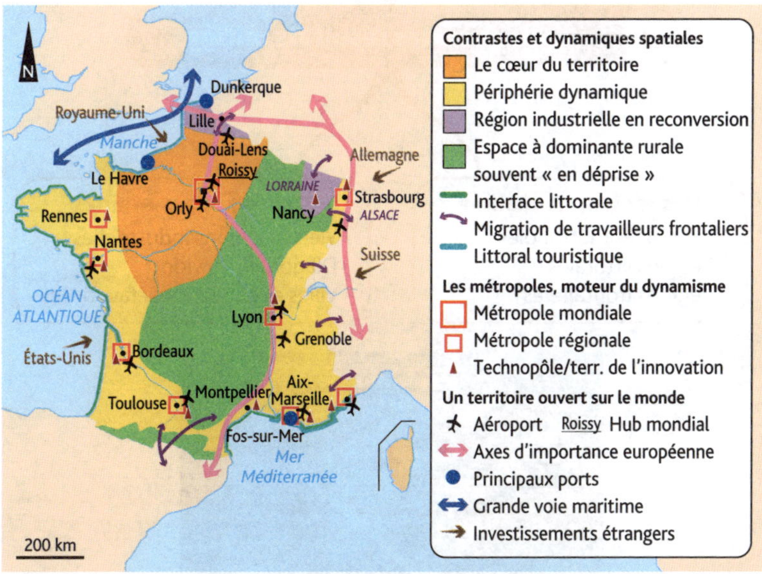


L'impact de la mondialisation sur le territoire détermine des régions gagnantes et des régions perdantes. Les grandes métropoles sont les territoires les plus favorisés car elles cumulent les atouts dans la compétition internationale.

## L'AMÉNAGEMENT DU TERRITOIRE FRANÇAIS…

### 3 … mais avec des résultats mitigés

**Des régions gagnantes**
- Paris et les métropoles
- Régions littorales
- Régions frontalières

**Des régions perdantes**
- Vieilles régions industrielles
- Diagonale du vide
- Villes et banlieues défavorisées

## 1 … vise à répondre à des inégalités croissantes…

### Des inégalités sociales

- 14,8 % des Français vivent sous le seuil de pauvreté
- Le **Nord** et le **Sud** plus pauvres que l'Est et l'Ouest
- Fortes inégalités **infracommunales**

### Des inégalités spatiales

- Régions **dynamiques** : Île-de-France, Ouest, Sud, Alpes
- Régions **stagnantes** : diagonale du vide, Lorraine, villes petites et moyennes
- Inégalités dans l'accès aux services

## 2 … grâce à l'intervention de différents acteurs…

### Des acteurs multiples

- État
- Union européenne
- Collectivités territoriales

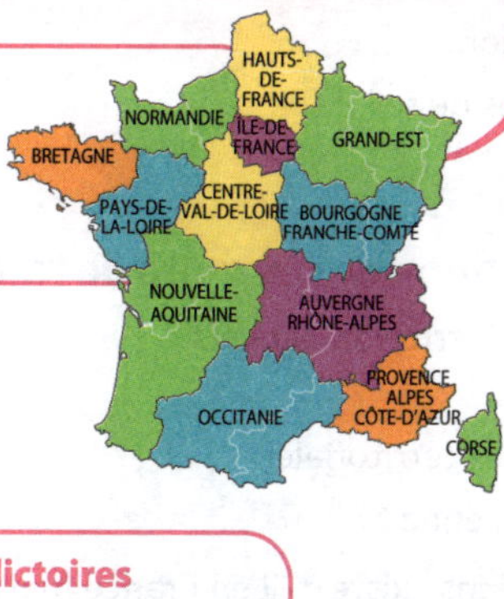


### Des enjeux contradictoires

- Mille-feuilles administratif
- Intégration européenne
- Mondialisation et développement durable

# SE TESTER QUIZ

Vérifie que tu as compris les points clés

## 1 Les inégalités sociales entre les territoires

→ FICHE 34

**1) À quelle échelle les inégalités sociales sont-elles les plus fortes ?**

☐ **a.** À l'échelle régionale

☐ **b.** À l'échelle départementale

☐ **c.** À l'échelle communale et infracommunale

**2) Avec la crise sanitaire de 2020, le taux de pauvreté...**

☐ **a.** est resté stable.

☐ **b.** a diminué.

☐ **c.** a augmenté.

.../2

## 2 Des inégalités territoriales croissantes à toutes les échelles

→ FICHE 34

**1) Quelles zones connaissent une forte croissance de l'emploi ?**

☐ **a.** Les grandes métropoles

☐ **b.** Les régions atlantiques

☐ **c.** Les régions méridionales

**2) Le temps d'accès des populations aux services dépend...**

☐ **a.** de la densité de la commune.

☐ **b.** de l'urbanisation.

☐ **c.** des contraintes de relief.

.../2

## 3 La multiplication des acteurs de l'aménagement

→ FICHE 35

**1) Qui aménage le territoire français ?**

☐ **a.** L'État

☐ **b.** Les collectivités territoriales

☐ **c.** L'Union européenne

**2) Combien de régions existe-t-il en France métropolitaine depuis 2016 ?**

☐ **a.** 22 ☐ **b.** 14 ☐ **c.** 13

.../2

## 4 Les nouveaux enjeux de l'aménagement

→ FICHE 35

**1) Qu'est-ce que le « mille-feuille administratif » ?**

☐ **a.** L'empilement de structures administratives en France

☐ **b.** Le nombre croissant des fonctionnaires européens

☐ **c.** La création sans cesse croissante de métropoles en France

**2) Quelles sont les nouvelles échelles de l'aménagement territorial ?**

☐ **a.** L'échelle nationale

☐ **b.** L'échelle européenne

☐ **c.** L'échelle mondiale

.../2

## 5 Les régions gagnantes

→ FICHE 36

**1) Quelles sont les régions dynamiques du territoire français ?**

☐ **a.** Les régions métropolitaines

☐ **b.** Les régions frontalières

☐ **c.** Les régions de faible densité

**2) Quels sont les atouts des régions atlantiques et méditerranéennes ?**

☐ **a.** Les activités touristiques

☐ **b.** Les activités d'industries lourdes

☐ **c.** Les activités de haute technologie

.../2

## 6 Les régions perdantes

→ FICHE 36

**1) Les villes petites et moyennes sont perdantes en raison…**

☐ **a.** de leur fréquente mono-activité industrielle.

☐ **b.** de leur manque de grandes universités.

☐ **c.** de la faiblesse de leurs connexions mondiales.

**2) Quelles sont les régions les moins dynamiques du territoire français ?**

☐ **a.** Les régions anciennement industrialisées

☐ **b.** Les régions de faible densité

☐ **c.** Les outre-mer

.../2

**ON FAIT LE BILAN !**

score total .../12

- Des erreurs ? Entraîne-toi ! → **LES EXOS** P. 182
- Zéro faute ? Bravo ! → **OBJECTIF BREVET** P. 183

# LES EXOS 

Entraîne-toi !

## 7 Répondre à des questions de cours

→ FICHES 34 à 36

1) Quels sont les nouveaux enjeux de l'aménagement du territoire français ?

2) Selon quels indicateurs peut-on mesurer les inégalités territoriales en France ?

## 8 Réaliser une tâche cartographique

→ FICHE 36

Le cartographe n'a pas eu le temps de finir ce schéma. Peux-tu l'aider en remettant chaque élément de légende à sa place ?

**Document** **L'organisation du territoire français**

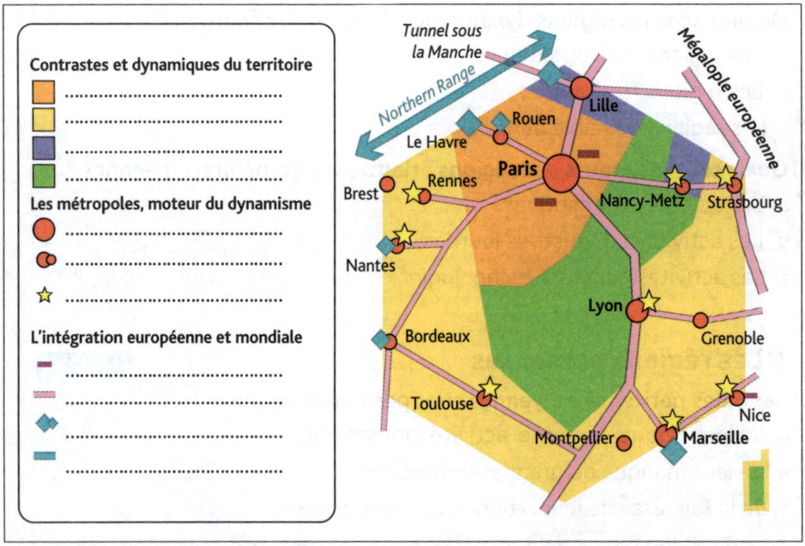



- Espace de faible densité
- Région industrielle en reconversion
- Périphérie dynamique
- Hub aéroportuaire mondial et régional
- Technopôle, centre d'innovation
- Le cœur du territoire
- Axe majeur à grande vitesse
- Principaux ports
- Métropole régionale
- Métropole mondiale
- Voie maritime mondiale

# OBJECTIF BREVET

Lance-toi dans des sujets !

## 9 Rédiger un développement construit
35 min

→ FICHE 36

Sous la forme d'un développement construit d'une vingtaine de lignes, explique comment s'organise le territoire français.

**DÉMARRONS ENSEMBLE**

Envisage l'organisation du territoire français dans le contexte de la mondialisation. Évoque d'abord les régions gagnantes, puis celles qui le sont moins.

## 10 Analyser et comprendre un document
45 min

**Document** **L'impact de la crise de 2008**

→ FICHE 34

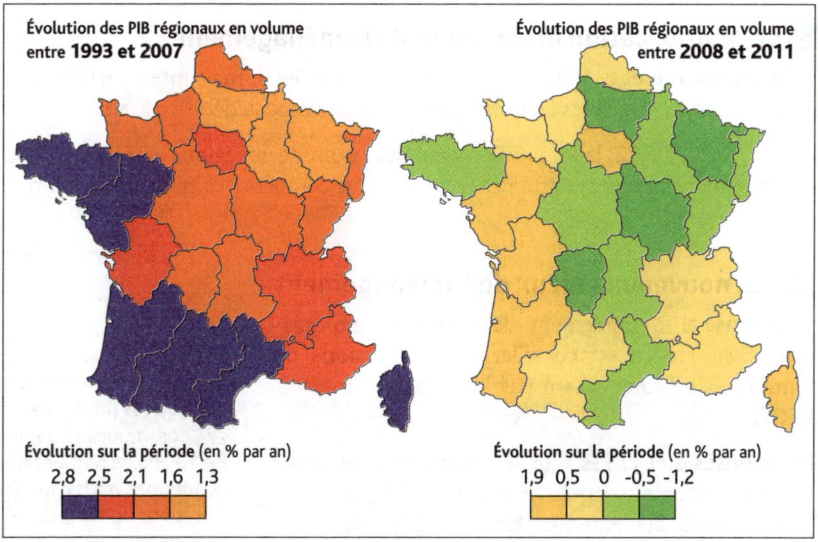


1) Que représentent ces deux cartes ?

2) Quelles sont les régions dont la croissance a été la plus forte entre 1993 et 2007 ? Comment peux-tu l'expliquer ?

3) Montre que la crise économique de 2008 a eu un impact très fort dans les régions.

4) Ce type de carte est-il suffisant pour décrire correctement la croissance économique dans les territoires ?

# CORRIGÉS

## SE TESTER QUIZ

### 1 Les inégalités sociales entre les territoires

**1) Réponse c.** Les inégalités sociales sont très visibles à l'échelle de la commune et du quartier. Les situations extrêmes (riches et pauvres) peuvent s'y juxtaposer.

**2) Réponse c.** La crise sanitaire de 2020 a provoqué des confinements critiques pour les personnes déjà précaires souvent menacées par la perte de leur emploi.

### 2 Des inégalités territoriales croissantes à toutes les échelles

**1) Réponses a, b et c.** Métropoles et régions atlantiques et méridionales se trouvent en situation favorable dans la mondialisation. Hommes et activités s'y concentrent.

**2) Réponses a, b et c.** Plus une commune est dense et urbanisée, plus les services y sont implantés. Les contraintes de relief peuvent représenter une contrainte.

### 3 La multiplication des acteurs de l'aménagement

**1) Réponses a, b et c.** L'État est l'aménageur historique, mais interviennent aussi l'Union européenne et les collectivités territoriales avec la décentralisation.

**2) Réponse c.** De 22, la loi NOTRe a réduit le nombre de régions à 13, mais a augmenté leurs compétences afin de les rendre plus compétitives en Europe et dans le monde.

### 4 Les nouveaux enjeux de l'aménagement

**1) Réponse a.** L'empilement de structures administratives en France est considérable : les **fusions de communes** ne compensent pas les créations récentes d'ECPI.

**2) Réponses b et c.** Les échelles européenne et mondiale sont récentes (depuis les années 1950), alors que l'échelle nationale remonte à la monarchie capétienne.

> **INFO**
> Entre 2010 et 2019, 2 508 communes se sont regroupées pour créer 774 communes nouvelles. En 10 ans, le nombre de communes n'a baissé que de 5 %, pour un total de 34 968.

### 5 Les régions gagnantes

**1) Réponses a et b.** Les régions dynamiques sont les métropoles, en raison d'une insertion favorable dans la mondialisation, et les régions frontalières, qui profitent des dynamiques avec les espaces européens voisins.

**2) Réponses a et c.** Les régions atlantiques et méditerranéennes sont connues pour leur fréquentation touristique (Côte d'Azur, Bretagne), mais aussi pour leurs technopôles urbains (Sophia Antipolis, Montpellier, Toulouse...).

## 6 Les régions perdantes

**1** **Réponses a, b et c.** Ces villes petites et moyennes cumulent les handicaps, en raison de leur taille insuffisante. Leurs activités industrielles souvent anciennes, souvent premier employeur de la zone, sont précaires.

**2** **Réponses a, b et c.** Les régions anciennement industrialisées sont mal placées face à une concurrence mondiale plus moderne et mieux localisée. La faible densité offre une qualité de vie, mais n'est pas un gage de compétitivité. Les outremers souffrent de handicaps multiples → FICHES 37 à 39.

# LES EXOS

## 7 Répondre à des questions de cours

**1** L'aménagement du territoire français présente plusieurs nouveaux enjeux. Il ne peut plus aujourd'hui être pensé dans un cadre uniquement national : l'**intégration européenne** est devenue incontournable, tout comme la **compétitivité des territoires** au niveau mondial. Le **développement durable** fait aussi partie des nouveaux enjeux.

**2** Les inégalités territoriales peuvent être mesurées **au plan social**, par le taux de pauvreté ; **au plan économique**, par l'augmentation du nombre de cadres des entreprises privées ou l'évolution des PIB régionaux ; **au plan géographique**, par le temps d'accès de la population aux services.

## 8 Réaliser une tâche cartographique

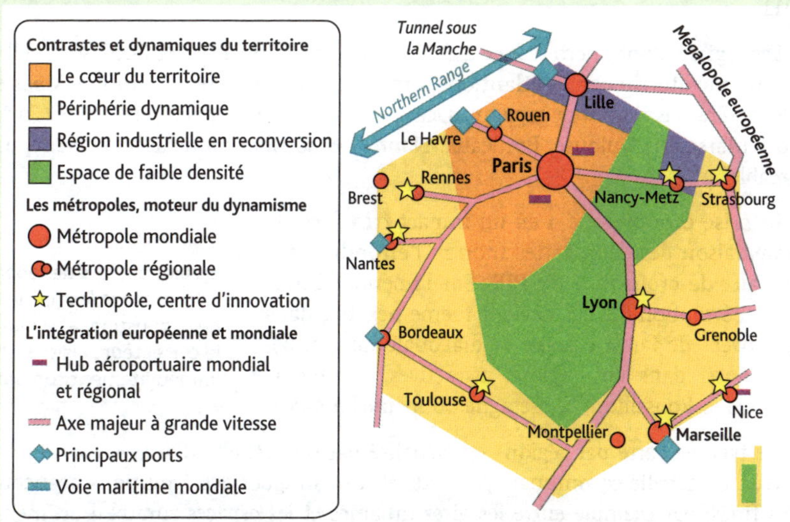

## OBJECTIF BREVET

### 9 Rédiger un développement construit

L'organisation du territoire français est fortement influencée par les processus de mondialisation, faisant ressortir des régions « gagnantes » et « perdantes ».

■ Au premier rang des régions gagnantes, la **région parisienne** rassemble 19 % de la population et crée 31 % du PIB du pays. Elle est la première région industrielle et touristique. La mondialisation favorisant les **métropoles**, celles-ci connaissent un développement plus rapide que le reste du territoire, surtout lorsqu'elles sont concentrées dans des régions dynamiques : **régions littorales atlantiques et méditerranéennes** ou **régions frontalières**, espaces dynamiques de la construction européenne.

■ Les régions perdantes sont celles qui sont exposées à la mondialisation sans être suffisamment compétitives : **outre-mer, régions anciennement industrialisées**, comme le Nord et la Lorraine, **régions de faible densité**, notamment situées dans la « diagonale du vide ». À l'échelle infra-urbaine, toutes les métropoles françaises doivent gérer des **banlieues défavorisées**.

**CONSEIL**
Tu peux illustrer ton développement par un schéma simple, en t'inspirant par exemple de celui de l'exercice 8, p. 185.

### 10 Analyser et comprendre un document

1) Les deux cartes représentent l'**évolution des produits intérieurs bruts** (PIB) des régions françaises métropolitaines (ici encore au nombre de 22, étant donné la période considérée). L'évolution est calculée en pourcentage annuel. La carte de gauche montre l'évolution de 1993 à 2007, celle de droite l'évolution de 2008 à 2011.

2) Les régions dont la croissance a été la plus forte entre 1993 et 2007 sont celles de l'**arc méditerranéen et atlantique**. On peut y ajouter la région **Rhône-Alpes** et l'**Île-de-France**. Elles sont gagnantes, car pourvues de métropoles puissantes (Paris, Lyon, Marseille, Toulouse, Bordeaux, Nantes) et souvent d'un cadre de vie réputé agréable.

3) **La crise économique a eu un impact très fort :** la comparaison des deux cartes montre l'**effondrement des taux de croissance du PIB**. Sur la période 2008-2011, l'évolution du PIB devient même négative dans les espaces de faible densité (« diagonale du vide »), mais aussi dans des régions attractives, comme le Languedoc-Roussillon, la Bretagne ou même l'Alsace.

**CONSEIL**
Essaie toujours de répondre en reprenant les termes de la question, afin que le correcteur saisisse immédiatement ton propos.

4) Ce type de carte par régions est pénalisé par son **échelle d'analyse trop grossière**. Une échelle communale permettrait de distinguer des évolutions beaucoup plus fines, par exemple entre les aires urbaines et les espaces ruraux d'un même département, ou entre les communes d'une même aire urbaine.

# 11 Les territoires ultramarins français : une problématique spécifique

# 37 La diversité de la France d'outre-mer

**EN BREF ▸** *Les territoires ultramarins connaissent des situations géographiques très variées. Véritables « confettis d'empire » répartis sur tous les océans, ils sont tout ce qui reste de l'empire colonial de la France.*

## I La diversité géographique et administrative

### 1 Les départements et régions d'outre-mer (DROM)

- Les territoires d'outre-mer présentent une grande diversité de statuts administratifs, liés à leur histoire propre. Les plus anciens sont aujourd'hui des **départements et régions d'outre-mer (DROM** → ZOOM**)**, au statut identique à celui des départements et régions de métropole.
- Depuis le traité d'Amsterdam (1997), les cinq DROM ont également reçu le statut de **régions ultrapériphériques (RUP)**, ce qui leur permet de bénéficier de programmes d'aide européens spécifiques.

### 2 Les autres territoires ultramarins

- Les **collectivités d'outre-mer (COM)** rassemblent cinq territoires aux statuts assez divers : Saint-Pierre-et-Miquelon dans l'Atlantique Nord, Saint-Barthélemy et Saint-Martin dans les Antilles, Wallis-et-Futuna et la Polynésie française (appelée « Pays d'outre-mer ») dans le Pacifique.
- La **Nouvelle-Calédonie** constitue une **collectivité « sui generis »** ; les **Terres australes et antarctiques françaises** (TAAF : îles Crozet, Kerguelen, Saint-Paul et Amsterdam, Terre-Adélie, îles Éparses) forment un « territoire d'outre-mer » ; **Clipperton**, enfin, fait partie des propriétés domaniales de l'État français.

> **INFO**
> Une **collectivité « sui generis »** signifie « de son propre genre », donc inclassable. Le statut de la Nouvelle-Calédonie est encore indéterminé entre appartenance à la République et indépendance.

## II La diversité des populations

### 1 Les spécificités démographiques

- Les outre-mer comptent **2,8 millions d'habitants**, soit **4 % de la population française**. Avec 2,2 millions, les DROM en représentent l'essentiel. Les populations ultramarines ont choisi de rester dans la République. Le cas de la Nouvelle-Calédonie, dont la population est mélangée, est plus complexe : deux référendums d'autodétermination en 2018 et 2020 ont rejeté l'indépendance.

■ **Leur démographie** est assez spécifique : la fécondité y est plus élevée et plus précoce qu'en métropole, en raison de la jeunesse de la population ; l'accroissement naturel y est le double de la métropole (surtout en Guyane et à Mayotte), mais tend à ralentir. La population vieillit donc rapidement.

## 2 Des territoires sous fortes contraintes

■ L'exiguïté insulaire en milieu tropical entraîne **souvent de fortes densités** : 345 hab./km² à la Réunion, 335 en Martinique, 244 en Guadeloupe. En Guyane, de climat équatorial, la population se concentre sur le littoral. Ce sont dans les territoires les plus denses que se trouvent les **aléas naturels** les plus violents : cyclones, volcanisme, séismes.

> **REMARQUE**
> Parmi les **aléas naturels**, la montée du niveau marin concerne particulièrement les territoires ultramarins, notamment les archipels du Pacifique.

■ À l'inverse, **certains territoires sont quasi vides** (forêt guyanaise, TAAF, Clipperton). Les contraintes qui ont entraîné l'absence de population – à l'exception d'équipes scientifiques temporaires – sont liés à l'isolement (Clipperton) ou au climat polaire (Terre-Adélie) ou subpolaire (Kerguelen).

### zoOm

**La France d'outre-mer**

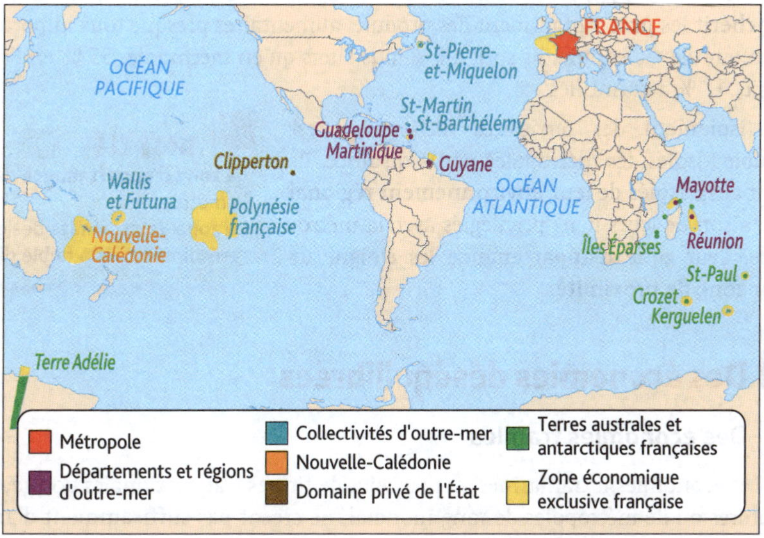


Ces territoires aux statuts variés sont presque tous **insulaires**. Leur situation géographique assure une présence française sur tous les océans du globe. Leur isolement a permis jusqu'ici le maintien d'une **biodiversité** souvent remarquable.

# 38 Des régions périphériques

**EN BREF ▸** *La plupart des outre-mer présentent un retard par rapport aux autres régions françaises : le PIB/hab. des Antilles n'est que les deux tiers de celui de la métropole, moins de la moitié en Guyane, le tiers à Mayotte.*

## I Les handicaps de régions ultrapériphériques

### 1 Les handicaps liés à l'insularité

- L'**insularité** concerne la plupart des territoires ultramarins. Même la Guyane, qui n'est pas une île, est isolée par la forêt équatoriale. L'accessibilité à des territoires dépend donc uniquement des réseaux portuaires ou aéroportuaires.
- Exiguïté et insularité posent des problèmes liés à l'**échelle des territoires** souvent trop petits pour s'autosuffire. Les ressources y sont rares, en dehors du nickel de Nouvelle-Calédonie.

### 2 Les handicaps liés à la distance

- La **distance** impose ses lois : il faut 8 heures de vol depuis la métropole pour atteindre les Antilles françaises, 11 pour la Réunion, 22 pour Tahiti. **La distance renchérit les prix**, notamment des produits alimentaires presque tous importés : en Nouvelle-Calédonie, ils sont 44 % plus chers qu'en métropole, 55 % en Polynésie, 17 % aux Antilles.
- L'**isolement** des territoires ultramarins est double : isolés des métropoles par la distance, ils sont aussi **isolés de leur environnement régional** en raison de leurs liens privilégiés avec la métropole. Leur zone d'appartenance les éloigne de leur zone de proximité.

> **MOTS CLÉS**
> La **zone d'appartenance** désigne la métropole.
> La **zone de proximité** désigne les territoires situés à faible distance.

## II Des économies déséquilibrées

### 1 Des économies fragiles

- Les économies ultramarines, dépourvues de firmes transnationales donneuses d'ordres ou de métropoles de rang mondial, ne créent **pas suffisamment d'activité sur place**, et leur richesse relative les prive des investissements étrangers qui profitent des faibles coûts salariaux des pays voisins.

■ **Les économies ultramarines sont donc très fragiles.** L'absence de matières premières, la faiblesse du niveau de formation, mais en même temps le niveau de vie plutôt élevé, l'étroitesse du marché intérieur et les coûts liés à la distance freinent le développement. Les taux de chômage sont élevés : 23 % en Guadeloupe, 24 % à la Réunion contre 9 % en métropole en 2018 → ZOOM.

## 2 Des économies dépendantes

■ Les économies ultramarines **dépendent souvent d'un seul produit ou activité** (nickel en Nouvelle-Calédonie, tourisme dans les Antilles) : en cas de crise, toute l'économie du territoire est affectée. Les exportations ne couvrent les importations qu'à 9 % en Guyane, 2 % à Mayotte et 0,08 % à Wallis-et-Futuna...

■ La **dépendance envers la métropole** est donc forte. En Guyane, l'activité spatiale dépend ainsi des décisions prises à Paris ; le tourisme est peu compétitif aux Antilles françaises face à Saint-Domingue, mais peut compter sur les **touristes affinitaires**. Les conséquences économiques de la COVID pourraient être désastreuses.

**MOT CLÉ**

Les **touristes affinitaires** sont ceux venant visiter des parents ou amis.

## zoOm

### L'importance des prestations sociales en outre-mer

**Part des prestations sociales dans le revenu disponible des ménages selon le quintile de niveau de vie en 2017**

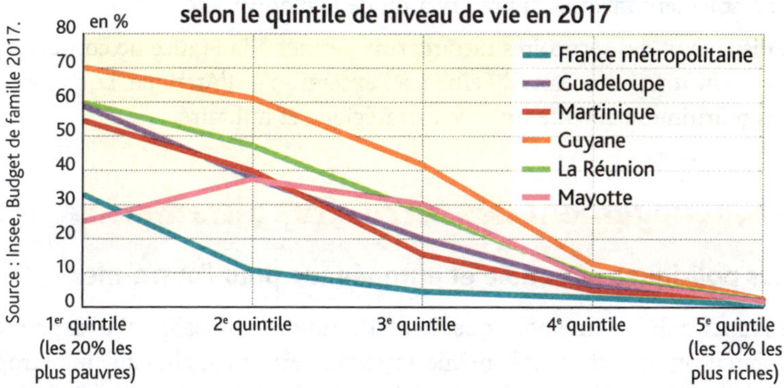


La richesse relative des territoires ultramarins par rapport à leur environnement régional (le PIB/hab. de la Réunion est d'environ 15 fois supérieur à celui de Madagascar) trouve son origine dans les aides nationales ou européennes et les prestations sociales, dont la part dans le revenu total est toujours plus importante en outre-mer qu'en métropole.

# 39 Aménager les territoires ultramarins

**EN BREF ▸** *Malgré des handicaps structurels, les territoires ultramarins français présentent aussi un certain nombre d'atouts. L'État français et l'Union européenne tentent de les valoriser à travers des politiques d'aménagement.*

## I Les atouts des territoires ultramarins

### 1 Les ressources naturelles et humaines

■ L'outre-mer français bénéficie de nombreuses ressources. Grâce à lui, la France bénéficie de la 2e ZEE mondiale. La découverte de gisements pétroliers au large de la Guyane en souligne l'importance, malgré la décision de ne pas les exploiter.

**MOT CLÉ**
La **zone économique exclusive (ZEE)** est une zone de 200 milles marins (370 km) où l'État côtier exerce des droits exclusifs sur les ressources naturelles.

■ Les ressources humaines ne doivent pas être oubliées : avec un taux de fécondité de 2,4 pour la Réunion et même de 3,56 en Guyane (1,9 en métropole), l'outre-mer contribue largement à la croissance démographique française.

### 2 Les avantages de la dispersion et de l'isolement

■ La position quasi équatoriale de la Guyane en fait un site de lancement spatial idéal ; l'isolement favorise la préservation de la biodiversité.

■ La dispersion des territoires ultramarins permet à la France de conserver une présence sur tous les océans du globe, à l'exception de l'Arctique. Le contrôle des espaces maritimes demeure un enjeu stratégique et militaire.

## II L'aménagement des territoires ultramarins

### 1 Les politiques nationale et européenne pour l'outre-mer

■ La France a défini une politique de continuité territoriale qui doit permettre aux populations d'outre-mer le même accès aux services publics qu'en métropole, malgré les coûts liés à leur situation ultrapériphérique. Des dispositifs fiscaux s'efforcent de promouvoir le développement ultramarin.

■ L'Union européenne a mis en place 5 axes stratégiques d'aménagement, en vue d'améliorer l'accessibilité, la compétitivité, l'intégration régionale, la dimension sociale et la lutte contre le changement climatique.

■ Les RUP françaises ont reçu 4,9 milliards d'euros de subventions européennes pour la période 2014-2020.

**MOT CLÉ**
En droit européen, l'outre-mer français se répartit entre **régions ultrapériphériques (RUP)** et **pays et territoires d'outre-mer (PTOM)**.

■ Quant aux **PTOM**, le Fonds européen du développement leur a attribué une enveloppe globale de 364,5 millions d'euros → ZOOM.

**REMARQUE**
Contrairement aux RUP, les **PTOM** ne font pas partie de l'UE, mais ils bénéficient toutefois de certains programmes européens.

## 2 | Les réalisations et leur bilan

■ Parmi les projets financés par les programmes européens figurent des réalisations d'infrastructures compensant les handicaps de l'ultra-périphérie. Le programme POSEI tente de développer l'économie agricole ; figurent aussi des projets dans le domaine de la recherche ou du développement durable (géothermie en Guadeloupe, recyclage en Martinique).

■ Ces stratégies de développement portent leurs fruits. Mayotte, département depuis 2011 et RUP depuis 2014, a ainsi vu son PIB multiplié par 3,5 entre 2000 et 2015. Néanmoins, les crises économique en 2008 et sanitaire en 2020 laissent planer des menaces sur la pérennité et le montant des aides.

### zoOm

### L'outre-mer français dans le cadre juridique européen

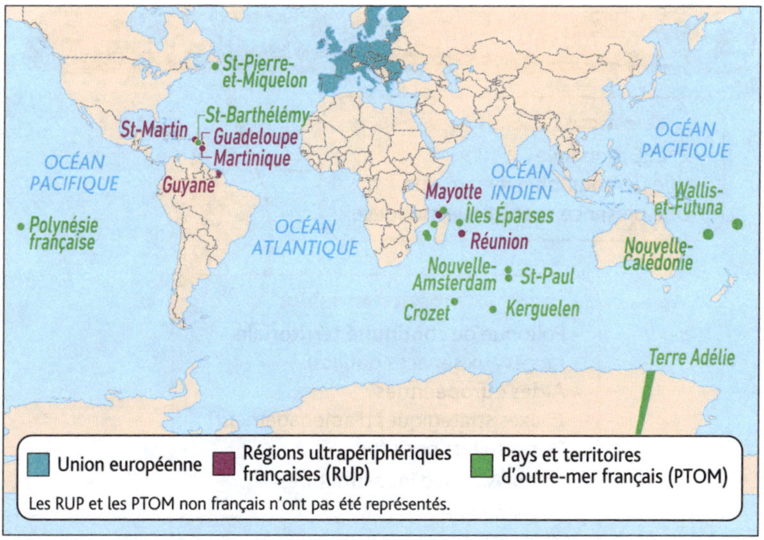


Les DROM français et la collectivité de Saint-Martin ont reçu de l'Union européenne le statut de régions ultrapériphériques (RUP). L'objectif affiché est celui de la convergence pour ces territoires en situation de retard économique. L'Union fournit également une aide aux PTOM français, dans les domaines de la lutte contre la pauvreté, le développement durable et l'intégration économique.

## LES TERRITOIRES ULTRAMARINS

### 3 … auxquels l'État et l'UE s'efforcent de remédier

**Des atouts spécifiques…**

- 2e ZEE mondiale
- Une démographie dynamique
- Une présence stratégique mondiale

**… à mettre en valeur**

- Politique de **continuité territoriale** (accès aux services publics)
- **Aides européennes** (5 axes stratégiques d'aménagement)
- Des résultats positifs
  - → réalisation d'infrastructures
  - → recherche
  - → développement durable…

## 1 Des territoires très divers…

### Une diversité administrative

- Départements et régions d'outre-mer **(DROM)** et régions ultrapériphériques **(RUP)**
- Collectivités d'outre-mer **(COM)** et pays d'outre-mer **(POM)**
- Territoires d'outre-mer **(TOM)** et autres collectivités

### Une diversité démographique

- 2,8 millions d'habitants, surtout dans les DROM
- Des populations jeunes et denses
- De fortes contraintes naturelles

## 2 … qui souffrent de puissants handicaps…

### Des régions ultrapériphériques

- Insularité et exiguïté
- Distance et isolement
- Zone d'appartenance (métropole) qui les éloigne de leur zone de proximité

### Des économies déséquilibrées

- Des économies fragiles, taux de **chômage** élevé
- Dépendance à **une seule activité** (ex. : nickel en Nouvelle-Calédonie)
- Dépendance à la **métropole**

# SE TESTER QUIZ

Vérifie que tu as compris les points clés

## 1 La diversité géographique

→ FICHE 37

**1) Relie chaque territoire ultramarin à son statut.**

| | |
|---|---|
| Nouvelle-Calédonie • | • DROM |
| Polynésie française • | • COM |
| Mayotte • | • TOM |
| Guyane • | • Collectivité sui generis |
| Saint-Pierre-et-Miquelon • | |

**2) Pour l'Union européenne, les DROM français sont également...**

☐ **a.** des RUP. ☐ **b.** des PTOM. ☐ **c.** des TOM.

.../2

## 2 La diversité des populations

→ FICHE 37

**1) La population de la France d'outre-mer est de...**

☐ **a.** 67 millions. ☐ **b.** 2,8 millions. ☐ **c.** 2,2 millions.

**2) Classe les outre-mer selon leur densité.**

| | |
|---|---|
| La Réunion • | |
| Nouvelle-Calédonie • | • Densités fortes |
| Guyane intérieure • | |
| Îles Kerguelen • | |
| Mayotte • | • Densités faibles ou nulles |
| Guyane littorale • | |

.../2

## 3 Les handicaps des régions ultrapériphériques

→ FICHE 38

**1) Quels sont les problèmes spécifiques des outre-mer ?**

☐ **a.** L'insularité, la distance et l'isolement

☐ **b.** Le vieillissement de la population

☐ **c.** La pauvreté par rapport à leur environnement régional

**2** **Les économies ultramarines…**

☐ **a.** ont développé des industries basées sur les matières premières.

☐ **b.** sont impulsées par de puissantes firmes transnationales.

☐ **c.** sont souvent dépendantes d'un seul produit ou activité.

…/2

## 4 Les atouts des territoires ultramarins

→ FICHE 39

**1** **Grâce à l'outre-mer, la France bénéficie de la…**

☐ **a.** 2e zone économique exclusive mondiale.

☐ **b.** 4e zone économique exclusive mondiale.

☐ **c.** La France ne bénéficie pas de zone économique exclusive.

**2** **Sur quel océan mondial la France n'est-elle pas présente ?**

☐ **a.** L'océan Indien.

☐ **b.** L'océan glacial Arctique.

☐ **c.** L'océan glacial Antarctique.

☐ **d.** L'océan Pacifique.

…/2

## 5 L'aménagement des territoires ultramarins

→ FICHE 39

**Coche la réponse qui convient.**

| | Vrai | Faux |
|---|---|---|
| **a.** La politique qui vise à assurer aux populations ultramarines les mêmes services au même coût qu'en métropole est la politique de convergence. | ☐ | ☐ |
| **b.** Grâce aux aides nationales et européennes, le DROM de Mayotte s'est beaucoup développé. | ☐ | ☐ |

…/1

**ON FAIT LE BILAN !**

score total …/9

- Des erreurs ? Entraîne-toi ! → **LES EXOS** P. 198
- Zéro faute ? Bravo ! → **OBJECTIF BREVET** P. 198

# LES EXOS

Entraîne-toi !

## 6 Répondre à des questions de cours

→ FICHES 37 à 39

1) Les régions de l'outre-mer français sont-elles riches ou pauvres ?

2) Dans quelle mesure l'insularité des DROM est-elle un problème ?

## 7 Réaliser une tâche cartographique

→ FICHE 37

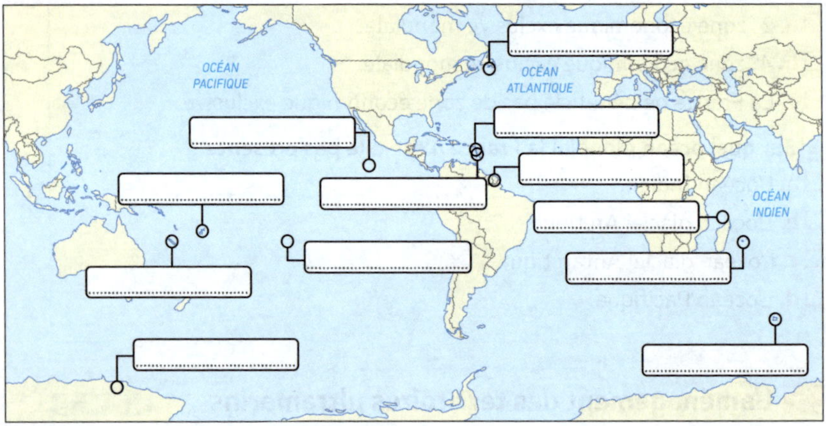


1) Sur le fond de carte ci-dessus, place les cinq DROM français en rouge.

2) Puis, au choix, en bleu, place quatre des autres territoires ultramarins français de la liste suivante : Clipperton, les Kerguelen, la Nouvelle-Calédonie, la Polynésie française, Saint-Pierre-et-Miquelon, Terre-Adélie, Wallis-et-Futuna.

# OBJECTIF BREVET

Lance-toi dans des sujets !

## 8 Rédiger un développement construit

35 min

→ FICHE 39

Sous la forme d'un développement construit d'une vingtaine de lignes, explique comment les pouvoirs publics français et européens tentent de compenser les inégalités territoriales qui affectent l'outre-mer.

## 9 Analyser et comprendre un document

45 min

→ FICHE 38

**Document** **L'exemple de l'île de La Réunion**

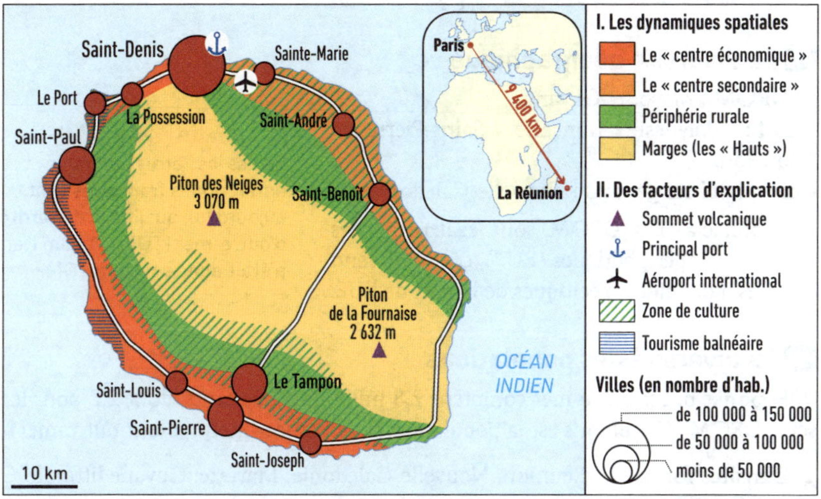


**1** Observe le cartouche de localisation en haut à droite de la carte. Quels problèmes essentiels de l'île de La Réunion met-il en évidence ?

**2** Quelle est la superficie de l'île ? En quoi cela entrave-t-il le développement économique ?

**3** Décris la répartition des principales villes, voies de communication, équipements. Comment l'expliquer ?

**4** Quelles sont les activités économiques présentes sur la carte ? En quoi permettent-elles le développement de l'île ?

### DÉMARRONS ENSEMBLE

**1** Le cartouche de localisation (en haut à droite) comporte une information évidente, mais l'énoncé de la question évoque des « problèmes » (au pluriel). Il faut donc chercher une autre information.

**2** Utilise la légende (échelle) pour évaluer les dimensions de l'île, sans chercher la précision au kilomètre près !

# CORRIGÉS

## SE TESTER QUIZ

### 1 La diversité géographique

1) **DROM :** Mayotte, Guyane.
**COM :** Polynésie française, Saint-Pierre-et-Miquelon.
**Collectivité sui generis :** Nouvelle-Calédonie.

2) **Réponse a.** Les DROM sont également des Régions ultrapériphériques (RUP), ce qui les rend éligibles à des aides spécifiques de la part de l'UE.

> **REMARQUE**
> Seules les Terres australes et antarctiques françaises sont aujourd'hui qualifiées de territoires d'outre-mer (TOM). Aucun item n'était donc à relier à TOM.

### 2 La diversité des populations

1) **Réponse b.** Les outre-mer comptent 2,8 millions d'habitants, dont 2,2 pour les seuls DROM. 67 millions est la population de la France (métropole et outre-mer).

2) **Densités fortes :** La Réunion, Nouvelle-Calédonie, Mayotte, Guyane littorale.
**Densités faibles ou nulles :** Guyane intérieure, Îles Kerguelen.

### 3 Les handicaps des régions ultrapériphériques

1) **Réponse a.** Insularité (et donc souvent exiguïté), distance vis-à-vis de la métropole et isolement (Polynésie par exemple) sont les principaux handicaps.

2) **Réponse c.** Les économies ultramarines sont souvent dépendantes d'un seul produit (nickel, banane) ou activité (tourisme, pêche).

### 4 Les atouts des territoires ultramarins

1) **Réponse a.** La France dispose de la 2e ZEE mondiale, derrière les États-Unis.

2) **Réponse b.** La France ne dispose pas de territoire ultramarin en Arctique.

### 5 L'aménagement des territoires ultramarins

**a. Faux.** Cette politique est dite « de continuité territoriale » : elle vise à compenser l'éloignement et l'isolement par un effort financier de solidarité nationale.
**b. Vrai.** Le PIB de Mayotte a été multiplié par 3,5 entre 2000 et 2015.

# LES EXOS

## 6 Répondre à des questions de cours

1) La plupart des outre-mer présentent un **retard par rapport aux régions françaises métropolitaines**. Le PIB/habitant y est d'un tiers inférieur. Cependant, **par rapport à leur environnement régional**, les territoires ultramarins font figure d'**îlots de prospérité**, grâce aux prestations sociales et aux aides nationales ou européennes. On peut donc dire que l'outre-mer est à la fois riche et pauvre.

2) L'insularité concerne la plupart des territoires ultramarins. Même la Guyane, qui n'est pas une île, est isolée par la forêt équatoriale. Exiguïté et insularité posent des problèmes liés à l'**échelle des territoires**, souvent trop petits pour produire de quoi alimenter une économie moderne. Les ressources y sont rares, en dehors du nickel de Nouvelle-Calédonie. Le commerce extérieur est donc fortement déficitaire et la dépendance souvent très forte, voire quasi totale.

## 7 Réaliser une tâche cartographique

1) et 2)

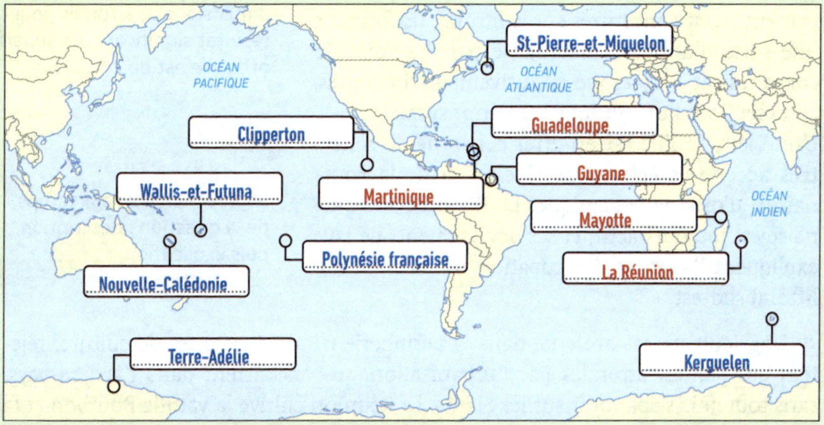


# OBJECTIF BREVET

## 8 Rédiger un développement construit

■ La France met en œuvre une **politique de continuité territoriale** afin d'offrir aux populations d'outre-mer le même accès aux services publics qu'en métropole, indépendamment des **coûts liés à leur situation ultrapériphérique**, ainsi que des incitations fiscales. Les DROM français ont reçu de l'Union européenne le statut de **régions ultrapériphériques** (RUP). Les RUP françaises ont reçu 4,9 milliards d'euros de subventions européennes pour la période 2014-2020.

■ Ces politiques qui tentent de compenser les inconvénients de l'ultrapériphérie se traduisent dans des **programmes d'infrastructures** ou de développement durable. Les résultats sont notables : Mayotte, département depuis 2011, RUP depuis 2014, a ainsi vu son PIB augmenter de 8,7 % par an depuis 2005, grâce aux aides nationales et européennes.

## 9 Analyser et comprendre un document

**1)** Le cartouche de localisation rappelle deux problèmes structurels de la Réunion : son **éloignement** de la métropole (9 400 km à vol d'oiseau) et son **insertion régionale** dans un environnement de pays très pauvres (Madagascar, par exemple).

**2)** L'île fait environ 45 km sur 55, soit à peu près **2 500 km²**. Cette **faible superficie** ne permet pas à l'île de disposer de **ressources propres**, par exemple pétrolières ou minières.

**CONSEIL**
Mesure l'île grossièrement à l'aide de l'échelle, en tenant compte de sa forme géométrique. Multiplie les deux dimensions et arrondis pour un résultat significatif. La superficie officielle est de 2 512 km².

**3)** Les villes, les voies de communication et les équipements sont concentrés sur le littoral. Ils forment une sorte d'**anneau**, matérialisé par des voies de communication presque exclusivement circulaires, à l'exception d'une unique route transversale.
L'intérieur de l'île est **en effet** constitué de **reliefs très accentués** (pitons des Neiges et de la Fournaise), d'origine volcanique. Le Piton de la Fournaise est toujours actif, et ses déversements de lave expliquent l'absence d'occupation humaine sur le littoral sud-est.

**ATTENTION**
Sépare bien les deux temps de la question : description, puis explication.

**4)** L'**agriculture** est présente dans la périphérie rurale. Les zones de culture, rejetées des plaines littorales par l'urbanisation, se concentrent dans l'arrière-pays, sans toutefois s'épanouir sur les Hauts. La Réunion cultive la vanille Bourbon et la canne à sucre. L'autre activité économique visible est le **tourisme balnéaire**, situé essentiellement sur le versant sous le vent, plus sec. La zone portuaire de Saint-Denis et l'aéroport international évoquent les activités de transport et de manutention, car presque tout est importé. Les activités agricoles et touristiques souffrent de la **concurrence des pays proches**, comme Maurice. Le développement économique visible sur cette carte est donc fragile et incomplet.

# 12 L'Union européenne, un nouveau territoire de référence et d'appartenance

Le Parlement européen à Strasbourg

# 40 La construction d'un territoire européen

**EN BREF ▸** *Après la Seconde Guerre mondiale, les pays d'Europe occidentale décident de s'unir pour prévenir une nouvelle guerre et redresser leurs économies.*

## I Un territoire européen

### 1 La création d'un territoire commun

■ La signature du **traité de Rome le 25 mars 1957** crée la **Communauté économique européenne** (CEE) → FICHE 13. Le **traité de Maastricht de 1992** crée **l'Union européenne**. Après sept élargissements et le retrait du Royaume-Uni le 31 janvier 2020, l'UE compte **27 membres** → ZOOM.

■ Le traité de Rome crée un **marché commun**. Le traité de Maastricht en fait un **marché unique**, où biens, services, capitaux circulent librement. Les **accords de Schengen**, mis en œuvre en 1995, créent un espace de **libre circulation intérieure pour les populations** → FICHE 14. 26 États en sont membres, y compris des États non membres de l'UE.

**REMARQUE**
Le Royaume-Uni (avant le Brexit de 2020) et l'Irlande ont refusé l'accord de Schengen. La Roumanie, la Bulgarie, la Croatie et Chypre sont encore en attente.

### 2 La mise en place de politiques communes

■ En 2002, la **monnaie unique** est instituée : la **zone euro** compte aujourd'hui 19 États membres, soit un marché de 343 millions d'habitants → FICHE 14. Sept autres membres doivent y entrer à terme. La **convergence économique et monétaire** qui en résulte tend à **unifier le territoire européen**.

■ L'UE a également mis en place des **politiques communes**, qui accentuent l'intégration communautaire (**Politique agricole commune** → FICHE 13).

## II Une construction inachevée

### 1 Une intégration complexe et parfois critiquée

■ Depuis quelques années se développe **une « Europe à la carte », à géométrie variable**, dont la gestion est devenue très complexe. Il existe donc un certain **euroscepticisme**, que renforcent la crise économique et l'apparent affaiblissement des États nationaux entre l'échelon européen et régional.

■ La **crise des migrants** et le **terrorisme islamiste** poussent certains partis politiques à défendre un retour aux frontières nationales. Avec l'arrivée au pouvoir, en Pologne et Hongrie, de **gouvernements populistes**, ces pays sont devenus incapables de satisfaire aux critères démocratiques d'intégration et critiquent une union dont ils perçoivent pourtant largement les subventions.

## 2 La crise sanitaire de 2020, révélatrice de progrès et de tensions

- Face à la crise économique induite par la COVID, l'UE a cependant annoncé **un plan de relance de 750 Mds €** financé par des **emprunts européens en commun**.

- Mais, en novembre 2020, la Pologne et la Hongrie ont retardé l'application du plan de relance ainsi que le budget 2021-2027, qui supposent le respect de l'État de droit. L'évolution de certains pays membres vers un régime de « **démocratie illibérale** » met ainsi la cohésion européenne à rude épreuve.

**MOT CLÉ**

Une **démocratie illibérale** est un « autoritarisme majoritaire », un régime qui rejette le libéralisme économique (mondialisation) et politique (droits des minorités). Il fonde sa légitimité sur le « peuple », dont la volonté prime sur le respect de l'État de droit.

**zoOm**

### L'Union européenne aujourd'hui

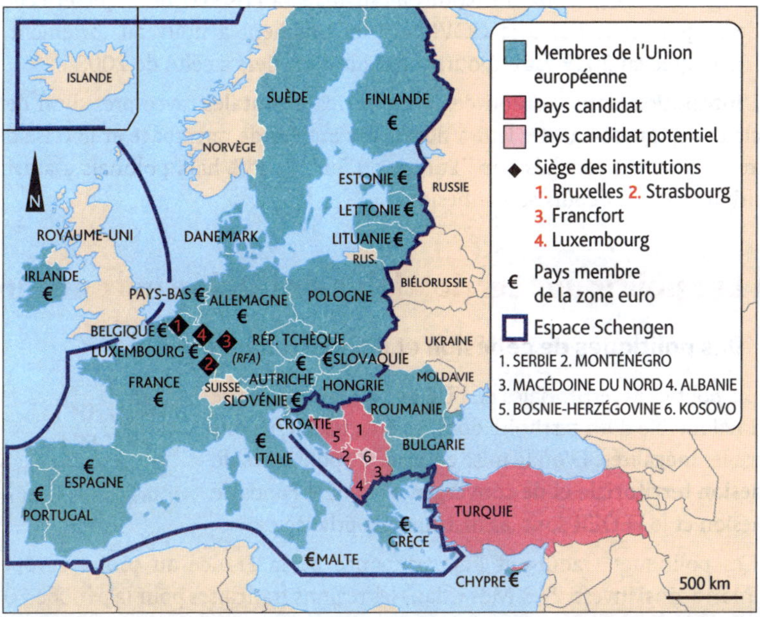

# 41 L'aménagement du territoire de l'UE

**EN BREF ▸** *Les élargissements successifs ont certes permis d'intégrer des États très développés (pays scandinaves), mais aussi d'autres moins avancés (pays du Sud). À partir de 2004, ce sont des pays de l'Est très en retard qui intègrent l'Union. Des politiques d'aménagement sont donc indispensables.*

## I Une Europe, des territoires

### 1 Un centre ou des centres ?

- Le territoire européen s'organise autour d'**un cœur, l'Europe du Nord-Ouest** et, en son sein, la **mégalopole européenne**, dorsale rhénane à haut niveau de vie et d'activité, flanquée de **deux villes mondiales, Londres** (hors UE) **et Paris**.
- Irriguée par un réseau de communication ultramoderne, la mégalopole européenne et les villes mondiales concentrent les **activités** et les **fonctions de commandement de niveau mondial**. Les capitales institutionnelles de l'UE s'y localisent : Bruxelles, Strasbourg, Luxembourg, Francfort.

### 2 Des périphéries

- Les **périphéries du Sud** (Espagne, Portugal, Italie du Sud, Grèce) ont certes convergé vers les niveaux du Nord-Ouest, mais la crise économique et celle de la dette, puis celle liée à la COVID-19 les touchent à nouveau fortement. Le PIB/hab. grec en 2019 est toujours inférieur d'un tiers à celui de 2008 !
- L'intégration dans l'Union des **périphéries orientales**, avec près d'un demi-siècle de régime socialiste, leur a donné dix années de rattrapage et la crise de la dette les a moins touchés que l'Europe du Sud. Le PIB/hab. polonais a ainsi été multiplié par 2,4 depuis son adhésion.

## II Les politiques territoriales de l'Union européenne

### 1 Des politiques de cohésion et d'appartenance

- Les politiques territoriales de l'UE ont dû faire face à ce défi redoutable d'un territoire dont les élargissements ont accru les **inégalités**. D'où la mise en place de **politiques de cohésion territoriale et de convergence**, dont le Fonds de cohésion et le **FEDER** sont les instruments privilégiés.

> **MOT CLÉ**
> Le **FEDER** est le Fonds européen de développement régional.

- Ces politiques traduisent l'appartenance de la France au projet européen. L'Union a ainsi investi 27,3 Mds € dans les régions françaises pour la période 2014-2020 sur 351 Mds € de fonds structurels et d'investissement (FSI) européens.

## 2 | Des politiques de convergence et d'urgence

■ Mais ce sont les **pays périphériques**, d'Europe méridionale, et plus encore orientale qui ont le plus reçu d'aides européennes : pour 2014-2020, 77,5 Mds € pour la Pologne. Le développement y a donc été très rapide.

■ La crise de la dette récente a aussi été l'occasion de **politiques européennes de soutien d'urgence** aux États en difficultés. Le plan de relance post-COVID de 2020 accorde 65 Mds € à l'Italie, 59 Mds € à l'Espagne.

zoOm

### Les niveaux d'éligibilité aux FSI européens

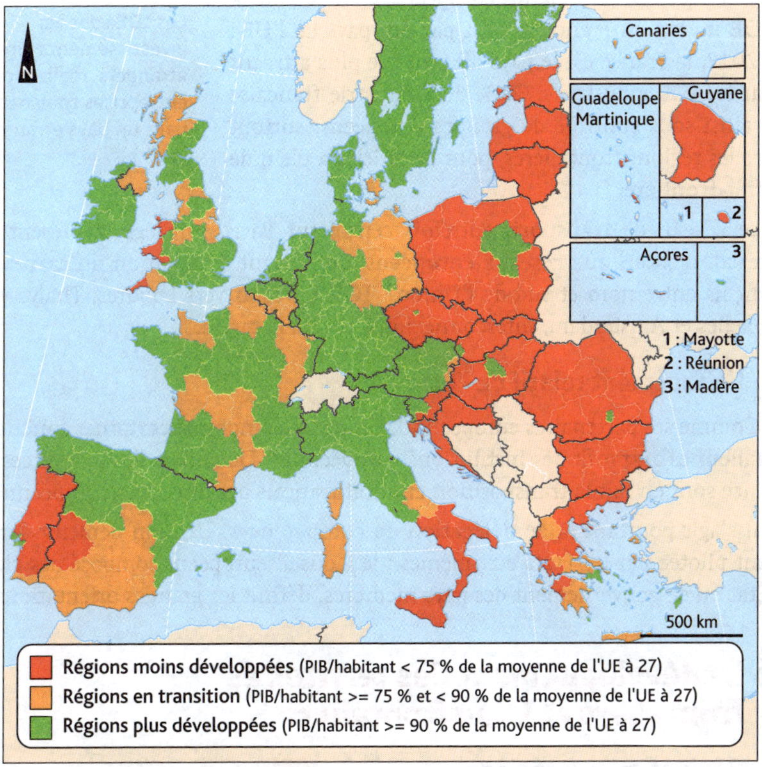


■ Les **inégalités territoriales** nord/sud et est/ouest guident la répartition des fonds structurels européens.

■ Mais **des disparités existent aussi à d'autres échelles**. Les métropoles sont plus développées que leurs périphéries plus rurales. Les quartiers d'une même ville peuvent montrer des inégalités plus criantes encore.

# 42 La France et l'intégration européenne

**EN BREF ▸** *L'intégration de la France à l'Union européenne se traduit par une intensification des flux. L'Europe apparaît comme l'espace privilégié de la mondialisation de l'économie française.*

## I L'intégration européenne, moteur de l'économie française

### 1 L'intégration spatiale à l'espace européen

■ Près des deux tiers du commerce extérieur français se font avec nos partenaires européens. 75 % du stock d'**IDE** investi en France le sont par des pays de l'UE : en 2019, la France est le pays d'Europe le plus attractif pour les IDE industriels. 30 % de l'industrie française est ainsi sous contrôle de groupes européens, surtout dans les régions frontalières, pour bénéficier à plein de l'effet-frontière.

**MOT CLÉ**

Les **IDE** sont les investissements directs étrangers, réalisés par des entreprises transnationales dans un pays étranger.

■ Le réseau de transport, autrefois centré sur Paris, privilégie à présent les interconnexions aux réseaux européens, optimisant la situation du carrefour français entre nord et sud de l'Union : TGV Eurostar vers Londres, Thalys vers Bruxelles et Amsterdam, interconnexion à l'ICE allemand.

### 2 L'effacement relatif de l'État

■ Comme ses partenaires européens, la France a abandonné certaines fonctions régaliennes au profit des institutions européennes. Deux tiers des lois votées en France sont en fait la transposition en droit français des directives européennes.

■ Il s'agit pourtant là de délégation de compétences. L'Union demeure largement pilotée par les États eux-mêmes : le Conseil européen, composé des chefs d'État ou de gouvernement des pays membres, définit les grandes orientations.

## II Le développement des territoires frontaliers et transfrontaliers

### 1 Régions et eurorégions

■ L'intégration européenne a en revanche promu, par la décentralisation et le principe de **subsidiarité**, de nouveaux acteurs territoriaux : les régions, qui peuvent coopérer ou se concurrencer.

**MOT CLÉ**

Le principe de **subsidiarité** implique que l'échelon national n'intervient que si son action est jugée plus efficace que celle de l'échelon régional. L'action publique est ainsi plus proche des citoyens.

■ L'UE a permis la **création d'eurorégions**, qui associent des régions frontalières appartenant à des pays différents. L'eurorégion « Saar-Lor-Lux », par exemple, regroupe le Luxembourg, la Wallonie belge, la région Lorraine en France, ainsi que la Moselle et Meurthe-et-Moselle, et les Länder de Sarre et de Rhénanie-Palatinat.

## 2 Le retournement historique des espaces frontaliers

■ Avec la construction européenne, les régions frontalières françaises ont connu un retournement géographique majeur : de **périphériques, espaces de confrontation**, elles sont devenues **centrales, espaces de coopération**. C'est notamment le cas des régions frontalières du Nord et de l'Est.

■ Ces **interfaces** profitent aujourd'hui, dans un contexte pacifié, d'**une frontière qui unit davantage qu'elle ne sépare**. En Alsace, 35 % des entreprises sont à participation étrangère. Les flux de travailleurs frontaliers reflètent ce différentiel entre des économies dynamiques (Belgique, Luxembourg, Allemagne ou Suisse) et des régions françaises à fort taux de chômage → ZOOM.

zoOm

### Les travailleurs transfrontaliers français du Nord et de l'Est

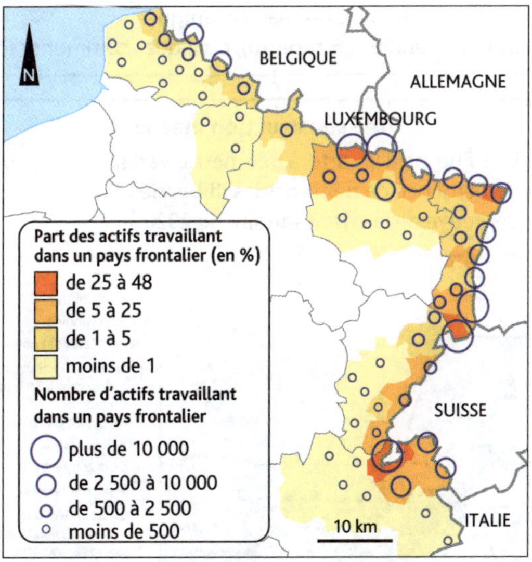


■ Les espaces frontaliers sont devenus des espaces centraux dans l'Union européenne, animés par de nombreux flux de capitaux ou de travailleurs (données 2013 sur la carte).

■ Les travailleurs français issus de régions moins dynamiques (Lorraine, Franche-Comté) profitent des opportunités d'emploi dans les pays voisins.

# L'UNION EUROPÉENNE, un nouveau territoire de référence et d'appartenance

## 1 Un nouveau territoire européen…

### La construction d'un territoire

- Traités de **Rome** (1957) et traité de **Maastricht** (1992)
- Marché commun puis **marché unique**
- Monnaie unique (**zone euro**), politiques communes (ex. : **PAC**)

### Une construction inachevée

- Une Europe à la carte, à **géométrie variable**
- L'émergence de **démocraties illibérales**
- L'épreuve de la **crise sanitaire** de 2020

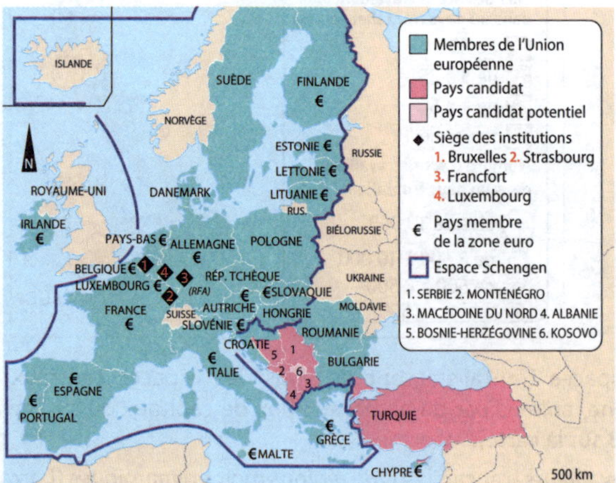

## 2 … que l'Union s'efforce d'aménager…

### Une Europe des territoires

- Un **centre** : mégalopole européenne et Paris
- Des **périphéries méridionales** (Espagne, Portugal, Italie du Sud, Grèce)
- Des **périphéries orientales** (anciens pays du bloc communiste)

### Des politiques territoriales

- Des politiques de **cohésion** (Fonds de cohésion et FEDER)
- Des politiques de **convergence** (périphéries méridionales et orientales)

## 3 … et auquel la France s'intègre pleinement

### L'intégration européenne

- Une France attractive (effet-frontière)
- Des **réseaux de transport intégrés**, situation de carrefour
- Un État toujours pilote

### Les régions et les frontières

- Développement des régions (effet de la **décentralisation** et de la subsidiarité)
- Création des **eurorégions** (ex. : Saar-Lor-Lux)
- Renouveau des **espaces frontaliers** (Nord et Est)

# SE TESTER QUIZ

Vérifie que tu as compris les points clés

## 1 Un territoire européen

→ FICHE 40

**1) Rends à chaque événement la date qui convient.**

| | |
|---|---|
| Traité de Maastricht • | • 1995 |
| Création de l'euro • | • 1957 |
| Traité de Rome • | • 1962 |
| Espace Schengen • | • 2002 |
| Politique agricole commun • | • 1992 |

**2) Quel acte crée un espace de libre circulation intérieure pour les personnes ?**

☐ **a.** Le traité de Rome
☐ **b.** Le traité de Maastricht
☐ **c.** Les accords de Schengen

…/2

## 2 Une construction inachevée

→ FICHE 40

**1) Quels événements ont renforcé l'euroscepticisme ?**

☐ **a.** La crise des migrants en 2015
☐ **b.** Le terrorisme islamiste
☐ **c.** La pandémie de COVID-19

**2) Quels pays membres de l'UE peuvent être qualifiés de démocratie illibérale ?**

☐ **a.** La Pologne ☐ **b.** La Hongrie ☐ **c.** La Russie

…/2

## 3 Une Europe, des territoires

→ FICHE 41

**1) Quelle est la région d'Europe la plus riche ?**

☐ **a.** L'Europe du Nord-Ouest
☐ **b.** L'Europe du Sud
☐ **c.** L'Europe de l'Est

**2) À quelle grande région appartient la dorsale rhénane ?**

☐ **a.** La mégalopole européenne
☐ **b.** La mégapole européenne
☐ **c.** La périphérie européenne

…/2

## 4 Les politiques territoriales de l'Union européenne

→ FICHE 41

**1) Quel pays a reçu le plus des fonds structurels et d'investissement européens pour la période 2014-2020 ?**

☐ **a.** La France ☐ **b.** L'Espagne ☐ **c.** La Pologne

**2) Quelles sont les politiques territoriales de l'Union européenne ?**

☐ **a.** La politique de convergence

☐ **b.** La politique de cohésion territoriale

☐ **c.** La Politique agricole commune

.../2

## 5 L'intégration européenne, moteur de l'économie française

→ FICHE 42

**1) Coche la réponse qui convient.**

| | Vrai | Faux |
|---|---|---|
| **a.** La France réalise les deux tiers de son commerce extérieur avec l'UE. | ☐ | ☐ |
| **b.** La France est le pays d'Europe qui a reçu le plus d'IDE industriels en 2019. | ☐ | ☐ |
| **c.** 50 % du stock d'IDE en France viennent de pays de l'UE. | ☐ | ☐ |
| **d.** Le réseau de transport français n'est plus aujourd'hui centré sur Paris. | ☐ | ☐ |

**2) Comment appelle-t-on les régions qui associent des territoires frontaliers appartenant à des pays différents ?**

☐ **a.** Des zones franches

☐ **b.** Des eurorégions

☐ **c.** Des régions périphériques

.../2

**ON FAIT LE BILAN !**

score total .../10

- Des erreurs ? Entraîne-toi ! → **LES EXOS** P. 214
- Zéro faute ? Bravo ! → **OBJECTIF BREVET** P. 215

# LES EXOS

Entraîne-toi !

## 6 Réaliser une tâche cartographique

→ FICHE 40

**Document** L'Union européenne

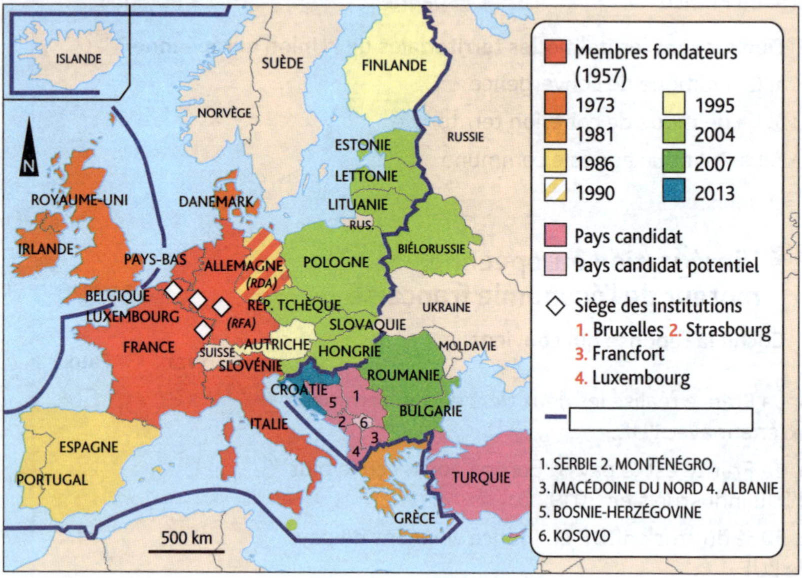


Un cartographe distrait a fait des erreurs dans cette carte de l'Union européenne. Sauras-tu les rectifier ?

1) Un pays a été indûment ajouté à l'UE. Marque-le d'une croix rouge.

2) Un pays de l'UE, au contraire, a été oublié. Place une croix verte dessus.

3) La légende est incomplète. Complète le cadre en blanc.

4) Où sont passés Chypre et Malte ? Écris leur nom à la bonne place.

5) Les capitales de l'Union européenne sont dans la légende, mais pas sur la carte. Replace-les au bon endroit.

6) Un pays a quitté l'UE. Place une croix noire dessus.

## 7 Répondre à des questions de cours

→ FICHES 40 à 42

1) Formule trois arguments montrant que la construction européenne est encore inachevée.

2) Comment s'organise le territoire de l'Union européenne ?

# OBJECTIF BREVET

Lance-toi dans des sujets !

## 8 Rédiger un développement construit

35 min

→ FICHE 42

Sous la forme d'un développement construit d'une vingtaine de lignes, explique dans quelle mesure l'intégration européenne représente un potentiel de développement pour la France.

### DÉMARRONS ENSEMBLE

- ➜ Montre comment l'économie française s'intègre, par les flux, à l'Europe.
- ➜ Souligne l'émergence de nouveaux acteurs, les régions.
- ➜ Analyse le développement des régions frontalières françaises.

## 9 Analyser et comprendre un document

45 min

→ FICHE 41

**Document** **Les inégalités territoriales dans l'UE**

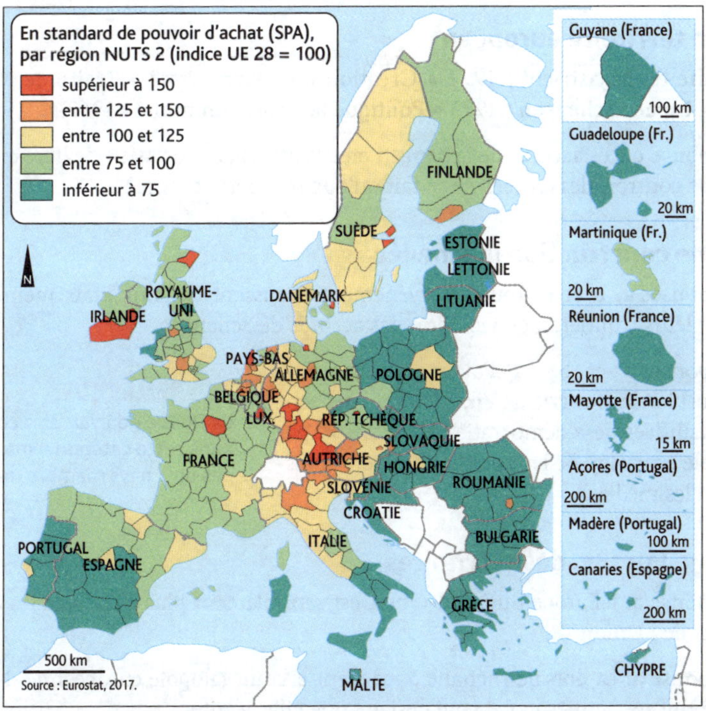

*Remarque : les données de la carte sont antérieures au Brexit, d'où la présence du Royaume-Uni.*

1 Que signifie, dans la légende, « inférieur à 75 » ?

2 Quelles sont les régions les plus riches ?

3 Quelles sont les régions en retard ?

4 Cite un exemple d'inégalité régionale au sein d'un même État.

5 Quelles sont les régions qui sont en cartouche ? Dans quelle catégorie l'Union européenne les a-t-elle rassemblées ?

# CORRIGÉS

## SE TESTER QUIZ

### 1 Un territoire européen

1 **Traité de Maastricht** : 1992 • **Création de l'euro** : 2002 • **Traité de Rome** : 1957 • **Espace Schengen** : 1995 • **Politique agricole commune** : 1962.

2 **Réponse c.** Les accords de Schengen créent un espace européen de libre circulation : le contrôle des entrées ne se fait qu'aux frontières extérieures.

### 2 Une construction inachevée

1 **Réponses a, b et c.** Tous ces événements poussent certains États membres à fermer leurs frontières, en violation des accords de Schengen.

2 **Réponses a et b.** La Pologne de Jarosław Kaczyński et la Hongrie de Viktor Orbán peuvent être qualifiées de « démocraties illibérales », par exemple en raison de leur politique envers la justice ou les médias.

**REMARQUE**
La Russie pourrait être comptée dans cette catégorie, mais elle n'est pas un « pays membre de l'UE » !

### 3 Une Europe, des territoires

1 **Réponse a.** L'Europe du Nord-Ouest est sensiblement plus riche que les autres régions de l'Union.

2 **Réponse a.** La dorsale rhénane appartient à la mégalopole européenne. Ne pas confondre avec « mégapole » qui désigne une ville géante.

## 4 Les politiques territoriales de l'Union européenne

**1) Réponse c.** La Pologne a reçu 77,5 milliards d'euros, contre 28,5 pour l'Espagne et 27,3 pour la France, car c'est le pays dont le développement est moindre.

**2) Réponses a et b.** La politique de convergence vise à rapprocher le niveau de développement des pays membres ; la politique de cohésion vise au développement des régions. La Politique agricole commune n'est pas une politique territoriale mais sectorielle.

## 5 L'intégration européenne, moteur de l'économie française

**1) a. Vrai.** La France effectue presque 66 % de son commerce avec ses voisins.
**b. Vrai.** La France est devenue très attractive depuis 2017.
**c. Faux.** C'est 75 % ! Cela marque l'importance des pays de l'Union pour l'économie française.
**d. Faux.** Le réseau est toujours centré sur Paris, mais il se connecte davantage à présent aux autres réseaux européens.

**2) Réponse b.** Les eurorégions associent dans un territoire spécifique des régions frontalières appartenant à différents pays membres de l'UE.

# LES EXOS

## 6 Réaliser une tâche cartographique

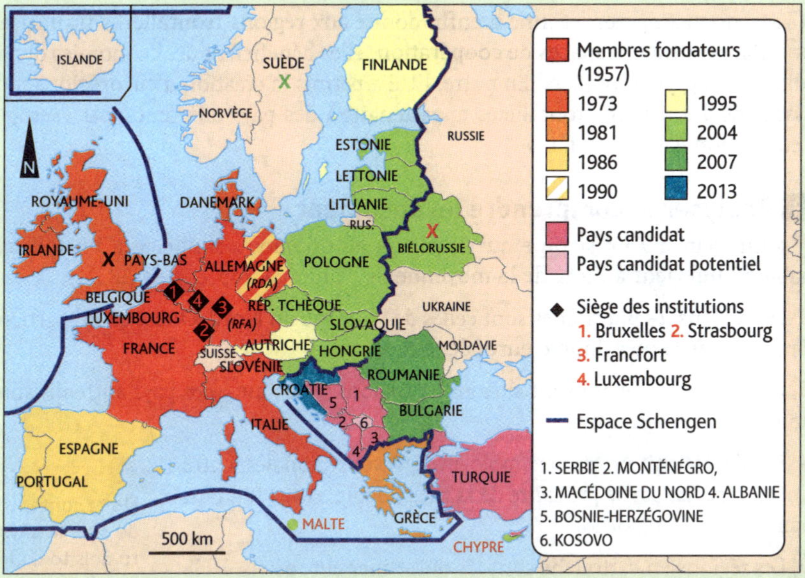

## 7 Répondre à des questions de cours

1) L'intégration européenne est encore incomplète. Depuis quelques années, **une « Europe à la carte », à géométrie variable** (zone euro, espace Schengen), se met en place. La crise économique a **mis à mal la cohésion des Européens** et aggravé l'**euroscepticisme.** La peur des migrations et le terrorisme islamiste, voire la crise sanitaire, poussent certains partis politiques à défendre un retour aux frontières nationales.

2) Le territoire européen s'organise autour d'**un cœur, l'Europe du Nord-Ouest**, qui comprend la mégalopole européenne avec une ville mondiale (Paris) et les capitales institutionnelles de l'UE. Les **périphéries du Sud** ont certes convergé vers les niveaux du Nord-Ouest, mais la crise économique les affecte à nouveau fortement. Les **périphéries orientales**, moins touchées, ont un retard de développement conséquent mais qui se résorbe.

# OBJECTIF BREVET

## 8 Rédiger un développement construit

- L'intégration de la France à l'Union européenne a tout d'abord été favorable à une **intensification des flux** : les deux tiers du commerce extérieur français se font avec des partenaires européens. L'**européanisation du réseau de transport français** a accompagné cette intégration.
- L'intégration européenne a ensuite permis de donner plus de pouvoir aux **régions**. La nouvelle organisation territoriale a ainsi promu 13 grandes régions métropolitaines, plus compétitives.
- La construction européenne a enfin donné aux **régions frontalières françaises** une place centrale : **espaces de coopération**, elles bénéficient des économies dynamiques des pays frontaliers. En outre, l'UE a permis la création d'**eurorégions**, qui associent des régions frontalières appartenant à des pays différents, par exemple l'eurorégion « Saar-Lor-Lux ».

## 9 Analyser et comprendre un document

1) « Inférieur à 75 » signifie que la région européenne considérée a un PIB par habitant **inférieur à 75 % de la moyenne** de l'Union européenne à 28.

2) Les régions les plus riches sont celles de l'**Europe du Nord-Ouest** et, en particulier, celles de la **mégalopole européenne**.

3) Les régions en retard sont surtout les **régions orientales**, des pays autrefois sous domination communiste.

4) L'**Italie** fournit un bon exemple d'inégalités régionales, entre un nord riche, partie prenante de la mégalopole, et un sud plus pauvre, le Mezzogiorno.

5) Les régions en cartouche sont les outre-mer européens. L'UE les a regroupées sous le statut de **« régions ultrapériphériques »**.

**CONSEIL**
Ne te contente pas de citer le pays : tu dois toujours justifier ta réponse !

# 13 La France et l'Europe dans le monde

Décollage de la fusée Ariane à Kourou (Guyane)

# 43 La France dans le monde

**EN BREF** ▸ *Avec 67 millions d'habitants, la France compte moins de 0,9 % de la population mondiale. 7e PIB mondial et 2e de l'Union européenne, l'économie française est-elle encore celle d'une grande puissance ?*

## I Une puissance en recul

### 1 Le décrochage français

- La croissance du PIB français est la plupart du temps inférieure à celle de la zone euro, elle-même peu dynamique par rapport à celle des États-Unis, plus encore à celle des pays émergents. **Le déclin est-il donc spécifiquement français ?**
- Année après année, les parts de marché de l'industrie française reculent en raison d'une moindre compétitivité. Depuis 2017, toutefois, la France retrouve une certaine attractivité liée à la politique plutôt libérale du président Macron. Mais la crise sanitaire de 2020 introduit de nouvelles incertitudes.

### 2 La puissance en héritage

- Autrefois 2e empire colonial mondial, la France maintient des liens privilégiés avec ses anciennes colonies, qui lui consentent des facilités militaires (Sénégal, Côte d'Ivoire, Gabon). Mais ce sont surtout les outre-mer qui assurent à la France une **présence stratégique planétaire** et la 2e ZEE mondiale → FICHE 39.
- **Membre permanent du Conseil de sécurité** de l'ONU, la France conserve un droit de veto sur les affaires mondiales. Elle est surreprésentée dans toutes les instances dirigeantes de la planète : G7, FMI… Son **réseau diplomatique**, le troisième au monde, est l'outil d'une diplomatie autonome, appuyée sur sa puissance militaire.

## II Une puissance d'influence mondiale

### 1 Un *hard power* inégal

- Le ***hard power*** français comprend la **force de frappe nucléaire et des équipements militaires** de pointe : avion de combat omnirôle Rafale, porte-avions nucléaire *Charles-de-Gaulle*, satellites…

> **MOT CLÉ**
> Le ***hard power*** est la capacité de contrainte, par la force militaire, politique ou économique.

- Mais les multiples interventions récentes (Libye, Côte d'Ivoire, Centrafrique, Sahel, Irak-Syrie…) mettent à rude épreuve le **6e budget militaire mondial**, en augmentation de 4,5 % en 2020.

## 2 Un *soft power* encore mondial

- Le *soft power* de la France est encore incontestable sur le plan culturel, en raison d'un **héritage historique exceptionnel**. La France apparaît comme le pays de la Révolution de 1789, de la liberté et des Droits de l'Homme. Mais ce modèle est contesté, notamment par l'islamisme radical, dont les attentats depuis 2015 ont durement touché le pays.

> **MOT CLÉ**
> Le ***soft power*** est la capacité d'influence, de persuasion, de séduction par la culture, le mode de vie, le *leadership* moral.

- La France reste la patrie d'un certain art de vivre qui fascine les élites du monde entier, à travers la gastronomie, la mode, le luxe, les arts et la littérature. Mais « l'**exception culturelle** » n'est pas toujours facile à défendre face à une culture mondialisée plutôt anglo-saxonne.

### zoOm

#### Les pays francophones

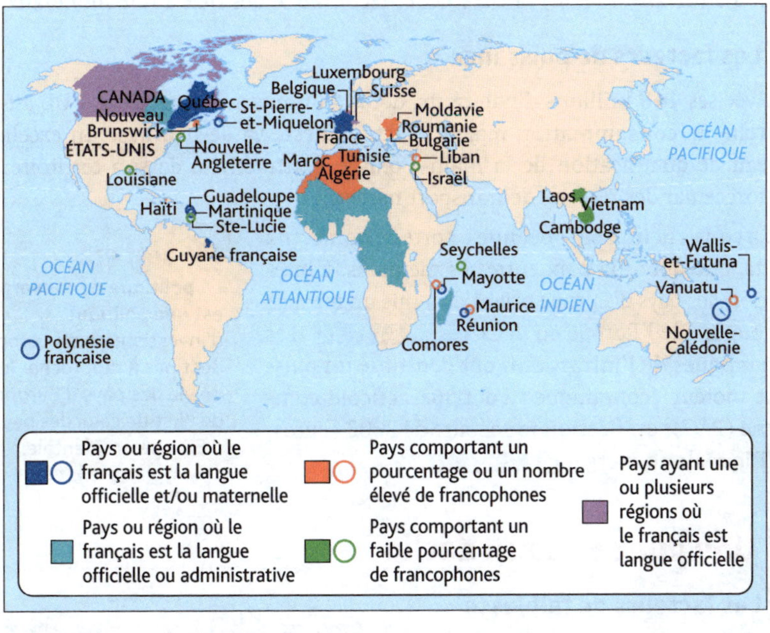


L'héritage colonial fait du français la **langue officielle de 29 pays** et **300 millions de personnes** le parlent. L'**Organisation internationale de la francophonie** (OIF) rassemble 55 États et s'attache à promouvoir la langue et la culture françaises, comme le font les médias francophones internationaux (Agence France Presse, France 24). Pourtant, le français n'est plus aujourd'hui que la 9e langue mondiale.

# 44 L'Europe dans le monde

**EN BREF ▸** *L'Europe – dont l'Union européenne représente l'essentiel – est aujourd'hui une puissance incomplète, dépassée par ses rivaux dans un nombre croissant de domaines.*

## I Les fondements de la puissance européenne

### 1 La puissance économique

■ L'Europe est un **ensemble ouvert**, qui réalise 38 % du commerce mondial (UE : 18 % et 15 % du commerce mondial de biens), dont les deux tiers à l'intérieur de l'UE. C'est le 1er espace touristique mondial et un centre financier de premier ordre avec la City de Londres, désormais hors-UE.

■ Un tiers des 500 premières entreprises mondiales sont européennes. Ces **firmes transnationales** jouent un rôle considérable dans les investissements directs à l'étranger (IDE) : l'UE émet et reçoit 26 % des flux d'IDE mondiaux.

### 2 Les facteurs de puissance

■ Avec ses **448 millions d'habitants**, dotés d'un niveau de vie élevé, l'UE est un **marché de consommation majeur**. Cette richesse va de pair avec un excellent niveau de qualification de la main-d'œuvre. L'attractivité de son territoire est renforcée par des réseaux de transport modernes.

■ La **construction européenne** a porté de nombreux fruits, et d'abord la paix entre ses membres. L'intégration des pays d'Europe orientale a mis un terme à la coupure de l'Europe en deux → FICHES 13 et 14. Les **dynamiques de l'intégration** ont constitué un puissant moteur économique : Politique agricole commune (PAC), unification monétaire de 2002 (euro), politique de convergence → FICHE 41.

**MOT CLÉ**
La **politique de convergence** est une politique d'investissements européens destinés à rapprocher le niveau de vie des pays d'Europe de l'Est de celui des pays d'Europe occidentale.

## II Une puissance en déclin

### 1 Les facteurs de faiblesse

■ L'Europe est un « **vieux continent** » : le solde naturel (différence entre naissances et décès) est nul et même négatif pour de nombreux pays (Allemagne). Le vieillissement entraîne des problèmes de financement (retraite, dépendance). Les migrations internationales, pourtant seul remède efficace, sont mal acceptées, comme le montre la crise des réfugiés de 2015.

- L'Union européenne n'a pas de projet de puissance, contrairement à ses rivaux (États-Unis, Chine, Russie, Turquie...). **Géant économique mais nain politique**, les divisions entre ses membres affaiblissent sa présence mondiale. Le Brexit laisse la France seule puissance militaire réelle de l'UE.

## 2 Le déclin économique

- Ces dernières années, la zone euro est celle où la croissance fut la plus faible. La crise de la dette ne permet pas de relance efficace de la croissance. Une faiblesse que le plan de relance de 750 Mds € de 2020 espère résorber.

- Les pays européens ont décroché face aux États-Unis, aujourd'hui 20 % plus riches que les Européens de l'Ouest, 40 % de plus que l'ensemble des Européens : c'est la **« divergence atlantique »**. L'UE souffre aussi de la **concurrence des pays émergents**, en particulier de la **Chine**, dont les ambitions géopolitiques sont à la mesure de sa nouvelle puissance économique.

### zoOm

**Déclin européen, dépassement chinois**

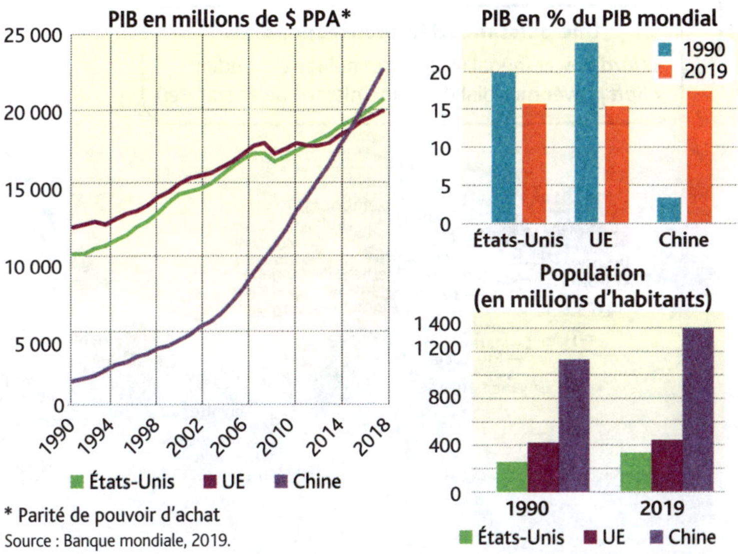


* Parité de pouvoir d'achat
Source : Banque mondiale, 2019.

- L'Europe est un espace de production de niveau mondial, à présent derrière la Chine et les États-Unis. La part de l'UE dans le PIB mondial est ainsi tombée à 18,5 % en 2019 (et même à 15,3 % en parité de pouvoir d'achat).
- La Chine a rattrapé l'Europe et les États-Unis. Le déclin de l'Europe, la stagnation américaine et le rattrapage chinois sont les principaux facteurs de recomposition géopolitique du XXIe siècle.

## LA FRANCE DANS LE

### La France dans le monde

**Une puissance en déclin ?**

- 0,9 % de la population mondiale (67 millions d'habitants)
- **Décrochage** de la compétitivité économique
- Une puissance surtout héritée

**Une puissance d'influence mondiale**

- ***Hard power*** inégal (6e budget militaire mondial)
- ***Soft power*** mondial (héritage historique et culturel)

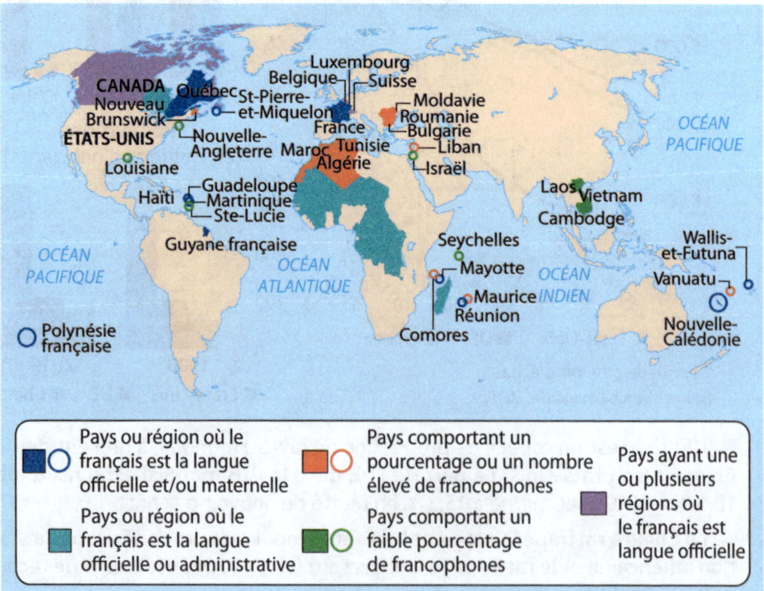

ET L'EUROPE
MONDE

## L'Europe dans le monde

### Les fondements de la puissance européenne

- Puissance économique et commerciale (**15 % du PIB**)
- Un **marché de consommateurs** de 448 millions d'habitants plutôt riches
- **Intégration européenne**
  → PAC
  → euro
  → politique de convergence

### Une puissance en déclin

- Un **vieux continent**
  → solde naturel nul ou négatif
  → vieillissement de la population
- Absence de projet de puissance (« **nain politique** »)
- **Décrochage** économique et géopolitique au profit de la **Chine** et des **États-Unis**

# SE TESTER QUIZ

Vérifie que tu as compris les points clés

## 1 La France : une puissance en déclin ?

→ FICHE 43

**1) La France rassemble…**

☐ **a.** 0,9 % de la population mondiale.

☐ **b.** 1,9 % de la population mondiale.

☐ **c.** 2,9 % de la population mondiale.

**2) La France fait-elle partie du Conseil de sécurité de l'ONU ?**

☐ **a.** Non.

☐ **b.** Oui, comme membre non permanent.

☐ **c.** Oui, comme membre permanent.

…/2

## 2 Une puissance d'influence mondiale

→ FICHE 43

**1) Relie les atouts de la France aux catégories *hard power* et *soft power*.**

**a.** La francophonie •

**b.** La capacité nucléaire •

**c.** Le luxe à la française •

**d.** Le 3e réseau diplomatique mondial •

**e.** Une présence sur tous les océans mondiaux •

**f.** La 2e ZEE mondiale •

• *Hard power*

• *Soft power*

**2) Quels sont les pays où la France est intervenue militairement ?**

☐ **a.** La Libye

☐ **b.** Le Mali

☐ **c.** La Syrie

☐ **d.** La République centrafricaine

…/2

## 3 Les fondements de la puissance européenne

→ FICHE 44

**1) L'UE est un marché de consommation majeur parce que…**

☐ **a.** sa population est nombreuse.

☐ **b.** le niveau de vie de sa population est élevé.

☐ **c.** sa population est vieille.

**2 Depuis le Brexit, la population de l'UE est de...**

☐ **a.** 513 millions d'habitants.

☐ **b.** 448 millions d'habitants.

☐ **c.** 348 millions d'habitants.

.../2

## 4 Une puissance en déclin

→ FICHE 44

**1 On qualifie souvent l'Union européenne de...**

☐ **a.** géant économique, nain politique.

☐ **b.** géant politique, nain économique.

☐ **c.** nain politique, nain économique.

**2 L'écart de richesse par habitant entre l'UE et les États-Unis...**

☐ **a.** a diminué depuis 1990.

☐ **b.** a diminué jusqu'en 1990.

☐ **c.** a augmenté depuis 1990.

**3 Coche la réponse qui convient.**

| | Vrai | Faux |
|---|---|---|
| **a.** La population de l'Union européenne dépasse celle des États-Unis. | ☐ | ☐ |
| **b.** La part de l'UE dans le PIB mondial a augmenté depuis 2000. | ☐ | ☐ |
| **c.** La première puissance économique mondiale en 2020 est la Chine. | ☐ | ☐ |
| **d.** L'UE compte deux pays membres permanents au Conseil de sécurité. | ☐ | ☐ |
| **e.** L'UE connaît une forte croissance démographique, surtout migratoire. | ☐ | ☐ |

.../3

**ON FAIT LE BILAN !**

score total .../9

- Des erreurs ? Entraîne-toi ! → **LES EXOS** P. 228
- Zéro faute ? Bravo ! → **OBJECTIF BREVET** P. 229

## LES EXOS

Entraîne-toi !

### 5 Répondre à des questions de cours

→ FICHES 43 et 44

1) Donne trois chiffres ou arguments pour montrer que l'Union européenne est un espace de production majeur dans la mondialisation.

2) Dans quelle mesure peut-on dire que l'Europe connaît des difficultés économiques ?

### 6 Réaliser une tâche cartographique

→ FICHE 43

**Document** **La France dans le monde**

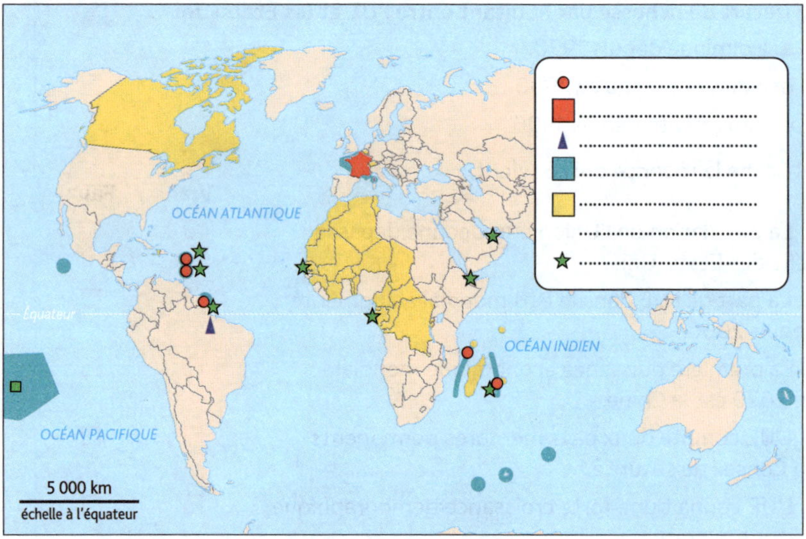


1) Complète la légende de la carte en utilisant les items ci-dessous :

- France métropolitaine
- Bases militaires françaises
- Centre spatial de Kourou
- Pays francophone
- ZEE
- DROM

2) Place une croix rouge sur les pays où une intervention militaire française est en cours ou a eu lieu ces dernières années, et nomme ces pays.

# OBJECTIF BREVET

Lance-toi dans des sujets !

## 7 Rédiger un développement construit

35 min

→ FICHE 43

Sous la forme d'un développement construit d'une vingtaine de lignes, présente la place et l'influence de la France dans le monde d'aujourd'hui.

**DÉMARRONS ENSEMBLE**

Détaille tes arguments selon la distinction classique entre *hard power* (pouvoir de contrainte) et *soft power* (pouvoir d'influence).

## 8 Analyser et comprendre un document

45 min

→ FICHE 44

**Document** **La crise des migrants en Europe**

Le dernier décompte établi […] par l'Organisation internationale pour les migrants (OIM) et le Haut-commissariat de l'ONU pour les réfugiés (HCR) fait état de 1 005 504 entrées de migrants en Europe, par voies maritime et terrestre. […]

« Le total représente le flux migratoire le plus élevé depuis la Seconde Guerre mondiale », mentionne l'OIM dans son communiqué. « Alors que les sentiments anti-étrangers augmentent dans certains endroits, il est important de reconnaître les contributions positives des réfugiés et migrants aux sociétés dans lesquelles ils vivent » […].

La Grèce a totalisé la très grande majorité du nombre d'arrivée des migrants, avec 816 752 entrées sur son territoire. La moitié des migrants qui traversent la Méditerranée viennent de Syrie, 20 % d'Afghanistan et 7 % de l'Iran, selon l'OIM. Au moins 3 695 personnes ont trouvé la mort en tentant la traversée de la Méditerranée. En 2014, plus de 219 000 migrants avaient franchi la Méditerranée.

Face à cette situation les Européens n'ont toujours pas trouvé de vraie solution à la crise des migrants, et ils semblent même plus divisés que jamais […]. Ainsi, sur le plan de « relocalisation » de 160 000 réfugiés adopté en octobre, seulement 184 personnes étaient concernées au 16 décembre.

*Le Monde*, 22 décembre 2015.

1) Combien de migrants sont entrés en Europe en 2015 ? Est-ce un chiffre élevé ? Qu'est-ce qui montre que ce chiffre a explosé en 2015 ?

2) D'où viennent surtout les migrants ? Pourquoi fuient-ils leur pays ?

3) Par où passent principalement les migrants ? À quel prix ?

4) D'après le document, l'Union européenne traite-t-elle efficacement ce problème ? Donnes-en un exemple.

**5** La démographie européenne justifie-t-elle les « sentiments anti-étrangers » qui peuvent se manifester face à ces migrants ?

**DÉMARRONS ENSEMBLE**

**1** Un **migrant** est une personne qui se déplace volontairement vers un autre pays pour des raisons économiques (trouver du travail) ou politiques (fuir un conflit). Un **réfugié** est un migrant particulier qui, fuyant son pays pour des raisons politiques (guerre, persécutions), a obtenu l'asile d'un autre État.

**5** La démographie est la science qui étudie notamment l'évolution des populations.

# CORRIGÉS

## SE TESTER QUIZ

### 1 La France : une puissance en déclin ?

**1** **Réponse a.** La France compte moins de 1 % de la population mondiale, mais son recul démographique est moindre que celui des autres pays européens.

**2** **Réponse c.** Oui, la France est l'un des 5 membres permanents avec les États-Unis, la Russie, la Chine et le Royaume-Uni.

### 2 Une puissance d'influence mondiale

**1** **a.** La francophonie : *soft power* **b.** La capacité nucléaire : *hard power* **c.** Le luxe à la française : *soft power* **d.** Le 3e réseau diplomatique mondial : *hard power* **e.** Une présence sur tous les océans mondiaux : *hard power* **f.** La 2e ZEE mondiale : *hard power.*

**2** **Réponses a, b, c et d.** La France est intervenue militairement dans chacun de ces pays, soit avec un mandat de l'ONU, soit à la demande des États concernés.

### 3 Les fondements de la puissance européenne

**1** **Réponses a et b.** La population de l'UE est encore nombreuse et possède un niveau de vie moyen élevé. Mais elle a beaucoup vieilli, ce qui n'est pas un atout.

**2** **Réponse b.** La population de l'UE sans le Royaume-Uni est de 448 millions.

### 4 Une puissance en déclin

**1** **Réponse a.** L'UE est souvent qualifiée de géant économique, nain politique.

**2** **Réponses b et c.** La richesse par habitant des États-Unis depuis 1990 s'accroît plus vite que celle de l'UE.

**3** **a. Vrai.** L'UE compte 348 M d'habitants contre 331 M aux États-Unis.
**b. Faux.** La part de l'UE dans le PIB mondial a diminué depuis 2000.
**c. Vrai.** La Chine est la première puissance économique mondiale en parité de pouvoir d'achat.
**d. Faux.** Il n'y a plus que la France, le Royaume-Uni étant hors-UE depuis le 31 janvier 2020.
**e. Faux** La croissance démographique de l'UE est quasi nulle.

## LES EXOS

### 5 Répondre à des questions de cours

**1** L'Union européenne est un espace de production de niveau mondial, car son industrie représente près de **15 % de la production mondiale**, même si ce pourcentage se réduit année après année. L'UE crée encore **15 % du PIB** et réalise **15 % du commerce mondial de biens**.

**2** L'Europe connaît d'abord des difficultés parce que sa population vieillit : le solde naturel est nul et même négatif pour de nombreux pays (Allemagne). Le vieillissement pose le problème du financement des retraites et de la dépendance. **L'Europe n'est plus une zone de croissance économique** : la zone euro est celle où la croissance est la plus faible dans le monde. Enfin, **les concurrents de l'Europe** accroissent leur avance (États-Unis) ou comblent leur retard (pays émergents).

### 6 Réaliser une tâche cartographique

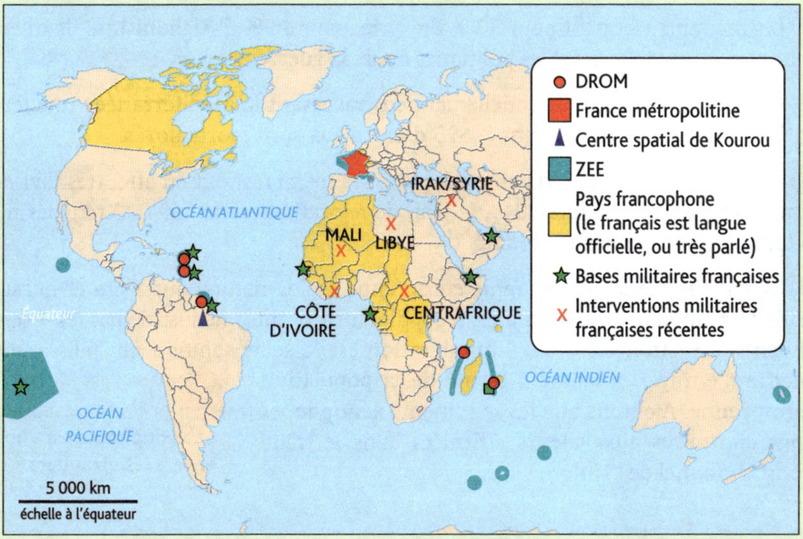

## OBJECTIF BREVET

### 7 Rédiger un développement construit

La France compte **0,9 % de la population mondiale**. C'est encore, avec le **7e PIB mondial** et 2e de l'Union européenne, une économie riche et diversifiée. Mais la croissance est atone, témoignant d'un certain **décrochage**. **La France est-elle une puissance en déclin ?**

■ Les attributs français de la puissance – son ***hard power*** – conservent quelque splendeur. Les outre-mer assurent à la France une **présence stratégique planétaire** et la 2e ZEE mondiale. Membre du G7 et membre permanent du **Conseil de sécurité de l'ONU**, la France possède encore une **puissance militaire** redoutable.

■ Le **rayonnement mondial** de la France – son ***soft power*** – est incontestable sur le plan **culturel**, grâce à un héritage historique exceptionnel. L'Organisation internationale de la **francophonie** (55 États) promeut la langue et la culture françaises. Ainsi, la France est en **recul relatif**, mais conserve des attributs de puissance qui défendent **son rang dans le monde**.

### 8 Analyser et comprendre un document

1) **Plus d'un million de migrants** sont entrés en Europe en 2015 (1 005 504 au 22 décembre). C'est un chiffre élevé, car l'OIM précise qu'il s'agit du **« flux migratoire le plus élevé depuis la Seconde Guerre mondiale »**. En 2014, les migrants n'étaient que 219 000 : le flux a donc presque quintuplé.

> **CONSEIL**
> Lorsque tu cites une partie du texte, il faut le faire entre guillemets.

2) Les migrants viennent pour 50 % de **Syrie**, pour 20 % d'**Afghanistan**. Ils fuient leur pays à cause des troubles politiques ou de la **guerre** qui y sévit.

3) Les migrants passent essentiellement en **traversant la Méditerranée** : une tentative risquée, puisqu'au moins **3 695 d'entre eux sont morts noyés**.

4) L'UE ne fournit pas de réponse adaptée : ses membres sont en effet très divisés. Entre octobre et décembre 2015, le plan de relocalisation de 160 000 réfugiés n'a atteint que… 0,1 % de ses objectifs !

5) La faiblesse de la démographie européenne (solde naturel quasi nul et négatif dans de nombreux pays membres, fécondité insuffisante) ne justifie pas les « sentiments anti-étrangers », car l'**immigration** est la seule solution qui puisse permettre d'**enrayer la baisse à terme de la population européenne**. Ajoutons que les sentiments **xénophobes** sont **contraires aux valeurs** affirmées dans le traité constitutionnel de l'Union.

> **MOT CLÉ**
> La **xénophobie** est l'hostilité envers les étrangers.

# 14 Respecter autrui

# 45 La lutte contre les discriminations

**EN BREF ▸** *La discrimination consiste à moins bien traiter une personne ou un groupe par rapport au reste de la collectivité, en prenant prétexte d'une différence. En quoi cette inégalité de traitement entre-t-elle en contradiction avec les valeurs de la République et comment lutter contre ?*

## I La discrimination, une pratique contraire aux valeurs républicaines

### 1 L'égalité, un des fondements de la démocratie

■ Selon l'article 1er de la Déclaration des droits de l'homme et du citoyen (1789), « les hommes naissent et demeurent libres et égaux en droits ». Mais des inégalités existent dans la société : l'égalité est une cause à défendre et un idéal à atteindre.

■ Les sociétés dites démocratiques reconnaissent deux formes d'égalité :

Égalité ...
- ... **politique** : les citoyens ont tous les mêmes droits et devoirs
- ... **morale** : chaque individu a droit au respect, à la dignité et à la liberté

### 2 Les différentes formes de discrimination

■ La discrimination s'oppose à l'égalité : elle est antirépublicaine. En France, la loi distingue 25 critères, qui définissent plusieurs types de discrimination :
- raciales (contre les personnes d'une autre couleur de peau) ;
- religieuses (contre les personnes d'une autre religion) ;
- xénophobes (contre les personnes étrangères) ;
- sexistes (contre les personnes de l'autre sexe) ;
- homophobes (contre les personnes homosexuelles) ;
- ou encore selon l'âge, l'état de santé ou un handicap → ZOOM.

## II Les mécanismes d'exclusion

### 1 Rejeter l'altérité

■ Les discriminations traduisent un rejet de l'autre et de sa différence. Elles reposent parfois sur des systèmes de pensée. Ainsi les discriminations raciales sont souvent le résultat d'idéologies **racistes** ou **antisémites**.

**MOTS CLÉS**

Le **racisme** est la croyance en l'existence de « races » humaines et en une hiérarchie entre elles. L'**antisémitisme** désigne le racisme dirigé contre les Juifs.

### 2 | Discriminations et inégalités sociales

■ Les sociétés démocratiques reconnaissent l'égalité morale et politique entre les citoyens mais non l'égalité sociale (les individus n'ont pas tous les mêmes conditions de vie). Il convient ainsi de distinguer les discriminations des inégalités sociales, qui ne reposent pas sur des critères illégaux.

■ Il est néanmoins nécessaire, au nom de l'égalité morale d'ouvrir des droits aux citoyens les plus pauvres pour améliorer leurs conditions de vie.

## III Le combat contre les discriminations

### 1 | Le rôle de la loi

Les discriminations sont interdites. Les personnes qui estiment que leurs droits n'ont pas été respectés peuvent saisir le **Défenseur des droits**.

**MOT CLÉ**

Le **Défenseur des droits** est une autorité indépendante de l'État chargée de favoriser l'égalité de tous dans l'accès aux droits et donc de lutter contre toutes les formes de discriminations.

### 2 | Des associations mobilisées

Des associations soutiennent les victimes ou les assistent lors de procès. Elles peuvent aussi recourir à des opérations de testing (ou « test de discrimination ») : par exemple, en répondant à une offre d'emploi en envoyant deux CV équivalents, à l'exception d'un critère pouvant donner lieu à discrimination.

**zoOm**

**Des lieux publics accessibles à tous ?**

■ Depuis 2005, la loi Handicap impose aux lieux publics (bâtiments et transports en commun) de permettre l'accès aux personnes handicapées.

■ Si la discrimination n'est pas ici intentionnelle, la configuration des lieux exclut les individus en fauteuil roulant. La justice ou le Défenseur des droits doivent alors intervenir pour faire appliquer la loi.

# 46 Le principe de laïcité

**EN BREF** ▸ *La laïcité est un principe d'organisation de la société fondé sur la séparation du pouvoir religieux et du pouvoir politique. Elle occupe une place particulière parmi les valeurs fondatrices de la République française. Comment la laïcité permet-elle de mieux vivre ensemble ?*

## I Un principe d'organisation de l'État

### 1 Les origines de la loi de 1905

- L'idée de laïcité naît avec l'affirmation de la **liberté de conscience** en 1789. Elle s'enracine tout au long du XIXe siècle chez les républicains, en réaction à l'influence de l'Église catholique qui s'oppose aux valeurs libérales et démocratiques.
- La laïcité, instaurée à l'école publique en 1882, est étendue à tous les services de l'État par la **loi de 1905**. Dès lors, les institutions publiques adoptent une stricte **neutralité à l'égard des religions** et ne financent plus aucun culte.

### 2 Un acquis républicain

- La laïcité devient un **principe** républicain. Le fonctionnement de la société repose désormais sur la séparation entre l'**espace privé**, lieu de la liberté de conscience, et l'**espace public**, lieu de la citoyenneté et de l'intérêt général.

**MOT CLÉ**
Un **principe** est une base sur laquelle repose le fonctionnement d'une société, d'une institution.

- La France est définie comme une **République laïque** dans l'article 1er de la Constitution de la Ve République.

## II Un principe à la croisée des valeurs républicaines

- La neutralité de l'État en matière religieuse garantit à chacun la **liberté de choisir sa religion ou de ne pas en avoir**, et aux associations religieuses la liberté de s'organiser de manière autonome dans les limites du respect de l'ordre public.
- La laïcité est un facteur d'**égalité** : aucune distinction fondée sur la religion ne peut être faite entre les citoyens, tous ont les mêmes droits et les mêmes devoirs.
- La laïcité s'articule aussi avec la **fraternité**, car elle favorise la **tolérance** en instaurant un respect de toutes les croyances. Le « **vivre-ensemble** » suppose aussi des efforts d'ouverture : chacun est libre de croire en ce qu'il veut, mais cette liberté s'accompagne d'une **acceptation des croyances des autres**.

# III D'importants enjeux actuels

## 1 | Laïcité et liberté d'expression

■ Cette valeur républicaine donne parfois lieu à de **vifs débats**. Au nom de la liberté d'expression, les citoyens sont libres d'exprimer des avis et des critiques sur les religions.

■ La laïcité s'accompagne en effet du **respect des opinions** (religieuses, politiques…) de chacun, même si celles-ci peuvent heurter des croyances.

## 2 | Réaffirmer la laïcité par l'école

■ La loi de 2004 interdit dans l'enceinte des établissements scolaires le **port de signes religieux**. La **Charte de la laïcité** élaborée en 2013 explicite les règles à respecter pour appliquer le principe de laïcité en milieu scolaire → ZOOM.

■ L'assassinat en 2020 d'un professeur d'histoire-géographie, pour avoir illustré son cours sur la liberté d'expression avec des caricatures de Mahomet, montre tragiquement que cette valeur nécessite d'être **expliquée** et **défendue**.

## zoOm

### Comment la laïcité est-elle appliquée dans les établissements scolaires ?

■ La **Charte de la laïcité** doit être affichée dans toutes les écoles publiques de France. Elle rappelle la définition de la laïcité (article 2), son rôle central dans le projet républicain (article 9) et plus largement la manière dont elle est appliquée à l'école.

■ Les personnes et les élèves sont **libres d'avoir leurs propres convictions** mais ils ne doivent pas les manifester de manière visible (article 14) ni les mobiliser pour remettre en cause les enseignements dispensés (article 12).

# 47 Le rôle de la loi

**EN BREF ▸** *Le parcours d'une loi est complexe en France, afin de respecter un certain nombre de règles et de garantir ainsi l'application des principes de la démocratie représentative. En quoi la loi est-elle au cœur du fonctionnement des sociétés démocratiques ?*

## I La loi et l'État de droit

### 1 La nécessité de la loi

- Les lois sont à la base de la vie en société organisée, car elles permettent d'adopter des règles communes et d'éviter le développement de la « loi du plus fort ».
- Les lois sont la source du droit (appliqué ensuite par la justice).

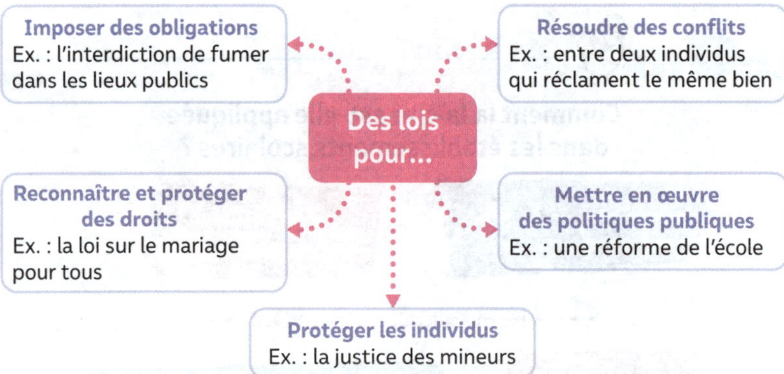


- Les lois sont à la base de l'État de droit. Cela signifie que l'État est soumis au droit au même titre que les individus, et qu'un particulier peut contester une action de l'État.

### 2 L'expression du peuple

- En France, le peuple est à l'origine des lois. Il exprime sa volonté par l'intermédiaire de représentants élus, c'est la démocratie représentative.
- Pour des lois importantes (ratification d'un traité, révision de la Constitution), le corps électoral peut être consulté par **référendum**.

**MOT CLÉ**
Un **référendum** est un vote direct des électeurs invités à répondre par « oui » ou « non » à une question législative précise.

# II Les étapes de l'élaboration d'une loi

## 1 Le parcours parlementaire

■ L'initiative d'une loi peut venir du gouvernement (projet de loi) ou des parlementaires (proposition de loi). Néanmoins, le **pouvoir législatif** (pouvoir de faire les lois) appartient uniquement aux deux chambres du Parlement : l'**Assemblée nationale** et le **Sénat**.

■ Le parcours d'une loi respecte les **règles de la démocratie** : les parlementaires (577 députés et 348 sénateurs) débattent, modifient et votent les lois.

■ La **navette parlementaire** désigne le va-et-vient entre les deux chambres après chaque modification du texte, afin qu'il soit adopté dans des termes identiques.

## 2 Valider la loi

■ Avant la promulgation d'une loi, le **Conseil constitutionnel** (composé de 9 « Sages » dont les anciens présidents de la République) peut être saisi par des parlementaires pour vérifier qu'elle respecte bien les règles de la **Constitution**.

**MOT CLÉ**
La **Constitution** est la loi fondamentale fixant l'organisation et le fonctionnement de l'État.

■ Le **Conseil d'État** doit aussi s'assurer qu'elle est conforme aux **traités internationaux** signés par la France (par exemple à ses engagements européens).

## 3 Adopter la loi

■ Le président de la République peut ensuite **promulguer la loi**, puis veiller à son application. La loi est publiée dans le *Journal officiel*, qui diffuse quotidiennement les textes officiels auprès des citoyens.

■ La loi **entre en vigueur** sur tout le territoire (« la France est une République indivisible » selon l'article 1 de la Constitution) le lendemain de cette publication.

**zoOm**

### Comment a été élaborée la loi pour l'égalité femme-homme ?

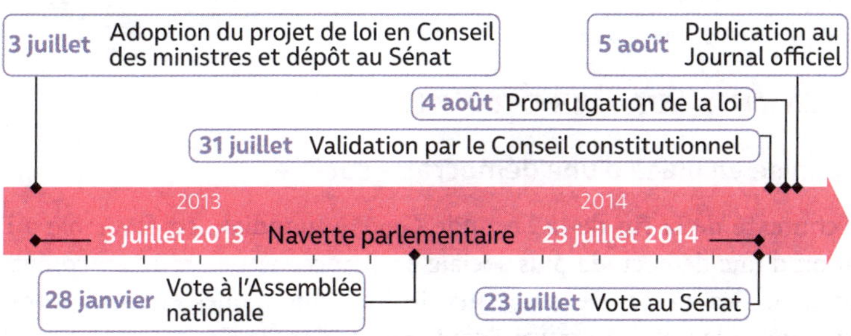

# 48 Les droits sociaux

**EN BREF ▸** *Les droits sociaux sont l'ensemble des droits dont bénéficie un citoyen dans ses relations avec les autres. Comment ces « Droits de l'homme de seconde génération » viennent-ils compléter les droits-libertés pour constituer les droits fondamentaux des êtres humains ?*

## I La reconnaissance des droits-libertés

### 1 L'émergence des Droits de l'homme

■ En 1789, la Déclaration des droits de l'homme et du citoyen (DDHC) affirme l'existence de droits naturels (la liberté, l'égalité). Ils sont reconnus au niveau international en 1948 par la Déclaration universelle des droits de l'homme (DUDH).

■ Ces droits fondamentaux de première génération, appelés « droits-libertés », peuvent être individuels ou collectifs. Ils apportent aux individus une certaine autonomie et la possibilité d'agir sans soumission (libertés d'expression, d'association…).

■ Parmi eux, les droits politiques (le droit de vote et d'éligibilité) permettent aux individus de participer au pouvoir.

### 2 Un premier cercle de droits sociaux

■ Le droit de propriété est reconnu dès la Révolution française. Les individus peuvent user, profiter et disposer des biens dont ils sont propriétaires dans les conditions fixées par la loi (comme pour la transmission par héritage).

■ Au XIX$^{e}$ siècle, les ouvriers bénéficient du **droit de grève** en 1864 ou du droit d'appartenir à un syndicat en 1884. La société française se démocratise progressivement.

**MOT CLÉ**
Le **droit de grève** autorise l'arrêt collectif et concerté du travail afin d'obtenir la satisfaction de demandes (revendications) professionnelles.

## II L'affirmation des droits sociaux

### 1 La mise en place d'une démocratie sociale

■ Le contexte de la fin de la Seconde Guerre mondiale est favorable à l'instauration d'une démocratie plus sociale en France, avec la prise en compte des idéaux de la Résistance. De nouveaux droits économiques et sociaux (droit à l'instruction, à la santé, au travail) sont inscrits dans la Constitution de 1946.

■ Ces droits sont aussi appelés « droits-créances » car les individus peuvent les exiger de l'État. À la différence des « droits-libertés », l'application des droits sociaux a un coût et nécessite l'intervention des pouvoirs publics pour leur mise en œuvre. Leur reconnaissance coïncide en France avec la mise en place de l'**État-providence** (création de la Sécurité sociale en 1945).

> **MOT CLÉ**
> Un **État-providence** est un État qui intervient directement dans les domaines économiques et sociaux (prise en compte de risques sociaux comme la maladie ou la perte d'emploi).

## 2 Renforcer la protection contre les risques sociaux

■ Le droit du travail régit les rapports entre employeurs et employés afin de sortir d'un rapport de subordination et de rééquilibrer leurs relations (salaire minimum, contrats de travail, normes de sécurité...).

■ De nouveaux droits sont reconnus, comme le droit au logement opposable en 2007 (« opposable » signifie que les pouvoirs publics ont une obligation de résultat). Leur application se heurte souvent à des contraintes budgétaires.

## 3 Reconnaître de nouveaux droits ?

Des voix se font entendre pour la reconnaissance de « droits de l'homme de troisième génération » : droit à la paix, droit à un environnement sain...

## zoOm

### Comment les droits et les libertés peuvent-ils parfois entrer en tension ?

■ En vertu de la liberté syndicale et du droit de manifestation, des agents de la SNCF défilent ici à Toulouse en 2019 contre un projet de réforme de leur retraite.

■ Dans le secteur ferroviaire, le droit de grève est limité par le service minimum : pour permettre à l'entreprise de s'organiser, les employés grévistes doivent se déclarer 48 heures à l'avance.

■ Ce service minimum est-il une limite à la liberté d'expression et au droit de grève ? Ou permet-il aux usagers de mieux exercer leur liberté de se déplacer ?

# MÉMO VISUEL

## RESPECTER

### Par l'application du principe de liberté

**Un État laïc**

- Une **école** laïque (loi 1882)
- Une **société** laïque (loi 1905)
- **Neutralité de l'État** à l'égard de toutes les religions

**Pour renforcer les valeurs républicaines**

- La **liberté** (de croire ou de ne pas croire)
- L'**égalité** (pas de distinction entre les individus)
- La **fraternité** : le vivre-ensemble

### Par la loi

**Nécessité de la loi**

- Adoption de **règles communes**
- Base de l'**État de droit**

**Une élaboration démocratique**

- Rôle du **peuple**
- Faire la loi : le **Parlement**
- Appliquer la loi : le **président de la République**

## AUTRUI

### Par la lutte contre les discriminations

**Origine des discriminations**
- **Rejet** de l'autre
- Racisme, antisémitisme, sexisme…

**Moyens mobilisés**
- La **loi** (25 critères retenus)
- Le **Défenseur des droits**
- Des **associations** engagées

### Par la reconnaissance des droits sociaux

- **1789** Droit de propriété (DDHC)
- **1864** Droit de grève
- **1884** Liberté syndicale
- **1946** Droit à l'instruction, à la santé, au travail
- **2007** Droit au logement

1780 1800 1820 1840 1860 1880 1900 1920 1940 1960 1980 2000

# SE TESTER QUIZ

Vérifie que tu as compris les points clés

## 1 La lutte contre les discriminations

→ FICHE 45

**1) Les sociétés démocratiques reconnaissent…**

☐ **a.** l'égalité politique.

☐ **b.** l'égalité morale.

☐ **c.** l'égalité sociale.

**2) Relie les types de discriminations aux groupes discriminés.**

| | |
|---|---|
| **a.** raciale • | • contre les personnes de l'autre sexe |
| **b.** antisémite • | • contre les personnes de religion juive |
| **c.** xénophobe • | • contre les personnes d'une autre couleur de peau |
| **d.** sexiste • | • contre les personnes étrangères |

…/2

## 2 Le principe de laïcité

→ FICHE 46

**1) Selon l'article 1er de la Constitution, la France est une république…**

☐ **a.** catholique.

☐ **b.** laïque.

☐ **c.** athée.

**2) À l'école publique, la laïcité permet…**

☐ **a.** de porter des signes religieux visibles.

☐ **b.** de ne pas suivre certains enseignements.

☐ **c.** de discuter des différentes religions.

| **3) Coche la réponse qui convient.** | **Vrai** | **Faux** |
|---|---|---|
| **a.** Les citoyens français sont distingués selon leur religion. | ☐ | ☐ |
| **b.** En France, toutes les religions sont reconnues par l'État. | ☐ | ☐ |
| **c.** L'école est laïque en France depuis la loi de 1905. | ☐ | ☐ |
| **d.** La laïcité autorise à parler de religion. | ☐ | ☐ |
| **e.** La laïcité favorise le vivre-ensemble. | ☐ | ☐ |

…/3

## 3 Le rôle de la loi

→ FICHE 47

**1) Qui est à l'origine de la loi en France ?**

☐ **a.** Le président de la République

☐ **b.** L'Assemblée nationale

☐ **c.** Le peuple

**2) Remets dans l'ordre les différentes étapes de l'élaboration d'une loi.**

**a.** Promulgation par le président de la République

**b.** Navette parlementaire entre les deux assemblées

**c.** Application de la loi

**d.** Dépôt d'un projet de loi par le gouvernement

**e.** Contrôle du Conseil constitutionnel

.../2

## 4 Les droits fondamentaux

→ FICHE 48

**1) Comment qualifie-t-on un État qui intervient directement dans les domaines économiques et sociaux ?**

☐ **a.** Un État de droit

☐ **b.** Un État-providence

☐ **c.** Un État démocratique

**2) Souligne en bleu les droits-libertés, en rouge les droits sociaux et en vert les droits non reconnus.**

**a.** Droit de propriété

**b.** Liberté d'expression

**c.** Droit à la paix

**d.** Droit au logement

**e.** Droit de vote

**f.** Droit à la santé

**g.** Droit à bénéficier d'un environnement sain

.../2

**ON FAIT LE BILAN !**

score total .../9

- Des erreurs ? Entraîne-toi ! → **LES EXOS** P. 246
- Zéro faute ? Bravo ! → **OBJECTIF BREVET** P. 247

# LES EXOS

## 5 Répondre à des questions de cours

→ FICHES 45 à 48

1) Quel est le rôle du Défenseur des droits ?

2) La laïcité permet de renforcer chacune des valeurs de la devise de la République française. Justifie cette affirmation.

3) À quoi servent les lois ? Identifie et explique au moins trois fonctions.

4) Pourquoi les droits sociaux sont aussi appelés « droits-créances » ? Cite quelques exemples précis de droits pour illustrer ta réponse.

## 6 Comprendre le sens général d'un document

→ FICHE 45

**Document** **Affiche de la Ligue de l'enseignement**

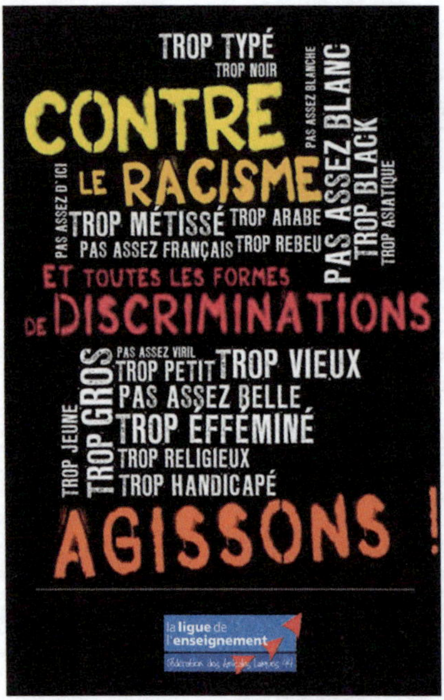


Affiche pour les Semaines d'éducation contre le racisme et toutes les formes de discriminations en Loire-Atlantique, organisées par un collectif d'associations coordonné par la Ligue de l'enseignement 44 (www.laligue44.org).

1) Cite au moins trois critères de discrimination évoqués dans cette affiche.

2) Quel est le message et le but de cette affiche ?

3) Pourquoi est-il nécessaire de lutter contre les discriminations ?

# OBJECTIF BREVET

Lance-toi dans des sujets !

## 7 Mobiliser des compétences d'EMC à partir d'une situation pratique

30 min

→ FICHE 47

**Document** **Témoignage sur l'élaboration de la loi autorisant l'interruption volontaire de grossesse (IVG)**

Pour l'élaboration du texte de loi […], j'ai consulté aussi de nombreux gynécologues […]. J'ai rencontré chez les généralistes une quasi-unanimité en faveur de la loi. Quelles qu'aient pu être par ailleurs leurs convictions morales, ces hommes de terrain étaient effarés de voir les dégâts qu'entraînaient les avortements sauvages dans les couches populaires. Il fallait que la loi protège ces femmes. Les riches, si on peut dire, étaient mieux loties[1] : elles partaient se faire avorter clandestinement à l'étranger. […]

Le texte du projet de loi, rapidement mis au point, a été déposé à l'Assemblée nationale pour examen en commission. C'est alors que les vraies difficultés ont commencé. Une partie de l'opinion, très minoritaire, mais d'une efficacité redoutable s'est déchaînée. J'ai reçu des milliers de lettres au contenu souvent abominable, inouï. […]

C'est au cœur de cette agitation que, le 26 novembre 1974, la discussion s'ouvrit à l'Assemblée nationale. […]

Ce furent des séances épuisantes et de bien étranges débats. […]

Finalement, la loi a été votée dans la nuit du 29 novembre par deux cent quatre-vingt-quatre voix contre cent quatre-vingt-neuf, avec une courte majorité des voix de droite, complétée par la totalité de celles de gauche. La victoire était ainsi plus large que nous ne l'avions imaginée et espérée. […]

Quinze jours plus tard, le texte fut voté au Sénat, quasiment dans les mêmes termes. Nous nous étions attendus à un bras de fer plus rude. […]

La page législative tournée, il faudrait encore bien du temps et bien des actions pour que dans une société pourtant en mouvement, les mentalités elles-mêmes évoluent en profondeur. C'est aujourd'hui chose faite.

Simone Veil, *Une vie*, Stock, 2007.

**1.** « Mieux loties » : favorisées.

**1** Identifiez le nom de la personne qui est à l'origine de ce projet de loi.

**2** Relevez les principales étapes de l'élaboration de la loi décrites par le texte.

**3** Montrez que cette loi rend la société plus égalitaire.

**4** Expliquez à la classe pourquoi il est important qu'il y ait des débats et des consultations pendant l'élaboration d'une loi.

**DÉMARRONS ENSEMBLE**

➜ Ce document est un témoignage de Simone Veil extrait d'un livre biographique publié en 2007 (donc beaucoup plus récemment que le vote de cette loi en 1974).
➜ Simone Veil (1927-2017) est une femme politique française qui fut notamment ministre de la Santé (lors du vote de cette loi), présidente du Parlement européen et membre du Conseil constitutionnel. Afin de lui rendre hommage, sa dépouille est conservée au Panthéon depuis 2018.
➜ Pour répondre à la deuxième question, identifie les étapes évoquées dans le texte et compare ce cheminement avec celui appris dans ton cours.

# CORRIGÉS

## SE TESTER QUIZ

### 1 La lutte contre les discriminations

1) **Réponses a et b.** Les sociétés démocratiques reconnaissent l'égalité politique et l'égalité morale mais non l'égalité sociale. Elles considèrent que les hommes sont libres de posséder des biens et de chercher à accroître leurs richesses.

2) **a. Discrimination raciale** : contre les personnes d'une autre couleur de peau.
**b. Discrimination antisémite** : contre les personnes de religion juive.
**c. Discrimination xénophobe** : contre les personnes étrangères.
**d. Discrimination sexiste** : contre les personnes de l'autre sexe.

### 2 Le principe de laïcité

1) **Réponse b.** Selon l'article 1er de la Constitution, la France est une république indivisible, laïque, démocratique et sociale.

2) **Réponse c.** À l'école publique, la laïcité permet de discuter des différentes religions (comme en cours d'histoire, par exemple) mais non de porter des signes religieux visibles (loi de 2004) ou de refuser de suivre un enseignement pour des raisons religieuses.

3) **a. Faux.** Distinguer les citoyens selon leur religion est illégal et relève de la discrimination.
**b. Faux.** L'État ne reconnaît aucune religion.
**c. Faux.** L'école est laïque depuis **1882** (les lois Ferry de 1881-1882 rendent l'école gratuite, laïque et obligatoire).
**d. Vrai.** Les individus sont bien sûr autorisés à parler de religion, y compris à l'école.
**e. Vrai.** La laïcité favorise le vivre-ensemble. Chacun est libre de croire en ce qu'il veut, ce qui favorise l'acceptation de la religion des autres.

**INFO**
La grande loi de 1905 généralise ensuite la laïcité à l'ensemble de la société en instaurant la séparation des Églises et de l'État (et donc la neutralité de l'État à l'égard de toutes les religions).

### 3 Le rôle de la loi

**1** **Réponse c.** Le peuple est à l'origine des lois en France. Dans une démocratie représentative, le peuple est souverain et exerce sa souveraineté par l'intermédiaire de ses représentants (les parlementaires qui eux votent la loi).

**2** **Réponse : d, b, e, a, c.** Le parcours d'une loi commence par le dépôt d'un projet de loi (**d**), puis ce projet fait la « navette parlementaire » entre les deux assemblées (**b**) qui modifient et votent le texte. La loi peut ensuite être contrôlée par le Conseil constitutionnel (**e**) avant d'être promulguée par le président de la République (**a**) et enfin entrer en application (**c**).

### 4 Les droits fondamentaux

**1** **Réponse b.** Un État-providence est un État qui intervient directement dans les domaines économiques et sociaux.

**2** **Droits-libertés** : **b.** Liberté d'expression **e.** Droit de vote
**Droits sociaux** : **a.** Droit de propriété **d.** Droit au logement **f.** Droit à la santé
**Droits non reconnus** : **c.** Droit à la paix **g.** Droit à bénéficier d'un environnement sain.

## LES EXOS

### 5 Répondre à des questions de cours

**1** Le Défenseur des droits est chargé de favoriser **l'égalité de tous les individus dans l'accès aux droits**. Dans ce cadre, il est très investi dans la **lutte contre toutes les formes de discriminations**. Autorité indépendante de l'État, il peut ainsi en toute objectivité critiquer les manquements des pouvoirs publics.

**2** En ne reconnaissant aucune religion, la laïcité permet aux citoyens de **choisir librement** de croire ou de ne pas croire aux différentes doctrines religieuses. La laïcité renforce aussi l'**égalité** (puisque les individus ne peuvent être traités différemment) selon leur religion. Enfin, en facilitant le « vivre-ensemble », elle vient renforcer la **fraternité**.

**3** Les lois servent à **imposer des obligations** (l'interdiction de fumer dans des lieux publics), à **reconnaître et protéger** des droits et des individus (le mariage pour tous, la justice des mineurs), à **mettre en œuvre des politiques publiques** (une réforme de l'école par exemple) ou encore à **résoudre des conflits** (licenciements, héritages).

**4** Les droits sociaux sont appelés droits-créances car **les individus peuvent les exiger de l'État**. Si un droit-liberté donne « droit de... » (circuler, s'exprimer...), un droit social donne « droit à... » (la santé, l'instruction...). **Son application a un coût** pour la collectivité, et l'État doit intervenir directement et financièrement pour la mettre en œuvre.

**À NOTER**
Le **droit à l'instruction** nécessite de construire des structures d'accueil et de former des personnels pour scolariser l'ensemble des enfants d'une tranche d'âge. Les pouvoirs publics sont tenus de mobiliser ces moyens matériels et humains pour faire appliquer ce droit social.

## 6 Comprendre le sens général d'un document

1) L'affiche évoque de nombreux critères de discrimination tels que l'origine, l'appartenance supposée à une race, le physique, l'âge, la religion et l'état de santé.

2) Cette affiche dénonce les discriminations en montrant bien que certaines d'entre elles relèvent du racisme. Son but est de pousser les lecteurs à s'engager et à agir contre « toutes les formes de discriminations ».

3) Les discriminations sont humiliantes pour ceux qui les vivent mais aussi profondément injustes (car la justice au sens moral impose que les hommes soient tous traités de manière égale et équitable). Les discriminations sont aussi antirépublicaines car elles représentent le contraire de l'égalité, une des valeurs centrales de la République.

# OBJECTIF BREVET

## 7 Mobiliser des compétences d'EMC à partir d'une situation pratique

1) Ce projet de loi est déposé par Simone Veil, la ministre de la Santé, en 1974.

2) Le projet de loi est élaboré, puis déposé par la ministre au Parlement. Il est ensuite débattu et voté par l'Assemblée nationale, puis par le Sénat. Le témoignage n'évoque par une éventuelle saisie du Conseil constitutionnel ni sa promulgation par le président de la République.

**À NOTER**

Les étapes sont ici particulièrement visibles car présentées dans différents paragraphes. Par ailleurs, il est souvent pertinent d'évoquer les éléments de réponse non abordés dans les documents car cela te permet de montrer l'acquisition des connaissances mais aussi ta capacité à identifier les limites d'un document.

3) La loi renforce l'égalité entre les citoyens puisqu'avant son adoption les femmes plus fortunées se déplaçaient à l'étranger pour des interventions chirurgicales pratiquées légalement et en toute sécurité, alors que les plus pauvres recourraient à des avortements illégaux et très dangereux pour leur santé. Il s'agit donc ici de reconnaître un droit (celui de disposer de son corps) mais aussi de renforcer l'égalité entre les citoyens.

4) Les débats permettent d'avancer des arguments et de mettre en valeur les aspects positifs et négatifs d'un projet de loi. Pour les lois chargées d'importants enjeux, les débats débordent souvent du cadre du Parlement pour toucher l'ensemble de la société (comme pour l'IVG). Cela permet aux individus d'exprimer leur avis, de les confronter et finalement de mieux accepter le texte voté. La démocratie repose sur le vote majoritaire mais aussi sur le respect des opinions minoritaires.

# 15 Les valeurs de la République

Cérémonie du 11-Novembre à Paris

# 49 Les valeurs au fondement de la République

**EN BREF** ▸ *Certaines valeurs sont propres aux individus et d'autres sont partagées au sein de groupes plus vastes. Sur quelles valeurs reposent le pacte républicain ?*

## I Valeurs et symboles de la République française

### 1 Les grandes valeurs républicaines

**MOT CLÉ**
Les **valeurs** sont des causes à défendre et des idéaux à atteindre.

■ Les **valeurs** sont reprises dans la devise nationale, « Liberté, Égalité, Fraternité ».

- **Liberté** → « faire tout ce qui ne nuit pas à autrui » (Déclaration des droits de l'homme et du citoyen, 1789)
- **Égalité** → les Hommes ont tous les mêmes droits
- **Fraternité** → la solidarité entre les Hommes

■ La laïcité (la liberté de croire ou de ne pas croire) s'impose comme un principe permettant de renforcer ces trois valeurs républicaines → FICHE 46. Elle garantit la liberté de conscience, l'égalité sans distinction de religion et le vivre-ensemble. Ce principe de laïcité est souvent promu au rang de 4e grande valeur républicaine.

### 2 Les symboles républicains

■ Ces valeurs sont incarnées par des symboles : le drapeau, l'hymne national (*La Marseillaise*), la devise, Marianne et la fête nationale du 14 juillet. Ces symboles se sont imposés sous la Révolution française ou dans les combats républicains du XIXe siècle.

■ D'autres symboles moins répandus sont parfois mobilisés comme le coq ou le faisceau de licteur (une hache entourée de branches représentant l'union des Français autour de la liberté, reprise par exemple sur les passeports).

## II Des valeurs garantes de la cohésion sociale

### 1 Le pacte républicain

■ Le pacte républicain signifie que ces valeurs sont un bien commun, des principes à la base de l'organisation et du fonctionnement de la République.

■ Leur mise en œuvre permet ainsi de **renforcer la cohésion de la société**. Les droits sociaux sont adoptés au nom de la fraternité, la lutte contre les discriminations est conduite pour défendre l'égalité entre les individus.

■ L'**école** est particulièrement sollicitée pour faire partager ces valeurs (apprentissage de la laïcité, promotion de l'égalité filles-garçons...).

### 2 De la République à la nation

■ La vie citoyenne est rythmée par des temps forts d'identification nationale. Ainsi, les **journées mémorielles** permettent de construire une mémoire collective autour de valeurs partagées : journée de la mémoire des génocides le 27 janvier, victoire de 1945 le 8 mai, journée de la mémoire de l'esclavage et de son abolition le 10 mai.

## III Des valeurs partagées au-delà de la nation

■ Depuis le traité de Maastricht en 1992, les citoyens des pays membres de l'UE sont également des **citoyens européens**. Cette citoyenneté repose aussi sur des **valeurs** (la **liberté**, l'**égalité**, la **démocratie**, le **respect des Droits de l'homme**) et des symboles (le drapeau, la devise « Unie dans la diversité », l'hymne tiré de la *Symphonie n° 9* de L. V. Beethoven, la journée de l'Europe le 9 mai).

■ La volonté de défendre et de promouvoir ces valeurs relie la France à la **communauté des nations démocratiques**. La liberté et l'égalité sont ainsi érigées au rang de **valeurs universelles** dans la Déclaration universelle des droits de l'homme de 1948.

**zoOm**

### En quoi ce tableau incarne-t-il la République ?

■ ***La Liberté guidant le peuple*** représente le combat pour la liberté. Le peintre Eugène Delacroix s'inspire de la révolte du peuple de Paris en 1830 contre le roi Charles X qui voulait restreindre les libertés des Français.

■ La femme au centre est devenue l'incarnation de la liberté et l'un des symboles de la République sous le nom de **Marianne**.

Huile sur toile, 259 × 325 cm, 1830 (musée du Louvre, Paris).

# 50 Reconnaître une démocratie

**EN BREF** ▸ *Une démocratie est un régime politique dans lequel la souveraineté émane du peuple. Comment reconnaître si un État est démocratique ?*

## I Les caractéristiques d'une démocratie

Pour être considéré comme une démocratie, un État doit respecter un certain nombre de principes.

### 1 La place des citoyens

- Dans une démocratie, le pouvoir (*kratos* en grec) est détenu ou contrôlé par le peuple (*démos*) qui exerce sa **souveraineté** par le suffrage universel.
- La démocratie repose sur l'**égalité politique** des citoyens. Ils bénéficient de **droits** (droit de vote et d'éligibilité, liberté d'expression, accès aux droits sociaux…) et doivent respecter des **devoirs** (payer leurs impôts…).

### 2 Les principes d'organisation de l'État

- Des principes garantissent un fonctionnement démocratique de l'État : **la séparation des trois pouvoirs législatif** (de faire la loi), **exécutif** (d'exécuter la loi) et **judiciaire** (de veiller au respect de la loi et de sanctionner), **la fréquente consultation du peuple** (par les élections et les référendums) et le **pluralisme politique**.

**MOT CLÉ**
Le **pluralisme politique** désigne l'existence de plusieurs partis politiques afin que toutes les opinions puissent être représentées.

## II Les régimes démocratiques

### 1 Les différentes formes de démocraties

- Les **démocraties directes** (lorsque le peuple exerce directement le pouvoir) ont aujourd'hui disparu au profit de **démocraties représentatives**. Les décisions sont prises par des représentants élus (aux élections présidentielles, législatives, municipales…) selon la règle majoritaire.
- Les démocraties deviennent **participatives** lorsque des dispositifs sont mis en place pour renforcer l'engagement des citoyens et augmenter leur rôle dans la prise de décision (comme avec les conseils de quartiers qui permettent aux habitants de s'exprimer sur la gestion de leur ville).

### 2 Des démocraties souvent imparfaites

- L'indice de démocratie a été créé pour **évaluer le niveau de démocratie** d'un pays à l'aide d'un ensemble d'indicateurs. En 2020, la France a ainsi été classée au 24e rang mondial.

■ Être reconnu comme une démocratie n'est donc pas une fin en soi et des progrès restent souvent à accomplir. Des droits sont parfois reconnus mais peu appliqués. Par exemple en France, malgré les lois en faveur de la parité, la vie politique reste peu ouverte aux femmes.

## III Les régimes non démocratiques

### 1 Les caractéristiques des dictatures

Les démocraties s'opposent aux dictatures caractérisées par une concentration des pouvoirs aux mains d'une personne ou de quelques personnes (on parle alors d'oligarchies), par l'absence de consultation du peuple et d'**alternance politique**.

**MOT CLÉ**

L'**alternance politique** correspond à la situation d'un régime où les courants ou des partis différents se succèdent au pouvoir. La réélection systématique des mêmes personnes à la tête de l'État n'est pas un signe de bonne santé démocratique.

### 2 République et démocratie

Une république n'est pas nécessairement une démocratie →ZOOM. Dans la République populaire de Chine, seul le Parti communiste chinois est autorisé et des opposants politiques sont emprisonnés. À l'inverse, le Royaume-Uni est une monarchie parlementaire qui respecte les principes de la démocratie.

**zoOm**

### Les élections sont-elles forcément un signe de démocratie ?

■ Les Nord-Coréens votent tous les cinq ans pour renouveler leur Parlement. Les taux de participation avoisinent généralement les 100 %.

■ Néanmoins, les forces d'opposition n'existent pas et les bulletins ne proposent qu'un seul nom. La République populaire démocratique de Corée arrive ainsi à la 167e et dernière position du classement des démocraties.

Photo officielle de Kim Jong-un, dirigeant suprême de la Corée du Nord, en train de voter en 2015.

# 51 Les institutions de la V^e^ République

**EN BREF ▸** *La Constitution de la Ve République adoptée en 1958 régit le fonctionnement des institutions politiques françaises. En quoi ces institutions respectent-elles les principes de la démocratie ?*

## I L'application des règles démocratiques

### 1 La séparation des pouvoirs

- Ce principe de base de la démocratie a été énoncé en France par Montesquieu au XVIIIe siècle. Il vise à **éviter les abus liés à la concentration** des pouvoirs entre les mains de quelques hommes.
- En France, les trois pouvoirs sont aux mains d'institutions différentes.

- **Pouvoir législatif** → Parlement (Assemblée nationale et Sénat)
- **Pouvoir exécutif** → président de la République et son gouvernement
- **Pouvoir judiciaire** → juridictions indépendantes du pouvoir

### 2 Des principes respectés

- Le **pluralisme politique**, essentiel pour recevoir une information politique diversifiée, est respecté puisque toutes les grandes tendances politiques sont incarnées par des partis politiques. Ceux-ci disposent d'un égal temps de parole dans les médias lors des campagnes électorales.
- La vie politique sous la Ve République a été rythmée par sept **alternances politiques** (le pouvoir exécutif a changé sept fois de tendances politiques) → FICHE 20. Depuis 2017, Emmanuel Macron est le huitième président de la Ve République.

## II Les modalités de consultation du peuple

### 1 Une démocratie représentative

- Le peuple exerce sa souveraineté par le **suffrage universel direct** (ou indirect pour les élections sénatoriales). Le mode de scrutin est **majoritaire** : est élu le candidat ou la liste ayant obtenu le plus de voix → FICHE 19.
- Le peuple peut être aussi directement consulté par la voie du **référendum** pour les lois les plus importantes (révision de la Constitution, ratification de traités).

### 2 | Des mécanismes participatifs

Ces mécanismes permettent aussi de **mieux impliquer le peuple** dans la prise de décision, tel le référendum d'initiative partagée, instauré en 2015.

## III Un régime semi-présidentiel

### 1 | Un régime politique mixte

- Le **président de la République** est doté de pouvoirs élargis : chef de l'État et des armées, il nomme le Premier ministre, préside le Conseil des ministres et peut dissoudre l'Assemblée nationale.
- Mais le régime est aussi **parlementaire** car le Parlement vote les lois, le budget et exerce un contrôle sur le gouvernement.

### 2 | Une présidentialisation croissante

- Les institutions de la V<sup>e</sup> République ne sont pas figées et la Constitution a fait l'objet de plusieurs **révisions** (soumises à référendum).
- Afin de limiter les risques de cohabitation → FICHE 20, le mandat présidentiel a été réduit de 7 à 5 ans (réforme du **quinquennat** adoptée en 2000), ce qui permet de faire coïncider les élections présidentielles et législatives et d'assurer ainsi au président élu une majorité parlementaire pour l'intégralité de son mandat.

zoOm

### Comment sont organisées les institutions de la Ve République ?

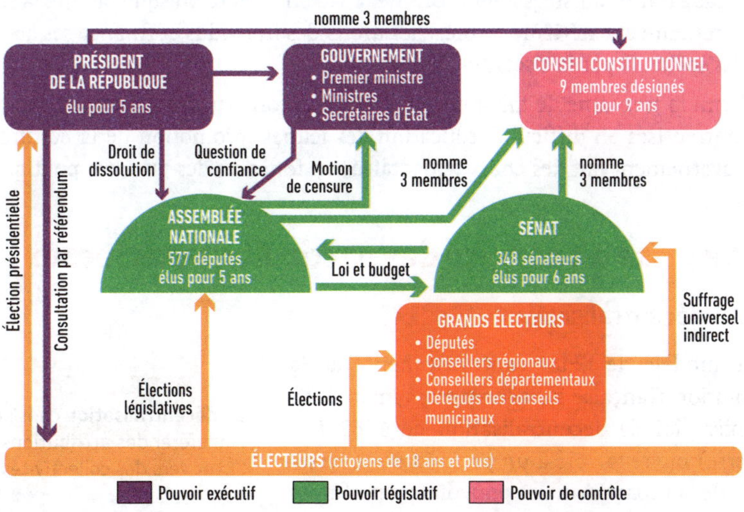

# 52 L'État et les collectivités locales

**EN BREF ▸** *Une collectivité locale est une partie du territoire national disposant d'une certaine autonomie de gestion. Comment la France est-elle gouvernée et administrée ?*

## I Un État garant de la cohésion sociale

### 1 L'État républicain

- L'État représente la collectivité. Il est incarné par les institutions républicaines auxquelles le peuple a délégué l'exercice de sa souveraineté (démocratie représentative).
- Les valeurs et les principes de la République peuvent être identifiés dans son fonctionnement et dans ses actions. L'État est, comme les individus, soumis au respect des règles juridiques (État de droit) et doit rendre des comptes lorsque des manquements sont constatés.

### 2 Les grandes missions de l'État

- L'État exerce un certain nombre de grandes fonctions souveraines, dites **régaliennes** : la défense, la diplomatie, la police, la justice et la fiscalité. Au nom de l'intérêt collectif, elles ne peuvent être confiées à des structures privées.

**MOT CLÉ**
Les **fonctions régaliennes** étaient les attributions qui relevaient directement du roi. L'expression désigne aujourd'hui les fonctions du ressort exclusif de l'État.

- L'État garantit ainsi les conditions de la vie en société puisqu'il assure la sécurité intérieure et extérieure, protège les droits des individus et finance ses actions (droits sociaux) par la fiscalité (impôts).
- Parmi la trentaine de missions identifiables (construction de logements, aide aux entreprises en difficulté, éducation des jeunes, promotion de la culture...), le gouvernement fait des choix budgétaires en fonction des priorités politiques.

## II La prise en compte des particularismes locaux

### 1 La décentralisation

- Le modèle de l'État centralisé hérité de la Révolution française s'est longtemps imposé. La première loi de **décentralisation** de 1982 (loi Deferre) ouvre la voie à un profond bouleversement de la répartition des pouvoirs au profit des acteurs locaux.

**MOT CLÉ**
La **décentralisation** consiste à transférer des attributions de l'État vers des collectivités locales.

■ Les collectivités locales (communes, départements, régions) sont reconnues comme des structures administratives autonomes dotés de compétences propres déléguées par l'État (comme la gestion des lycées par les conseils régionaux) → ZOOM et d'une autonomie financière.

■ Si l'exercice de ces attributions reste sous la surveillance de l'État, la décentralisation permet néanmoins de décharger les administrations centrales (les ministères), de confier des responsabilités au niveau le plus adapté et de rapprocher les centres de décision des citoyens (qui élisent ces collectivités).

## 2 La déconcentration

■ La décentralisation est accompagnée d'un processus de **déconcentration** afin d'améliorer la rapidité et l'efficacité de la prise de décision.

**MOT CLÉ**

La **déconcentration** désigne l'implantation locale d'autorités administratives représentants l'État (comme les préfets).

■ À la différence de la décentralisation, les services déconcentrés dépendent directement du pouvoir central et ne sont pas autonomes. C'est toujours l'État qui prend les décisions mais il les prend au plus proche des habitants.

**zoOm**

### Un exemple de partage de compétences : le système éducatif

Le collège La Fontaine des Près à Senlis (Oise).

■ L'État fixe les programmes, délivre les diplômes nationaux, recrute et rémunère les enseignants. La politique éducative décidée par le gouvernement est mise en œuvre localement par les rectorats qui sont des services déconcentrés de l'Éducation nationale.

■ Les collectivités locales assurent le fonctionnement matériel des établissements : des écoles pour les communes, des collèges pour les départements, des lycées pour les régions.

# 53 L'opinion publique, les médias et la démocratie

**EN BREF ▸** *L'opinion publique désigne les avis, idées et jugements (parfois supposés) de l'ensemble des citoyens. Quelle est la place de l'opinion publique dans le débat démocratique ? Comment la société numérique change-t-elle le rapport des individus à l'information ?*

## I L'opinion publique, un produit de la démocratie

### 1 L'affirmation de l'opinion publique

- L'avènement du suffrage universel fait de l'opinion publique un **acteur majeur** de la vie politique, dans un rôle complexe de **soutien** et d'**obstacle** au pouvoir en place.
- L'opinion publique s'affirme en France avec l'amélioration des niveaux de vie et culturels, et la diffusion des moyens d'information et de communication.

### 2 Mesurer l'opinion publique, une question problématique

- Les **sondages** servent d'outils de référence en offrant une photographie à un instant précis des opinions des citoyens, à partir des avis d'un échantillon jugé représentatif de la population.
- Ils sont néanmoins accusés de **fabriquer de l'opinion** en interrogeant les individus sur des sujets sur lesquels ils n'ont pas forcément d'avis.

## II Médias et opinion publique

### 1 Le rôle des médias

Les **médias** entretiennent aussi des rapports complexes avec l'opinion publique. Lieux d'expression des avis des citoyens, ils permettent en même temps de les influencer. Ils jouent un **rôle clé dans la vie démocratique**.

**MOT CLÉ**
Les **médias** sont l'ensemble des moyens, techniques et supports qui permettent une diffusion massive de l'information (presse, radio, télévision, cinéma, Internet…).

### 2 Les médias traditionnels à l'heure d'Internet

- Le **développement d'Internet** a bouleversé le fonctionnement des médias traditionnels. L'information est désormais facilement disponible et consultable sur smartphone.
- Ces médias traditionnels cherchent à **s'adapter à cette nouvelle manière d'informer** en proposant des contenus en ligne, plus synthétiques et plus visuels. Depuis 2016, le journal *Le Monde* publie quotidiennement une édition sur le réseau social *Snapchat*.

# III Les enjeux des réseaux sociaux

## 1 Des médias de masse

■ Blogs, sites web et surtout réseaux sociaux accroissent les échanges d'informations tout en cassant les barrières classiques en termes de communication (inégalités sociales, isolement géographique...).

■ En quelques clics, des **lanceurs d'alerte** peuvent ainsi être à l'origine de mobilisations collectives. Ces derniers bénéficient en France depuis 2013 d'une protection juridique face aux possibles représailles (licenciements, procès) de leur hiérarchie.

> **MOT CLÉ**
> Les **lanceurs d'alerte** sont des individus (scientifiques, simples citoyens) qui interpellent les médias et les pouvoirs publics pour signaler un risque ou un danger et susciter une prise de conscience.

## 2 La manipulation de l'information

■ Internet permet aussi de diffuser massivement des informations délibérément faussées pour manipuler l'opinion publique (la COVID-19 serait fabriquée par l'Institut Pasteur, la banque Rothschild contrôlerait le monde...).

■ Ces *fake news* gênent le débat démocratique. Elles peuvent peser sur un processus électoral, envenimer un débat voire déstabiliser un État.

■ Devant les dangers de la désinformation, les citoyens doivent apprendre à pratiquer les médias : sélectionner l'information, identifier les sources, faire preuve d'esprit critique... → ZOOM.

## zoOm

### Comment lutter contre les *fake news* ?

■ De grands médias lancent des opérations de « *fact checking* » (vérification des faits) afin d'analyser les informations diffusées et de « réinformer » correctement l'opinion publique. C'est le cas du *Monde* avec la rubrique « Les Décodeurs », ici sur la photo.

■ Le *fact checking* présente toutefois d'importantes limites liées à l'ampleur de la tâche et au fait qu'il s'adresse à un public ayant confiance en la crédibilité des médias traditionnels et donc moins réceptif aux *fake news*.

LES DÉCODEURS · VÉRIFICATION

Non, 200 000 morts n'ont pas voté pour Joe Biden

Des erreurs d'acheminement, qui ne sont pas inhabituelles lors des élections, ont été transformées, par les pro-Trump, en conspiration démocrate.

Le Monde

Publié le 06 novembre 2020 à 16h13 - Mis à jour le 06 novembre 2020 à 17h45 · Lecture 2 min.

# MÉMO VISUEL

## Des valeurs incarnées par des symboles

**La devise républicaine**
- Liberté, Égalité, Fraternité

**La laïcité**
- **4$^{e}$ grande valeur** républicaine

**Les symboles**
- Drapeau français
- Hymne national
- Marianne
- Défilé du 14 juillet

LES VALEURS DE

## LA RÉPUBLIQUE

### Des valeurs portées par un État démocratique

**Un État démocratique dans ses principes…**

- **Souveraineté** du peuple (démocratie représentative)
- **Séparation** des pouvoirs
- Pluralisme et **alternances** politiques

**… et dans son fonctionnement**

- État de droit
- Fonctions régaliennes
- **Décentralisation** et rôle des collectivité locales

### Des valeurs confrontées au contexte de la société numérique

**Le rôle démocratique des médias**

- **Informer** les citoyens
- **Exprimer** des avis
- **Alerter** l'opinion publique (lanceurs d'alerte)

**Les enjeux actuels d'Internet**

- Diffusion **massive** d'informations
- **Désinformation** (*via* les réseaux sociaux, les *fake news*)
- **Éducation** aux médias

# SE TESTER QUIZ

Vérifie que tu as compris les points clés

## 1 Les valeurs de la République

→ FICHE 49

**1 À quoi servent les journées mémorielles ?**

☐ **a.** À construire une mémoire collective

☐ **b.** À avoir un jour férié

☐ **c.** À partager des valeurs

**2 Relie chaque valeur à sa définition.**

| | |
|---|---|
| Liberté • | • Fait de traiter tous les individus de la même manière |
| Égalité • | • Liberté de penser et de croire ou de ne pas croire |
| Fraternité • | • Possibilité d'agir et de s'exprimer selon sa volonté |
| Laïcité • | • Lien de solidarité entre les individus |

.../2

## 2 Reconnaître une démocratie

→ FICHE 50

**1 Lesquels de ces pays sont des démocraties ?**

☐ **a.** La France

☐ **b.** Le Royaume-Uni

☐ **c.** La République populaire de Chine

**2 Souligne en bleu les caractéristiques des démocraties et en rouge celles des dictatures.**

☐ **a.** Opposants emprisonnés

☐ **b.** Séparation des pouvoirs

☐ **c.** Pas d'alternance politique

☐ **d.** Parti unique

☐ **e.** Égalité politique

☐ **f.** Pluralisme démocratique

.../2

## 3 Les institutions de la V^e^ République

→ FICHE 51

**1 Quel pouvoir possède le Parlement en France ?**

☐ **a.** Le pouvoir législatif

☐ **b.** Le pouvoir exécutif

☐ **c.** Le pouvoir judiciaire

**2 Combien de temps dure le mandat du président de la République ?**

☐ **a.** 4 ans ☐ **b.** 5 ans ☐ **c.** 7 ans

.../2

## 4 L'État et les collectivités locales

→ FICHE 52

**1) Les collectivités locales (ou territoriales) sont…**

☐ **a.** des structures administratives autonomes.

☐ **b.** gérées par des agents de l'État.

☐ **c.** gérées par des élus.

**2) Dans cette liste, relève les missions dites régaliennes de l'État.**

☐ **a.** La défense

☐ **b.** La fiscalité

☐ **c.** La santé

☐ **d.** L'éducation

☐ **e.** La justice

☐ **f.** Le bien-être de la population

…/2

## 5 L'opinion publique

→ FICHE 53

**1) Parmi ces propositions, lesquelles sont des médias ?**

☐ **a.** Les journaux

☐ **b.** Le cinéma

☐ **c.** Les réseaux sociaux

**2) Coche la réponse qui convient.**

| | Vrai | Faux |
|---|---|---|
| **a.** Les sondages peuvent « fabriquer » de l'opinion. | ☐ | ☐ |
| **b.** Les médias sont inutiles dans une démocratie. | ☐ | ☐ |
| **c.** Internet a limité l'accès à l'information. | ☐ | ☐ |
| **d.** L'éducation aux médias permet de lutter contre les *fake news*. | ☐ | ☐ |
| **e.** On peut lire *Le Monde* sur *Snapchat*. | ☐ | ☐ |

…/2

**ON FAIT LE BILAN !**

score total …/10

- Des erreurs ? Entraîne-toi ! → **LES EXOS** P. 266
- Zéro faute ? Bravo ! → **OBJECTIF BREVET** P. 267

# LES EXOS

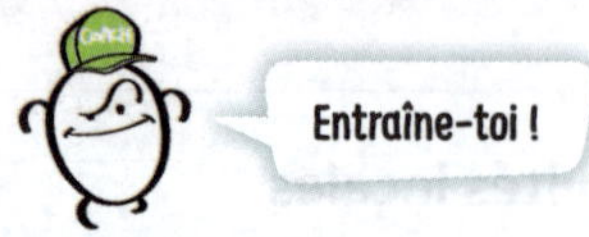


## 6 Répondre à des questions de cours

→ FICHES 49 à 53

1) Quels sont les valeurs et symboles attachés à la citoyenneté européenne ?

2) Quelles sont les différentes formes de démocratie ?

3) Comment le peuple est-il consulté en France ?

4) La décentralisation et la déconcentration sont deux processus différents. Justifie cette affirmation.

5) Comment l'avènement d'Internet a-t-il bouleversé la manière de s'informer ?

## 7 Comprendre le sens général d'un document

→ FICHE 51

**Document** **Extraits de la Constitution de la V$^{e}$ République (1958)**

**Article premier** : La France est une République indivisible, laïque, démocratique et sociale. Elle assure l'égalité devant la loi de tous les citoyens sans distinction d'origine, de race ou de religion. Elle respecte toutes les croyances. [...]

**Art. 3 :** La souveraineté nationale appartient au peuple qui l'exerce par ses représentants et par la voie du référendum. [...]

**Art. 4 :** Les partis et groupements politiques concourent à l'expression du suffrage. [...] La loi garantit les expressions pluralistes des opinions et la participation équitable des partis et groupements politiques à la vie démocratique de la Nation.

**Art. 20 :** Le Gouvernement détermine et conduit la politique de la nation. [...]

**Art. 24 :** Le Parlement vote la loi. Il contrôle l'action du Gouvernement. Il évalue les politiques publiques. Il comprend l'Assemblée nationale et le Sénat. [...]

**Art. 64 :** Le Président de la République est garant de l'indépendance de l'autorité judiciaire. [...]

1) À la lecture de ces articles, quels principes démocratiques sont respectés en France ?

2) Qualifierais-tu la France d'État démocratique ? Si oui, de quel type de démocratie s'agit-il ?

# OBJECTIF BREVET

Lance-toi dans des sujets !

## 8 Mobiliser des compétences d'EMC à partir d'une situation pratique

30 min

→ FICHE 49

### Document 1 À quoi sert un règlement intérieur ?

Le règlement intérieur fixe l'ensemble des règles de vie dans l'établissement. Par exemple, il édicte[1] les horaires d'entrée et de sortie et précise les conditions d'exercice de la liberté d'expression des élèves, les conditions d'accès et les usages des établissements. […]

Les règles sont rédigées par la direction de l'établissement, en concertation avec les autres membres de la communauté éducative […].

C'est sur ce document que vous saurez ce qui est interdit ou non. L'interdiction de certains vêtements (casquette, short…) peut être prévue ainsi que les sanctions qui s'y rattachent. C'est aussi dans ce document que sont autorisées ou non le téléphone portable, les baladeurs, les casques… Le principe demeure que ce qui n'est pas interdit par le règlement intérieur est permis, si, bien entendu, cela est aussi permis à l'extérieur. […]

Le règlement intérieur garantit la liberté d'information et d'expression, les principes de laïcité et de pluralisme, le cadre disciplinaire applicable à chaque établissement, l'interdiction de certaines pratiques comme le bizutage, et prévoit les sanctions applicables.

Centre d'information et de documentation jeunesse (CIDJ), 2016.

**1.** Édicte : impose.

### Document 2 Extrait du règlement intérieur d'un collège

Le règlement intérieur met en application :

- la liberté d'information et d'expression ;
- le principe de neutralité politique, idéologique et religieuse ;
- le respect des principes de laïcité et de pluralisme ;
- le devoir de tolérance et le respect d'autrui ;
- les garanties de protection contre toute agression physique ou morale et contre toutes discriminations. Il en découle pour chacun le devoir de n'user d'aucune forme de violence ;
- l'égalité des chances et de traitement entre filles et garçons.

Site Internet du collège de Rousset (Bouches-du-Rhône).

**1** Relève deux valeurs de la République auxquelles font référence ces deux documents.

**2** Nomme un texte qui garantit ces valeurs pour tous les citoyens.

3) À partir des deux documents, complète le tableau en donnant deux interdictions et deux garanties présentes dans un règlement intérieur.

| Le règlement intérieur interdit… | Le règlement intérieur garantit… |
|---|---|
| – ………………………………………… | – ………………………………………… |
| – ………………………………………… | – ………………………………………… |

4) Ton collège accueille des élèves de CM2. À un écolier qui te dit que « connaître le règlement intérieur ne sert pas à grand-chose », tu réponds en lui montrant ce qui fait l'intérêt du règlement et la nécessité de bien le connaître.

**DÉMARRONS ENSEMBLE**

Il s'agit de deux documents de l'Éducation nationale. Le premier explique aux élèves l'utilité du règlement intérieur et le second est un extrait de règlement intérieur d'un collège des Bouches-du-Rhône qui s'adresse à l'ensemble de la communauté éducative (élèves, professeurs, parents…).

4) La question est une mise en situation fictive. La réponse doit être rédigée sur un ton neutre (évite le vocabulaire familier) et ne comporter aucune information d'identité.

# CORRIGÉS

## SE TESTER QUIZ

### 1 Les valeurs de la République

1) **Réponses a et c.** Les journées mémorielles permettent de construire une mémoire collective autour d'événements passés marquants pour la communauté nationale mais aussi à partager des valeurs.

2) **Liberté** : possibilité d'agir et de s'exprimer selon sa volonté • **Égalité** : fait de traiter tous les individus de la même manière • **Fraternité** : lien de solidarité entre les individus • **Laïcité** : liberté de penser et de croire ou de ne pas croire

### 2 Reconnaître une démocratie

1) **Réponses a et b.** La France (république) et le Royaume-Uni (monarchie) sont tous deux des démocraties même si leur forme de gouvernement n'est pas la même. La République populaire de Chine est un État à parti unique (le PCC).

2) **Caractéristiques de la démocratie** : **b.** Séparation des pouvoirs **e.** Égalité politique **f.** Pluralisme démocratique • **Caractéristiques de la dictature** : **a.** Opposants emprisonnés **c.** Pas d'alternance politique **d.** Parti unique

### 3 Les institutions de la Ve République

**1) Réponse a.** Le pouvoir exécutif est entre les mains du président de la République et de son gouvernement ; le pouvoir judiciaire dans celles des différents tribunaux.

**2) Réponse b.** Son mandat a été ramené de 7 à 5 ans en 2000 (réforme du quinquennat). Aux États-Unis, le président est élu pour 4 ans.

### 4 L'État et les collectivités locales

**1) Réponses a et c.** Les collectivités locales sont des structures administratives autonomes gérées par des élus.

**2) Réponses a, b, e.** L'éducation et la santé ne sont pas des missions régaliennes car elles peuvent être déléguées à des structures privées (écoles, cliniques). Assurer le bien-être de la population ne fait pas l'objet d'une mission spécifique de l'État.

### 5 L'opinion publique

**1) Réponses a, b et c.** Les journaux, le cinéma, les réseaux sociaux (Internet) sont des médias puisqu'ils permettent de diffuser massivement de l'information.

**2) a. Vrai.** En interrogeant les individus, les sondeurs les poussent à se forger rapidement une opinion tranchée. La formulation des questions est parfois accusée d'influencer les réponses. **b. Faux.** Les médias permettent d'exprimer des avis, d'informer les citoyens. **c. Faux.** L'avènement d'Internet a au contraire facilité l'accès à l'information. **d. Vrai.** L'éducation aux médias permet d'apprendre à mieux traiter l'information reçue. **e. Vrai.** *Le Monde* est disponible sur *Snapchat* depuis 2016.

> **REMARQUE**
> Les jeunes générations ne sont pas fâchées avec l'information mais ne s'informent pas de la même manière que leurs aînés. La presse écrite et la télévision sont aujourd'hui dépassées par les blogs, réseaux sociaux, sites web, chaînes YouTube…

## LES EXOS

### 6 Répondre à des questions de cours

**1)** Les valeurs attachées à la citoyenneté européenne sont la **liberté**, l'**égalité**, la **démocratie** et le respect des **Droits de l'homme**. Les symboles de cette citoyenneté sont le **drapeau** européen, la **devise** *Unie dans la diversité*, l'**hymne** (tiré de la *Symphonie n° 9* de Beethoven) et la **journée de l'Europe** (le 9 mai).

**2)** Les démocraties peuvent être **directes** (le peuple exerce directement le pouvoir), **représentatives** (les décisions sont prises par des représentants élus) ou **participatives** (lorsque des mécanismes permettent d'associer les citoyens aux prises de décisions).

**3)** En France, le peuple est essentiellement consulté **pour l'élection des représentants**. Le suffrage est **universel** et **direct**. Le mode de scrutin est **majoritaire**. Le peuple peut aussi être directement consulté par **référendum** pour les lois les plus importantes.

**4)** La **décentralisation** consiste à transférer des attributions de l'État aux **collectivités locales** (ex. : la gestion des établissements scolaires). La **déconcentration** désigne l'implantation locale d'**autorités administratives représentants l'État** (ex. : les préfets).

5) L'avènement d'Internet a bouleversé la manière de s'informer en facilitant l'**accès à l'information**. Le **rapport à l'information** s'est complexifié. De nombreux usagers mettent sur le même plan une information vérifiée par une agence de presse et une *fake news* sans source fiable, le discours d'un spécialiste et celui d'un citoyen réagissant à l'actualité ou cherchant à travers ses commentaires à servir un discours politique.

## 7 Comprendre le sens général d'un document

1) L'existence d'une Constitution, le principe d'égalité, la souveraineté populaire (**art. 3**), la séparation des pouvoirs (**art. 20, 24 et 64**) et la pluralité des partis politiques (**art. 4**).

2) La France est une **démocratie** car les principes sont respectés dans la Constitution et dans les faits (pluralisme politique et élections). Il s'agit d'une **démocratie représentative** qui a aussi une dimension participative (ex. : conseils de quartier).

# OBJECTIF BREVET

## 8 Mobiliser des compétences d'EMC à partir d'une situation pratique

1) La **liberté**, l'**égalité** et la **laïcité** sont les valeurs évoquées dans les documents.

2) Plusieurs textes garantissent ces valeurs pour tous les citoyens. Le plus récent est la **Constitution de la Ve République** de 1958 qui est le fondement de notre organisation politique et sociale. On peut aussi citer la **Déclaration des droits de l'homme et du citoyen** de 1789 (même si la laïcité n'y est pas évoquée).

3)

| Le règlement intérieur interdit… | Le règlement intérieur garantit… |
|---|---|
| • le port de certains objets ou vêtements<br>• toute forme de violence | • la liberté d'expression des élèves<br>• le respect des principes de la laïcité |

**À NOTER**
D'autres réponses sont possibles (la garantie de l'égalité de traitement entre filles et garçons par exemple) mais la question invite à ne prélever que deux informations par colonne.

4) Je pense que tu te trompes en disant cela. Connaître le règlement intérieur te permet d'abord d'apprendre les interdits au sein de l'établissement et donc de prendre conscience du comportement à adopter pour ne pas être sanctionné. Au niveau collectif, ces règles **facilitent ainsi le vivre-ensemble**.
De plus, le règlement te permet de savoir ce que tu as le **droit** de faire (par exemple, pour l'utilisation du téléphone portable) et il te donne des **renseignements pratiques**, comme les horaires d'ouverture et de fermeture du collège.
Enfin, le règlement intérieur énumère des **garanties** que tu peux faire valoir auprès des enseignants ou des surveillants si tu penses qu'elles ne sont pas respectées : interdiction du bizutage, refus des discriminations, respect de la liberté d'expression.

# 16 L'engagement : agir individuellement et collectivement

Chaîne humaine à l'occasion de la Journée mondiale de lutte contre le sida à Paris

# 54 Le sens de l'engagement

**EN BREF ▸** *En France, les citoyens ont la possibilité d'agir et de s'impliquer dans la vie publique au sein de différentes structures. Leur engagement a un sens individuel, collectif et démocratique. Pourquoi et comment des citoyens s'engagent-ils au niveau associatif, syndical ou politique ?*

## I Une diversité de structures

### 1 Un monde associatif riche et varié

- Depuis la loi de 1901, les associations doivent être composées d'au moins deux personnes et avoir des statuts déposés en préfecture. Celles-ci doivent partager **un but ou un intérêt commun** et être à **but non lucratif** (leur but ne doit pas être l'enrichissement personnel de leurs membres).
- Certaines associations sont **reconnues d'utilité publique**, c'est-à-dire que l'État juge leur action bénéfique pour l'ensemble de la société, ce qui leur donne le droit de récolter des dons → ZOOM.
- La France compte **1,3 million d'associations** (regroupant 13 millions de bénévoles) dont la variété est infinie, allant d'une petite association de quartier à une ONG présente dans plusieurs pays.

**MOT CLÉ**
Une **organisation non gouvernementale** (ONG) fonctionne de manière autonome, sans dépendre d'un État.

### 2 D'autres possibilités de s'engager

Les citoyens peuvent aussi s'engager dans des syndicats ou dans des **partis politiques**. Il existe aujourd'hui plus de 70 partis nationaux et plusieurs centaines de micro-partis impliqués uniquement dans la vie politique locale.

**MOT CLÉ**
Les **syndicats** sont des associations professionnelles qui regroupent des personnes exerçant des métiers similaires pour défendre des intérêts communs.

## II L'engagement citoyen

### 1 Les motivations individuelles

Intégrer des structures associatives, syndicales ou politiques relève d'une démarche volontaire. Les **bénévoles** acceptent d'y consacrer une partie de leur **temps libre**. Les citoyens choisissent de s'y engager lorsqu'ils sont en accord avec les valeurs, les objectifs, le mode de fonctionnement et le mode d'action.

### 2 | De multiples formes d'engagement

Le degré d'implication dépend de la **disponibilité** et de la **motivation** de chacun.

**Associations, syndicats, partis politiques**

- **Sympathisants :** approuvent les idées
- **Donateurs :** donnent de l'argent
- **Adhérents :** deviennent membres
- **Militants :** agissent de manière active

## III Les enjeux démocratiques

- Les **actions collectives** sont organisées pour défendre des **idées** ou des **intérêts** : pétitions ou grèves par les syndicats afin d'appuyer des revendications professionnelles, campagnes d'informations d'associations écologiques comme Greenpeace.
- Ces structures permettent de **porter des attentes** (environnementales, sociales) et de **défendre des droits**. En exprimant les choix politiques des citoyens, les partis sont les principaux leviers du **pluralisme politique**.
- En s'engageant dans ces différentes structures, les citoyens participent à des prises de décisions, à des **projets collectifs**. Ils y trouvent du pouvoir d'agir et expérimentent concrètement la **démocratie**.

**zoOm**

### Pourquoi s'engager dans une banque alimentaire ?

- Les banques alimentaires organisent des collectes de denrées alimentaires pour les plus démunis, comme ici en Alsace. En 2020, l'équivalent de 20 millions de repas ont ainsi été collectés dans toute la France.
- Ces associations fonctionnent grâce aux bénévoles, mais aussi grâce aux donateurs. Leur action permet d'améliorer les conditions de vie des personnes les plus pauvres et fait vivre la valeur républicaine de **fraternité**.

# 55 Les Français et la Défense nationale

**EN BREF ▸** *La fin du service militaire a redessiné le rapport des citoyens à la Défense nationale. Comment les citoyens participent-ils à la sécurité du territoire et comment les armées contribuent-elles à la cohésion de la communauté nationale ?*

## I Défense, citoyenneté et République

### 1 La professionnalisation de l'armée

■ En 1792, la Première République a été fondée dans un contexte de guerres intérieures et extérieures. La défense du territoire et du régime républicain fut assurée par une armée de citoyens. Ce **lien fort entre citoyenneté et Défense nationale** s'est traduit par l'instauration du **service militaire** obligatoire pour les hommes.

**MOT CLÉ**
La **Défense nationale** désigne l'ensemble des moyens et des actions mises en œuvre pour garantir la sécurité du territoire et de sa population.

■ Les nécessités de s'adapter au contexte des conflits modernes a conduit à professionnaliser l'armée française (une armée moins nombreuse mais mieux formée). La **réforme du service national de 1997** a remplacé le service militaire obligatoire par un **parcours de citoyenneté** en trois grandes étapes.

### 2 Le parcours de citoyenneté

1. **Sensibilisation au devoir de défense :** en classe de 3e et de 1re, enseignement des principes et de l'organisation de la Défense nationale
2. **Recensement** des jeunes Français de 16 ans à la mairie de leur domicile ou en ligne
3. **Journée défense et citoyenneté** (JDC) avant 18 ans

### 3 L'organisation de la Défense nationale

La Défense nationale implique les jeunes Français mais aussi l'ensemble des pouvoirs publics : « chef des armées » et « garant de l'indépendance nationale » dans la Constitution, le **président de la République** est responsable de la sécurité sur le territoire ; le **Parlement** fixe le budget et débat des choix stratégiques, les **ministères de l'Éducation nationale et de la Défense** et les **collectivités locales** organisent le parcours de citoyenneté.

# II Les engagements citoyens dans la Défense nationale

## 1 De multiples formes d'engagements

- Des citoyens s'engagent volontairement dans les armées mais peuvent aussi rejoindre la réserve opérationnelle et se tenir prêts en cas de nécessité.
- Il existe de nombreux dispositifs à destination de la jeunesse. Le service civique permet à des jeunes de s'engager au service de l'État ou d'une association pour réaliser une mission d'intérêt général. Des contrats armée-jeunesse leur permettent d'effectuer des stages rémunérés au sein des armées.
- Dans le cadre du dispositif « Défense deuxième chance », les jeunes de moins de 26 ans sans qualification peuvent signer un contrat de volontariat pour l'insertion et bénéficier d'un parcours de formation et d'orientation.

## 2 Les enjeux du Service national universel (SNU)

Le SNU est amené à remplacer la JDC. Les objectifs affichés sont de renforcer la cohésion sociale et territoriale (période de vie collective, détection des difficultés de lecture, de santé ou d'insertion de certains jeunes) et de développer la culture de l'engagement (découverte des opportunités civiles et militaires) → ZOOM.

### zoOm

### Qu'est-ce que le Service national universel ?

Volontaires du SNU avec des gendarmes dans les Hautes-Pyrénées, chargés de diffuser des messages de prévention sur la sécurité en montagne.

- Le SNU est un service civique d'un mois vers l'âge de 16 ans et peut être suivi d'un engagement plus long sur la base du volontariat, entre 16 et 25 ans.
- Sa mise en place a commencé par une phase d'expérimentation fin juin 2019 avant une mise en œuvre progressive vers sa généralisation prévue en 2024.

# 56 Les engagements internationaux de la France

**EN BREF ▸** *La France s'engage pour faire face aux grands enjeux mondiaux et les citoyens participent aux interventions dans le cadre de la Défense nationale. Comment la France s'implique-t-elle dans la sécurité mondiale ?*

## I Les engagements militaires

### 1 Une grande puissance militaire

Avec une armée de près de 270 000 soldats et 4 porte-aéronefs, la France reste une puissance militaire importante (7e mondiale, 1re européenne). Elle dispose d'une force de dissuasion avec 4 sous-marins nucléaires lanceurs d'engins (SNLE).

### 2 Une capacité de projection

- L'armée française est capable d'intervenir rapidement partout dans le monde grâce aux 20 000 engagés présents dans ses bases militaires situées dans les territoires ultra-marins français (Guyane) et dans des pays alliés (Djibouti).
- La France est récemment intervenue au Mali (2013) → ZOOM, en Centrafrique (2013), en Irak (2014), et en Syrie (2015). Elle s'est engagée dans 106 opérations menées à l'extérieur des frontières nationales ces 25 dernières années.

## II Les engagements solidaires et coopératifs

### 1 Les coopérations internationales

- Les interventions militaires françaises sont toujours menées avec l'accord de l'ONU et privilégient la coopération avec les puissances régionales (participation de pays du Sahel à l'opération *Barkhane* au Mali).
- La France participe aussi directement à des opérations militaires sous l'égide de l'ONU (Centrafrique), dans le cadre de l'OTAN (Syrie) ou de l'UE (opération *Atalante* pour lutter contre la piraterie sur les côtes somaliennes).

### 2 Les actions humanitaires

- L'objectif affiché des engagements militaires est de venir en aide aux populations. Les militaires jouent souvent un rôle humanitaire direct (distribution de vivres...).

> **REMARQUE**
> Les **engagements militaires** servent aussi des intérêts nationaux. Ainsi la lutte contre la piraterie sécurise les routes maritimes d'approvisionnement en pétrole.

- La France apporte aussi un soutien financier aux pays en grande difficulté sous la forme d'aides publiques au développement (APD). Le but est de permettre aux pays concernés de se développer afin de limiter l'afflux de migrants vers l'Europe.

# III Une présence politique et culturelle

## 1 Une diplomatie active

- Membre du Conseil de sécurité de l'ONU, la France participe aux prises de décisions stratégiques. Elle y dispose d'un droit de véto dont elle peut user pour s'opposer aux résolutions qui iraient contre ses intérêts et ses principes.
- Pour sa diplomatie, la France s'appuie sur un réseau d'ambassades (162 dans le monde) et de consulats étendu (le troisième derrière les États-Unis et la Chine).

## 2 La francophonie

- Dans le cadre de la **francophonie**, la France est aussi culturellement ouverte sur le monde : réseaux d'associations, regroupements de journalistes, d'écrivains ou encore de professeurs de français.

**MOT CLÉ**
La **francophonie** désigne l'ensemble des personnes (environ 300 millions) qui ont en commun l'usage de la langue française.

- L'Organisation internationale de la francophonie (OIF) est vouée à la promotion de la langue française et des relations de coopération entre les 88 États et gouvernements membres ou observateurs de l'organisation.

**zoOm**

### L'intervention française au Mali

- Sous mandat de l'ONU, la France intervient au Mali depuis 2013 pour soutenir les troupes maliennes contre des groupes islamistes implantés dans le nord du pays et, plus largement, pour stabiliser la zone sahélienne.
- 5 000 soldats participent à l'opération *Barkhane*. Si les offensives militaires ont connu des succès notables, 50 soldats français sont morts au combat et le Mali s'enfonce dans une grave crise politique.

# L'ENGAGEMENT : AGIR INDIVIDUELLEMENT ET COLLECTIVEMENT

## 1 L'engagement citoyen

**Dans des structures**
- Associations
- Syndicats
- Partis politiques

**Selon des modalités différentes**
- Sympathisants
- Adhérents
- Militants
- Donateurs

**Avec des motivations diverses**
- **Défendre** ses idées
- **Aider** les autres
- **Se regrouper** autour d'un centre d'intérêt

## 2 L'engagement dans la Défense nationale

### Le parcours de citoyenneté

- Sensibilisation au devoir de défense
- Recensement
- Journée défense et citoyenneté **(JDC)**

### Les principales modalités

- Engagement volontaire dans l'armée
- Réserve opérationnelle
- Service civique
- Contrats armée-jeunesse
- Service national universel **(SNU)**

## 3 Les engagements internationaux de la France

### Militaires

- France : $7^e$ **puissance** militaire mondiale
- Bases et opérations **extérieures**

### Solidaires

- Coopération (ONU…)
- Rôle humanitaire direct
- Aides publiques de développement (APD)

### Culturels

- Francophonie

# SE TESTER QUIZ

Vérifie que tu as compris les points clés

## 1 L'engagement citoyen

→ FICHE 54

**Coche la réponse qui convient.**

| | Vrai | Faux |
|---|---|---|
| **a.** Toutes les associations sont reconnues d'utilité publique. | ☐ | ☐ |
| **b.** Une association peut ne regrouper que deux personnes. | ☐ | ☐ |
| **c.** On peut être forcé d'adhérer à un parti politique. | ☐ | ☐ |
| **d.** L'engagement citoyen nécessite d'y consacrer du temps. | ☐ | ☐ |

…/1

## 2 Les enjeux démocratiques de l'engagement

→ FICHE 54

**1) Quelles structures sont nécessaires à la vie démocratique ?**

☐ **a.** Les associations

☐ **b.** Les syndicats

☐ **c.** Les partis politiques

**2) Quels modes d'action utilisent les syndicats ?**

☐ **a.** La grève

☐ **b.** Le sabotage

☐ **c.** Les pétitions

…/2

## 3 Les Français et la Défense nationale

→ FICHE 55

**1) Qui est le chef des armées en France ?**

☐ **a.** Le Parlement

☐ **b.** Le président de la République

☐ **c.** Le ministre de la Défense

**2) Quelle est la troisième étape du parcours de citoyenneté ?**

☐ **a.** La sensibilisation au devoir de défense

☐ **b.** La JDC

☐ **c.** Le recensement

…/2

## 4 Le Service national universel

→ FICHE 55

**Coche la réponse qui convient.**

| | Vrai | Faux |
|---|---|---|
| **a.** Le SNU concerne tous les jeunes de plus de 18 ans. | ☐ | ☐ |
| **b.** Il permet de développer le sens de l'engagement. | ☐ | ☐ |
| **c.** Il doit être généralisé en 2021. | ☐ | ☐ |
| **d.** Il consiste à servir dans une unité militaire. | ☐ | ☐ |

.../1

## 5 Les engagements internationaux de la France

→ FICHE 56

**Coche la réponse qui convient.**

| | Vrai | Faux |
|---|---|---|
| **a.** La France est plus engagée en Afrique qu'en Amérique du Sud. | ☐ | ☐ |
| **b.** La France intervient parfois seule, sans l'accord de l'ONU. | ☐ | ☐ |
| **c.** L'objectif principal des APD est de permettre aux pays bénéficiaires de se défendre en cas de conflit. | ☐ | ☐ |
| **d.** La France est la 4$^{e}$ puissance militaire mondiale. | ☐ | ☐ |

.../1

## 6 La présence politique et culturelle de la France à l'étranger

→ FICHE 56

**1 Quelle structure est vouée à la promotion de la langue française ?**

☐ **a.** L'armée ☐ **c.** Le réseau d'ambassades

☐ **b.** L'OIF

**2 Combien y a-t-il approximativement de francophones à l'échelle mondiale ?**

☐ **a.** 70 millions ☐ **b.** 300 millions ☐ **c.** 1,2 milliard

.../2

**ON FAIT LE BILAN !**

score total .../9

- Des erreurs ? Entraîne-toi ! → **LES EXOS** P. 282
- Zéro faute ? Bravo ! → **OBJECTIF BREVET** P. 282

## LES EXOS

Entraîne-toi !

### 7 Répondre à des questions de cours

→ FICHES 54 à 56

1) Qu'est-ce qu'une association et comment les citoyens peuvent-ils s'y impliquer ?

2) Cite trois formes d'engagement au service dans la Défense nationale.

3) Quels sont les objectifs des interventions militaires françaises ?

### 8 Comprendre le sens général d'un document

**Document** **Une affiche de recrutement de l'Armée de l'air** → FICHE 55

1) Décris cette affiche (les éléments, les personnages, ce qu'ils font...).

2) Explique le sens du slogan.

3) Comment l'affiche cherche-t-elle à motiver des jeunes pour qu'ils s'engagent dans l'armée ?

## OBJECTIF BREVET

Lance-toi dans des sujets !

### 9 Mobiliser des compétences d'EMC à partir d'une situation pratique

30 min

→ FICHE 54

**Document 1** **L'engagement syndical**

*Fabien Gaget est militant syndical à la CGT (Confédération générale du travail) et élu représentant du personnel. Il nous parle de son engagement.*

Je suis militant syndical depuis 13 ans. Les racines de mon engagement viennent d'abord de la volonté de lutter contre les injustices, et dans l'entreprise, cela commence par la défense des collègues et de leurs droits. L'idée est d'être utile à la collectivité, dans l'entreprise ou en dehors, dans le sens du bien commun.

Cela m'apporte beaucoup sur le plan humain. Lorsque l'on a à traiter avec des gens qui ont des soucis personnels ou professionnels, on se trouve face à des problématiques humaines et individuelles, pas face à des théories. On peut aider concrètement les gens à améliorer leurs conditions de vie et de travail. Un militant syndical, c'est un peu un intermédiaire, un facilitateur à la fois pour l'employeur et pour les employés.

Mais on s'expose aussi à des difficultés. Un militant syndical se met un peu à part des autres salariés, son engagement peut être mal vu et lui poser des problèmes dans sa carrière professionnelle. Son engagement lui prend du temps, un peu comme un entraîneur de football bénévole qui consacre ses soirées et ses week-ends à sa passion.

Aussi, le syndicalisme de salariés est trop souvent mal vu dans la société. On est aujourd'hui dans une société du loisir et du « bling-bling » dans laquelle la question de l'engagement et de l'intérêt du syndicalisme pour le fonctionnement de la démocratie sociale est laissée de côté. On s'intéresse plus aux stars de la téléréalité qu'aux gens qui se battent pour le bien commun. On met en avant des gens qui gagnent des millions au lieu d'aborder des questions de fond sur le fonctionnement de l'entreprise et de la société, tous ensemble et pour le bien de tous.

Entretien réalisé par l'auteur.

## Document 2 L'engagement associatif

L'association Les Restos du Cœur, reconnue d'utilité publique, apporte une aide alimentaire d'urgence à ceux qui en ont besoin. Durant la campagne d'hiver 2019-2020, les 73 000 bénévoles de l'association ont distribué plus de 136 millions de repas.

1) Explique au nom de quelle valeur républicaine Fabien Gaget et les bénévoles des Restos du Cœur se sont engagés, que ce soit dans un syndicat ou une association.

2) Identifie les avantages et les contraintes de l'engagement de Fabien Gaget.

3) Tu es un membre actif des Restos du Cœur. Interrogé par des collégiens, explique-leur en quelques lignes le sens et l'importance de ton engagement.

**DÉMARRONS ENSEMBLE**

1) Il faut savoir clairement définir les termes de « syndicat », d'« association », de « bénévole » ainsi que l'expression « reconnue d'utilité publique ».

2) Commence par identifier la valeur républicaine concernée, définis-la et montre pourquoi elle s'applique aux engagements évoqués dans les 2 documents.

3) Tu dois expliquer tes motivations ; ce que cet engagement peut t'apporter à toi et aux autres.

# CORRIGÉS

## SE TESTER QUIZ

### 1 L'engagement citoyen

**a. Faux.** Seules les associations dont l'action est jugée bénéfique pour l'ensemble de la société, et non pour un cercle restreint de personnes, sont reconnues d'utilité publique.
**b. Vrai.** Une association doit comporter au minimum deux membres.
**c. Faux.** L'adhésion à un parti, comme à un syndicat ou à une association, est une démarche totalement volontaire.
**d. Vrai.** L'engagement dans des associations, syndicats ou partis politiques nécessite d'y consacrer une partie de son temps libre.

### 2 Les enjeux démocratiques de l'engagement

1) **Réponse a, b et c.** Toutes ces structures sont nécessaires à la vie démocratique pour porter des attentes, défendre des droits et des idées, permettre à toutes les opinions de s'exprimer.

2) **Réponse a et c.** Les syndicats n'appellent pas à la violence ou aux dégradations pour appuyer leurs revendications.

## 3 Les Français et la Défense nationale

> **INFO**
> En matière de défense et de sécurité, le **président de la République** est aussi garant de l'indépendance nationale, de l'intégrité du territoire et du respect des traités.

**1. Réponse b.** Même si le Parlement (vote du budget) et le ministère de la Défense (mise en œuvre de la politique de Défense) jouent un rôle militaire essentiel, le **président de la République** est le chef des armées (art. 15 de la Constitution).

**2. Réponse b.** Après la sensibilisation au devoir de défense et le recensement, la Journée Défense et Citoyenneté est la troisième étape du parcours de citoyenneté.

## 4 Le Service national universel

**a. Faux.** Le SNU concerne les jeunes dès l'âge de 16 ans.
**b. Vrai.** Il permet de développer la culture de l'engagement en présentant les différentes possibilités d'engagement au service de la société.
**c. Faux.** Le SNU ne sera *a priori* pas généralisé avant 2024.
**d. Faux.** Il peut être réalisé hors des structures militaires (ex. : auprès d'associations).

## 5 Les engagements internationaux de la France

**a. Vrai.** La France intervient plus en Afrique pour des raisons historiques (anciennes colonies françaises) et stratégiques (proximité de l'Europe).
**b. Faux.** La France intervient soit dans le cadre de l'ONU soit au moins avec l'accord du Conseil de sécurité.
**c. Faux.** Les aides publiques au développement (APD) apportent un soutien financier aux pays en difficulté pour leur permettre de se développer.
**d. Faux.** La France est la 7e puissance militaire mondiale derrière les États-Unis, la Russie, la Chine, l'Inde, le Japon et la Corée du Sud.

## 6 La présence politique et culturelle de la France à l'étranger

**1. Réponse b.** L'Organisation internationale de la francophonie (OIF) est vouée à la promotion de la langue française. Le réseau d'ambassades a une vocation politique (diplomatique) et l'armée a des objectifs sécuritaires et humanitaires.

**2. Réponse b.** La francophonie compte environ 300 millions de personnes.

# LES EXOS

## 7 Répondre à des questions de cours

**1.** Une association est un groupement de personnes autour d'un but ou d'un intérêt commun. Selon leur degré d'engagement, les citoyens peuvent s'y impliquer en tant que **sympathisants**, **adhérents**, **donateurs** ou **militants**.

**2.** On peut citer : devenir **soldat**, rejoindre la **réserve opérationnelle**, réaliser un **service civique**. Il est aussi possible de signer des **contrats armée-jeunesse** ou de **volontariat pour l'insertion** et, depuis 2019, d'intégrer le dispositif du **SNU**.

**3)** Les interventions militaires françaises ont généralement pour objectif affiché d'aider des populations en difficulté (**dimension humanitaire**). Mais il s'agit aussi de défendre des **intérêts nationaux**, de sécuriser des **routes maritimes** (opération *Atalante* contre la piraterie dans l'océan Indien) ou encore de stabiliser des **zones jugées stratégiques** (opération *Barkhane* au Sahel).

## 8 Comprendre le sens général d'un document

**1)** L'affiche représente un jeune homme poussant la porte d'un **Centre d'information et de recrutement de l'armée** (CIRFA). Derrière cette porte se trouvent une base aérienne et des personnels militaires qui le regardent en souriant. Un flash code permet de se renseigner sur les métiers de l'Armée de l'air. Il y a aussi deux slogans et les logos de la République française et de l'Armée de l'air.

**2)** Le slogan « Ici, toute une armée croit en vous » s'adresse aux jeunes citoyens pour les motiver à **s'engager** et leur montrer qu'ils pourront trouver un métier et une reconnaissance dans l'armée, quel que soit leur parcours scolaire.

**3)** L'affiche montre que les jeunes qui décident de s'engager dans l'armée seront valorisés et qu'ils pourront recevoir une formation dans de nombreux métiers. De plus, le personnel militaire semble ici accueillant et bienveillant.

# OBJECTIF BREVET

## 9 Mobiliser des compétences d'EMC à partir d'une situation pratique

**1)** Fabien Gaget et les bénévoles des Restos du cœur se sont tous engagés au nom de la **fraternité,** c'est-à-dire de la solidarité entre les hommes. Fabien Gaget veut aider les salariés en situation de conflit dans leur milieu professionnel ; et les bénévoles des Restos du Cœur distribuent des repas à ceux qui en ont besoin.

**2)** L'engagement syndical de Fabien Gaget lui « apporte beaucoup **sur le plan humain** » et lui donne le sentiment d'**être utile** à la collectivité. Les contraintes d'un militant sont liées au fait que son engagement lui **prend du temps**, **l'isole** parfois des autres salariés et peut être **mal vu** par les dirigeants de l'entreprise. Fabien Gaget regrette aussi la place et l'image du syndicalisme dans la société.

**3)** J'ai voulu m'engager dans cette association pour **me rendre utile** et **aider les autres.** La **fraternité** évoquée dans la devise de la République n'est pas qu'un simple mot, c'est une valeur à défendre, à laquelle j'ai choisi de consacrer une partie de mon temps libre. De nombreuses personnes sont aujourd'hui dans des situations de grande précarité et l'aide alimentaire que nous leur apportons leur permet de mieux faire face à leurs difficultés quotidiennes. Enfin, le fait de s'impliquer dans cette association **participe au fonctionnement de la démocratie** en défendant ses valeurs, mais aussi en créant des liens entre les citoyens. Mon engagement a donc pour moi un **sens individuel**, **collectif** et **démocratique**.

# 17 Préparer l'épreuve du brevet

# 57 Comment s'organise l'épreuve ?

**EN BREF** ▸ *L'épreuve comporte trois exercices : une analyse de document(s), un développement construit et un exercice d'enseignement moral et civique.*

## I Quelles sont les modalités de l'épreuve ?

L'épreuve dure 2 heures. Les trois exercices étant distribués dès le début, organise-toi de façon à garder 10 minutes pour relire à la fin.

L'épreuve d'HGEMC 50 pts • 2h

- **Analyse de document(s)** 20 pts • 40 min.
- **Développement construit + tâche graphique** 20 pts • 40 min.
- **Enseignement moral et civique** 10 pts • 30 min.

## II Comment se déroule l'épreuve ?

### 1 L'exercice 1 : analyser et comprendre des documents

■ L'exercice porte sur un document, parfois deux, se rapportant soit au programme d'histoire, soit au programme de géographie.

■ Il a pour objectif de vérifier que tu sais analyser et interpréter un document en t'appuyant sur tes connaissances.

### 2 L'exercice 2 : maîtriser différents langages pour raisonner

■ Cet exercice comprend deux questions se rapportant soit au programme d'histoire (si la géographie a été traitée dans l'exercice précédent), soit à celui de géographie (si l'histoire a été traitée précédemment).

■ La première question appelle une réponse rédigée sous la forme d'un développement construit, dont la longueur est précisée dans la consigne (généralement une vingtaine de lignes). Une seconde question met en jeu un autre langage, à travers un support graphique.

### 3 L'exercice 3 : enseignement moral et civique

■ L'exercice se rapporte à un thème de ton programme d'EMC. Il comprend un ou deux documents, associé(s) à trois ou quatre questions.

■ Il vise à évaluer ta connaissance des valeurs, principes, notions et acteurs nécessaires à la vie commune au sein d'une société démocratique.

# 58 Comment réussir l'analyse de document(s) ?

**EN BREF** ▸ *L'analyse d'un ou de deux documents, en histoire ou en géographie, est guidée par des questions.*

## I Comment m'y préparer ?

■ Tout au long de l'année, tu étudies des documents avec ton professeur. Suivre attentivement ces exercices réalisés en classe est essentiel dans l'optique de l'examen.

■ **Le piège à éviter :** considérer que le document te dispense d'apprendre tes leçons, et croire qu'avec un document sous les yeux, tu auras toujours quelque chose à dire. Bien au contraire : un document d'histoire ou de géographie ne peut prendre tout son sens que si **tu y reconnais des éléments de ton cours**.

## II Comment faire le jour de l'épreuve ?

■ Les questions, au nombre de 4 ou 5, appellent des réponses de longueur inégale. Lis-les toutes avant de commencer à y répondre.

■ On te pose généralement, en premier lieu, quelques questions simples pour **identifier et présenter le document** (auteur, date, type de document, contexte).

■ Ensuite, on te demande de **relever des informations** dans le document, parfois d'**expliquer un extrait** ou un point précis (une phrase d'un texte par exemple), puis d'en **dégager le sens** historique ou géographique.

> **CONSEIL**
> Fais attention aux verbes utilisés dans les consignes : « relever » ou « citer » n'est pas la même chose que « expliquer » ou « montrer ».

■ Enfin, souvent, la dernière question t'invite à mettre en relation différents aspects du document ou de tes réponses pour construire une **réponse plus approfondie**. Là, ta connaissance du cours est essentielle.

## III Comment décrocher la mention ?

■ Ne te contente pas de paraphraser le document. Efforce-toi d'y retrouver des éléments de ton cours et de les expliciter.

■ Utilise le **vocabulaire spécifique**, les mots clés du chapitre sur lequel porte le document.

■ Fais **plusieurs petits paragraphes** pour développer tes idées dans la question de synthèse, qui rapporte souvent de nombreux points.

# 59 Comment réussir le développement construit et la tâche graphique ?

**EN BREF** ▸ *Le deuxième exercice évalue ta maîtrise de l'écrit (développement construit) et du langage visuel (tâche graphique).*

## I Comment m'y préparer ?

■ Rédiger un développement construit exige deux choses : une bonne **connaissance du sujet** et une certaine **habitude de rédiger**. Les deux viennent en s'entraînant.

■ Le sujet porte sur une partie du cours : il n'y a donc guère de surprise à attendre. Apprends tes leçons, **rédige des fiches** et relis-les pour en **mémoriser le plan**.

■ Les tâches graphiques doivent elles aussi faire l'objet d'un apprentissage régulier. En **histoire**, il s'agira de placer des dates sur une frise, de nommer une période ou un personnage ; en **géographie**, on te demandera de placer des noms sur une carte, de compléter une légende ou un schéma.

## II Comment faire le jour de l'épreuve ?

■ Commence par la **tâche graphique**. N'y passe pas plus de dix minutes.

■ Consacre-toi ensuite au **développement construit**. Là, le piège à éviter est le hors-sujet ! Souligne les termes clés du sujet et définis-les, note au brouillon quelques dates ou personnages en histoire, quelques chiffres ou localisations en géographie. Rédige ton développement en organisant ton propos en **deux ou trois parties**.

**CONSEIL**
N'oublie pas d'apporter une règle et des crayons de couleur !

## III Comment décrocher la mention ?

■ **Soigne** la tâche graphique : écris lisiblement, colorie proprement. Cela t'évitera de perdre bêtement des points !

■ Pour le développement construit, veille à employer le **vocabulaire spécifique** de chaque leçon, que le correcteur s'attend à trouver.

■ Une phrase d'**introduction** et une phrase de **conclusion** te permettront à coup sûr de gagner des points. En géographie, un petit **schéma** (propre et dans le sujet) sera très vivement **apprécié**.

**À NOTER**
Les correcteurs ont toute liberté pour ajouter des points hors barème afin de valoriser une copie particulièrement brillante.

# 60 Comment réussir l'exercice d'EMC ?

**EN BREF** ▸ *L'évaluation des compétences d'EMC repose sur un ou plusieurs documents et sur une mise en situation.*

## I Comment m'y préparer ?

- Le programme d'EMC n'est pas très long, mais il faut surtout en comprendre la dimension civique et morale. On attend donc de toi de la **réflexion personnelle** et de l'**engagement**.
- L'épreuve d'EMC comporte **un ou deux documents**, que tu devras étudier en répondant à quelques questions, de façon tout à fait comparable à l'histoire ou la géographie.
- La dernière question comporte une **mise en situation pratique**. Tu dois te projeter dans la situation proposée et rédiger ta réponse en intégrant des éléments de connaissances. La longueur demandée est précisée dans la consigne.

## II Comment faire le jour de l'épreuve ?

- La plupart des éléments permettant de répondre aux questions se trouvent dans le ou les documents. Mais il peut aussi y avoir des questions de définition.
- La dernière question est celle qui rapporte le plus de points. Commence par noter au brouillon les **connaissances essentielles** qui se rapportent au sujet. Puis, toujours au brouillon, bâtis le **plan** de ta réponse, afin de développer des arguments construits tout en respectant la forme demandée (lettre, discours devant les autres élèves, etc.).

**CONSEIL**
Évite les jugements rapides. Reste toujours nuancé et réfère-toi aux principes démocratiques vus en cours.

## III Comment décrocher la mention ?

- Les **méthodes rédactionnelles** vues en cours de français te seront certainement très utiles pour la question finale : procédés d'argumentation, caractéristiques des différents types de texte, etc.
- Si tu as quelque connaissance de l'**actualité**, il est recommandé de t'en servir si elle s'applique au sujet.
- N'oublie pas que l'épreuve d'EMC permet de montrer ton **engagement**. Il est toujours très valorisé de montrer en quoi le sujet te concerne personnellement, en tant que jeune et futur citoyen.

# SUJET 1

## 1 Analyser des documents • Histoire

40 min

→ FICHES 6 et 8

### Document 1 Circulaire de la préfecture de Paris ordonnant la rafle du « Vél' d'Hiv' » des 16 et 17 juillet 1942

À messieurs les commissaires [...]

Paris, le 13 juillet 1942.

Les autorités occupantes ont décidé l'arrestation et le rassemblement d'un certain nombre de Juifs étrangers. [...] [La mesure] concerne tous les Juifs étrangers, quel que soit leur sexe, pourvu qu'ils soient âgés de 16 à 60 ans. Les enfants de moins de 16 ans seront emmenés en même temps que les parents[1]. [...]

Vous constituerez des équipes d'arrestation. Chaque équipe sera composée d'un gardien en tenue et d'un gardien en civil ou d'un inspecteur des Renseignements généraux ou de la Police judiciaire.

[...]

Les équipes chargées des arrestations devront procéder avec le plus de rapidité possible, sans paroles inutiles et sans commentaire. [...] Des autobus seront mis à disposition. Lorsque vous aurez un contingent suffisant pour remplir un autobus, vous dirigerez :

a) Sur le camp de Drancy les individus ou familles n'ayant pas d'enfant de moins de 16 ans.

b) Sur le Vélodrome d'Hiver : les autres.

En ce qui concerne le camp de Drancy, le contingent prévu doit être de 6 000.

[...]

La garde du Vélodrome d'Hiver sera assurée, tant à l'intérieur qu'à l'extérieur par la gendarmerie de la région parisienne et sous sa responsabilité.

Le directeur de la police municipale, Hennequin.

Archives de la police, sorties à l'occasion d'une exposition organisée par la mairie du III$^e$ arrondissement de Paris en 2012.

**1.** En réalité, la rafle s'est portée sur tous les Juifs, français comme étrangers et de tout âge.

**Document 2** **Principaux itinéraires des convois de déportation à destination d'Auschwitz**

Mémorial de la Shoah.

## Document 1

**1** À l'aide de l'expression soulignée, présentez la situation de la France en 1942. *(2 points)*

**2** Identifiez les personnes visées par la circulaire. *(2 points)*

**3** Décrivez ce qu'est une rafle à l'aide de ce document. *(4 points)*

**4** Montrez comment les services de l'État français collaborent avec l'occupant. *(6 points)*

## Document 2

**5** Expliquez pourquoi la rafle du « Vél' d'Hiv' » n'est qu'une étape dans la politique nazie mise en place en Europe durant la Seconde Guerre mondiale. *(6 points)*

## 2 Maîtriser les différents langages • Géographie

40 min

→ FICHES 24 et 37

**1** En vous appuyant sur un exemple étudié en classe, rédigez un développement construit d'environ vingt lignes montrant l'organisation et les dynamiques d'une aire urbaine en France. *(13 points)*

**2** Les territoires ultramarins français *(7 points)*

**a.** Localisez et nommez les trois océans identifiés sur le planisphère suivant.

**b.** Reliez chaque territoire ultramarin à l'océan dans lequel ou au bord duquel il se situe.

| | |
|---|---|
| Martinique • | • Océan Atlantique |
| Réunion • | |
| Guadeloupe • | • Océan Indien |
| Polynésie française • | |
| Mayotte • | • Océan Pacifique |
| Guyane • | |

**c.** Localisez et nommez sur le planisphère deux territoires ultramarins de votre choix.

**d.** Identifiez l'équateur sur le planisphère par un trait de couleur et complétez la légende.

### Les territoires ultramarins français

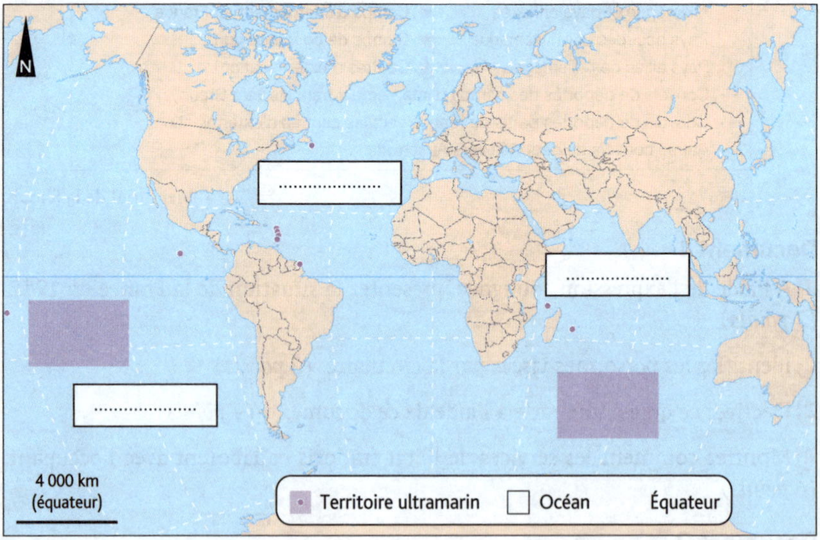

## 3 Mobiliser des compétences d'EMC à partir d'une situation pratique

30 min

→ FICHES **50** et **54**

**Document** **Dépliant de présentation des budgets participatifs de la ville de Floirac**

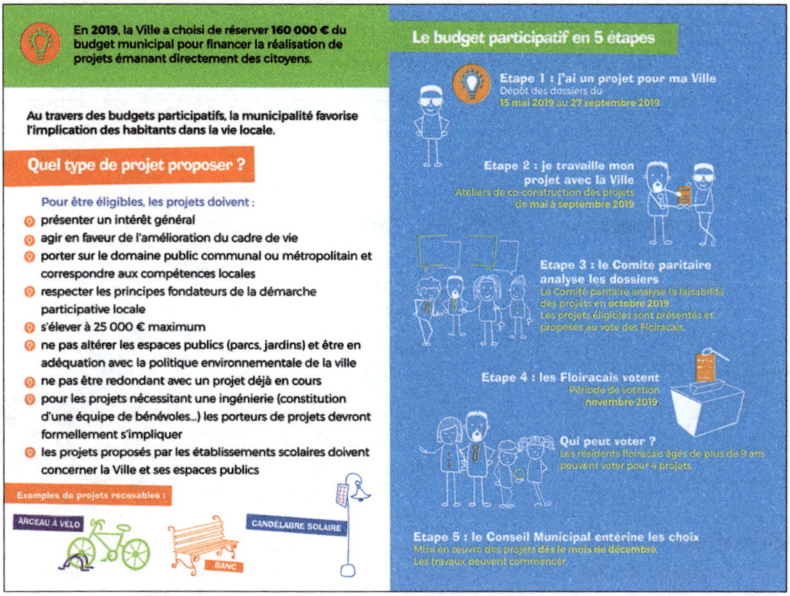


www.ville-floirac33.fr/la-democratie-participative.

**1** Identifiez la source et les destinataires de ce dépliant.

**2** Qui peut proposer des projets ? Qui peut voter ?

**3** Expliquez quel est l'objectif recherché par la ville de Floirac.

**4** Citez deux autres formes d'engagement des citoyens dans la vie démocratique.

**5** Vous allez à la rencontre des habitants de votre quartier pour qu'ils s'engagent dans la vie de la commune. Rédigez un texte pour les convaincre.

# SUJET 2

## 1 Analyser des documents • Géographie

40 min

→ FICHE 43

### Document 1 La présence géopolitique et militaire de la France dans le monde

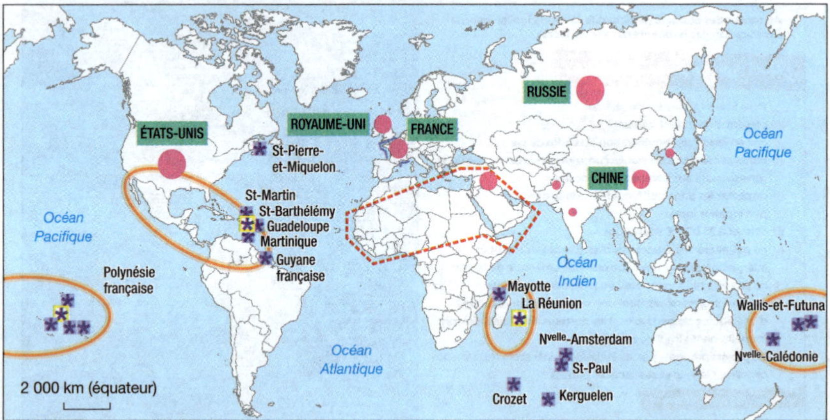


**Un territoire mondial**

- Territoires ultramarins
- ZEE

**Une influence diplomatique**

- FRANCE Pays membres permanents du Conseil de sécurité de l'ONU
- Organisations de coopération régionale auxquelles participent les territoires ultramarins (protection environnement, échanges culturels, etc...)

**Une puissance militaire**

Pays qui possèdent l'arme nucléaire (nb de têtes nucléaires)

- 2 000 à 3 000
- 100 à 200
- 5 à 100
- Forces de souveraineté
- Principales régions d'intervention des militaires français participant à des opérations de maintien de la paix

### Document 2 La France et l'axe indopacifique

La France est une grande puissance de l'indopacifique à travers tous ces territoires, la Nouvelle-Calédonie, Wallis-et-Futuna, la Polynésie française, Mayotte et La Réunion. [...] C'est plus d'un million et demi de nos concitoyens qui sont dans cette large région, ce sont plus de 8 000 de nos militaires qui portent notre défense nationale, nos intérêts, c'est plus des trois quarts de notre présence maritime, nous qui sommes la deuxième puissance maritime du monde. [...] Dans cette région du globe, la Chine est en train de construire sa supériorité pas à pas. [...] [Il est donc désormais indispensable d'en faire] un partenaire pour cette région. Nous devons travailler avec elle pour augmenter les échanges et en tirer toutes les opportunités. [...]

Avec le choix du peuple britannique de quitter l'Union européenne, la France devient le dernier pays européen dans le Pacifique. [...] Pour toutes ces raisons, je crois à l'axe indopacifique. Il y a un axe Paris-New Delhi-Canberra qui se prolonge de Papeete à Nouméa, et à travers tous nos territoires, afin d'assurer la liberté de circulation dans les mers et dans les airs. Nous avons un rôle à jouer avec l'Australie pour articuler nos défenses, notre cybersécurité, et lutter contre le terrorisme. [...] Nous avons des alliés, l'Inde, la Malaisie, Singapour, les Philippines et le Japon. [...]
Cette stratégie indopacifique est également une stratégie économique indispensable pour la Nouvelle-Calédonie pour en faire un territoire exportateur dans cette région comme vers l'Europe ou d'autres régions du globe et pour réussir à porter une ambition commerciale.

D'après le discours du président de la République, Emmanuel Macron, à Nouméa, le 5 mai 2018, site de la présidence de la République française, www.elysee.fr.

**Document 1**

1) Donnez un élément qui montre la présence géopolitique ou militaire de la France en Afrique, en Océanie et en Amérique (une réponse attendue par continent). *(3 points)*

**Document 2**

2) Nommez les trois grandes puissances évoquées par les capitales Paris-New Delhi-Canberra. *(3 points)*

3) Sur quoi s'appuie actuellement la France pour maintenir sa puissance dans la région indopacifique ? *(4 points)*

4) Que permet d'assurer et de développer l'axe indopacifique ? *(3 points)*

5) Citez des exemples du rôle que la Nouvelle-Calédonie doit jouer dans la région indopacifique. *(2 points)*

**Documents 1 et 2**

6) Expliquez pourquoi la France est une puissance géopolitique et militaire dans le monde. *(5 points)*

## 2 Maîtriser les différents langages • Histoire

40 min

→ FICHES 9 à 14

1) Sous la forme d'un développement construit d'une vingtaine de lignes et en vous appuyant sur des exemples étudiés en classe, décrivez comment les États-Unis et l'URSS s'affrontent lors de la guerre froide (1947-1991). *(16 points)*

2 Reportez dans la frise chronologique les numéros de chacun des événements illustrés par une image. *(4 points)*

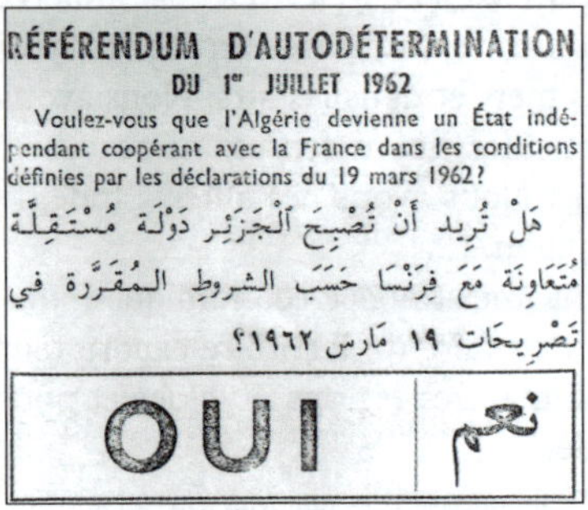
RÉFÉRENDUM D'AUTODÉTERMINATION

DU 1er JUILLET 1962

Voulez-vous que l'Algérie devienne un État indépendant coopérant avec la France dans les conditions définies par les déclarations du 19 mars 1962 ?

هَلْ تُرِيد أَنْ تُصْبِحَ الْجَزَائِر دَوْلَة مُسْتَقِلَّة مُتَعَاوِنَة مَعَ فِرَنْسَا حَسَبَ الشُرُوطِ المُقَرَّرَة فِي تَصْرِيحَات ١٩ مَارس ١٩٦٢؟

| | |
|---|---|
| OUI | نعم |

**1** Indépendance de l'Algérie

**2** Chute du mur de Berlin

**3** Traités de Rome

**4** Création de l'ONU

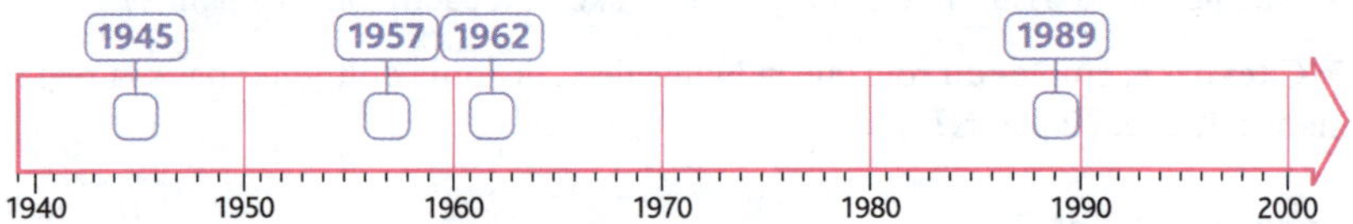


## 3 Mobiliser des compétences d'EMC à partir d'une situation pratique

30 min

→ FICHES 50 et 51

### Document 1 Pourquoi voter ?

Notre système politique s'appelle une démocratie parlementaire. La démocratie, c'est donc le pouvoir du peuple : c'est au peuple de décider.

Mais imagine le bazar si on était tous Présidents… Ce n'est pas possible. Les citoyens votent donc pour élire des personnes qui vont les représenter : ce sont les « élus » du peuple. Le Président, les députés ou les maires sont élus pour représenter les intérêts de la majorité. C'est grâce au vote que chacun peut donner son avis sur la vie en collectivité. C'est pour cette raison que le vote est le fondement de la démocratie.

Un autre fondement de la démocratie est la « pluralité » des opinions. Il est très important qu'il y ait plusieurs partis politiques qui expriment des idées différentes. S'il n'y avait qu'un seul parti et un unique candidat aux élections, cela ne servirait à rien d'aller voter. Ce ne serait pas une démocratie !
Le vote doit être « libre », c'est-à-dire que l'électeur a la liberté de voter pour le candidat qui lui plaît. C'est pourquoi le vote se fait à bulletin secret.
Dans certains pays, le droit de vote n'existe pas. Le chef se proclame tout seul Président ou est placé au pouvoir grâce à l'armée. Le peuple n'a pas le droit de choisir ni de critiquer le pouvoir : c'est une dictature.

D'après le site www.1jour1actu.com, Léa Vilmer, « Pourquoi vote-t-on ? »,


**Document 2**

Une électrice citoyenne calédonienne, dans un bureau de vote de Nouméa, lors du référendum sur la pleine souveraineté et l'indépendance de la Nouvelle-Calédonie, le 4 novembre 2018.

## Document 1

1) Expliquez ce qu'est une démocratie.

## Document 2

2) Montrez, avec l'exemple de la Nouvelle-Calédonie, que les citoyens s'expriment sur leur avenir politique.

## Documents 1 et 2

3) Vous discutez avec un (une) jeune citoyen (citoyenne) qui boycotte et refuse de voter aux élections. Rédigez un texte pour le (la) convaincre d'aller voter.

# SUJET 3

## 1 Analyser des documents • Géographie

40 min

→ FICHE 29

### Document 1 La modernisation de l'agriculture française

La modernisation concerne en premier l'organisation des terres agricoles. Les modifications que connaît l'Ouest illustrent parfaitement la dynamique générale. Jusqu'en 1950, la petite propriété reste majoritaire de la Normandie jusqu'à la frontière espagnole. À partir de cette date, les exploitations se concentrent rapidement sous l'effet de l'exode rural et des politiques de remembrement[1]. Les paysans qui restent achètent ou louent massivement les nombreuses terres laissées libres. Les parcelles sont redécoupées, les haies sont arrachées. En France métropolitaine, la taille moyenne des exploitations triple en 50 ans. […]

Parallèlement, l'autoconsommation diminue, la polyculture traditionnelle décline et la spécialisation s'affirme : production laitière en Normandie ou élevage hors-sol en Bretagne.

La modernisation concerne aussi les techniques agricoles. Le tracteur se généralise à partir des années 1950 (60 000 en 1946, 1 500 000 en 1979), les engrais chimiques sont couramment utilisés. De nouvelles semences plus productives voient le jour et il devient possible de sélectionner scientifiquement les races de l'élevage. […]

Mais depuis plusieurs années, la course aux rendements[2] montre ses limites. Le revenu paysan stagne, et de nombreuses exploitations sont surendettées. […] Les conséquences écologiques du modèle agricole intensif paraissent aussi de plus en plus dommageables. L'utilisation massive d'engrais et de pesticides contribue ainsi à la pollution des eaux de surface, des nappes phréatiques et du bord de mer.

D'après V. Adoumié, *Géographie de la France*, Hachette, 2015.

**1.** Remembrement : redistribution spatiale des terres entre les paysans, ce qui entraîne l'agrandissement des champs.
**2.** Rendement : quantité de produit récolté sur une surface cultivée.

**Document 2** **Un paysage agricole de Bretagne (commune de Naizin, Morbihan)**

Site Internet sur l'atlas des paysages, Morbihan.

## Document 1

1) Citez trois progrès techniques qui ont permis d'augmenter les productions agricoles. *(3 points)*

2) Relevez deux conséquences de la modernisation de l'agriculture pour les agriculteurs. *(4 points)*

3) Reproduisez le tableau et complétez-le ; associez les mots soulignés à la définition qui convient. *(3 points)*

| | |
|---|---|
| 1. ........................... | Élevage en milieu artificiel |
| 2. ........................... | Production de plusieurs cultures au sein d'une exploitation |
| 3. ........................... | Production d'une seule catégorie de plante ou d'une seule espèce animale |

## Documents 1 et 2

4) Décrivez et expliquez les transformations récentes des paysages agricoles. *(5 points)*

5) Quels sont les risques liés à la modernisation de l'agriculture et les solutions adoptées pour réduire ces risques ? *(5 points)*

## 2 Maîtriser les différents langages • Histoire

40 min

→ FICHES 13 et 14

**1** Rédigez un développement construit d'environ vingt lignes racontant les étapes et présentant les enjeux de la construction européenne. *(13 points)*

**2** **a.** En suivant l'exemple proposé (communisme soviétique, Joseph Staline), associez chaque expression suivante à un personnage dans le tableau. *(5 points)*

- Front populaire
- Régime de Vichy
- Allemagne nazie
- Vᵉ République
- Loi sur l'IVG (interruption volontaire de grossesse)

**b.** Reportez son numéro à sa place sur la frise chronologique. *(1 point)*

**c.** Nommez et datez un événement auquel il participe. *(1 point)*

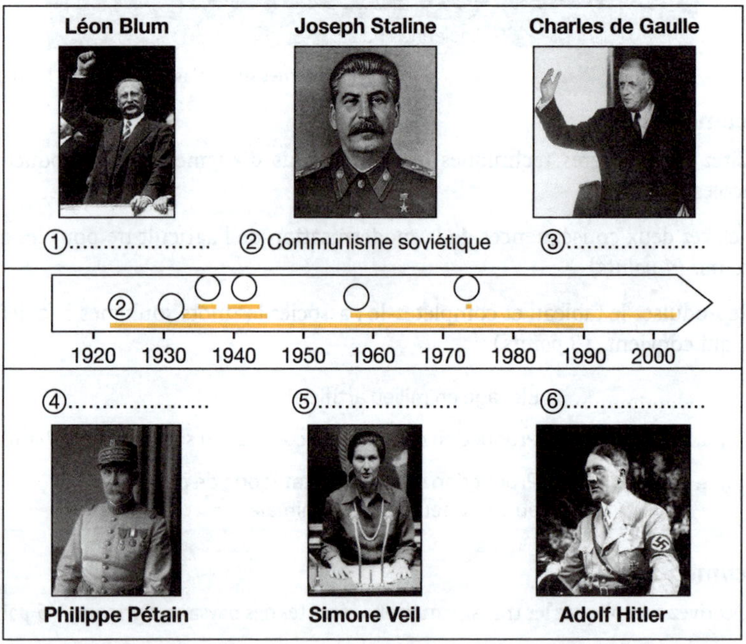

## 3 Mobiliser des compétences d'EMC à partir d'une situation pratique

30 min

→ FICHE 45

**Document 1**

« Foot à la récré : le fléau[1]. C'est dans la cour de récréation que commencent les inégalités entre garçons et filles... »

[...] Sur le banc des accusés, le foot qui squatte l'espace central de la cour, activité surtout masculine. « Les filles et les garçons qui ne correspondent pas au modèle masculin attendu disposent de moins de place pour jouer ou ne peuvent pas le faire où ils veulent » reprend Hélène Ryckmans (députée wallonne siégeant au Parlement francophone). « Ce qui peut conduire à un sentiment d'injustice. » [...] Une autre députée, Mathilde Vandorpe, appuie ce constat et raconte cette anecdote étonnante : « Mon enfant de dix ans m'a raconté qu'il ne pouvait pas jouer au football le mercredi, car la cour de récréation était réservée aux filles... Le directeur pense avoir résolu un problème en réservant la récréation du mercredi matin aux filles et les autres jours aux garçons. »

Didier Swysen, « Foot à la récré : le fléau », *Nord Éclair*, 18 mars 2017 © Sud Presse, D.R.

**1.** Fléau : désigne quelque chose de négatif, de désagréable, pouvant être nuisible.

**Document 2** « C'est quoi l'égalité ? »

Extraits d'une affiche de la Ligue de l'enseignement.

**1** Présentez la situation décrite dans l'article de presse.

**2** Expliquez pourquoi, dans ce cas précis, « le foot à la récré » est un fléau.

**3** Donnez un exemple de stéréotype sexiste et l'une des valeurs de la République qui permet de le combattre.

**4** Comment la France assure-t-elle l'égalité entre les hommes et les femmes ? Pour répondre à cette question, recopiez le numéro de chaque proposition et associez-lui la bonne réponse (A, B ou C).

| N° | | Vrai | Faux | Pas encore le cas, mais on constate des progrès |
|---|---|---|---|---|
| 1 | Les salaires des hommes et des femmes sont égaux, pour un travail identique. | A | B | C |
| 2 | Les hommes et les femmes sont séparés dans les lieux publics. | A | B | C |
| 3 | Les femmes et les hommes ont les mêmes droits. | A | B | C |

**5** Vous souhaitez contester la solution imaginée par le directeur de l'école belge qui consiste à séparer les garçons et les filles dans la cour de récréation selon les jours de la semaine. En quelques lignes, montrez-lui qu'il s'agit d'une situation de discrimination qui ne permet pas d'apprendre à vivre ensemble.

# SUJET 4

## 1 Analyser des documents • Histoire

40 min

→ FICHE 15

### Document 1 Les conséquences des attentats du 11 septembre 2001

En montrant la vulnérabilité de l'hyperpuissance américaine et la nécessité de faire front face à la menace terroriste internationale, les attentats du 11 septembre ont changé pour un temps l'attitude américaine.

Rompant avec l'unilatéralisme[1], les États-Unis ont cherché […] à former une coalition[2] avec pour objectif la lutte contre le terrorisme érigé en pilier[3] de la politique étrangère. Cette alliance incluait des ennemis d'hier dont la Chine et la Russie, désormais considérées comme des alliés, quitte à passer sous silence les violations des Droits de l'Homme en Chine ou la guerre en Tchétchénie[4]. Les États-Unis ont également été amenés à s'impliquer davantage dans le conflit israélo-palestinien, et à s'engager militairement dans de nouvelles zones, principalement en Asie centrale et en Asie du Sud et de l'Est, mais aussi dans le Caucase. […]

La coalition qui est intervenue en Afghanistan contre le régime des talibans et Oussama Ben Laden était fort réduite. L'effort de guerre a été supporté exclusivement par les Américains. Britanniques et Français ne sont entrés en scène que tardivement dans ce conflit, avec des moyens militaires limités.

*Le Monde*, 20 mars 2005.

1. Unilatéralisme : attitude qui consiste, pour une puissance, à décider seule d'une politique étrangère, sans tenir compte de l'avis d'autres pays.
2. Coalition : union momentanée d'États en vue d'une intervention politique ou militaire.
3. Érigé en pilier : devenue centrale.
4. Tchétchénie : région russe située dans le Caucase.

### Document 2 La puissance américaine

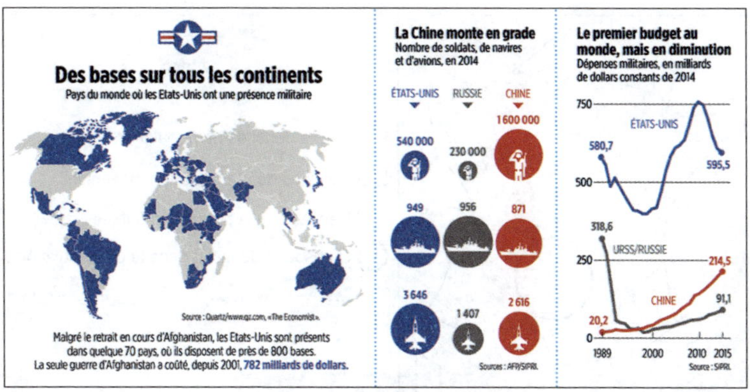

### Document 1

1 Expliquez pourquoi l'auteur de ce texte évoque la Russie parmi « les ennemis d'hier » des États-Unis. *(4 points)*

2 Montrez comment les attentats du 11 septembre 2001 ont bouleversé les relations des États-Unis avec les autres États. *(3 points)*

### Document 2

3 Relevez trois éléments illustrant la puissance militaire des États-Unis au début des années 2000. *(3 points)*

### Documents 1 et 2

4 Pourquoi peut-on toujours, au début du XXI^e^ siècle, qualifier les États-Unis d'hyperpuissance ? *(6 points)*

5 Relevez deux éléments montrant les limites de l'hyperpuissance américaine. *(4 points)*

## 2 Maîtriser les différents langages • Géographie

40 min

→ FICHE 9

1 En vous appuyant sur des exemples vus en classe, rédigez un développement construit, d'environ vingt lignes, montrant que les espaces français de faible densité disposent d'atouts qu'ils mettent en valeur pour dépasser leurs contraintes. *(15 points)*

2 L'inégale répartition de la population française.

**a.** Pour chaque élément de la légende, choisissez un figuré adapté. *(1 point)*

**b.** En respectant les figurés choisis précédemment, complétez la carte. *(3 points)*

**c.** Nommez dans la légende l'espace de faible densité de population représenté par un cercle en gras. *(1 point)*

### L'inégale répartition de la population française

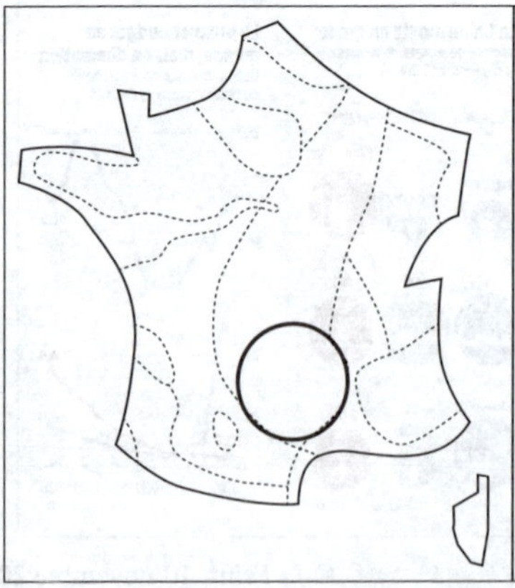

- ☐ Fortes densités de population
- ☐ Densités de la population moyennes
- ☐ Densités de la population faibles
- ◯ Un espace de faible densité de population :

........................

## 3 Mobiliser des compétences d'EMC à partir d'une situation pratique

30 min

→ FICHE 48

### Document 1 Cinq célibataires sans enfant payent en 2018 l'impôt sur leurs revenus de 2017

| | Revenus de l'année 2017 | Impôt sur le revenu à payer en 2018 |
|---|---|---|
| **Paul Duchemin** | 9 000 euros | 0 euro |
| **Dominique Martin** | 27 000 euros | 2 029 euros |
| **Cristina Viala** | 40 000 euros | 5 093 euros |
| **Sophie Lefranc** | 90 000 euros | 19 515 euros |
| **Ali Abdellatifi** | 160 000 euros | 46 860 euros |

Jusqu'en janvier 2019, les Français payaient chaque année leurs impôts sur les revenus de l'année précédente.

Simulation à partir du site Impot.gouv.fr.

### Document 2 La solidarité nationale

L'engagement de l'État en matière de solidarité remonte essentiellement au lendemain de la crise économique des années 1930 et de la Seconde Guerre mondiale. Il prend la forme de l'État-providence : l'intervention de l'État dans la vie économique et sociale apparaît nécessaire afin de lutter contre la pauvreté et les inégalités et d'assurer la cohésion nationale.

Cette prise de conscience est inscrite dans le préambule de la Constitution française de 1946 (repris par celle de 1958) qui garantit le droit au travail, la protection de la santé, l'accès à l'instruction, la sécurité matérielle. [...] Concrètement, elle est à l'origine de la création de plusieurs institutions de protection sanitaire et sociale, reposant sur des systèmes d'assurance obligatoire organisés par l'État : la Sécurité sociale est créée dès 1945 ; c'est également dans les années d'après-guerre qu'est mise en place l'assurance-chômage. La solidarité nationale est notamment financée par l'impôt sur le revenu, qui repose sur une redistribution des richesses, chaque citoyen y contribuant en fonction de ses moyens.

Conseil national des politiques de lutte contre la pauvreté et l'exclusion sociale, 19 septembre 2014.

**1** D'après le document 1, pour quelle raison les Français ne paient-ils pas tous un même montant pour l'impôt sur le revenu ?

**2** Recopiez la phrase du document 2 qui justifie que les Français ne payent pas tous un même montant pour l'impôt sur le revenu.

**3** Relevez trois dispositifs pouvant contribuer à lutter contre la pauvreté et les inégalités.

**4** Un de vos amis ne comprend pas pourquoi certains paient des impôts et d'autres moins ou pas du tout. Il trouve cela contraire au principe d'égalité. Vous lui expliquez pourquoi l'impôt sur le revenu est un outil permettant de combattre les inégalités.

# CORRIGÉS

## SUJET 1

### 1 Analyser des documents • Histoire

**1** En juillet 1942, les **deux tiers nord de la France sont occupés par l'armée allemande** conformément aux conditions d'armistice imposées par l'Allemagne hitlérienne après la défaite de juin 1940. Au sud, une **zone non-occupée** est sous l'administration du **régime de Vichy** dirigé par le maréchal Pétain.

**2** La circulaire vise les Juifs **étrangers** de 16 et 60 ans, les enfants de moins de 16 ans avec leurs parents vivant à Paris.

**3** Pendant la Seconde Guerre mondiale, les rafles désignent les opérations de police visant l'**arrestation massive de Juifs** vivant dans les pays occupés ou dominés par l'Allemagne nazie. Ces rafles concernent aussi bien des célibataires que des familles avec enfants, lesquels après arrestation et transfert en bus sont parqués dans des camps d'internement (Drancy) avant leur déportation **vers les centres de mise à mort en Pologne**.

**4** Lors de la rafle du Vél' d'Hiv', les 16 et 17 juillet 1942 à Paris, la police municipale (« gardien en tenue » et « gardien en civil »), la police nationale et les Renseignements généraux sont mis **au service de l'occupant**. La circulaire s'adresse aux commissaires de police de la ville de Paris, lesquels sont chargés de la faire appliquer.

**5** La carte montre que la rafle du Vél' d'Hiv' entre dans une **politique globale de déportation et d'extermination** des Juifs et des Tziganes européens. En France, de nombreux camps de transit sont ouverts aussi bien en zone nord qu'en zone non occupée afin d'accueillir les Juifs arrêtés. De là, ils sont transportés vers les camps de la région parisienne comme Drancy ou Compiègne d'où s'opèrent les départs vers les camps d'extermination. Nombre d'entre eux sont dirigés vers Auschwitz où coexistent un camp de travail et un centre de mise à mort. Au total, le génocide juif a fait **plus de 5 millions de victimes** tandis qu'entre **200 000 et 500 000 Tziganes** ont été exterminés.

### 2 Maîtriser les différents langages • Géographie

**1** 85 % de la population française résident aujourd'hui dans une aire urbaine, et jusqu'à 95 % dans un **territoire sous influence urbaine**. La France est un pays de citadins.

■ Une aire urbaine s'organise en plusieurs espaces de morphologies différentes (voir schéma). La **ville-centre** est un espace bâti en continu, très dense, auquel succèdent des **banlieues** résidentielles en

> **CONSEIL**
> Réalise un schéma simple d'une aire urbaine. Essaie d'y indiquer des toponymes locaux.

habitat pavillonnaire ou grands ensembles d'habitat collectif. Ville-centre et banlieues forment un **pôle urbain** (au moins 10 000 emplois). Au-delà du pôle urbain commence la **couronne périurbaine** : l'habitat s'agglomère autour de petits villages-centres qui grossissent par développement d'habitats pavillonnaires ; mais au moins 40 % des habitants travaillent en fait dans le pôle urbain.

**CONSEIL**
Ne cite pas seulement les espaces de l'aire urbaine, donnes-en une description rapide.

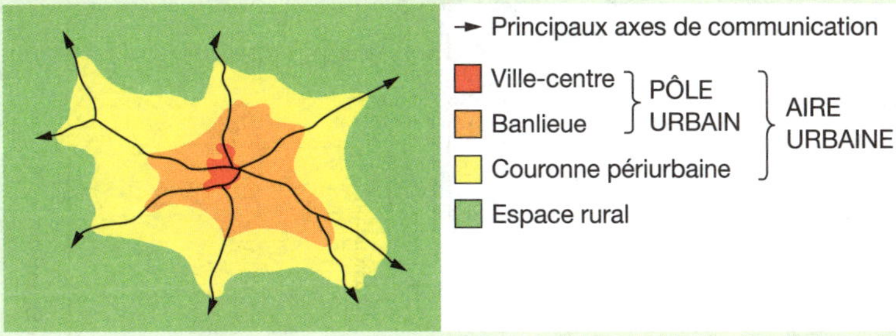


■ Les dynamiques urbaines sont marquées par l'**étalement** : l'espace urbain et périurbain se dilate, s'étale dans l'espace et sa densité diminue. La périurbanisation gagne sur les campagnes proches, grignotant l'espace rural environnant, à la faveur du développement de l'automobile et de prix fonciers plus attractifs. La dissociation entre lieu de vie, lieu de travail, lieu de loisirs ou de consommation, a été permise par le développement de l'automobile. Elle entraîne donc l'**explosion des mobilités**. Les axes de communication sont alors saturés par les **migrations pendulaires**. Ces mobilités génèrent pertes de temps et pollution.
Ce mode de vie périurbain, fortement consommateur d'espace et d'énergie, est-il cependant, aujourd'hui, le mieux adapté aux nouvelles problématiques de **développement durable** ?

**2** **a.**, **c.** et **d.** Voir le **planisphère** complété page suivante.

**REMARQUE**
Tous les territoires ultramarins sont indiqués sur ce planisphère. Cependant, le jour de l'épreuve, contente-toi des deux demandés, pour consacrer le maximum de temps au développement construit.

**b.**

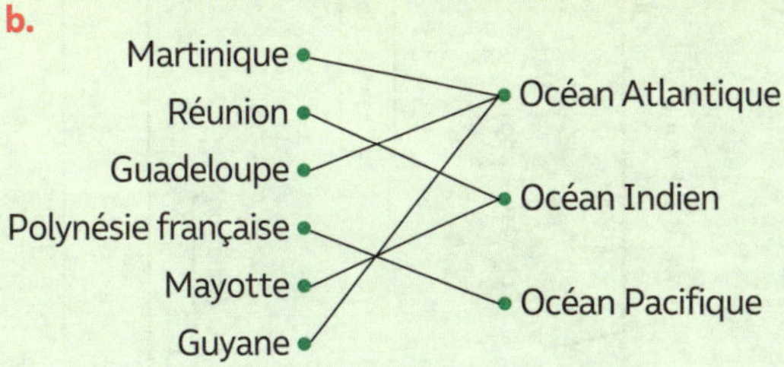

## Les territoires ultramarins français

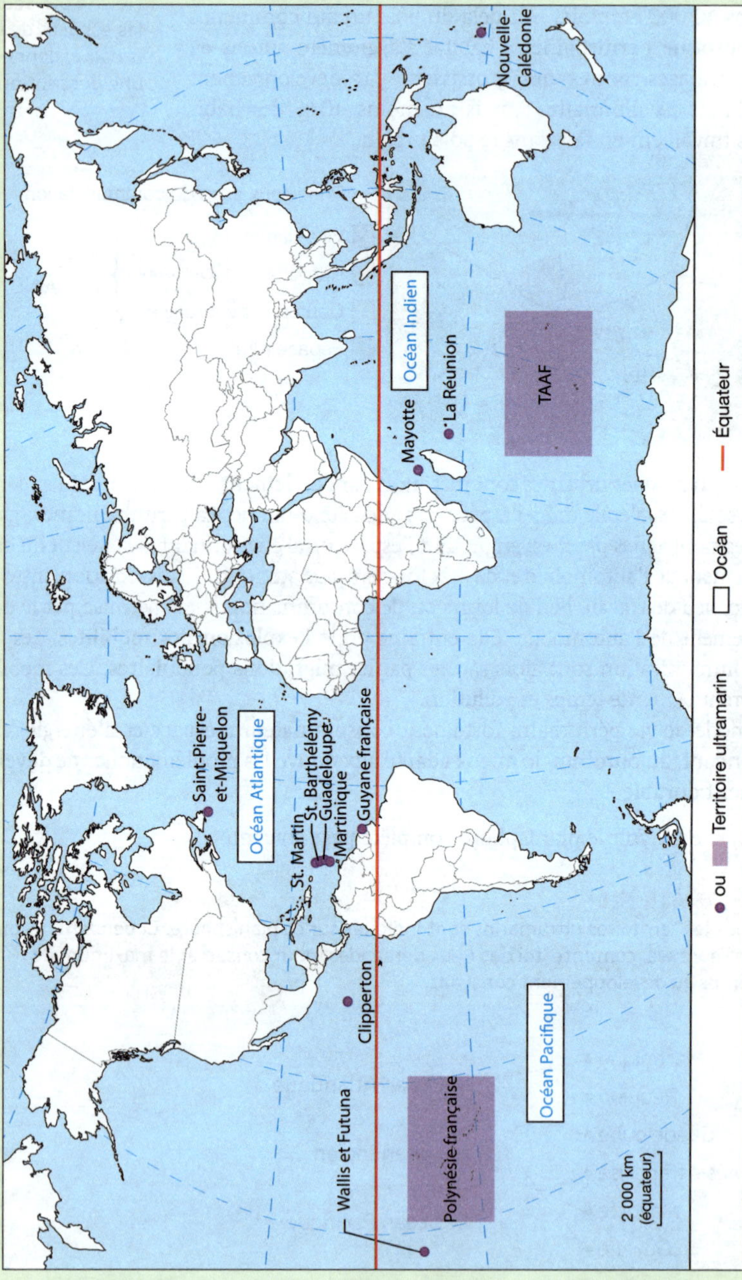

## 3 Mobiliser des compétences d'EMC à partir d'une situation pratique

1) Le document est publié par la ville de Floirac, en Gironde (33), sur le site web de la commune. Le Conseil municipal s'adresse ainsi aux citoyens habitant Floirac.

2) Le dépliant précise que les projets émanent « directement des citoyens ». La décision de réaliser ou non les projets présentés dépend d'une « votation » à laquelle peuvent participer tous les « résidents floiracais âgés de plus de 9 ans ». Il s'agit donc d'un corps de votants restreint aux résidents de la commune, mais plus large que celui des seuls citoyens (âgés de plus de 18 ans).

> **CONSEIL**
> Développe ta réponse en montrant les spécificités du groupe de votants.

3) L'objectif de la ville de Floirac est de promouvoir la démocratie locale en faisant vivre ses aspects participatifs. Elle souhaite favoriser « l'implication des habitants dans la vie locale ». Cette implication est aujourd'hui une condition nécessaire (mais pas toujours suffisante) pour faire avancer les projets locaux. En effet, la société civile française est particulièrement dynamique, et parfois même contestataire. L'implication des citoyens dans les processus de décision est un moyen de désamorcer une partie des contestations et de faire vivre les valeurs démocratiques.

4) Outre cet exemple des budgets participatifs, les citoyens français peuvent s'engager dans la vie démocratique, à l'échelle locale ou à d'autres échelles. L'engagement dans un parti politique, par exemple, est un moyen de faire vivre ses idées. L'engagement dans un syndicat participe à la démocratie sociale.

5) Mes chers concitoyens,
Notre commune, c'est notre premier cadre de vie, celui de notre quotidien. En s'engageant dans la vie de la commune, chacun d'entre nous peut, par sa connaissance du terrain, par ses compétences propres, participer à en faire un lieu de vie plus agréable pour tous ses habitants.

> **CONSEIL**
> Respecte la forme demandée : un appel à l'engagement des habitants de ton quartier.

S'engager dans la vie de la commune, c'est aussi faire fonctionner une démocratie locale. Naturellement, vos élus locaux – maire et conseillers municipaux – sont à votre service : c'est la démocratie représentative. Mais la démocratie locale s'exerce à une échelle qui permet aux citoyens de s'engager dans la recherche de l'intérêt général. Si chacun fait entendre sa voix, alors les projets de la ville seront les projets de chacun !
L'engagement se fait au service de tous. Il fait vivre nos valeurs de fraternité et de solidarité. Alors engagez-vous ! Venez participer aux débats citoyens ! Venez proposer des projets pour notre vie de demain !

# SUJET 2

## 1 Analyser des documents • Géographie

1) La France est présente en Afrique, par exemple à travers ses opérations de lutte antiterroriste dans la zone saharo-sahélienne (opération *Barkhane*) ; en Océanie, la France maintient des forces de souveraineté en Polynésie, prépositionnées à Papeete ; de même, en Amérique centrale, en Guadeloupe. La France est donc partout présente.

2) L'axe Paris-New Delhi-Canberra représente l'axe France-Inde-Australie, dont ces trois villes sont les capitales.

3) Pour maintenir sa puissance dans la région indopacifique, la France s'appuie sur ses territoires ultramarins (« la Nouvelle-Calédonie, Wallis-et-Futuna, la Polynésie française et La Réunion »), sa population (« 1,5 million de nos concitoyens »), ses forces armées (« 8 000 de nos militaires »), sa présence maritime (« deuxième puissance maritime du monde » derrière les États-Unis).

4) L'axe indopacifique prôné par le président Macron doit permettre « d'assurer la liberté de circulation dans les mers et dans les airs », mais aussi d'« articuler nos défenses, notre cybersécurité, et lutter contre le terrorisme », notamment face à la Chine, qui est en train d'y « construire sa supériorité ».

**INFO**
La France a ainsi vendu à l'Australie 12 sous-marins d'attaque Shortfin Barracuda pour 50 milliards de dollars.

5) Dans la région indopacifique, la Nouvelle-Calédonie doit jouer un rôle important : territoire français, elle permet de maintenir la présence territoriale et maritime du pays ; elle doit également jouer un rôle commercial et devenir « un territoire exportateur ».

6) La France est une puissance géopolitique et militaire qui compte dans le monde. Ses territoires ultramarins lui assurent une présence sur tous les océans du globe, avec des forces de souveraineté prépositionnées et une marine de guerre qui demeure la 2e du monde en capacité d'intervention. Membre permanent du Conseil de sécurité de l'ONU, investie dans de très nombreuses organisations internationales de niveau mondial et régional, puissance nucléaire, pourvue de la 2e ZEE mondiale, la France demeure une puissance au rayonnement géopolitique et militaire de premier plan.

## 2 Maîtriser les différents langages • Histoire

1) La guerre froide débute en 1947 avec le discours du président américain Truman sur l'endiguement du communisme dans le monde. La réponse soviétique affirme la division du monde entre un bloc « impérialiste » dominé par les Américains et le bloc « pacifiste » mené par l'URSS. La concurrence entre les deux Grands culmine lors de la crise de Cuba (1962) mais domine la période qui s'étend jusqu'en 1991, date de l'effondrement soviétique.

**CONSEIL**
En introduction, justifie les dates qui marquent le début et la fin de la guerre froide, et souligne que celle-ci oppose deux modèles idéologiques incarnés par les États-Unis et par l'URSS.

■ Entre 1947 et 1962, les tensions de la guerre froide sont vives. Depuis 1947, les États-Unis et l'URSS constituent autour d'eux un **bloc de pays alliés**. Après 1949, leurs relations reposent sur un véritable **équilibre de la terreur atomique**. Lors des crises de **Berlin** (1948-1949 et 1961), durant la guerre de **Corée** (1950-1953) et surtout lors de la crise de **Cuba** (1962), les tensions font craindre une déflagration nucléaire.

■ De 1962 à 1991, l'ordre bipolaire est contesté et les relations américano-soviétiques alternent périodes d'accalmie et de tension. Après 1962, les deux Grands acceptent la **coexistence pacifique**. L'affirmation du **tiers-monde** et du **non-alignement** dans les années 1950 et 1960 mettent à mal l'ordre bipolaire. Les guerres impliquant les deux Grands (Vietnam, Afghanistan) les affaiblissent. L'élection de Ronald Reagan aux États-Unis (1980) relance la **course aux armements**. En URSS, la politique de réformes de Mikhaïl Gorbatchev (1985) ne peut sauver le modèle qui s'effondre en décembre 1991.

**2**

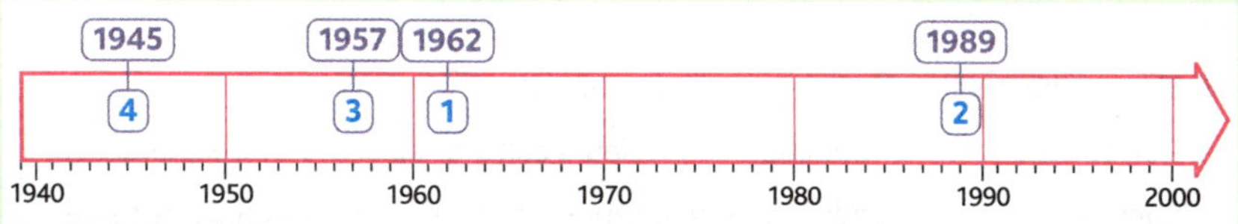


## 3 Mobiliser des compétences d'EMC à partir d'une situation pratique

**1** Une démocratie est un régime politique dans lequel la souveraineté émane du peuple : « c'est au peuple de décider » (ligne 2). La démocratie parlementaire est ici synonyme de démocratie représentative ; des représentants élus selon la règle majoritaire sont amenés à prendre les décisions.

**2** Les citoyens calédoniens sont ici invités à participer à un référendum, c'est-à-dire à répondre « oui » ou « non » à une question législative précise. Une victoire du « oui » aurait entraîné une progressive indépendance de la Nouvelle-Calédonie.

**3** Prends le temps de réfléchir avant de décider de t'abstenir aux prochaines élections. Contrairement à ce que tu peux penser, le vote te permet de jouer un rôle central dans la vie démocratique en t'apportant la possibilité de t'exprimer sur de nombreux sujets (et à différentes échelles selon les élections organisées). Il permet aussi de faire fonctionner quelques grands principes de la démocratie comme le pluralisme (la représentation de toutes les opinions) ou l'alternance politique.

## SUJET 3

### 1 Analyser des documents • Géographie

**1** Les trois progrès techniques qui ont permis d'augmenter les productions agricoles sont :
– la généralisation du tracteur, c'est-à-dire la **mécanisation** ;
– l'utilisation croissante des engrais chimiques (**chimisation**) ;
– l'utilisation de **nouvelles semences** et la sélection de **nouvelles races d'élevage** plus productives.

**2** La modernisation de l'agriculture a eu deux conséquences pour les agriculteurs : la **diminution de leur nombre** et leur **endettement**. La baisse du nombre des agriculteurs est liée à la nécessité d'acquérir des exploitations de plus grandes dimensions pour que la mécanisation soit rentable. Leur endettement résulte de l'augmentation des investissements nécessaires (machines, engrais, semences).

**3**

| | |
|---|---|
| 1. **Élevage hors-sol** | Élevage en milieu artificiel |
| 2. **Polyculture** | Production de plusieurs cultures au sein d'une exploitation |
| 3. **Spécialisation** | Production d'une seule catégorie de plante ou d'une seule espèce animale |

**4** Les paysages agricoles se sont profondément transformés depuis 1950. Les parcelles ont été redécoupées, les haies arrachées. C'est la **fin du bocage traditionnel** en Bretagne. Le document 2 montre la prédominance de champs de grandes dimensions aux formes géométriques. Les haies ne sont que des survivances. Les **bâtiments agricoles modernes**, de type silos ou bâtiments d'élevage hors-sol, se sont multipliés. Parallèlement, à côté des anciennes fermes sont apparues des habitations récentes, pourvues de tout le confort moderne.
Ces transformations des paysages sont liées à la **modernisation des systèmes productifs agricoles** depuis 1950. La mécanisation et la chimisation ont nécessité des exploitations plus grandes, obtenues par remembrement au profit de formes géométriques, et une spécialisation poussée des cultures ou élevages, au détriment de la polyculture traditionnelle, afin de rentabiliser les investissements consentis.

**5** La modernisation de l'agriculture ne va pas sans risques. Les investissements nécessaires ont conduit à l'**endettement massif de la profession**, étranglée entre le secteur amont (matériel, banque) et aval (agroalimentaire, distribution). Les **conséquences écologiques** sont également de plus en plus sensibles : pollutions des sols et des nappes phréatiques, crises alimentaires (maladie de la vache folle).
La réduction de ces risques passe par une aide accrue aux agriculteurs, notamment dans le cadre de la **Politique agricole commune** de l'Union européenne, voire le contrôle

**CONSEIL**
Fais deux paragraphes : un sur les risques et un sur les solutions.

des prix imposés par la grande distribution aux producteurs. Sur le plan environnemental, une **agriculture raisonnée**, voire biologique, permettrait une plus grande maîtrise des produits phytosanitaires et donc de la pollution qu'ils entraînent.

## 2 Maîtriser les différents langages • Histoire

**1** Au lendemain de la Seconde Guerre mondiale, l'idée de construire une Europe politique unie réapparaît. C'est pourtant sur des **bases économiques** qu'est esquissé un premier rapprochement au début des années 1950 avec la **CECA (1951)**. Le **traité de Rome** instituant la **Communauté économique européenne (CEE)** est signé en **1957** entre six États. En **1992**, le **traité de Maastricht** établit les bases d'une Europe politique élargie en créant l'**Union européenne (UE)**.

- Le traité de Rome prévoit la création d'un **marché commun**. Il vise à harmoniser les politiques économiques notamment dans le domaine de l'agriculture (**PAC**) et des transports. Jusqu'en 1986, la CEE passe de 6 à 12 membres. Parallèlement, les **institutions européennes** s'approfondissent avec l'élection du Parlement européen au suffrage universel (1979). L'effondrement du communisme en Europe de l'Est (1989) amène à redéfinir les limites de l'ensemble européen.

- Le traité de Maastricht (1992) créée l'Union européenne (UE) qui s'élargit progressivement à 28 membres. La **monnaie unique** (euro) créée en 2002 ne concerne encore que 19 pays. Depuis la fin des années 2000, l'UE est confrontée à des tensions dont témoigne le Brexit (décembre 2020).

**2** **a.** Front populaire : **Léon Blum** • Régime de Vichy : **Philippe Pétain** • Allemagne nazie : **Adolf Hitler** • V^e République : **Charles de Gaulle** • Loi sur l'IVG : **Simone Veil**.

**b.**

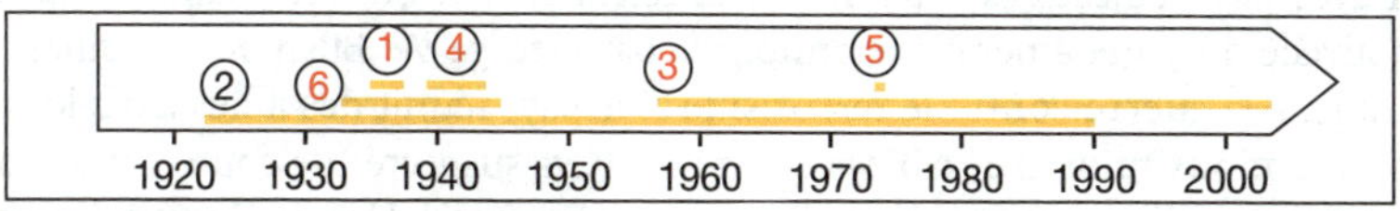


**c.** • Léon Blum : **accords de Matignon**, 7-8 juin 1936
- Joseph Staline : **blocus de Berlin**, juin 1948-mai 1949
- Charles de Gaulle : **Appel du 18 juin**, 18 juin 1940
- Philippe Pétain : **armistice du 22 juin 1940**
- Simone Veil : **première présidente du Parlement européen**, 1979
- Adolf Hitler : **chancelier du Reich**, 30 janvier 1933

## 3 Mobiliser des compétences d'EMC à partir d'une situation pratique

**1** Afin de lutter contre la place centrale faite à la pratique du football dans la cour de récréation, un directeur d'école primaire belge a décidé de réserver l'usage de la cour aux filles ou aux garçons selon les jours de la semaine.

2) En ayant une place centrale, « le foot à la récré » entraîne une marginalisation de ceux qui ne jouent pas et une promotion du modèle (apparence, valeurs) du joueur de football qui tend à devenir pour les enfants le modèle masculin de référence.

3) Des élèves peuvent être moqués pour le port de certains vêtements (souvent jugés trop originaux) ce qui va à l'encontre de leur liberté.

4) 1. Les salaires des hommes et des femmes sont égaux, pour un travail identique : C (pas encore le cas, mais on constate des progrès)
2. Les hommes et les femmes sont séparés dans les lieux publics : B (faux)
3. Les femmes et les hommes ont les mêmes droits : A (vrai)

5) Cette décision crée une situation de discrimination puisque les enfants sont traités de manière différente selon leur sexe, ce qui va à l'encontre de la valeur républicaine d'égalité. Elle reprend aussi le stéréotype répandu d'un choix déterminé de loisir en fonction du sexe. Enfin, cette décision institue une séparation et renforce des oppositions au lieu d'apprendre aux enfants à « vivre-ensemble ».

# SUJET 4

## 1 Analyser des documents • Histoire

1) Cette mention de la Russie comme « ennemi d'hier » rappelle la guerre froide.

2) Les attentats du 11 septembre 2001 ont bouleversé les relations des États-Unis avec les autres États dans la mesure où ils « ont cherché [...] à former une coalition avec pour objectif la lutte contre le terrorisme ». En effet, dans le cadre de la nouvelle doctrine américaine annoncée par George W. Bush au lendemain des attentats – la guerre contre le terrorisme –, le pays réunit des alliés dans le cadre d'interventions militaires ciblées contre les pays suspectés de soutenir Al-Qaïda. Des alliés traditionnels comme la France et le Royaume-Uni mais aussi des ennemis d'hier, Russie et Chine, se rallient à l'intervention en Afghanistan contre le régime taliban (octobre 2001).

3) La carte illustre la capacité de projection mondiale de l'armée américaine, présente dans 70 pays. Les deux graphiques montrent que les États-Unis restent la première puissance militaire (budget, forces globales).

4) L'expression d'hyperpuissance désigne la situation inédite des États-Unis qui, au lendemain de la guerre froide, forgent un nouvel ordre mondial dans lequel ils assument le rôle de « gendarme du monde ». Le 11 septembre souligne néanmoins les fragilités de l'hyperpuissance et l'ont entraînée dans deux interventions militaires longues et coûteuses (Afghanistan et Irak). Pour autant, les États-Unis restent la seule puissance à pouvoir intervenir partout avec l'armée la plus moderne du monde.

5) Face à la menace terroriste, les États-Unis s'impliquent de plus en plus. Ces guerres pèsent fortement sur le budget. De plus, les États-Unis sont de plus en plus concurrencés par la montée en puissance de la **Chine** qui peut aligner trois fois plus de soldats et dont les dépenses militaires ont décuplé depuis 1989, pour atteindre la moitié des dépenses américaines.

## 2 Maîtriser les différents langages • Géographie

1) La France compte 42 % de communes de faible densité (moins de 30 hab./km²) et 10 % dans des espaces désertifiés (moins de 10 hab./km²) : celles-ci rassemblent près de **4 millions d'habitants**, dont un demi-million dans les espaces désertifiés. Ce sont des lieux où **les hommes sont rares**, plus rares qu'ailleurs. Toutefois, depuis une trentaine d'années, on observe un **renouveau migratoire** – faible mais réel – du **rural isolé**, surtout quand il n'est pas trop éloigné d'un pôle urbain. Les espaces ruraux de faible densité sont redevenus attractifs pour des populations qui rejettent le mode de vie périurbain.

> **INFO**
> Le **rural isolé** correspond à l'espace rural non soumis à l'influence d'une aire urbaine.

■ La faible densité représente certes un **coût pour le fonctionnement des sociétés**. La présence d'équipements publics (hôpitaux, écoles) n'est pas toujours rentable. Les sociétés, plus âgées, sont plus souvent dépendantes du versement des retraites ou pensions. **Toutefois**, la **reprise démographique** produit des sociétés plus dynamiques : anciens habitants demeurés sur place, migrants partis puis revenus vivre au pays, nouveaux résidents permanents ou secondaires.

> **CONSEIL**
> Utilise des **connecteurs logiques** pour faire progresser ton raisonnement (certes, toutefois...).

■ Si les pratiques anciennes, tel l'élevage extensif, sont en voie de disparition, des **systèmes agricoles intégrés** se sont souvent développés, tournés vers l'exportation (Champagne). Avec l'émergence du **développement durable**, l'espace rural est perçu de façon plus positive. La sylviculture se développe (bois de construction, biocombustibles). De même les **énergies renouvelables** : l'éolien et le solaire profitent d'une surface au sol abondante. Les espaces de faible densité sont enfin le théâtre privilégié du **tourisme vert** (nature, patrimoines locaux, séjours à la ferme, parcs naturels nationaux et régionaux).

Loin d'être des espaces systématiquement en difficulté, les espaces de faible densité présentent des **atouts sérieux** dans la France du XXIe siècle.

## 2 L'inégale répartition de la population française

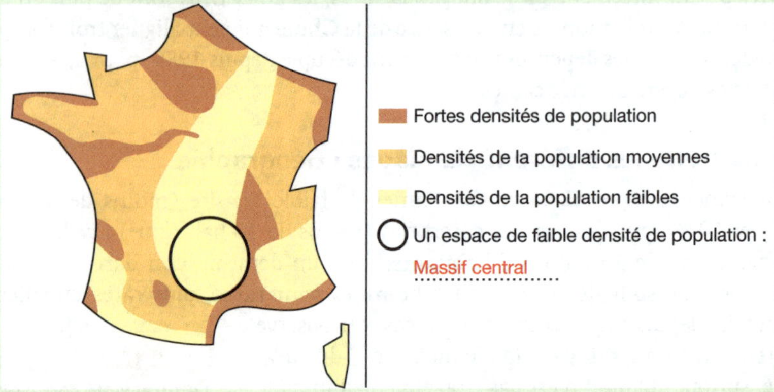


**CONSEIL**
Rappelle-toi la localisation des métropoles et celle de la diagonale du vide.

## 3 Mobiliser des compétences d'EMC à partir d'une situation pratique

**CONSEIL**
Donne du sens aux chiffres du document en calculant un **rapport approximatif**.

1 D'après le document 1, les Français ne paient pas tous un même montant pour l'impôt sur le revenu. Cela ne tient pas à leur situation familiale : le document précise en effet qu'ils sont tous célibataires et sans enfant. En revanche, **leurs revenus sont très différents** les uns des autres : ils varient de 9 000 à 160 000 € : Ali Abdellatifi gagne **presque 18 fois** ce que gagne Paul Duchemin. C'est ce qui explique le montant très différent de leur impôt.

2 La phrase du document 2 qui justifie que les Français ne payent pas tous un même montant pour l'impôt sur le revenu est : « La solidarité nationale est notamment financée par l'impôt sur le revenu, qui repose sur une redistribution des richesses, chaque citoyen y contribuant en fonction de ses moyens. »

**CONSEIL**
Explique chaque dispositif d'après tes connaissances.

3 Trois dispositifs cités dans le document 2 peuvent contribuer à lutter contre la pauvreté et les inégalités :

- **La Sécurité sociale** : chacun cotise en fonction de ses revenus pour payer les frais de santé de ceux qui sont malades ; les risques sont mutualisés et les pauvres bénéficient des cotisations de tous.
- **L'assurance-chômage** : une cotisation payée sur les salaires permet à ceux qui se retrouvent sans emploi de percevoir des allocations.
- **L'impôt sur le revenu** : un impôt non proportionnel mais progressif, qui prélève d'autant plus que les revenus sont importants, permet de lutter contre les inégalités en prélevant aux plus riches pour financer les prestations sociales perçues par les plus pauvres.

**4** « C'était pas mal, le cours d'EMC, non ? » Mon ami Robin semble pourtant bien renfrogné. « M'ouais... N'empêche que je ne vois pas bien pourquoi certains Français payent des impôts et d'autres en payent moins ou pas du tout ! Mon père n'arrête pas de râler en disant que les impôts lui prennent tout ce qu'il gagne ! »
Je ris et lui réponds : « Si les impôts lui prennent tout ce qu'il gagne, comment se fait-il que vous viviez dans une belle maison et qu'il t'emmène au collège dans une grosse voiture ?
La République française défend un certain nombre de valeurs, dont l'**égalité** et la **solidarité**. Mais l'égalité ne consiste pas à ce que tout le monde paie les mêmes impôts. Une famille pauvre n'a pas les moyens de payer beaucoup d'impôts ; une famille aisée a la capacité d'en payer davantage. C'est la raison pour laquelle l'**impôt sur le revenu** n'est pas proportionnel, mais **progressif** : plus on gagne, plus le taux d'imposition est élevé.
Et puis, cela permet de redistribuer les richesses en luttant contre les inégalités de revenus entre Français. La République est une république sociale. La lutte contre la pauvreté, par exemple, est une question de principe, de dignité humaine. C'est le choix qu'a fait le peuple français en 1945, et encore en 1958. »

# CRÉDITS ICONOGRAPHIQUES

| | |
|---|---|
| 4 | ph © L'Illustration / Photo12 |
| 5 | ph © Awad Awad / AFP Photo |
| 6-h | ph © Ph. Guignard / air-images.net |
| 6-b | ph © Nicolas Thibaut / Photononstop |
| 7 | ph © Simone Becchetti / Getty Images |
| 8 | ph © Antonio Diaz / Shutterstock |
| 9, 11 | ph © L'Illustration / Photo12 |
| 13 | ph © Akg-Images |
| 15 | ph © k. A. / Imagno / Akg-Images |
| 17 | ph © David Seymour / Magnum - Collection Grob / Kharbine-Tapabor |
| 22 | © G. Kloutsis / DR - ph © Archives Charmet / Bridgeman Images |
| 27, 33 | Coll. Kharbine-Tapabor |
| 29 | ph © Akg-Images |
| 31 | ph © Akg-Images |
| 36 | ph © Josse / Leemage |
| 40 | ph © Ullstein Bild / Akg-Images |
| 44 | ph © Josse / Leemage |
| 47, 57 | © Europa Grafica - Commission européenne Représentation au Luxembourg / DR |
| 50 | ph © Keystone France / Gamma-Rapho |
| 51 | ph © Tallandier / Rue des Archives |
| 53 | © Éditions Tallandier, 1983 - DR |
| 55 | ph © Keystone France / Gamma-Rapho |
| 61-h, 66 | ph © Daily Mail-Solo Syndication, Londres / Coll. The National Library of Wales |
| 61-b, 65 | © Eric / DR - ph © Bridgeman Images |
| 71, 79 | ph © Awad Awad / AFP Photo |
| 73 | ph © Arnaud Bouissou / COP21 / Anadolu Agency / AFP Photo |
| 78 | ph © Masatomo Kuriya / Corbis Premium Historical / Getty-Images |
| 87, 94, 98 | ph © Keystone France / Gamma-Rapho |
| 89 | Coll. Fondation de la Résistance |
| 91, 95-h | ph © Archives de Gaulle, Paris, France / Bridgeman Images |
| 93, 95-b | ph © William Stevens / Gamma-Rapho |
| 101 | © Adagp, Paris, 2021 - Coll. Kharbine Tapabor |
| 105 | © Auteur anonyme / coll. particulière |
| 107, 113-h | Coll. Kharbine Tapabor |
| 109, 112 | Coll. Bib. M. Durand / Kharbine-Tapabor |
| 111, 113-b | ph © Janine Niepce / Roger-Viollet |
| 121, 129 | ph © Philippe Guignard / Air-images.net |
| 128 | ph © Eric Feferberg / AFP Photo |
| 133 | © 2016 Google |
| 137, 147 | ph © Ph. Guignard / air-images.net |
| 151 | Extrait de données SCAN25® / © IGN - 2016 / Autorisation n° 80-1611 |
| 155 | ph © Lionel Lourdel / Photononstop |
| 162 | ph © Fokke / stock.adobe.com |
| 171, 178 | ph © Nicolas Thibaut / Photononstop |
| 187, 195-b | ph © Derek Gee Installations Pty Ltd |
| 195-h | ph © Sapsiwai / stock.adobe.com |
| 203 | ph © 3000ad / Daniela Mangiuca / Dreamstime.com |
| 211 | ph © Michiel Wijnbergh / HH / REA |
| 219, 225 | ph © JM Guillon / AP / Sipa Press |
| 233, 235, 243 | ph © Simone Becchetti / Getty Images |
| 237 | © Ministère de l'Education Nationale de la Jeunesse et des Sports |
| 241 | ph © Batard Patrick / ABC / Andia.fr |
| 246 | © Graphisme : Solex graphisme> Alexandre Gourdon > http://solexgraphisme.fr/ - Ligue de l'enseignement 44 - www.laligue44.org |
| 251 | ph © Ludovic / REA |
| 253 | ph © Bridgeman Images |
| 255 | ph © KCNA / NurPhoto / AFP Photo |
| 259 | ph © Nicolas Tavernier / REA |
| 261 | «Non, 200 000 morts n'ont pas voté pour Joe Biden», Le Monde, Les Décodeurs, 6 novembre 2020. |
| 262-h | © iStockphoto |
| 262-bg | ph © Selva / Leemage |
| 262-bd | ph © Pascal Bouclier / Photononstop |
| 263 | ph © Hamilton / REA |
| 271 | ph © Miguel Medina / AFP Photo |
| 273, 278 | ph © Frederic Maigrot / REA |
| 275, 279-h | ph © GGD65, Gendarmerie des Hautes-Pyrénées |
| 277, 279-b | ph © Philippe de Poulpiquet / PHOTOPQR / LE PARISIEN / MAXPPP |
| 282 | © Ministère de la Défense - Armée de l'air |
| 283 | ph © Bertrand Guay / AFP Photo |
| 287 | ph © Antonio Diaz / Shutterstock |
| 295 | © Service communication de la Ville de Floirac |
| 298-1 | ph © Keystone France / Gamma-Rapho |
| 298-2 | ph © David Brauchli / Reuters |
| 298-3 | © Europa Grafica - Commission européenne Représentation au Luxembourg / DR |
| 298-4 | Coll. IM / Kharbine-Tapabor |
| 299 | ph © Theo Rouby / AFP Photo |
| 301 | ph © Atlas des paysages du Morbihan (DR) |
| 302-1 | ph © Bridgeman Images |
| 302-2 | ph © Sovfoto / UIG / Leemage |
| 302-3 | ph © Austrian Archives / Imagno / Akg-Images |
| 302-4 | ph © Everett Collection / Bridgeman Images |
| 302-5 | ph © Philippe Ledru / Akg-Images |
| 302-6 | ph © Akg-Images |
| 303 | © Texte: co-rédaction 1jour1actu / Milan Presse et La Ligue de l'enseignement - Illustrations: Jacques Azam |
| 305 | © Le Point, 10 novembre 2016 |

D.R. : Malgré nos efforts, il nous a été impossible de joindre certains auteurs ou leurs ayants-droit pour solliciter l'autorisation de reproduction, nous avons réservé en notre comptabilité les droits usuels.